KB044525

나는 그녀를 모른다

나는 그녀를 모른다

로지 월쉬 장편소설 | **신혜연** 옮김

THE LOVE OF MY LIFE

ROSIE WALSH

문학사상

샤론에게

차례

1부
레오와 엠마

프롤로그

우리는 길게 펼쳐진 해안을 따라 북쪽을 향해 걸었다. 물이 빠진 광활한 해변에는 해초 더미와 잔물결이 일렁이는 웅덩이가 펼쳐져 있었다. 바다에는 파도가 온통 하얀 물거품을 일으키며 물결쳤고, 하늘에는 조각구름이 모래사장에 소용돌이치는 듯한 그림자를 드리우며 빠른 속도로 흘러갔다.

이곳, 육지가 경사를 이루며 바다와 만나는 경계에 둘이 함께 있으니 기분이 좋았다. 이곳의 주인은 우리가 아니다. 이곳은 불가사리와 말미잘, 소라게의 소유다. 이곳에서는 우리가 함께 있는 것을 아무도 알아채지 못했고, 아무도 신경 쓰지 않았다.

비가 내리기 시작했다. 우리는 모래언덕 사이에 숨은 헛간에 들어가 앉아 샌드위치를 먹었다. 한쪽 구석에 양의 배설물을 건조해서 만든 두엄 더미가 보였다. 지붕을 두드리는 빗방울 소리가 마치 총소리처럼 들려왔다. 완벽한 안식처였다. 우리 둘만을 위한.

변덕스러운 날씨가 저 아래 해변을 이리저리 할퀴어대는 동안 우리는 마음 편히 대화를 나누었다. 마음속에 희망이 싹텄다.

점심을 먹고 얼마 지나지 않아 우리는 해변 끄트머리에서 껍데기만 남은 게를 발견했다. 크지도 작지도 않은 게 한 마리가 유목과 말라붙은 해초 무더기 틈에 죽어 있었다. 배 부분에는 맛조개의 파편이 붙어 있었고, 움직임 없는 더듬이에는 색 바랜 그물이 어지럽게 엉켜 있었다. 그리고 몸통과 집게발에는 독특하게도 경고등처럼 새빨간 점들이 박혀 있었다.

지쳐 있던 나는 그대로 주저앉아 자세히 들여다보기 시작했다. 등딱지 측면에 난 네 개의 가시가 선명하게 보였다. 집게발은 짧고 빳빳한 털로 뒤덮여 있었다.

뜨고도 보지 못하는 게의 눈을 들여다보면서 나는 이 게의 여정이 어디에서부터 시작되었을지 상상해봤다. 게들이 플라스틱 조각이나 해초 뭉치, 심지어 따개비가 덕지덕지 붙어 있는 화물선 등 온갖 것들을 타고 먼 거리를 이동한다는 이야기를 읽은 적이 있었다. 어쩌면 이 생명체는 폴리네시아에서 수천 킬로미터를 견디며 이곳 노섬브리아 해안까지 와서 죽은 건지도 모른다.

사진을 몇 장 찍어야겠다는 생각이 들었다. 교수들이라면 이 게가 어떤 게인지 알 터였다.

그런데 카메라를 꺼내려고 가방에 손을 넣는 순간 갑자기 눈앞이 흔들렸다. 가벼운 현기증이 바다 안개처럼 밀려왔다. 나는 가만히 몸을 웅크린 채 현기증이 사라지기를 기다렸다.

"저혈압 증상이에요." 나는 몸을 일으킬 수 있을 정도가 되자 입을 열었다. "어릴 때부터 이랬어요."

우리는 다시 게 쪽으로 고개를 돌렸다. 나는 손과 무릎을 짚어 가며 모든 각도에서 그것을 사진에 담았다.

카메라를 가방에 도로 넣으려는데 다시 현기증이 찾아왔다. 이번에는 파도처럼 밀려왔다 밀려가기를 반복했다. 등에 통증이 몰려들기 시작했고 갈비뼈 근처에서 한층 불쾌하고 강렬한 고통이 느껴졌다. 나는 무릎 사이에 손을 집어넣으며 다시 꿇어앉았다. 현기증이 소용돌이처럼 휘몰아쳤다.

나는 진정하기 위해 열까지 숫자를 셌다. 두려움과 걱정이 뒤섞인 목소리가 머리 위에서 어지럽게 들려왔다. 바람의 방향이 바뀌었다.

마침내 눈을 떠보니 손에 피가 묻어 있었다.

자세히 들여다봤다. 틀림없는 피였다. 신선하고 축축한 피가 오른 손바닥 전체를 적시고 있었다.

"괜찮아. 걱정할 것 없어." 나는 스스로 되뇌었다.

엄청난 공포가 파도와 함께 밀려들었다.

1

레오

아내는 종종 속눈썹이 젖은 채로 잠에서 깬다. 마치 슬픈 꿈이 넘실대는 바다를 유영하다 온 사람처럼. 그리고 말한다. "그냥 잠을 좀 설쳐서 그래. 난 악몽 안 꿔." 엠마는 깊고 깊은 하품을 하며 눈을 비빈 후 미끄러지듯 침대를 빠져나가 딸 루비가 숨을 잘 쉬고 있는지 확인하러 간다. 루비가 세 살이 된 지금까지도 버리지 못한 습관이다.

그러고 나면 돌아와 이렇게 말한다. "레오! 그만 자고 일어나! 키스해줘!"

더디게 흐르는 심연에서 깨어나 하루가 시작되면, 찰나의 순간들이 찾아온다. 새벽은 호박빛 노란 그림자를 드리우며 동쪽에서부터 서서히 펼쳐지고, 우리는 서로의 몸을 파고든다. 엠마는 쉬지 않고 떠들다가 때때로 말을 멈추고 내게 입을 맞춘다.

오전 6시 45분, 우리는 위키피디아에 접속해 간밤에 사망선고 받은 이들을 확인한다. 그러다 7시가 되면 엠마는 방귀를 뀌면서 거리의 모터 자전거 소리라는 핑계를 댄다.

엠마가 언제부터 이러기 시작했는지는 기억이 나지 않는다. 우리 관계가 아주 깊어지기 전이었을 것이다. 하지만 그녀는 그때 이미 내가 같은 배에 타고 있다는 것을, 그리고 내가 해변으로 다시 헤엄쳐 돌아간다거나 날개를 달고 날아가버리는 일은 없으리라는 것을 알고 있었던 것 같다.

그 시간이 되도록 루비가 우리 침대로 오지 않으면 우리가 루비의 침대로 간다. 루비의 방은 향기롭고 활기차다. 이른 아침 루비와 오리 인형에 대해 대화를 나누는 것은 내가 가장 행복하다고 느끼는 순간 중 하나다. 아이는 내내 껴안고 있었으면서도 밤새 오리 인형이 믿기 힘들 만큼 엄청난 모험을 했다고 믿는다.

보통은 내가 루비의 옷을 입히고 엠마가 주방으로 내려가 아침 식사를 준비하지만, 엠마가 밤새 연구소에서 수집한 해양 자료들 때문에 옆으로 샐 때가 많아 대체로 루비와 내가 알아서 찾아 먹는다. 아내는 결혼식에도 40분이나 늦었다. 웨딩드레스를 입은 채로 레스트롱겟 만 영국 남서부의 콘월에 자리한 작은 만 에 들러 조수의 변화에 따라 달라지는 해안선 사진을 찍고 온 것이었다. 하지만 가족관계 등록 담당자 말고는 그녀의 지각에 아무도 놀라지 않았다.

엠마는 조간대를 연구하는 생태학자다. 밀물 때는 물에 잠기고 썰물 때는 모습을 드러내는 갯벌과 그곳에 서식하는 생명체를 연구한다. 엠마의 말에 따르면 조간대는 지구상에서 가장 경이롭고 흥미진진한 생태계다. 어릴 때부터 해안 바위 틈새의 물웅덩이를 찾아다니며 놀았던 엠마는 이런 연구에 타고난 소질이 있었다. 엠마가 가장 관심 많은 연구 분야는 게다. 하지만 세상에 흔하디흔한 게 갑각류 아닌가. 지금도 엠마의 연구실 수조 안에는 '털다발풀게'라고 불리는 작은 녀석들이 잔뜩 들어 있다. 엠마는 외래 유입종인 그것들의 특정 형태를 찾아 정확히 규명하기 위해 몇 년 동안 애쓰는 중이다. 이 정도가 내가 이해 가능한 수준이다. 일반인인 나로서는 생태학자들이 하는 말을 3분의 1도 알아듣기 힘들다. 파티에서 그들 무리에 둘러싸이는 건 악몽이나 다름없다.

오늘 아침 루비와 주방에 내려가 보니, 엠마가 존 키츠에게 노래를 불러주고 있었다. 조리대 위에는 햇살이 사정없이 내리쬐고 있었고, 우리가 먹을 시리얼은 그릇 안에서 딱딱하게 굳어가는 중이었다. 도무지 이해할 수 없는 단어와 구불구불한 선이 화면을 가득 채우고 있는 그녀의 노트북에서는 〈킬러머핀〉이라는 곡이 흘러나오고 있었다. 유기견보호소에서 존을 데리고 올 때 댄스음악을 틀어주면 진정시키는 데 도움이 된다는 말을 들은 후로, 이 곡은 우리 일상의 배경음악이 되었다. 지금은 익숙해졌지만, 이렇게 되기까지는 시간이 좀 걸렸다.

나는 루비를 안은 채 문간에 서서 엠마가 맞지도 않는 음정으로 존한테 노래를 불러주는 모습을 지켜봤다. 조상 중에 음악가가 한둘이 아닌데도 그녀는 생일 축하 노래조차 제대로 부르지 못한다. 하지만 그렇다고 해서 노래를 안 할 그녀가 아니다. 이는 내가 아내를 사랑하는 많은 이유 중 하나다.

우리를 발견한 엠마가 그 끔찍한 노래를 계속 부르면서 다가왔다. "내가 제일 사랑하는 사람들이 여기 있네." 엠마가 우리 둘에게 뽀뽀한 뒤 루비를 받아 안고 빙글빙글 돌리는 동안 그 끔찍한 노랫소리는 점점 더 커졌다.

루비는 엄마가 아프다는 사실을 알고 있었다. 병원에서 받는 특별한 치료 때문에 머리카락이 빠지는 걸 봐왔기 때문이다. 엠마는 어제 치료 후 PET 스캔 검사를 받았고, 결과 상담은 다음 주로 예정되어 있었다. 희망적이긴 했지만 한편으로는 겁이 났다. 우리 중 누구도 잠을 제대로 이루지 못했다.

오리 인형을 머리 위로 빙빙 돌리며 엄마와 춤추던 루비가 급한 볼일이라도 있는지 꼼지락거리며 엄마 품에서 벗어났다.

"이리 돌아와, 루비. 엄마랑 놀자!" 엠마가 소리쳤다.

"나 바빠요." 루비가 그렇게 대답하고는 유치원에서 받아 온 화분에 대고 속삭였다. "안녕, 내가 마실 거 줄게."

"또 왔어?" 나는 고갯짓으로 컴퓨터를 가리키며 물었다.

엠마는 몇 년 전 BBC 야생동물 관련 프로그램을 진행한 적이 있었다. 이후로는 텔레비전에 얼굴을 비추지 않았는데도 몇몇 이상한 남자들에게서 계속 메시지가 오고 있었다. 최근 그 시리즈가 재방영되면서 그런 메시지가 더 늘어났다. 보통 때는 웃어 넘겼지만, 어젯밤 엠마는 최근 신경 쓰이게 만드는 메시지를 받았다고 털어놨다.

"두 개. 하나는 별거 없는데 하나는 좀 거슬리네. 아무튼 차단했어."

엠마는 크게 신경 쓰지 않는 모습이었다. 사실 엠마보다 내가 그 메시지들을 불편해하고 있었다. 페이스북 계정을 비공개로 돌리라고 설득했지만 그녀는 그럴 생각이 없었다. 사람들은 여전히 자신들이 추적하는 야생동물에 대한 게시물을 올리고 있었고, 엠마는 '고작 그 외로운 남자들 몇몇 때문에' 무궁무진한 자료의 원천을 걷어치울 생각이 없었다.

나는 부디 그 이상한 남자들이 그저 외로워서 그러는 것이기를 바랐다.

"케네스 델위치에 관해 쓴 당신 기사 좋더라."

엠마가 루비한테 시선을 고정한 채 말했다. 루비는 물뿌리개를 들고 싱크대 위로 기어오르는 중이었다.

탁자 위에는 신문 부고면이 펼쳐져 있었다. 나는 뒤이어 나올 '그렇지만'을 기다리며 존한테 가서 부드럽게 펄럭거리는 귀 한쪽을 손가락으로 감쌌다. 다리미 근처에서 얼쩡거리는 것 같더니 비스킷 냄새와 털 그슬린 냄새가 났다.

"그렇지만?"

내가 유도하듯 묻자, 엠마가 흠칫하며 말했다. "더 붙일 말 없는데?"

"이런. 엠마, 솔직히 말해."

잠시 후 엠마가 웃으며 말했다. "좋아. 정말 마음에 들어. 그렇지만 그 여자 성직자 부고 기사가 너무 튀어. 저런. 루비, 물은 그 정도면 충분해."

케네스 델위치는 서식스 주에 있는 자신의 포도밭에서 전설적인 난교 파티를 벌이는 걸로 유명한 인물인데, 그의 부고 옆에 어느 폭격기 조종사의 부고와 지난주 결혼식 도중 심장마비로 쓰러진 여자 성직자의 부고가 함께 실려 있었다.

"당신은 철저히 진지할 때가 최고야." 엠마가 빵을 토스터에 넣었다. "지난주에 그 배우 말이야. 스코틀랜드 출신, 그 사람 이름이 뭐였더라? 루비, 물 너무 많이 주지 마…."

"데이비드 베일리 말이야?"

"맞아, 그 사람!"

나는 엠마가 루비 때문에 화분에서 넘쳐흐른 물과 흙을 치우는 동안 케네스 델위치의 부고 기사를 다시 읽었다. 역시 엠마의 말이 옳았다. 그 여자 성직자의 부고는 짧게 쓰는 편이 나을 뻔했다.

유감스럽게도 엠마의 지적은 대체로 옳다. 엠마한테 반한 게 아닌지 의심스러운 부고팀장은, 만일 엠마가 해양생물학을 그만둔다면 당장 나를 해고하고 그녀를 고용하겠다고 농담하곤 했다. 솔직히 무척 불쾌했다. 몰래 엠마가 쓴 과학 기사들을 찾아 읽은 게 아니라면 그가 아는 엠마의 글은 《허핑턴포스트》에 발표한 기사 하나가 전부일 텐데 말이다.

엠마는 플리머스에 자리한 해양생물학회의 연구원이다. 일주일에 이틀을 그곳에서 보낸 후 런던에 있는 우리 집으로 돌아와 유니버시티 칼리지 런던UCL에서 하구 습지 보호에 대해 가르친다. 글 쓰는 감각이 종종 나보다 뛰어난 작가이기도 한데, 위키피디아의 부고 뒤지기를 정말 좋아한다. 내 일을 가로채는 데 관심이 있어서라기보다는 그냥 잘 쓰인 기사를 좋아하기 때문이다. 내가 부고 기사 담당 부팀장 자리를 놓고 한 오만한 녀석과 대립했을 때, 엠마는 농담인지 진담인지 복어 독을 먹여 죽여버리라고 권했다. 그런 걸 보면 나를 쫓아내고 그 자리를 차지할 생각은 없어 보인다.

루비와 존이 정원으로 나갔다. 이웃집 플라타너스 이파리 사이로 비쳐 드는 햇살이 우리 집의 아담한 잔디밭에 금빛으로 아롱지고 있었다. 도시의 초여름 냄새가 집 안으로 밀려 들어왔다.

시리얼을 다시 준비하려는데 밖에서 존이 연못 주위를 뛰어다니며 짖었다. 어린 개구리들이 한창 북적거릴 때라 그냥 두고 볼 수가 없는 모양이었다.

나는 숟가락을 찾아 들고 정원으로 우리 가족의 아침 식사를 날랐다.

"미안." 엠마가 나를 위해 문을 붙잡고 말했다. "식사 준비를 못 한 것도, 당신 기사에 청하지도 않은 충고를 한 것도. 분명 기분 별로였을 거야."

"맞아." 우리는 정원 탁자에 자리 잡고 앉았다. "그래도 정중한 지적이라서 그렇게 기분 나쁘진 않았어. 진짜 문제는 당신 말이 종종 옳다는 거지."

엠마가 미소를 지었다.

"당신은 정말 뛰어난 기자야, 여보. 아침마다 업무용 이메일을 확인하기도 전에 당신이 쓴 부고 기사부터 찾아 읽는다니까. 읽고 있으면 당신이 정말 자랑스러워."

"음." 나는 루비한테 시선을 고정한 채 아무 말도 하지 않았다. 루비는 지금 연못에 너무 가까이 가 있었다.

"진짜야! 당신 글 정말 매력적이라니까."

"오, 엠마. 진짜 그만해."

"농담 아니야. 당신 신문사에서 당신이 제일 잘 써. 이상 끝."

곤혹스럽게도 나는 넘치는 기쁨을 감출 수가 없었다. 결국 "고마워" 하고 대답하고 말았다.

엠마의 손이 탁자를 미끄러지듯 가로질러 내 엄지손가락을 쥐었다. 그러고는 자기가 제일 좋아하는 사람은 나라고 말했다. 나는 웃음을 터트렸다. 우리는 늘 이런 식이다. 이게 우리다. 결혼한 지 7년, 함께한 지는 10년이 되어간다. 그리고 나는 그녀에 대해 모르는 게 없다.

우리가 바다에 묶여 있는 존재라고 말한 사람이 존 F. 케네디였던가. 스포츠 때문이든, 여가 때문이든, 바다에 온다는 건 우리가 원래 있어야 할 곳으로 돌아오는 거라고. 이게 바로 내가 우리 둘에 대해 느끼는 방식이다. 아내 가까이에 있으면 근원으로 돌아온 기분이 든다.

그래서 이날 아침(존 키츠와 개구리와 커피와 죽은 성직자가 함께한, 순결하고 평범한 아침) 이후 이 여자에 대해 내가 아는 게 하나도 없음을 알았을 때, 나는 완전히 무너지고 말았다.

2

엠마, 일주일 후

"괜찮을 거야." 나는 침실의 어둠에 대고 이 말을 되풀이했다. 시간이 얼마나 흘렀는지도 알 수 없었다. 녹아내린 시간이 방울져 떨어졌다. 레오의 대답이 들리지 않는 걸 보니 그는 침대에 없는 듯했다. 내가 깜빡 잠이 들었던 모양이다.

시계를 확인했다. 새벽 3시 47분이었다. 드디어 병원 예약일이었다.

화장실 물 내리는 소리와 귀에 거슬리는 마룻바닥 소리가 들려오기를 기다렸지만 정적뿐이었다. 레오는 아래층에서 냉장고 문을 연 채 뭔가를 먹고 있을 게 분명했다. 아마 비상식량으로 쟁여둔 햄을 먹고 있을 것이다. 그는 만일 내 화학요법이 효과가 없으면 나를 위해 자기도 엄격한 채식주의자가 되겠다고 약속했다. 나는 4년 전 암을 확진받은 후로 채식을 고수하는 중이었다.

사실 캠던의 세인스버리 주차장에서 방금 산 체더치즈를 포장만 벗기고 마구 먹어 치운 적이 여러 번이긴 하지만.

나는 자리에서 일어났다. 레오랑 있을 때는 침대에서 끌어안고 있는 걸 즐기지 않았는데, 막상 그가 없으니 몸이 그를 그리워했다.

레오는 화장실에 없었다. 나는 주방으로 내려갔다. 계단을 내려가면서 손끝을 벽에 댔다. 수십 년 동안 반복해서 칠을 덧입힌 벽의 두껍고 울퉁불퉁한 질감이 느껴졌다. 나는 작은 소리로 노래를 흥얼거렸다.

몸을 살짝 옆으로 틀어 높이 쌓인 책 더미를 피했다. 책 더미 위에는 짝 잃은 열쇠, 종이 클립, 옷감 심지 등 사용하지 않는 물건들을 넣어둔 에나멜 그릇이 놓여 있었다. 레오는 내가 그 책 더미를 어떻게든 처리하게 만들려고 복도 한가운데에 계속 옮겨놓았고, 나는 그때마다 원래 자리로 되돌려놓았다. 해결책은 선반을 더 마련하는 것이지만, 나는 선반 정리엔 재주가 없었다.

문제는 레오도 마찬가지라는 사실이었다. 그래서 우리는 계속 같은 패턴을 반복할 수밖에 없었다.

"레오?"

대답이 없었다. 계단이 삐걱거리는 소리만 과장되게 들려올 뿐이었다.

이 집은 할머니한테서 물려받은 것이었다. 하원의원이자 아마추어 바이올리니스트였던 할머니는 물건을 쌓아두기 일쑤였고, 점점 심해지다가 결국 생애 마지막 10년 동안은 아무것도 집 밖으로 내보내지 않았다. 레오는 내가 할머니의 온갖 문제점을 다 물려받은 것 같다고 했다. 우려스럽게도 심리치료사 또한 동의했다. *인간은 자신이 감당할 수 없는 상실을 경험하면 모든 것에 집착하게 되는 법이지요.*

이 집은 히스 스트리트의 끝자락에 자리 잡은 아담한 조지 왕조풍 마을, 햄스테드 빌리지의 일부다. 무너져 내리기 직전이고 믿기 어려울 정도로 비좁고 갑갑한 집이지만 팔면 제법 큰 돈을 받을 것이다. 하지만 이 집을 받치고 있는 네 개의 벽이 내 인생에서 차지하는 부분이 상당하기 때문에 나는 이 집을 떠날 수 없었다.

지난주에 레오는 터프넬 파크에 위치한 널찍한 침실 세 개짜리 테라스하우스 이야기를 자세히 늘어놓았다. "방 크기 좀 봐!" 그가 희망에 들뜬 얼굴로 속삭였다. "침실도 하나 더 갖게 될 거야! 아래층 화장실도!"

나는 기분이 좋지 않았다. 어쩌란 말인가? 아래층 화장실을 얻기 위해 내 유일한 안식처를 팔라는 말인가?

레오는 주방에도 없었다. 서재에도 없었다. 이 사실에 안도감이 들었다. 잠시지만 그가 이곳에 앉아서 내 부고 기사를 미리 쓰고 있을지도 모른다고 생각했기 때문이다. 그건 견딜 수 없는 일이었다. 모든 신문사들은 유명인들의 부고 기사를 미리 작성해둔다. 부고 전문기자들은 중대한 사망 소식을 놓칠지도 모른다는 두려움 속에서 산다. 나는 유명인은 아니지만, 레오의 신문에 부고 기사가 실릴 정도는 된다.

나는 계속 노래를 흥얼거리며 평소엔 우리 둘 다 좀처럼 들어가지 않는 작은 다이닝룸에도 가봤다. 그곳은 할머니가 남긴 잡동사니와 낡은 바이올린 악보들이 잔뜩 쌓여 있어서 들어갔다간 그 틈에서 허우적거리기 딱 좋았다. 그래서 올해 박사학위논문만 통과되면 정리하겠다고 남편에게 약속했다.

"여보?"

그 순간 불현듯 두려움이 밀려왔다. 만일 루비도 없어졌으면 어떡하지? 나는 위층으로 뛰어 올라갔다. 그러다 너무 서두른 나머지 발을 헛디뎌 손을 짚고 넘어졌다.

다행히 루비는 거기 있었다. 당연한 일이었다. 그리고 당연히, 숨도 잘 쉬고 있었다.

나는 벽장도 뒤져보고 지붕으로 연결된 작은 문도 열어봤다. 어디에도 레오의 자취는 없었다. 불안감에 오싹해지기 시작했다. 인터넷의 그 이상한 남자들 가운데 누군가가 내가 자기 메시지를 무시하는 것에 진저리가 나서 내 남편을 벌주기로 한 거면 어쩌지?

말도 안 돼. 하지만 그 생각이 머릿속에서 떠나지 않았다. 현관문 두드리는 소리에 레오가 문을 연다. 어떤 미치광이가 들어와 레오를 때려죽인다. 그 외로운 미치광이는 텔레비전에서 내가 논병아리한테 말을 거는 모습이 좋아서 내가 자기 소유물이라고 착각한 것이다.

물론 실제로 나쁜 일이 벌어지지는 않았다. 그들 중 몇몇은 내가 답하지 않으면 화를 냈다. 전부 차단하니 쉽게 새 계정을 만들어 돌아왔다. 그리고 더 심하게 윽박질렀다. 오랫동안 그럭저럭 무시하면서 버텼지만, 이제는 한계에 다다랐다. 겁에 질렸다는 게 아니라, 지긋지긋해졌다는 뜻이다.

지난주 플리머스의 연구실에서 나설 때도 누군가가 기다리고 있는 듯한 느낌을 받았다. 풀로 뒤덮인 진입로 가장자리 언덕에 어떤 남자가 앉아 있었다. 바다를 등지고 있어서 절로 눈길이 쏠렸다. 화창한 오후, 바로 등 뒤에 펼쳐진 플리머스 만의 반짝이는 풍광을 마다하고 사설 진입로나 뚫어지게 쳐다보고 있을 사람이 누가 있겠는가? 게다가 내가 진입로를 걸어갈 때는 야구모자를 푹 눌러쓰더니 내가 옆을 지나치자 고개를 돌리던 것도 썩 마음에 들지 않았다. 아마 별일 아닐 테지만, 마음에 걸렸다.

나는 침대에 앉아 집중해보려고 애썼다. 지금 내게 무엇보다 중요한 일은 사라진 남편을 찾는 것이었다.

문자메시지를 확인했다. 아주 가끔 있는 일이지만 엄청나게 중요한 인물이 사망하면 레오는 한밤중에도 노트북을 켜곤 했다. 혹시 여왕이나 총리가 죽음을 앞두고 있는 걸까? 그래서 일하러 갔나?

그에게서 온 메시지는 없었다. 검색해서는 안 될 어떤 남자를 검색한 구글 화면뿐이었다. 아까 잠들기 전 마지막으로 한 일이었다.

아침에 했던 통화가 마치 문틈으로 새어드는 물처럼 아련하게 떠오르기 시작했다. *그냥 얘기를 좀 나누고 싶어서 그래.* 그가 마지막에 말했다. *만나자. 만나서 얘기해.*

"레오?" 속삭이듯 불러봤다. 아무 소리도 들리지 않았다. "레오!" 이번에는 조금 큰 소리로 불러봤다. "나 아직 암 완치 안 됐을지도 몰라! 당신 지금 나 버리면 안 돼!"

그리고 잠시 후 말했다. "사랑해. 어디에 있는 거야?"

답은 들려오지 않았다. 그는 완전히 사라져버린 듯했다.

마침내 정원 창고에 있는 그를 찾아냈다. 5년 전쯤 레오가 이 집 상태에 대해 너무 펄펄 뛰는 바람에 잡역부를 불러 창고를 비운 적이 있었다. 우리는 그곳에 단열공사를 하고 각종 케이블을 연결했다. 레오는 언제든 원하면 그곳에서 일할 수 있었다. 나는 창고에 소파와 러그, 책장을 들여놓아주었고 '정리'라는 명목으로 절대 물건을 옮기지 않겠다고 약속했다. 레오는 그곳과 사랑에 빠졌다. 하지만 곧바로 그 존재를 잊었다.

그런데 지금 그가 그 창고 안에 앉아서 담배 연기를 피워 올리고 있었다.

"여보." 나는 문간에 서서 물었다. "뭐 하고 있는 거야?"

그는 잠이 덜 깬 듯 보였다. "갑자기 담배가 생각나서." 옆에는 거칠게 뜯은 담배 한 갑과 가스난로에 불붙일 때 쓰는 기다란 점화기가 놓여 있었다.

나를 따라 밖으로 나온 존 키츠가 마치 '하지만 레오는 담배 안 피우잖아'라고 말하듯 그와 나를 차례로 쳐다봤다.

"하지만 당신은 담배 안 피우잖아."

"나도 알아."

레오가 점화기를 집어 들고 점화 버튼을 눌렀다. 푸른빛과 오렌지빛이 섞인 불꽃이 지치고 겁먹은 그의 얼굴을 비췄다. 그 모습에 가슴이 저몄지만 나는 웃음을 참을 수 없었다. 내 남편이, 갑작스러운 흡연 욕구를 못 참고 창고 안에서 가정용 소형 점화기로 불을 붙여 담배를 피우고 있다니.

"놀리지 마." 웃으면서 그가 말했다. "나 무서워."

나는 웃음을 멈췄다. 병을 앓는 동안 종종 이런 상황을 떠올렸었다. 감정의 풍경이 온통 상실감만으로 채워진 남자의 눈앞에서 죽을지도 모른다는 것에 대해. 물론 나 자신도 두려웠고, 루비가 겪게 될 슬픔도 견디기 힘들었다. 하지만 여러 면에서 내가 가장 걱정하는 사람은 레오였다. 사람들은 대부분 내 남편을 침착하고 자신감 있는 사람, 예리한 기지와 뛰어난 두뇌를 가진 사람이라고 생각하지만, 겉모습만 그렇게 보일 뿐이었다.

그는 무엇보다 자기가 이 작은 가정에 속한 것을 가장 중요하게 생각했다.

"차라리 위스키를 마시지 그랬어?"

그가 고개를 저었다. "술 안 마시기로 약속했잖아. 난 내가 한 말은 지키는 남자야."

나는 소파로 가서 그의 옆에 앉았다. 소파에서 먼지가 뿌옇게 피어올랐다. 내가 손을 잡자 그가 존을 데리고 담배 사러 갔었다고 털어놓았다. 유제품이 첨가되지 않은 초콜릿도 샀다고 했다.

"맛 진짜 없더라." 그가 비참한 표정으로 말했다.

나는 그의 팔짱을 끼었다. 그의 약한 몸이 마치 공격에 대비하듯 빳빳하게 긴장하는 게 느껴졌다.

"아직은 술 끊지 않아도 돼." 나는 그에게 말했다. "고기도, 유제품도."

그의 머리가 엉망으로 헝클어져 있었다. 눈 밑에는 깊은 주름이 졌다. 면도도 필요해 보였다. 그렇지만 세상에, 그런데도 이 남자는 너무나 아름다웠다.

나는 내가 그를 얼마나 깊이 사랑하고 있는지, 내게 벌어질지 모를 일로부터 얼마나 그를 보호하고 싶은지 어떻게든 전해지기를 바라며 그를 가만히 바라봤다.

"난 괜찮을 거야. 우린 내일 예약한 대로 같이 병원에 갈 거고, 모루 박사님은 내 건강에 아무 이상 없다는 진단을 내려주실 거야. 당신은 박사님이 아무래도 나를 좋아하는 것 같다고 속으로 욕하고 앉아 있을 테고."

"그건 사실이잖아."

"아니거든. 중요한 건 박사님이 나한테 이제 암이 다 나았다고 얘기해줄 거고 우리는 다시 일상으로 돌아올 수 있다는 거지. 우린 유치원으로 루비를 데리러 가서 그네 좀 태워준 다음 집으로 돌아와 재울 거고, 그러고 나면 와인을 곁들인 저녁 식사를 하고 어쩌면 섹스를 할지도 몰라. 이제부터는 좋은 일만 있을 거야."

그는 아무 말이 없었다.

"심지어 내가 집을 청소할지도 몰라. 그렇지만 너무 미리 들뜨지 않는 편이 좋겠지."

그가 다시 점화기를 켜서 내 얼굴을 비췄다. 나는 손가락으로 그의 얼굴을 가만히 쓸어내렸다. 그가 나를 끌어안았다.

"미안해. 내일 일에 대해서는 꽤 확신하고 있었는데, 당신이 잠든 걸 보니까 그냥 마음이…."

그가 잠시 나를 가만히 바라보다가 입을 맞췄다. 그의 입에서 지독한 담배 냄새가 났다. 하지만 우리의 미래가 의료보험 서류철에 암호처럼 적혀 있을 지금, 이 추운 창고 안에서 그런 건 전혀 신경 쓰이지 않았다. 내 남편은 키스의 달인이었다. 10년을 함께했지만, 여전히 설렜다.

"사랑해." 그가 말했다. "그리고 겁먹어서 미안해. 그래봤자 도움도 안 되는데."

나는 그의 어깨에 머리를 기댔다. 지금은 그저 피곤할 뿐이었다. 아주 깊은, 숙명적인 피로감이었다. 임신 8주 차에 느꼈던 피로감, 치즈 강판 위에 올려놔도 잠들 수 있을 것 같은 그런 피로감이었다.

나는 마음속에 기록했다. '극도의 피로감'. 4년 전 한 전문의가 미안한 표정으로 내가 말트림프종이라는 암에 걸렸다는 말을 한 이후, 나는 내내 해양생물학자가 연구실에서 미생물을 관찰하듯 내 몸을 관찰해왔다. 뭔가 새롭거나 다른 것을 기록할 때마다 같은 공포가 골반 틈을 벌리고 들어왔다.

처음에는 별로 심각하지 않다고 했다. 아주 가벼운 정도라서 굳이 치료할 만한 '임상적 이점'이 없다고 했다. 당시 레오와 나는 3년째 아이를 가지려고 애쓰던 중이었고, 막 시험관 아기 시술을 시작한 시점이었다. 내 암을 진단한 의료진은 불임 치료를 계속할 수 있어 다행이라고 했다. 우리는 1년 후에 다시 검사하기로 했다.

나는 아직 치료할 필요가 없다는 그들의 말을 믿었다. 화학요법을 쓰는 건 몇 년 후가 될 거라고, 넉넉하게 분기별로 한 번씩 흉부를 엑스레이 촬영하면 어떤 변화든 곧 알아챌 수 있다고 했다. 하지만 두려움으로 인해 여전히 순간순간 망연자실했다. 인식이 낱낱이 해체되고 단단히 묶여 있던 줄이 풀리는 느낌이었다.

오랫동안 잊었다고 믿었던 생각과 욕망이 마치 기다렸다는 듯 불쑥불쑥 고개를 내밀기 시작했다. 밤마다 잠을 이룰 수 없었다. 대학 시절을 향한, 나의 이십대를 향한 터무니없는 상상과 후회들이 광풍처럼 휘몰아쳤다.

물론, 그에 대한 생각도.

나는 우리가 함께 있을 때 느꼈던 그 피부의 감촉, 머리카락에서 나던 향기를 사진처럼 선명하게 꿈꾸기 시작했다. 그래서 전화하고 싶다는 생각이 들 때마다 떨쳐버리기 힘들었다.

내가 아프다는 걸 알려야 해. 그를 만나야 해.

암을 확진받고 나서 며칠 후, 나는 결국 참지 못하고 전화를 걸었다.

처음 두 번은 런던에서 몇 킬로미터 떨어진 호텔에서 만났다. 세 번째 만난 곳은 옥스퍼드 서커스 근처의 어느 작고 허름한 식당이었다. 나는 절박함, 그리고 난임 치료 때문에 매일 직접 주사하는 호르몬제의 영향으로 떨고 있었다. 그를 만날 때마다 괜찮다고, 아무도 다치지 않을 거라고 되뇌었다. 그저 19년 동안 오간 대화의 연장일 뿐이었다. 하지만 당연히 괜찮지 않았다. 한 가정의 해체를 수반하지 않고는 해결 방법이 없었다.

결국 나는 다시 또 연락을 끊기로 했다.

6주 후, 내 손에는 양성 반응이 뜬 임신테스트기가 들려 있었다. 나는 그것을 레오에게 보여줬다. 우리 둘 다 무슨 말을 해야 할지 몰랐다. 다음 날, 다시 테스트했다. 한 번, 두 번, 세 번, 결과가 틀리지 않는다는 확신이 들 때까지 하고 또 했다. 수년간 거듭되는 실패 속에서 아기를 가지려 노력하다 보면 삶의 주기를 생각하기가 힘들다. 게다가 암이라는 프리즘을 통해 들여다보면 이는 거의 불가능에 가깝다.

그게 4년 전이었다. 그렇게 루비가 생겨났다.

병은 내가 임신과 출산, 그후 전쟁 같은 초보 엄마 시절을 겪는 동안 내내 정적인 상태를 유지했다. 흉부 엑스레이 판독 결과는 매번 괜찮았고, 다른 것도 다 정상이었다. 레오와 나는 작은 아기의 생명을 지키느라 너무 바빠서 내가 혈액암 환자라는 사실을 자주 잊었다.

하지만 그 상태는 그리 오래가지 않았다. 루비가 두 살 반이 되던 지난해, 체중이 줄고 복부에 통증이 느껴지기 시작했다. 위출혈 때문에 정밀검사를 받았고, 그로부터 며칠 후 위에 악성 궤양이 자리 잡고 있음을 보여주는 사진과 마주했다.

"유감스럽지만, 진행되었네요." 담당 의사인 모루 박사가 여느 때와 달리 웃음기 없는 얼굴로 말했다. 공격적인 비호지킨림프종이 분명했다. 당장 치료를 받아야 하는 상황이었다.

"둘째 임신을 준비 중인데요."

"그건 암에 걸리지 않았을 때 생각할 문제죠."

보통은 그렇듯 엄하게 말하지 않는 사람이었다.

마침내 몇 달 동안의 치료가 종결되고 차도가 있기를 바라는 지금, 나를 가장 위협하는 건 피로감이다. 피로는 나를 깊은 심연으로 끌어당기고, 그 아래는 여전히 암흑이다.

어쩌면 나는 살지 못할지도 모른다.

주방에 들어오자마자 우리는 밤의 정원 냄새가 따라 들어오지 않도록 문을 닫았다. 레오가 비상용으로 산 담배를 쓰레기통에 던졌다.

"하나만 약속해줄 수 있어?"

레오는 냉장고 앞에 서서 호기심 가득 찬 얼굴로 안을 들여다보고 있었다. 우리는 둘 다 그가 왜 거기에 서 있는지 알고 있었다. 내 남편은 채식만 하면서 일주일을 견딜 수는 없을 터였다.

"뭐든."

"오, 레오. 그 빌어먹을 햄 그냥 먹어."

레오가 얼굴을 찌푸리며 채소 칸을 열었다. "뭘 약속해달라는 건데?"

"안 좋은 소식을 듣더라도 내 부고 기사를 미리 써놓지 않겠다고."

그가 몸을 쭉 펴고 맨 위 칸에서 햄을 낚아채듯 꺼냈다. "물론이지." 그러고는 햄 한 조각을 대충 담배처럼 길쭉하게 말아 입 안으로 구겨 넣었다.

"그래야 한다고 느끼게 될 수도 있어. 직업적인 이유로든, 개인적인 이유로든. 하지만 누구든 내가 아직 살아 있는데 내 죽음에 관해 쓰는 거 싫어. 특히 당신은."

"생각해본 적도 없어."

"정말?"

"그럼!" 그는 꽤 마음이 상한 듯했다.

"미안해, 레오." 나는 순간 그 자리에 앉아버렸다. "미안해. 당신이 내 죽음을 상상하는 건 생각만 해도 참을 수가 없어… 감당이 안 돼."

그가 냉장고 문을 닫으며 말했다. "알았어." 그러고는 내 앞에 무릎 꿇고 다시 말했다. "알았다고."

지난 몇 년간 수도 없이 그랬듯이, 나는 지금도 죽음의 순간이 어떤 느낌일지 궁금했다. 떠나는 순간 어떤 느낌이 있기는 한지, 있다면 어느 정도인지 궁금했다. 터널이나 하얀빛 같은 이야기는 믿지 않았다. 하지만 생이 끝나간다는 느낌에 더는 살려는 노력을 그만두는 그런 순간이 있으리라고 생각했다.

그게 문제였다. 나는 노력을 멈추고 싶지 않았다. 끝내고 싶지 않았다.

잠시 후, 레오가 존을 위해 밤새 틀어두곤 하는 조용한 음악을 틀었다. 존이 안심되는지 자기 잠자리로 갔다.

레오가 존한테 가서 밤 인사를 건넸다. "아침 여섯 시 전에는 일어날 생각도 하지 마." 그러고는 몸을 일으켜 나를 쳐다보며 물었다. "춤을 추면 좀 기분이 나아질까?"

처음 춤을 추러 갔을 때 레오와 나는 서로에 대해 거의 모르는 상태였다. 그냥 가볍게 한잔할 생각이었다. 그런데 한 잔만 마시려던 술이 여러 잔이 되더니, 스테프니그린역에 있는 레오의 아파트 근처 작은 이탈리안 식당에서 밤늦게 스파게티와 미트볼을 먹기에 이르렀고, 그러다 바에 가서 럼주도 마셨다. 그곳에는 막 시험을 마친 치과대학 학생들이 가득했다. 우리는 모두 친구가 되었고, 학생들은 우리를 화이트채플에 있는 클럽으로 데려갔다. 그곳에서는 모두가 마치 세상이 끝나기라도 한 것처럼 춤을 추고 있었다.

"괜찮아?" 레오가 내 귀에 대고 소리쳤다. 서른다섯 살인 그는 조용하면서도 치명적으로 근사하고 재미있는 사람이었다. "원한다면 조금 덜 광적인 곳으로 갈 수도 있는데…."

"무슨 소리야! 지금 너무 좋은데!"

그랬다. 레오와 있으면 모든 게 정말 편안했다. 그는 아주 편안한 사람이었다. 아픈 과거라도 있는지 무척 신중했고, 지난 몇 년간 에너지 넘치고 시끄러우며 끊임없이 관심과 감탄을 요구하는 남자들을 만난 게 후회될 정도로 솔직했다. 그는 나 말고는 아무것도 바라지 않는 사람 같았다. 나는 그의 손을 꽉 잡았다.

"그래, 춤이나 추자. 나 꽤 잘 춰."

나는 그 말을 못 춘다는 뜻으로 알아들었다. 그런데 세상에나, 그는 춤을 출 줄 알았다. 늘 세상에서 리듬을 탈 줄 아는 남자가 가장 섹시하다고 생각했는데, 딱 붙은 청바지에 티셔츠, 안경, 모호한 헤어스타일까지 그는 그야말로 환상적이었다. 그는 마치 물 위를 떠다니는 것처럼 사방의 매력적인 육체들 사이를 매끄럽게 누볐다. 나는 놀란 눈으로 그를 바라봤다. 그런데 그가 갑자기 내 허리를 감싸 안고 댄스플로어로 나아갔다. 마치 사람들의 주목을 잡아끄는 댄서가 된 기분이었다.

"내 생각엔, 당신 깨끗이 완치될 것 같아." 어두운 주방에서 조용히 느린 동작으로 춤추며 그가 말했다. 지친 목소리였지만 확신에 차 있었다. "다른 결과는 있을 수가 없어."

잠자리에 들기 전, 나는 루비의 방으로 가서 잘 자고 있는지 확인했다. 루비는 침대 한구석에 얼굴을 파묻고 오리 인형을 팔로 꼭 끌어안고 있었다. 나는 잠자는 내 아기의 냄새를 한껏 들이마셨다.

우리는 거의 임신 포기 상태였다. 3년 동안 희망에 부풀었다가 절망에 빠지기를 반복했고, 진짜 의사와 주술사, 그리고 그 둘 사이에 존재하는 온갖 이들을 끝도 없이 만났다. 인류에게 알려진 검사란 검사는 다 했지만, 아무도 내가 왜 아기를 가질 수 없는지 확실한 이유를 알려주지 않았다. 결국 모두에게서 들은 유일한 대답은 임신 가능성이 있다 하더라도 자연임신은 힘들다는 것이었다.

결국 우리는 집을 담보로 대출받아 레오의 형수가 받았다는 눈물 나게 비싼 '기적의 체외수정 시술'을 받았다. 효과가 있었다. 내 몸 한쪽에서 작은 악성 종양이 자라는 동안 내 자궁 안에서는 아기가 자랐다.

지금 나는 손을 뻗어 딸의 가슴이 평온하게 오르내리는 걸 확인하며 생각한다. 두 번째 기회, 제발 모루 박사님, 내일 나한테 두 번째 기회를 주세요. 내가 약속한 방식으로 남편과 딸을 사랑할 수 있도록.

나는 암이 깨끗하게 완치되면 그를 떠나보낼 생각이었다. 아무리 힘들더라도, 그럴 작정이었다.

3

레오

엠마가 마침내 잠이 들었다. 나는 다시 창고로 나왔다. 그리고 오물이라도 되는 양 노트북을 두 손가락으로 집어 들었다.

엠마의 직감이 맞았다. 나는 그녀의 부고 기사를 쓰는 중이었다. 지하철에 앉아 어깨 너머로 흘긋거리는 낯선 이들의 시선을 느끼며 휘갈겨 쓰기도 했고, 늦은 밤 엠마가 잠들고 오로지 존 키츠와 나, 그리고 두려움이라는 불길한 감정만 깨어 있을 때 쓰기도 했다.

엠마가 나한테 왜 그런 이야기를 했는지는 물론 잘 안다. 하지만 부고 기사를 쓰는 일이 그녀에 대한 배신은 아니다. 나는 아름답게 쓰고 싶다. 그건 내가 진심으로, 모든 걸 다 바쳐 사랑한 여인에게 바치는 찬가다.

엠마의 부고 기사를 쓰는 일은 내 마음을 진정시키는 효과만 있는 게 아니었다. 세상이 엠마를 잊거나 무시하지 못하리라는 확신도 심어줬다. 나에겐 중요한 문제였다.

필요하면 뭐든지 해. 지지집단에도 가입하고, 상담 치료도 받고. 나만큼이나 당신도 힘들 테니까. 처음 확진받았을 때 아내가 한 말이었다.

그래서 나는 내가 아는 걸 했고, 도움이 되었다.

다시 침대로 돌아와 보니 엠마가 잠든 채 손을 내 자리 쪽으로 뻗고 있었다. 마치 내가 왜 깨어 있는지 짐작하지만 용서한다는 듯이.

4

레오, 다음 날

사무실에 도착하자마자 재니스 로스차일드의 실종 소식이 보도자료 배포 사이트에 올라오기 시작했다.

경쟁사의 부고 기사란을 살펴보고 있는데 쉴라가 자기 책상에 놓인 벨을 울렸다. *땡!* 쉴라는 누군가 사망할 때면 항상 그런다. 다들 공적으로는 이런 관행을 끔찍하게 여기는 척하지만 개인적으로는 재미있어한다.

땡! 모두가 고개를 들었다. "오, 이런." 쉴라가 모니터를 들여다보며 탄식을 내뱉었다. 그러더니 잠깐 고개를 들고 말했다. "미안해요. 벨 소리는 무시하세요. 나도 모르게 반사적으로 누른 거였어요. 그렇지만 이런, 망할." 그러고는 휴대폰을 집어 들고 뭔가 확인하더니 다시 모니터로 시선을 돌렸다.

우리는 기다렸다. 원래 쉴라는 모든 걸 자기식대로 처리한다.

잠시 후 쉴라가 양손을 머리 위로 올리며 몸을 뒤로 기댔다. "재니스 로스차일드가 실종됐어. 공연 리허설 중에 나가버렸대. 사흘 전에. 어디로 갔는지는 아무도 모른다네."

켈빈 팀장이 물었다. "정말? 무슨 공연이었는데?"

켈빈은 감정의 폭이 좁은 편이지만 그런 그에게조차 이 소식은 충격적이었다. 재니스 로스차일드와 그녀의 남편 제러미는 쉴라와 막역한 친구 사이이고, 그건 우리 모두가 아는 사실이었다.

켈빈의 질문에 존티가 대답했다. 그는 감정의 폭이 과하게 넓은 사람이다. "〈모두가 나의 아들〉 공연 리허설 중이었대요. 7월에 보러 가려고 표 사놨는데. 쉴라, 제발 농담이라고 말해줘요."

쉴라가 두 사람의 말은 들은 체도 않고 관자놀이를 문질렀다.

"끔찍한 일이네." 나는 조용히 말했다. "쉴라, 유감이네요."

쉴라가 내 말도 묵살하고 중얼거렸다. "어떻게 이런 일이. 불쌍한 제러미. 보도자료에 의하면 최근 몇 주간 우울해 보였다는데… 믿어지지가 않아. 재니스는 언제나 아주… 아주 좋아 보였단 말이야."

켈빈 팀장은 할 일을 잊지 않고 있었다. "정말 걱정스러운 일이긴 한데, 어… 혹시 써놓은 자료 있나?"

써놓은 자료란 미리 작성해둔 부고 기사를 뜻했다. 우리의 문서 보관함에는 수천 건에 달하는 부고 기사가 준비되어 있었다. 하지만 재니스 로스차일드는 이제 겨우 오십 줄인 데다 알려진 건강 문제도 없었기 때문에 '만일의 경우'에 대비한 부고 기사의 대상과는 거리가 한참 멀었다. BBC에서 각색해 방영하는 〈마담 보바리〉에도 출연 중이었다. 그건 일요일 저녁에 나도 시청한 드라마였다. 아, 제발 별일 없어야 하는데. 엠마는 드라마가 시작하자마자 재니스 로스차일드는 별로라며 잠자리에 들었지만, 나는 그녀가 뛰어난 배우라고 생각했다.

쉴라가 제러미에게 전화하러 간다며 자리를 비웠다.

켈빈이 사진 자료 담당자에게 전화를 걸었다. "재니스 로스차일드 자료를 받을 수 있을까요? 〈마담 보바리〉에 출연 중인 사진도 몇 장 있으면 좋고요… 뭐라고요? 아, 미안합니다. 방금 실종 소식이 들어와서요. 그러게요, 좀 충격적이네요. 그건 그렇고, 남편과 같이 있는 사진도 얻을 수 있을까요?"

제러미 로스차일드는 BBC 라디오4에서 〈투데이〉라는 프로그램을 진행 중이었다. 나는 그의 트위터 계정을 찾아봤다. 72시간 전부터 새로 올라온 글이 없었다. 부고팀의 모든 이들이 나와 똑같은 과정을 밟고 있었다. 하나같이 재니스의 트위터를 뒤졌지만 지난 3주 동안 업데이트된 내용이 없었다. 결국 존티는 차를 마시러 자리를 뜨면서 투덜거렸다. "즐거워 보이기만 하네. 도저히 저런 사람이 스스로 목숨을 끊었을 것 같지 않은데."

나는 동료들의 말에 더 귀를 기울일 수 없어 헤드폰을 쓰고 잠시 '#재니스로스차일드' 해시태그로 검색을 했다. 정말 엄청난 속보였다. 트위터에 새 글이 올라온 게 불과 5분 전이었다. 나는 재니스가 시트콤 〈앱솔루틀리 패뷸러스〉에 특별 출연한 배꼽 빠지게 웃긴 클립 영상 하나와 〈스포츠 릴리프〉 행사에서 자선 모금을 위해 만성 현기증에 시달리는 몸으로 암벽을 등반하는 무척 감동적인 영상을 봤다. 그녀가 마침내 정상에 오르자 모두가 울음을 터트렸다. 카메라맨도 예외가 아니었다.

하지만 초기 트위터 글들은 재니스가 왜 사라졌는지에 대해 아무런 단서도 주지 못했다. 회사 전산망에 기록된 자료를 재빨리 훑어봐도 단서라고 할 만한 건 하나뿐이었다. 그건 바로 그녀가 19년 전 정신과 병동을 나서는 사진이었다. 아들을 낳은 지 몇 주 지난 후의 모습이었다. 그것 말고는 없었다. 재니스는 낙천적인 성격으로 시도 때도 없이 사람들을 웃겼다. 텔레비전 토크쇼에서 진행자 그레이엄 노턴과 재치 있는 말을 주고받는 모습을 보면 누구라도 친구 삼고 싶어지는 그런 유형이었다.

쉴라가 젤리가 든 커다란 봉지를 들고 돌아왔다. 제러미와 연락이 되지 않는다고 했다.

"나한테 재니스 기사 쓰라고 하지 마." 쉴라가 잠시 후에 말했다. "난 재니스가 자살했다고 믿지 않아. 관여하지 않을래."

"하지만 재니스라면 당신이 잘 알잖아." 켈빈이 잠깐 시간을 두었다가 설득했다. "아주 개인적인 내용이 필요할 거야."

"그래서 하기 싫다는 거야." 쉴라가 딱딱한 말투로 대답했다. "난 지극히 건강했던 소중한 친구한테 사형선고를 내릴 생각 없어."

켈빈이 이해한다는 듯이 고개를 끄덕였다. 그가 팀장이고 내가 부팀장이지만, 이 부고팀을 이끄는 사람은 의심할 바 없이 쉴라였다.

켈빈은 그 부고를 내게 맡겼고, 그래서 나는 기사를 쓰기 시작했다. 다른 신문사의 부고 전문기자들도 똑같은 일을 하고 있을 터였다. 지금 우리는 모두 시신 발견 소식이 떴는지 주기적으로 확인하며 시간을 다투고 있었다.

친구에게 사망을 '선고'하지 않겠다는 쉴라의 말이 자꾸 떠올랐다. 내가 지금 엠마의 부고를 쓰는 것도 혹시 그런 것일까?

뉴스 스튜디오의 대형 TV 화면에서는 실종된 50대 여성을 찾고 있다는 런던경찰청의 발표가 나오고 있었다.

쉴라가 젤리를 끊임없이 씹으며 문자메시지를 수없이 보내더니 나갔다 오겠다며 자리에서 일어났다.

"아침 10시 30분에 브랜디 한잔 할 만한 데가 있는지 찾아봐야겠어. 미치광이들이 벌써부터 어쭙잖은 재니스 부고를 메일로 보내오네."

우리 부고팀이 뉴스룸에서 제일 생기 넘치는 부서라고, 우리가 하도 웃어대서 종종 다른 부서 사람들이 짜증을 낼 정도라고 아무리 말해도 사람들은 잘 믿지 않는다. 하지만 조금만 생각해보면 말이 된다는 걸 알 수 있다. 시사나 정치는 언제나 사람들을 우울하게 만들지만, 우리는 대단한 사람들을 찬양하며 시간을 보내지 않는가. 게다가 부고 전문기자의 현재는 삶이다, 죽음이 아니라. 자신의 초상화를 미리 그려볼 수 있으니 그 색이나 명암, 질감 등을 계획하고 거기에 맞춰 늘 자신을 단련하게 된다. 물론 슬픔이 없지는 않지만, 심한 정도는 아니다. 부고 기사를 미리 작성하는 일도 주인공의 생이 짧지 않다면 참을 만하다.

하지만 이런 식으로 부고를 미리 써야 하는 경우, 즉 병원 밖에 기자들이 진을 치는 끔찍한 교통사고나 갑작스러운 말기 암 진단, 의문의 실종 사건 등이 일어나 생각지도 못한 죽음을 가정해서 미리 부고를 써야 할 때면, 무엇보다 이 일이 힘들게 느껴진다.

아내의 혈액암 진단 결과를 기다리고 있는 지금은 더더욱.

점심시간 무렵 마침내 쉴라가 제러미에게서 연락을 받았다. 급히 자리에서 일어난 그녀는 한참 동안 돌아오지 않았다.

"별다른 소식은 없어." 쉴라가 자리로 돌아와 말했다. "같이 공연하는 배우 중 하나가 흘린 얘기래. 런던 전역에 쫙 퍼지리라곤 생각 못 하고 함부로 입을 놀린 거지. 제러미가 집 현관 앞에 기자들이 온통 진을 치고 있다면서 엄청 화를 내더라고."

나라면 제러미 로스차일드 눈 밖에 나느니 차라리 버스에 몸을 던지고 말 것이다. 그렇다. 그는 국보급 인물이다. 정치인을 대할 때는 무시무시하고, 언젠가 한 번은 파파라치에게 주먹을 날린 적도 있었다. 물론 이해할 수 있는 부분이다.

"제러미도 아는 게 없었어." 쉴라가 자리에 앉으며 말했다. "사흘 전 집에서 나가는 걸 본 게 다래. 캠던에 있는 세실 샤프 하우스가 공연 연습장인데, 보통은 프로듀서가 집으로 차를 보내는데 그날따라 직접 운전해서 가고 싶어 했대. 리허설은 잘 진행됐고, 재니스도 별다른 게 없어 보였대. 그런데 화장실에 다녀오겠다고 하고는 돌아오지 않은 거야. 재니스의 차는 견인돼서 보관소에 있고, 지하철 탄 흔적은 없대."

"하지만 캠던이잖아요." 존티가 말했다. "길거리 어디에나 카메라가 설치돼 있을 텐데요?"

"캠던이지만 프림로즈 힐 끄트머리, 리젠트 파크 옆이야. 거긴 카메라 거의 없어."

켈빈이 은근과는 거리가 먼 눈빛으로 나를 쏘아봤다. 재니스의 부고 기사가 다 완성됐는지 묻는 것이었다. 나는 마지못해 고개를 끄덕였다. 쉴라는 이 모든 걸 다 보고 있었지만 항의하지 않았다. 우리가 할 일이 무엇인지 알기 때문이었다.

"나타날 거야." 쉴라가 말했다. "몇 주 전엔 같이 저녁도 먹고 새벽 두 시까지 신나게 퀸 노래 부르면서 술도 꽤 마셨거든. 아무튼 재니스는 전혀 나쁜 컨디션이 아니었어."

"두 사람 관계에 뭐 이상한 점은 없었어요?" 존티가 물었다. "재니스가 제러미를 떠난 게 아닐까요?"

"아니." 쉴라가 말했다. 경고하듯 날이 선 목소리였다.

존티는 눈치채지 못했다. "그렇다면 말 그대로 별다른 점은 전혀 없었다는 거네요?"

"그래." 쉴라가 퉁명하게 대답했다. 이야기는 그걸로 끝났다.

나는 쉴라가 책상을 정리하며 남은 젤리를 버린 후 어깨를 한 번 으쓱하는 모습을 지켜봤다. 그건 재니스의 소식을 더 듣기 전까지는 어떤 감정도 드러내지 않겠다는 뜻이었다. 내가 알기로 쉴라는 진짜로 그럴 수 있는 몇 안 되는 사람 중 하나다.

나보다 열 살 정도밖에 많지 않지만 쉴라는 이미 MI5미국 FBI와 비슷한 영국 정보기관와 외교부에서 고위직에 오른 바 있었다. 기쁘게도, 몇 년 전 우리 팀에 합류하면서 그녀는 나를 술친구로 택했다. 쉴라와 함께 점심시간에 펍에 들르는 것은 내 하루 일과에서 가장 즐거운 일이었다. 쉴라는 한 시간에 맥주 석 잔을 비우고도 사무실 내에서 누구보다 설득력을 발휘할 수 있었다.

쉴라가 어쩌다가, 아니 왜, 우리와 함께 일하게 되었는지는 아무도 정확히 모른다. 나는 언젠가 그녀가 올 때처럼 갈 때도 갑자기 의문을 남긴 채 사라질 것 같다는 느낌을 받았다. 아마 어딘가에서 수십억 달러를 굴리는 마약 카르텔에 몸을 담거나, 대통령과 국왕들의 지원을 받으며 무장한 군용 지프차를 타고 다니지 않을까.

"그런데, 나 엠마 봤다?" 우리 모두 다시 일에 집중하려는데 쉴라가 말했다. "어제."

"아, 그래요?"

쉴라는 다짜고짜 관련 없는 주제를 끄집어내는 버릇이 있었다. 그녀는 우리가 지금 팀 회의 중이라는 사실을 잊은 듯했다.

"심란해 보이던데. 물론 내가 상관할 일은 아니지만, 별일 아니면 좋겠네."

엠마는 쉴라를 봤다는 이야기를 한 적이 없었다.

"검사 결과가 어떻게 나올지 불안해서 그랬을 겁니다." 나는 즉흥적으로 응답했다. 동료들이 아내에 대해 나보다 더 많이 알게 되는 건 원치 않았다. "오늘 오후에 검사 결과 들으러 갈 예정이거든요."

나는 엠마가 괜찮은지 확인하기 위해 문자메시지를 쓰기 시작했다.

그때 쉴라가 말했다. “워털루역에 있던데.”

“네. 일주일에 두 번은 플리머스에서 일하잖아요.” 나는 고개도 들지 않은 채 대답했다. 이건 쉴라도 아는 사실이었다. 바로 몇 주 전 엠마의 엄청난 통근 거리에 관해 이야기를 나눴으니까.

“그래서 워털루역에서 보고 놀란 거야. 플리머스로 가는 열차는 패딩턴역에서 출발하잖아.”

나는 문자메시지를 보내려던 걸 멈췄다. “아, 맞아요. 어제는 도싯에서 현지 조사가 있었을 거예요. 그러니까, 워털루역이 맞아요.”

이상한 일이었다. 간밤에 엠마는 어딜 간다고 말하지 않았다. 그래서 나도 묻는 걸 잊었다.

“아, 그랬구나.” 쉴라가 말했다. 펍에서 우리 둘만 있을 때처럼 다정한 목소리였다. “도싯 어디? 내가 거기 해변을 정말 좋아하거든.”

이건 거슬릴 뿐 아니라 전혀 쉴라답지 않은 질문이었다.

“친구가 식물성 플랑크톤 표본을 수집하고 있는 곳이라고 했는데, 어디라고 했는진 기억이 안 나네요.”

“그렇다면 풀 항구는 아니겠구나.”

뭐라고? 쉴라가 어떻게 그 빌어먹을 식물성 플랑크톤에 대해 알고 있는 거지? 설상가상이군.

“아침치곤 꽤 늦은 시간이었거든.” 쉴라가 모니터 화면으로 시선을 되돌리며 덧붙였다.

존티가 쳐다봤다. 그도 이상한 걸 눈치챈 모양이었다.

쉴라가 왜 저러지? 우리는 종종 펍에서 가정생활에 대해 폭넓은 대화를 나눴고 엠마 이야기도 했지만, 이번엔 달랐다. 나는 그녀가 한때 수사관이 아니었을까 하는 생각이 들었다.(그녀가 MI5에서 사무직을 맡았을 리는 없다.) 쉴라의 태도는 정중하고 친절했지만, 왠지 모르게 거슬리고 이해가 가지 않았다.

"식물성 플랑크톤이 깊은 물로 이동할 때를 기다려야 한다는 얘기를 했었어요." 나는 마침내 대답했다. "아마 그때를 기다리고 있었겠죠."

나는 엠마가 최근 시간 관리에 고전 중이고 그 때문에 우울증이 도지려는 징후가 보인다는 말은 하지 않았다. 아무튼 별일 아니었다. 우리의 대화는 결론에 이른 듯했다.

오후 3시에 나는 병원에 가기 위해 자리에서 일어났다. 다들 내게 무슨 말을 해야 할지 몰랐다.

"잘 다녀와." 걸음을 옮기려는데 쉴라가 소리쳤다. "두 사람 다 괜찮길 바라고 있을게."

5

레오

모루 박사의 진료실에서 우리를 부를 때까지 40분, 50분, 60분을 기다리고 있자니 점점 분노가 치밀어올랐다. 우리 신문사의 정치 전문 기고가가 전 하원의원의 사망 기사를 보내왔길래 그거라도 읽어보려 했지만, 너무 불안하고 화가 나서 집중이 되지 않았다. 환자 대기실의 소리 없는 텔레비전에서는 하이버리에 있는 제러미와 재니스 로스차일드 부부의 근사한 테라스하우스가 나오고 있었다.

엠마는 조용히 앉아 나처럼 휴대폰을 들여다보고 있었다.

엠마의 머리카락은 5센티미터 길이까지 자랐다. 오늘은 가느다란 검은색 핀을 꽂고 있었다. 아름다웠다. 몇 달 동안 독한 약물치료와 힘든 방사선치료, 끝이 보이지 않는 혈액검사에 시달렸음에도 불구하고 그녀는 여전히 아름다웠다.

나는 그 말을 해주려고 엠마한테 몸을 기울였다. 그러다 그녀의 휴대폰에 시선이 멈췄다.

"지금 뭐 하는 거야?"

엠마는 아마존에서 관을 검색하고 있었다.

"난 고리버들 가지를 엮어 만든 관에 묻히고 싶어." 엠마가 목소리를 죽이며 대답했다. "죽으면 말이야. 그리고 수목장이면 좋겠어."

나는 얼어붙은 채 엠마의 휴대폰 화면을 응시했다. 엠마가 보고 있는 관은 500파운드가 조금 안 되는 가격이었다. 블루벨 꽃이 가득 핀 햇살 가득한 숲속에 관이 놓여 있고 그 위에 야생화를 엮은 꽃다발이 놓여 있었다.

"엠마, 이러지 마! 그만해!"

"안감은 유기농 면이래. 어쨌든, 난 괜찮을 거야. 그냥 어떤 게 있나 둘러봤어."

"제발, 이러지 마."

"우린 결국 다 죽어. 만반의 준비를 하고 죽을 수 있다면 그 편이 훨씬 나을 거야."

"난… 알겠어. 준비하고 싶은 거 있으면 해."

가슴속에 뜨거운 구멍이 뚫리는 듯했다. 어쩌면 그녀를 정말로 잃을 수도 있겠다는 생각이 들었다.

엠마가 이런 내 마음을 눈치챘는지 휴대폰을 치우고 내 손을 잡았지만, 더는 참을 수가 없었다. 접수대로 씩씩대며 걸어가 막 폭발하려는 순간, 엠마의 이름이 호명되었다.

6

엠마

남편에게 거짓말을 할 때 생기는 가장 큰 문제는 아무 일 없을 것 같아도 결국 모든 걸 바꾼다는 사실이다.

나는 레오를 사랑한다. 이 사랑은 시간제도, 조건부도 아니다. 진정한, 본질적인 사랑이며, 심지어 내게는 간이나 비장 못지않은 생물학적 기능을 한다. 나는 그만의 철학과 그가 만들어주는 이상한 요리, 깨끗한 옷을 꼼꼼하게 개어두는 습관, 우리 할머니의 낡은 피아노로 브루스 혼스비의 〈더 웨이 잇 이즈The Way It Is〉 도입부를 서툴게 연주하는 모습을 사랑한다. 침대에 누워 있을 때 그 긴 코를 가로질러 나를 바라보는 눈길과 형편없는 5행시를 지어 일기예보라도 읽는 것처럼 읊어대는 모습도 사랑한다.

내 목숨은 그가 구한 것이라고 해도 과언이 아니다.

루비를 가졌을 때 친구들이 경고하길, 부모가 되는 순간 위대한 연애는 끝이라고 했다. 루비를 집에 데려온 날, 나는 친구들이 한 말의 의미를 단번에 이해할 수 있었다. 혼돈과 수면 부족, 균형을 잃었다는 느낌, 그리고 어른끼리의 대화나 친밀감 표현을 할 수 없는 상황이 이어졌다. 하지만 그 첫해에 나는 레오가 내가 아는 최고의 남자라는 사실을 그 어느 때보다 분명하게 깨달았다. 우리는 암 확진 후 치료 과정과 임신, 산후우울증을 함께 겪어냈고, 지금도 서로 보조를 맞추며 조용히 걸어가고 있다. 탈진해서 쓰러질 지경만 아니면 우리는 여전히 잠자리에서 깔깔 웃다 잠이 든다. 방금 사랑에 빠진 사람들처럼 여전히 입을 맞춘다.

나는 너무나도 간절히 털어놓고 싶었다. 자신이 어떤 여자와 결혼했는지 그에게 말해주고 싶었다.

하지만 언제나 같은 이유로 털어놓지 못했다. 레오는 절대 받아들이지 못할 것이고 받아들일 수도 없을 것이다. 그런 남자가 있을지도 모르지만, 내 남편은 아닐 것이다.

설사 과거가 덜 복잡한 사람이더라도 진실을 감추려 한 나를 결코 용서하지 못할 것이다. 레오는 출생부터 속았고, 그 때문에 어떤 형태로든 정직하지 않은 걸 참지 못했다. 작년에 루비의 보모를 해고한 것도 남자친구 집에 갔으면서 루비를 공원에 데려갔다고 거짓말했기 때문이었다. 그날 저녁 내가 집에 도착했을 때 그는 이미 인사 컨설턴트에게 의뢰해 보모의 거짓말이 심각한 위법행위임을 확인하고 집에서 쫓아낸 후였다.

옳은 처사였다. 신뢰할 수 없는 사람에게 루비를 맡길 수는 없었다. 하지만 그때 그가 보인 거센 분노는 언젠가는 진실을 털어놓겠다는 내 바람을 완전히 짓밟아버렸다.

이 문제의 기본적인 사실은, 내가 나 자신을 용서할 수 없다면 레오 또한 절대 나를 용서하지 못하리라는 것이다.

모루 박사는 우리가 문을 통과하기도 전에 입을 열었다.

"좋은 소식입니다!"

그가 활짝 웃더니 자신의 위치를 망각하고 망설임 없이 나를 끌어안았다.

"괜찮아요? 저 괜찮은 거예요?"

"괜찮습니다. 일단은요."

"아, 정말 다행이네." 레오가 속삭였다. 그러고는 나를 끌어당겨 모루 박사를 떼어냈다.

"PET 스캔 결과, 깨끗해요. 조직검사 결과도 좋고 피검사 결과도 좋습니다."

모루 박사가 방금 환자를 끌어안았던 사람 같지 않게 자리에 편히 기대앉은 뒤 앞으로 몇 달간의 일을 차분히 이야기하기 시작했다. 하지만 레오가 화장지를 뽑아 눈가를 닦는 모습을 보고 곧 말을 멈췄다.

레오가 진정되기를 기다리며 나는 그의 손을 꼭 잡았다. 그동안 그가 얼마나 두려움에 떨었는지 잘 알고 있었지만, 그 불안을 바로 눈앞에서 보는 건 고통스러운 일이었다.

"미안." 레오가 평상시와 같은 목소리로 말했다. "그냥 못 본 걸로 해."

6개월마다 계속 상태를 추적 관찰할 예정이지만 지금으로서는 낙관적으로 봐도 좋다고 모루 박사가 설명했다. 그러고는 쾌활하게 덧붙였다.

"이 소식을 페이스북에도 올리셔야죠. 팬들이 정말 좋아하겠어요!"

그가 내 계정을 계속 들여다보고 있었음을 대놓고 인정한 셈이었다.

암 선고를 받고 나서 몇 년 동안 나는 수많은 암 투병기를 읽었다. 생존이라는 따뜻한 해안가에서 쓴 글도 있었고, 유족의 짤막한 인사를 끝으로 마무리된 글도 있었다. 치유와 성장을 이야기한 글도 있었고, 슬픔과 고통을 토로한 글도 있었다. 하지만 단 하나의 예외도 없이 모든 글에 사랑이 언급되어 있었다. 생이 마지막을 향해 갈 때 침착하고 용기 있게 죽음과 대면하기 위해서는 자기 자신에게 가장 의미 있는 사람들을 돌아봐야 한다는 것이었다.

부끄럽게도 나의 암 투병기는 이와 대조적으로 결혼 생활이 끝장날 수도 있다는 끊임없는 강박상태에서 4년 전 시작되었다. 들킬지 모른다는 두려움과 깊은 후회 때문이었다. 내게는 종이는 물론 페이스북, 아니 어디에도 털어놓을 수 없는 이야기가 있었다.

우리는 곧장 루비를 데리러 가는 대신 펍에 들러 와인을 마시기로 했다. 나는 안주로 치즈 모둠을 주문했고, 우리는 누가 보면 왜 저러나 할 정도로 게걸스럽게 먹어 치웠다.

조직검사 슬라이드 위의 아주 작은 얼룩이었던 내 검체가, 이제 침입한 암세포가 없음이 확인되어 데이터베이스에 저장된 채 잊힐 걸 생각하니 계속 웃음이 났다. 오늘 본 아름다운 세포 사진 속에서조차 B세포림프종은 끔찍해 보였다.

"뭘 할 작정이야?" 레오가 나를 보고 미소 지으며 물었다. 그는 행복해 보였다. 나도 행복했다.

나는 무슨 뜻이냐고 물었다.

"그 빌어먹을 암만 이겨내면 뭘 할지 다 생각해놨다고 했잖아. 하고 싶은 거 말이야."

나는 잠시 생각에 잠겼다. 정말로, 나는 레오와 루비를 사랑하는 데만 집중하고 싶었다. 그래서 그렇게 대답했다.

레오가 내게 입을 맞추고 또 맞췄다. 구석 테이블에 앉은 나이 많은 여자가 미소 띤 얼굴로 바라보는 게 느껴졌다. 나도 미소를 지어 보였다. 이 사람은 내 남편이에요. 그녀에게 말하고 싶었다. 나이 많은 여자들은 늘 레오를 보면 미소를 짓는다. 유난히 긴 속눈썹 때문일까. 어쩌면 웃음을 참듯 살짝 올라가는 입꼬리 때문인지도 모른다.

"그 계획 마음에 드네." 그가 말했다. "하지만 게는 어쩌고? 표본 만들고 싶어 하지 않았어?"

"맞아! 그래서 곧 노섬벌랜드로 가서 서식지를 찾아보려고. 이젠 병원에 묶인 몸도 아니잖아. 문제없을 거야."

"그래도 조심해야지."

그가 손짓으로 와인 두 잔을 추가 주문했다.

20여 년 전 아직 대학생이었을 때, 나는 노섬벌랜드잉글랜드 최북단의 주 해변에서 죽은 게 한 마리를 발견했다. 사진에 담으면서 그것이 흔치 않은 종이라는 걸 감지했지만, 그날의 바닷가 산책은 예상치 못한 방향으로 흘러 결국 병원에서 끝이 났다. 그때 찍은 필름을 찾아 인화한 건 그로부터 5년이나 지난 후였다.

마침내 사진을 손에 넣었을 때, 나는 플리머스대학에서 해양생물학 석사과정을 밟는 중이었다. 나는 그 사진을 새우, 게 등 십각류 전문가인 지도교수님에게 보여줬다.

교수님이 사진을 한참 들여다보더니 안경을 벗으며 탄성을 질렀다. "우와!"

교수님의 말에 의하면, 일본이 원산지인 방게인데 아마도 일본 컨테이너선의 평형수를 통해 유럽에 유입되었을 거라고 했다. 1993년 프랑스 서남부 라로셸에서 처음 발견되었고, 이후 프랑스와 스페인 연안을 따라 퍼져나가 마침내 북쪽의 스칸디나비아 해역까지 오게 되었을 거라는 얘기였다.

"그렇지만 영국까지 온 줄은 몰랐지. 자네가 5년 전 이 녀석을 발견하기 전까지는."

그 게는 학명이 헤미그라프수스 타카노이*Hemigrapsus takanoi*로 보통 털다발풀게라고 불린다고 했다. "하지만 정확히 그 종이라고 보긴 힘들어. 아주 이례적인 특징을 갖고 있거든." 교수님이 털다발풀게의 '강모'라고 불리는 털이 달린 집게발과 껍데기의 반점을 가리키며 말했다. 가시 모양 돌기는 세 개였다.

"자네가 찍은 사진 속의 게는 돌기가 네 개잖아. 보기 드문 특징이야. 게다가 이렇게 털이 집게발 전체를 덮고 있고 반점이 붉은색인 건 처음 봐. 이건 아주 중대한 발견일 수 있어, 엠마."

교수님은 전 세계 십각류 전문가들과 수많은 이메일을 주고받았고, 그때마다 메일 참조를 통해 내게도 내용이 공유되었다. 그들이 나누는 말은 대부분 이해하기 힘들었지만 한 가지만은 그들 모두가 동의하고 있음을 짐작할 수 있었다. 내가 새로운 형태, 즉 털다발풀게의 특이형을 발견한 것 같다는 이야기였다. 뚜렷한 차이점을 가진 새로운 종이 되어가는 과정일 수도 있지만, 사실상 이미 새로운 종이 탄생한 것일 수도 있다고 했다.

석사과정에 있는 학생으로서는 굉장한 일이 아닐 수 없었다.

곧바로 노섬벌랜드 해변을 다시 찾아갔다. 하지만 아무것도 발견하지 못했다. 나는 찾고 또 찾았다. 몇 년에 걸쳐 앨른머스와 부머 해안 너머까지 마흔 번, 아니 쉰 번이 넘도록 샅샅이 훑었다. 지도교수님은 그 게가 진짜 새로운 종이 맞는다면 북해에 서식하는 다른 종의 털다발풀게와 완전히 분리된 채 고립 상태에서 진화해야만 가능한 일이라고 했다. 그래서 나는 멀리 떨어져 있는 작은 만과 돌출해안은 물론이고 접근하기 어려운 바위투성이 기슭을 전부 이 잡듯 뒤졌다. 하지만 비슷한 녀석은 눈에 띄지 않았다.

탐색은 여전히 진행 중이다. 기분이 울적할 때마다 나는 게를 찾으러 떠난다. 그리고 레오는 늘 격려를 아끼지 않는다. 나는 앨른머스에 있는 작은 민박집에 묵으며 걷다가 찾다가 걷다가 찾다가를 반복한다. 플리머스에서도 나만의 연구를 수행 중이다. 나는 포기하지 않을 생각이다. 레오의 말처럼 언젠가 반드시 '나의 게'를 찾아내고 말리라.

"당신 말이 맞아." 나는 마지막 치즈 조각을 찍어 레오에게 건넸다. "거기 가본 지 오래됐네. 언제 다시 갈 수 있을지 고민해봐야겠어."

나는 배가 부른데도 마지막 크래커 한 조각을 입 안에 넣었다.

"우리 셋이 같이 가면 어떨까? 루비가 내 정신 나간 산책은 감당 못 하겠지만 당신이랑 둘이 바닷가에서 노는 건 할 수 있을 것 같은데."

레오가 손가락으로 키스를 전하며 치즈를 삼켰다. "좋은 생각이야. 그래, 까짓것, 다음 주에 떠나자!"

"아, 일단… 내 일정부터 확인해보고. 다음 주가 아니라도 조만간 떠날 수 있을 거야."

순간 내가 당황해서 어쩔 줄 몰라 하는 걸 그는 눈치채지 못했다. 그는 마냥 행복해했다.

치즈로 잔뜩 배를 채운 우리는 여름마다 즐겨 찾는 곳으로 루비를 데려갔다. 히스 공원에 자리한 그곳은 뿌연 지평선 아래 런던의 풍경이 펼쳐지고 풍성한 풀밭이 세 살짜리 아이에게 끝없는 모험의 기회를 제공하는 곳이다. 나는 이제 특별 치료를 받으러 병원에 가지 않아도 된다고 루비한테 말해줬다. 루비는 딱정벌레 흉내를 내며 놀았다.

레오가 나와 루비의 사진을 여러 장 찍었다. 내가 처음 암 선고를 받았을 때부터 해온 일이었다. 림프종 페이스북 그룹에 있는 사람들 모두가 가족들이 자꾸 사진을 찍는다고 불평했다. 우리가 그 의미를 모르는 것처럼 군다는 거였다. 하지만 어떻게 말리겠는가? 우리가 죽고 나면 그들에게 남는 건 사진뿐인걸.

루비를 재우고 나서 우리는 정원으로 나가 와인을 더 마셨다. 얼마나 마음이 놓이는지 모르겠다고 레오가 말했다. 나는 살아있음을 실감했다. 나 자신이 소중하고 아름다운 존재로까지 느껴졌다. 취한 게 틀림없었다. 레오가 조용히 밴조를 연주했다. 그런데 연주 소리가 서서히 작아지는가 싶더니 완전히 멈췄다. 10시 5분 전, 레오는 잔디밭에 엎드린 채 잠들어 있었다. 그에겐 자주 있는 일이었다. 결혼식 날 밤에도 그는 10시 30분이 되기도 전에 잠이 들었다.

나는 친구들과 동료들, 레오의 부모님과 형, 그리고 한때 같이 살았던 가장 오랜 친구 질한테 문자메시지를 보냈다. 그리고 편히 기대앉아 하늘을 찬찬히 바라봤다. 빛 공해 현상으로 둥글게 퍼진 오렌지빛이 희미해지다가 새까만 공간 속으로 사라지는 경계에 별 하나가 반짝거리고 있었다. 휴대폰에 안도의 메시지들이 하나둘씩 도착했다. 별이 더 많이 보이기 시작했다. 더 머나먼

곳에 있는, 흐릿한 별들이.

아버지가 북두칠성을 보여주곤 했던 게 떠올랐다. 몬트세랫 카리브해에 자리한 영국령 섬 화산 폭발이 일어나 해병대 소속으로 파견 나가기 직전이었다. 하지만 임무를 잘 마쳤다며 복귀한 아버지는 하늘의 별 이야기를 다시 나누고 싶은 생각이 없어 보였다. 종종 하늘을 올려다보는 모습이 보이긴 했지만 아버지는 좀처럼 말이 없었다.

나는 루비가 숨을 잘 쉬고 있는지 확인하기 위해 집 안으로 들어갔다가 레오에게 덮어줄 담요를 들고 나왔다. 결혼식 날 밤에도 레오가 한구석에서 잠들어버리는 바람에 똑같이 이랬던 기억이 났다.

그제야 할 일이 없어진 나는 그 전화에 대해 생각해볼 용기가 생겼다.

그 전화 때문에 어제 아침 워털루역에서 발걸음을 멈춰야 했다. 주위는 열차를 타려는 사람들로 붐볐고, 그의 목소리는 마치 수천 킬로미터 떨어진 산에서 전화를 걸어온 듯 멀게 느껴졌다.

나는 누구냐고 다시 물었지만, 그는 내가 자신의 이름을 들었다는 걸 알고 있었다.

나는 풀 항구로 가기는커녕 워털루역조차 벗어나지 못했다. 사람들이 분주히 열차를 타고 내리는 역 한가운데에서 나는 쿵쾅거리는 심장박동을 느끼며 서 있었고, 질한테 전화를 걸고서야 그 자리를 벗어났다.

"이게 시작일지도 몰라." 질이 말했다. "대비하는 게 좋겠어."

나는 급히 집으로 돌아왔다. 레오가 퇴근하기 전에 개인 서류철을 처리하기 위해서였다. 만약의 경우에 대비해야 했다.

나는 서류들을 다이닝룸 한구석에 쌓아둔 할머니의 악보 더미 밑에 쑤셔 넣었다. 문에서 가장 먼 구석, 레오의 눈길이 절대 닿을 리 없는 자리였다. 물론 그는 볼 생각도 없을 터였다.

서른여섯 시간쯤 지난 시각, 이제 암과는 거리가 멀어진 여자인 나는 부드럽게 어둠이 내려앉은 정원에 조용히 앉아 그가 전화 통화 후 보내온 문자메시지를 다시 읽었다. 삭제하기 전에 스크린숏으로 찍어 휴대폰 깊숙이 숨겨놓은 것이었다.

내가 그냥 이렇게 놔둘 거란 생각은 마. 그냥 놔두지 않을 거야. 만나야겠어. 직접.

내가 답장을 보내지 않자 그는 또 메시지를 보냈다.

농담 아니야. 정 안 되면 내가 집 앞으로 갈 수도 있어.

나는 그를 만날 수 없었다. 너무나 위험한 일이었다.

하지만 나도 모르게 답장을 보내고 말았다.

좋아요. 만나요.

7

레오

켈빈 팀장은 수줍음이 많은 사람이었다. 회의가 열리는 곳은 책상들이 모여 있는 자리에서 멀리 떨어진 안전한 장소였고, 연간 평가는 디지털 방식으로 이루어졌다. 그는 일대일로 만나는 걸 불편해했다.

그래서 그가 '아침에 잠깐 얘기 좀 하자'고 메일을 보내왔을 때 깜짝 놀라지 않을 수 없었다. 바로 옆자리인지라 언제 어디서 얘기를 나누자는 건지 물으려고 고개를 돌렸지만, 그는 입을 꽉 다문 채 빠른 속도로 자판만 두드렸다. 그래서 나도 자판을 두드려 5분 후 커피숍에서 보자고 답장했다.

우리는 뉴스룸 층의 중앙에 자리한 정원으로 갔다. 그곳에는 유리 지붕을 통과한 빛이 기하학적 모양으로 드리워져 있었다.

켈빈은 열심히 자세를 바꾸며 나와 시선을 맞추려 애썼다. 자판 두드리는 소리와 조용히 대화 나누는 소리, 천장에 매달린 거대한 스크린에서 깜박거리는 뉴스가 우리 주위를 채우고 있었다. 혹시 해고를 통고하려는 걸까? 그렇다면 그 이유가 뭘지 궁금했다. 더 참아주기 힘들 정도로 평범해서 그런가? 내 부고 기사는 썩 괜찮은 편이지만, 쉴라처럼 이지적인 법의학적 시선을 갖췄거나 존티처럼 재치 있는 유머를 구사하지는 못했다.

"엠마 소식 들었어. 정말 다행이야." 목을 가다듬은 뒤 그가 말했다. "감히 말하는데 자네 아내 정말 멋져."

나는 몇 마디 진부한 말로 대답을 대신했다. 달리 안도감을 표현할 방법이 없어서였다. 물론 엠마는 때때로 검사를 받아야 할 것이고 림프계 주변에 이차 종양이 숨어 있을 가능성도 늘 염두에 둬야 했다. 하지만 확률은 우리 편이었다. 재발률은 꽤 낮았고, 엠마는 젊고 건강했다.

켈빈이 커피잔을 만지작거리다가 마침내 입을 열었다. "사실 미리 작성해뒀었어. 엠마의 부고 기사. 따로 시스템에 저장해두진 않았지만. 어쩌다 자네 눈에 띄면 안 되니까. 그렇지만 뭔가 써두긴 해야 했어. 엠마가 화학치료 받는 동안."

나는 지난 몇 달간의 일들을 떠올리며 침을 삼켰다. 손도 대지 않고 남긴 음식과 구강염, 잔뜩 성이 난 피부발진. 루비가 패혈성 인두염에 걸렸을 때도 엠마는 루비 가까이 갈 수 없어 그저 울기만 했다.

"별로 유쾌한 주제가 아닌 거 알아." 켈빈이 말했다. "하지만 혹시라도 엠마한테 일이 생기면, 부고 기사를 내긴 해야 하잖아."

엠마는 영국 해안지대의 생태계를 멋지게 다룬 BBC 3부작 시리즈로 잘 알려져 있었다. 강어귀와 바위투성이 해변과 모래언덕에 사는 생물들에게 환경이 끼친 영향이 주 내용인 다큐인데, BBC의 한 개발연구원이 영국생태학회에서 주최한 행사에 갔다가 의장을 맡고 있던 엠마를 '발견'한 것이 계기였다. 다른 사람들과 마찬가지로 그 역시 엠마의 재치와 자유분방한 모습에 매료되었고, 프로그램 아이디어를 같이 논의하자고 청해왔다.

그 결과 몇 가지 안이 제시되었다. 살펴보니 그것들은 내 아내를 '재기 넘치는 샛별'로 그리고 있었다. 엠마는 무척 당혹스러워했지만, 나는 무척 재미있었다.

그로부터 1년 후, 엠마는 한 저명한 자연주의자와 함께 BBC 3부작 시리즈를 공동 진행했다. 지극히 주관적인 내 견해에 의하면 엠마는 그를 훨씬 능가했다. 마지막 방송분이 나가기도 전에 엠마는 두 번째 시리즈에 재출연이 결정되었다. 시청자들은 엠마가 파도가 때려 부술 듯이 몰아치는 벼랑에 매달려 있어도 웃긴다며 좋아했다.

물론 엠마는 유명 인사가 아니며 지금까지도 나는 엠마가 유명인이라고 생각하지 않는다. 그녀는 자칭 괴짜에다 공부밖에 모르는 사람이다. 엠마가 프로그램 진행을 맡은 것은 오로지 육지와 미지의 바다가 만나는 그 신비로운 장소에 대한 사랑을 공유하고 싶어서였다. 엠마는 주목받는 걸 극도로 싫어했고, 〈디스랜드This Land〉가 한창 인기를 구가하고 있을 때도 최소한의 홍보 인터뷰만 했다. 지금도 신문사에서 열리는 파티에는 참석을 꺼린다. 다 사기꾼들이라는 게 그 이유였다.

하지만 TV 화면에서 사라진 지 오래인 지금도 우리는 길에서 걸음을 멈춰야 했다. 사인을 해줘야 했고, 해안 절벽의 생물 분포에 대해 논의해야 할 때도 있었다. 심지어 댄스 경연 프로그램에 출연해달라는 요청도 받았다.(물론 거절했다.) 그러니 엠마가 죽는다면 분명 거의 모든 신문이 그녀의 부고 기사를 내보낼 터였다.

"이제, 음, 괜찮아진 것 같으니, 우리가 써놓은 기사 한번 봐주겠어?"

"그러죠. 때마침 저도 쓰고 있었거든요."

켈빈이 믿어지지 않는다는 표정을 지었다. "그랬어?"

"네. 실은, 일종의 개인 과제인 셈이죠. 누군가는 구체적으로 정리해서 기사화해야 할 테니까요."

잠시 침묵이 이어졌다.

"쉽진 않았겠네. 계속 암 치료 중이었으니." 할 말을 고심하느라 켈빈의 얼굴빛이 어두워졌다. "어쨌든 자네가 쓴 부고라면, 우리가 쓴 것보다 훨씬 개인적이고 솔직하겠지."

나에 대한 그의 신뢰가 아이러니해서 나는 웃음을 터트릴 뻔했다. 사실 내가 쓴 엠마의 부고 기사는 허점투성이였다.

TV 프로그램에 출연 중일 때 엠마는 에이전트를 두고 있었다. 맥스 텐터든이라는 열성적이고 성미 급한 여자였는데, 엠마는 그녀를 흠모했다. 그런데 맥스가 프로그램의 세 번째 시리즈를 놓고 BBC와 협상 중일 때, 엠마가 급작스럽게 프로그램에서 제외되고 대신 경험 많은 사람이 투입되었다. 제작진 개편 때문이라는 출처가 불분명한 이야기가 돌았지만, 엠마가 왜 하차하게 되었는지에 대한 타당한 설명은 없었다.

엠마가 그 소식을 전화로 듣던 순간, 나도 옆에 있었다. 그때의 엠마 얼굴을 나는 잊을 수가 없다.

처음에는 비록 중증은 아니지만 암 투병 중인 데다 아이까지 임신 중인 진행자의 불안정한 상황 때문이었을 거라고 생각했다. 하지만 나중에 알고 보니 엠마는 둘 중 어떤 상황도 밝히지 않은 상태였다.

당혹스럽고 잔인하게도, 맥스 텐터든은 그다음 주에 엠마를 고객 명단에서 제외했다. 나는 이런 식으로 어이없게 버림받은 것이 최후의 결정타였다는 생각이 들었다. 왜냐하면 그후 몇 달 동안 엠마는 그 어느 때보다 길게 우울증을 앓았기 때문이다. 주말에 내가 찾아가는 것 말고는 3주 내내 철저히 고립된 채 노섬벌랜드의 인적 드문 해안에 혼자 머물렀다. 때때로 메일로 바다의 비밀에 관해 추상적으로 적은 이상한 구절을 보내오기도 했지만, 엠마는 완전히 마음을 닫고 있었고 내가 찾아갔을 때도 마찬가지였다.

"그냥 게를 찾고 있어." 어느 날 저녁, 묵고 있던 민박집에서 엠마가 말했다. "지금 당장 내가 감당할 수 있는 일은 그것뿐이야. 그냥 게 찾아다니는 거."

런던으로 돌아온 뒤 루비가 태어날 때쯤엔 회복되기 시작했지만, 곧 극심한 산후우울증이 덮쳐왔다. 루비가 생후 13개월에 접어들어 밤에 깨지 않고 잠자기 시작했을 때까지도 그녀의 상태는 완전히 회복되지 않았고, 여전히 수시로 우울증에 시달리고 있다. 저장강박증은 확실히 더 심해졌다.

이런 내용은 내가 쓴 부고 기사에 전혀 들어 있지 않다.

"확실히 좋게 쓰긴 했죠." 나는 켈빈에게 말했다. "하지만 미리 부고 기사를 써두지 말라고 엠마가 못을 박더군요. 엠마는 내가 쓰고 있다는 걸 몰라요."

"아, 그렇군. 그렇다면 존티나 쉴라한테 자료를 좀 보내주면 좋겠어."

"쉴라한테 보낼게요. 아니면 존티한테 보내도 되고요." 나는 쉴라가 일전에 내 아내에 대해 이상한 관심을 보였던 것이 떠올라 뒷말을 덧붙였다.

"좋아!"

켈빈은 다시 덜 부담스러운, 조용한 컴퓨터 화면 앞으로 간절히 돌아가고 싶은 것처럼 보였다. 그래서 나는 이 부담스러운 사안을 끄집어내줘서 고맙다고 전하고 그를 보내줬다.

아이를 가지려고 노력하는 과정에서 엠마는 두 번 유산을 겪었다. 병원에서 두 번째 돌아왔을 때 엠마를 침대에 눕히고 차를 준비하러 주방으로 내려갔다 오니, 엠마의 뺨 위로 소리 없이 눈물이 흘러내리고 있었고, 개 특유의 예리한 후각을 가진 존 키츠가 엠마의 오래된 맹장 수술 흉터에 코를 대고 있었다.

"괜찮아." 엠마가 존한테 말했다. "정말 괜찮아, 존. 걱정하지 마."

존조차 그녀의 내면 풍경에는 관여할 수 없었다. 하지만 나에겐 허락되었다. 엠마의 오랜 친구인 질에게도 허락되었다. 허락받은 사람은 우리 둘뿐이었다.

이런 이유로 나는 존티에게 내 자료를 보내기 전에 망설였다. 부고 전문기자로서 지켜야 할 원칙에 어긋난다는 걸 모르지 않지만, 내 아내의 진짜 모습은 나만 알고 있어야 한다는 의무감을 느꼈다. 세상 사람들이 좋아하는 엠마의 모습을 그냥 발표하면 되는 것 아닌가? 우스꽝스러운 모습으로 바람개비 흉내를 내는 TV 프로그램 진행자 엠마, 프록맨이나 지저스 같은 이름을 가진 유기견들의 입양인 엠마, 초대 여성 하원의원 중 한 사람이자 골초에 입도 거친 글로리아 비글로의 손녀 엠마 말이다.

세상이 알고 있는 엠마의 모습은 차고 넘치도록 많았다.

나는 켈빈에게 메일을 보냈다. 엠마의 부고 기사는 내가 쓰겠다고.

몇 주가 지나면 나는 오늘 오후를 떠올릴 것이다, 세상이 다른 각도로 돌아가기 직전의 이 몇몇 순간들을. 그리고 환상을 믿었던 나 자신을 부러워할 것이다.

엠마의 내면세계를 아는 단 두 사람 중 하나가 나라는 환상.
그녀에 대해 다 안다는 환상.

8

레오

엠마에게는 대학 시절부터 오랫동안 알고 지낸 친구 질이 있었다. 한 달에 한 번쯤 만나 저녁을 같이 먹곤 했다. 두 사람은 세인트앤드루스대학에서 해양생물학을 공부하며 함께 지냈다. 내가 보기에 둘은 서로 잘 맞는 것 같지 않았지만, 엠마는 질한테 무척이나 충실했다.

나는 두 사람의 식사 자리에 거의 초대되지 않았다. 아마도 그게 최선이었을 것이다. 나는 질을 그런대로 좋아하긴 했지만 이해할 수는 없었다. 질은 일반적인 영어보다는 문어체를 구사하는 유형이었고, 그 때문에 그녀와의 대화는 꽤 힘이 들었다. 마치 대본도 읽지 않고 연극 무대에 오른 기분이었다. 또 그녀는 천연덕스럽게 시비를 거는 식의 유머를 구사했다. 하지만 엠마는 그런 질을 유쾌한 사람이라고 여기는 것 같았다.

어쨌거나 질과 나는 그럭저럭 괜찮은 관계로 지낼 수도 있었을 것이다. 그녀가 3년 전 우리 집 현관 앞에 나타나지만 않았더라면. 그리고 우리 집으로 이사 오지만 않았더라면.

질은 엠마의 출산 예정일에 나타났다. 내가 뒤뚱거리며 엠마를 부축해 브런치를 먹으러 나가고 있을 때 그녀가 커다란 여행 가방과 다크초콜릿 과자 한 상자를 들고 우리 집 정원에 난 좁은 길을 걸어 들어왔다.

"안녕?" 질은 마치 초대받아 온 사람처럼 인사를 건넸다. "두 사람이 나가 있는 동안 난 짐 풀면 되겠네. 일단 가볍게 몸부터 풀어볼까."

엠마가 길 밖으로 내 손을 잡아끌었다. "아기가 태어나면 질이 도와줬으면 한다는 말 내가 했었지?"

사실 엠마가 했던 말은 산후 정신 건강이 염려되니 만일 상황이 안 좋아지면 질의 도움을 받고 싶다는 것이었다. 질이 들어와 같이 지낼 거라는 말은 전혀 아니었다.

질은 루비가 태어난 후 2주 동안 머물렀다. 우리 부부는 지칠 대로 지친 상태로 어쩔 줄 몰라 하며 그렇잖아도 좁은 공간에서 셋이 끼어 지내야 했다. 결국 엠마도 질을 초대한 걸 후회하는 듯했다. 산후우울증이 탱크처럼 쳐들어왔을 때 엠마가 의지한 사람은 질이 아니라 나였으니까.

질은 결국 자기 집으로 돌아가버렸고, 나는 아무 말도 하지 않았다.

오늘은 질과 엠마가 한 달에 한 번 만나는 날이었다. 그래서 나는 엠마의 부고 기사를 쓰기 위해 작디작은 서재로 갔다. 비탄에 잠겨 노트북에 써놓은 구절들을 게재 가능한 수준으로 다듬는 데는 시간이 필요했다. 엠마가 귀가하기까지는 적어도 두 시간의 여유가 있었다.

나는 책상 주변에 굴러다니는 루비의 구슬 하나를 굴리며 도입부를 다시 읽었다.

해양생물학자이자 텔레비전 프로그램 진행자, 열성적인 유기견 입양인이자 영국 해안의 생태계 보전에 대한 대중적 관심을 이끌어낸 것으로 유명한 엠마 비글로가 오늘 ??세의 나이로 사망했다. 그녀는 해양생물학 분야에서 수십 년 동안 남성들에게만 수여되어오던 상과 장학금을 받아 여성 학자들의 모범으로 여겨졌다. "대개 이런 프로그램을 진행하는 재미없는 사체 숭배자들 스무 명을 모아놓은 것보다 나은"(《타임스》 2014년 10월) 비글로는 2013년부터 2015년까지 BBC의 인기 프로그램 〈디스 랜드〉 시리즈 두 개를 진행했다. 첫 번째 시리즈 방영 이후에는 그녀의 트레이드마크인 바람개비 돌리는 몸짓이 담긴 영상 클립의 공유를 위해 인스타그램 계정이 만들어지기도 했으며, 비글로는 이를 매우 기뻐했다.

두 개의 시리즈를 마친 후 비글로는 플리머스대학교와 유니버시티 칼리지 런던의 교단으로 돌아갔다. 그때 이런 말을 남기기도 했다. "저는 인간이기보다 멍게에 가깝습니다. 다시 조간대로 돌아가게 돼서 기뻐요. 공짜 점심이 무척이나 그립겠지만요."

이 말을 하면서 그녀가 눈물을 펑펑 흘렸다는 사실, 그리고 그런 그녀를 보면서 내가 가슴을 치며 BBC에 부당 해고로 소송을 걸겠다고 펄펄 뛰었던 사실은 언급하지 않았다.

엠마 메리 비글로는 태어나자마자 플리머스와 톤턴, 아브로스 등 군 주둔지를 따라다니며 성장기를 보냈다. 그녀의 부친은 영국 해병대의 군목이었고, 비글로가 태어난 후 오래지 않아 사망한 모친은 서양고전학을 전공했다.

나는 읽기를 멈췄다.

글이 마음에 들지 않았다.

좋은 부고 전문기자는 고인을 잘 아는 것처럼 작성한다. 그것이 우리가 돈을 받는 이유다. 그런데 부고 기사를 읽으면서 살아가는 우리 같은 사람들, 즉 따분한 포럼 자리에서 부고를 논하고 부고 학회에 참석하며 부고 기사를 묶어놓은 책을 읽는 사람들은 기자가 고인과 아는 사이인지 아닌지 단박에 알아차린다. 내가 직접 쓴 게 아니었다면, 나는 이 부고를 쓴 사람이 절대 엠마를 만난 적이 없다는 데 큰돈을 걸었을 것이다. 이 부고에는 그녀만의 특별한 매력이 전혀 드러나 있지 않다.

나는 쓰기를 잠시 멈추고 확인해야 할 세부적인 내용의 목록을 작성하기로 했다.

- 학부를 졸업한 직후 곧바로 석사과정을 시작했는지?

- 어렸을 때 엠마와 엠마 아버지의 이동 경로는 정확히 어떻게 되는지?(나는 엠마의 아버지가 여러 해병대 부대에서 근무했다는 사실은 알지만 언제 어느 부대인지는 전혀 알지 못한다.)

- 어머니는 정확히 어떤 이유로 사망했는지?

존 키츠는 내 등 뒤에 있는 앤 여왕 스타일의 골동품 의자 위에서 잠들어 있었다. 분명 그 의자에는 올라가지 말라고 했는데. 나는 존을 가만히 들여다봤다. 눈이 피로할 때 눈꺼풀이 움찔거리듯 한쪽 발이 씰룩거렸다. 존을 바라보면서, 나는 엠마에 대해 이런 목록을 작성하는 것의 장단점을 따져봤다.

하지만 이런 생각을 물리치는 데는 얼마 걸리지 않았다. 엠마는 생의 문을 이제 막 다시 열었다. 결코 자신의 죽음을 되새기고 싶지 않을 터였다. 오늘 아침에도 조깅하러 나간 그녀였다. 붉게 상기된 채 빛나는 얼굴을 사진 찍어 보내면서 그녀는 이렇게 썼다. *내가 살아 있어! 진짜로 살아 있다고!*

게다가 나는 그녀의 어머니가 어떻게 세상을 떠났는지 정확히 모른다는 걸 인정하기가 부끄러웠다. 엠마는 그저 출산 합병증 때문이었다고 말했고, 엠마가 먼저 말을 꺼내지 않는 이상 자세히 묻는 건 옳지 않다고 생각했다.

엠마에게는 '중요한 것들 모음'이라는 이름이 붙은 플라스틱 폴더가 있었다. 뭐가 들어 있는지 들여다본 적은 없었다. 그저 내 것과 마찬가지로 출생증명서, 학위증, 편지 같은 것이 들어 있을 것 같았다. 엠마는 그 폴더를 서류 캐비닛 맨 위 칸에 넣고 잠가 놓았다. 그걸 알면서도 나는 문을 살짝 밀어봤다.

캐비닛 덮개가 조용히 위로 말려 올라갔다. 들릴 듯 말 듯 작은 소리가 났지만 존을 깨우기엔 충분했다. 존과 나는 캐비닛 안을 가만히 응시했다.

이 캐비닛 안을 마지막으로 본 게 언제였는지 기억이 나지 않았다. 엠마는 절대로 서류 캐비닛을 열어두지 않았다. 아직 컴퓨터에 저장하지 않은 연구 자료를 도둑맞을까 봐 늘 두려워했다. 해외에 나갈 때면 직접 와서 여권을 꺼냈다. "혹시 당신이 잠그는 걸 깜박할까 봐." 늘 이렇게 말했는데, 사실 그건 절대적으로 맞는 말이었다.

혹시 엠마의 '안 좋은 시기'가 다시 슬슬 시작되는 것은 아닌지 걱정이 되었다. 이렇게 열린 채로 두는 건 엠마답지 않았다.

나는 폴더로 손을 뻗었다. 딸깍 소리와 함께 폴더가 열렸다.

폴더 안은 거의 비어 있었다.

학위증과 10년 전부터 후원 중인 자선단체에서 보내온 감사 편지, 폐지되기 전 마지막으로 받은 종이 운전면허증 등 최근의 것들만 몇 가지 들어 있을 뿐이었다. 거대한 해군 함정 밖에서 찍은 엠마와 엠마 아버지의 사진, 예전에 썼던 신분증도 있었다. 그게 전부였다.

엠마의 서류 캐비닛 안은 본 적이 없지만 이 폴더는 자주 보던 것이었다. 내 폴더와 마찬가지로 늘 꽉 차 있었다. 살다 보면 당혹스러울 정도로 서류들이 잔뜩 쌓이지만 사실상 절대 쓸 일은 없다. 그런데도 그 서류들을 보관하기 위해 우리가 사용하는 폴더는 점점 뚱뚱해지다 못해 터질 지경이 된다.

나는 닳은 신분증 목걸이 케이스에 아직 그대로 들어 있는 엠마의 신분증을 끄집어냈다.

'엠마 비글로, 생물학 및 해양과학 대학원'이라고 적힌 것이 보였다. 엠마의 사진을 보니 절로 미소가 지어졌다. 이런 사진 특유의 무표정한 표정을 짓고 있었지만, 내 아내는 한눈에 봐도 도발적이고 아름다우며 유쾌해 보였다.

나는 캐비닛을 더 잘 보기 위해 뒤로 물러섰다. 엠마는 서류들을 다른 선반으로 옮겨놓은 게 틀림없었다.

위층으로 올라가 침실을 둘러봤다. 하지만 서류 뭉치는 보이지 않았다.

층계참에도 없었다.

최근 엠마가 되는대로 짐을 쑤셔 넣는 용도로 쓰기 시작한 진공청소기 포장 상자 안에도 없었다.

내가 기억하기로는 몇 주 전 화학요법이 끝난 걸 기념하기 위해 파리에 갈 때만 해도 서류들이 캐비닛에 가득 있었다. 엠마가 서재에서 여권을 꺼낼 때 내가 바로 옆에 있었다. 내 것보다 더 심하게 꽉 차 있는 엠마의 폴더 보관 상태를 보면서 웃었던 것도 기억났다.

우리 집은 크지 않기 때문에 만일 엠마가 그 서류 폴더들을 꺼내놨다면 내 눈에 안 띄었을 리 없었다. 저장강박증이 심한 엠마가 그것들을 버렸을 리도 없었다. 가득 있던 물건들이 보이지 않으니 어쩐지 기분이 이상했다.

당시엔 몰랐지만, 내가 엠마를 의심하기 시작한 건 그 순간부터였다.

나는 다이닝룸으로 내려갔다. 원체 종이들이 바다를 이루고 있는 곳이니까. 전부 엠마 할머니의 물건들이었다. 할머니는 오래전 돌아가셨지만 엠마는 할머니 유품을 정리하지 않고 그냥 두었다. 바닥의 여유 공간은 겨우 0.1평밖에 안 됐고, 나머지 공간은 무릎 높이까지 물건들이 잔뜩 쌓여 있는 상태였다.

나는 비좁은 공간에서 힘겹게 몸을 움직이며 주위를 둘러봤다. 엠마와 관련된 서류 뭉치는 없었다. 대부분 악보와 바이올린 연습곡 모음집, 수십 년 전 폐기했어야 할 누렇게 변한 입출금 내역서 등이었다. 그것들은 1980년대에 쓰였던 세인스버리나 테스코 쇼핑 봉투에 쑤셔 넣어진 채 하나같이 먼지를 잔뜩 뒤집어쓰고 있었다.

…구석에 놓인 낡은 막스 & 스펜서 쇼핑 봉투만 빼고. 깨끗한 공간을 찾아 먼 구석 쪽으로 움직이다가 발견했다. 이 연초록색 봉투도 다른 봉투들처럼 먼지를 뒤집어쓰고 있었지만, 누군가가 손을 댔는지 겉면에 드문드문 광택이 나 있었다. 보아하니 며칠 안 된 것 같았다.

나는 순간 움직임을 멈췄다. 물건을 찾는 일이 이제 진상규명의 범주로 넘어가고 있었다.

이 봉투가 놓인 자리는 다이닝룸에서도 제일 안쪽 구석이었다. 게다가 눈에 잘 띄지 않도록 난로에 두르는 황동 철망까지 앞에 놓여 있었다. 내가 방 안쪽까지 간신히 들어가지 않았더라면 볼 수 없는 자리였다.

이런 봉투에 넣어 이런 구석에 두었다는 건 필사적으로 숨겼다는 의미였다. 대체 엠마는 왜, 무엇을 숨기려고 한 걸까?

나는 손을 뻗어 그것을 집어 들었다.

맨 처음 눈에 띈 건 플리머스대학에서 받은 엠마의 석사학위증이었다. 다음은 작년에 시속 50킬로미터 제한 도로에서 60킬로미터로 달렸다가 발부받은 범칙금 고지서였다. 순간 웃음이 났다. 이 고지서를 받았을 때 엠마는 무척 화를 냈다. 이걸 여태 간직하고 있다니 놀라웠다. 하지만 그와 동시에 엠마가 뭐든 버리지를 못한다는 사실이 떠올랐다. 엠마는 자기 할머니와 마찬가지로 수집광이었다. 다음은 엠마가 BBC 프로그램에서 알 수 없는 이유로 퇴출당한 후 방송국 직원과 동료들이 준 작별 카드였다. *정말 그리울 거예요! 곧 다시 함께 일할 수 있기를 진심으로 바랍니다!*

다음은 루비의 여권, 그리고 엠마의 여권 두 개가 나왔다. 하나는 새 여권, 다른 하나는 한쪽 모서리가 잘린 유효기간 만료 여권이었다.

나는 내가 미처 못 본 예전 사진을 볼 수 있으리란 기대를 품고서 미소 띤 얼굴로 만료된 여권을 펼쳤다. 그런데 이름과 사진이 들어 있어야 할 페이지가 찢겨 나가 있었다. 휙휙 넘겨봐도 스탬프 하나 보이지 않았다. 나는 찢겨 나간 페이지로 되돌아왔다. 누군가 서툰 솜씨로 급히 찢은 게 분명했다.

새 여권을 펼쳐 사진이 있는 페이지를 확인했다. '엠마 메리 비글로'라고 적혀 있었다. 엠마의 여권이 분명했다.

만료된 여권을 가만히 들여다봤다. 엠마의 여권이 맞는 걸까? 그렇다면 왜 찢어버렸을까?

혈관을 따라 불안감이 스멀스멀 올라오기 시작했다. 나는 그 이유를 짐작해보려 애썼다.

엠마의 연구 성과물들을 휙휙 넘겨봤다. 학술지 승인서, 상장, 장학금 증서와 의장 임명서 등이었다.

대학 시절의 서류들도 있었다. 그중에서 세인트앤드루스대학 표식이 있는 서류 한 장을 끄집어냈다. 엠마는 세인트앤드루스 대학을 졸업했다. 하지만 이건 학위증이 아닌 서신이었다.

나는 읽다가 '친애하는 엠—'에서 그만 멈췄다.

엠마의 이름 대부분에 검정 마커펜이 칠해져 있었다. 그 때문에 조금 놀라서 멈춘 것도 있었지만, 실은 이제 한계에 다다랐다는 느낌이 강하게 들어서였다. 한편엔 엠마를 믿는 마음이, 다른 한편엔 의심하는 마음이 자리 잡기 시작했다.

잠시 후, 나는 다시 읽어 내려가기 시작했다.

전화 통화를 하려 했지만, 연결이 되지 않더구나.

할머님께 말씀드린 대로야. 당장은 힘들더라도 해양생물학 학위 과정을 계속하기를 진심으로 권한다. 다음 학기에 돌아온다면 무척 기쁘겠어(다가오는 9월이 너무 빠르다면 내년이라도 괜찮다).

덧붙여, 최근 힘든 일을 겪고 정신 건강에도 큰 타격을 입었다는 얘기를 전해 듣고 몹시 슬펐다는 말을 전하고 싶구나. 이런 시기에 공부를 한다는 게 얼마나 힘겨울지 짐작은 간다만, 자네가 해양생물학 분야에서 전도유망하다는 사실을 학과의 많은 이들이 통감하고 있어. 복귀 과정에 필요한 게 있다면 학교는 무엇이든 도울 준비가 되어 있단다.

동료들과 함께 행운을 빈다. 논의할 일이 있다면 언제든 전화나 이메일을 보내도 돼. 지금도 괜찮고 학기 중 언제든 괜찮아.

따뜻한 마음을 담아,
생물학과 테드 쿰베스 박사로부터

오래지 않아 나는 세인트앤드루스대학 표식이 있는 편지를 또 하나 발견했다. 읽어보니 이 편지 역시 엠마 이름이 검정 마커펜으로 지워져 있었다. 엠마는 자기 이름이 거기에 쓰여 있는 것을 참기가 힘들었던 모양이다.

이번에는 엠마가 학사과정에서 영구 제적 처리됨을 알리는 공문서였다. 학생증을 파기해달라는 요청과 함께 행운을 빈다는 말로 끝이 났다. 날짜는 2000년 11월. 계산해보니 3학년 마지막 가을학기였다.

존이 문간에 서서 나를 바라보고 있었다.

나는 생각하려 애썼다.

층계참에 쌓였다 치워지기를 반복하는 물건 중에 엠마의 졸업식 사진이 있었다. 내가 무척 좋아하는 사진으로, 엠마는 엄숙하고 조심스러운 태도로 입가에 미소를 짓고 있었다. 나는 그게 엠마가 세인트앤드루스대학을 졸업할 때 찍은 사진이라는 것을 한 번도 의심한 적이 없었다.

나는 편지를 내려놓고 그 사진을 찾으러 위층으로 올라갔다. 찾는 건 어렵지 않았지만 내 대학 졸업사진과 달리 아무 정보도 담겨 있지 않았다. 오직 엠마, 검은색 학사 가운을 입고 금색 레이스가 달린 밝은 파란색 휘장을 어깨에 걸친 나의 사랑스러운 엠마뿐이었다. 액자에 대학 이름이나 학과 이름도 없었고 사각모도 쓰고 있지 않았다.

한참 들여다보다가 다시 서재로 돌아와 인터넷으로 세인트앤드루스대학 졸업 가운을 뒤지기 시작했다. 해당 페이지가 느리게 떴다. 갑자기 바람이 불어 창밖의 나뭇잎들이 흔들리고 담쟁이덩굴이 창을 두드렸다. 짐이 꽉꽉 들어찬 따뜻한 집이 삐걱거리며 탄식하는 가운데, 화소로 이루어진 이미지가 점차 선명하게 드러났다.

세인트앤드루스대학의 과학학부 졸업생들은 가장자리에 흰색 털을 댄 보라색 휘장을 걸치게 되어 있었다. 나는 미술대학, 대학원, 교육대학 등 다른 가운들도 훑어봤다. 하지만 금색 레이스가 달린 밝은 파란색 휘장은 없었다. 나는 열심히 들여다보다가 결국 진실을 받아들일 수밖에 없었다. 엠마는 이 대학을 졸업하지 않았다.

마치 배 속에서 선반 하나가 빠져나가는 기분이 들었다.

존은 여전히 나를 바라보며 꼬리로 안락의자를 탁탁 치고 있었다. 응원인지, 경고인지 알 수 없었다. 나는 존 앞에 꿇어앉아 그 짙은 호박색 눈을 가만히 들여다보면서 말했다. 어떻게 이런 일이 있을 수 있는지 모르겠지만 뭔가 오해가 있는 게 분명하다고.

위스키 두 잔과 비스킷 여섯 개를 급히 먹어 치우고 나서, 나는 다시 다이닝룸으로 갔다. 쌓여 있는 서류들을 끄집어내 무작위로 펼쳐봤다. 뭔가 나쁜 짓을 하고 있다는 흥분 때문인지 손이 민첩하게 움직였다. 나는 다시 한번 옛날로 돌아가 있었다. 오로지 진실을 파헤치는 데만 정신이 팔려 부모님의 사문서들을 헤집던 그때로.

정신을 차려보니 해군 부주교가 엠마의 아버지에게 보낸 서신을 읽고 있었다. 답장이 없으면 강제 전역 절차를 시작할 수밖에 없으며 이번이 마지막 기회라는 내용이었다.

두 번을 읽어봐도 세인트앤드루스대학에서 엠마에게 보내온 편지만큼이나 말이 되지 않았다. 엠마의 아버지는 이 서신이 작성되기도 전에 자이르콩고민주공화국의 옛 이름에서 사망했는데.

위층에서 삐걱거리는 소리가 들려왔다. 마룻장 위를 아이가 걸어 다닐 때 나는 소리였다. 나는 서류들을 원래 들어 있던 봉투 안으로 밀어 넣었다. 그때 작은 쪽지 하나가 빙그르르 돌며 바닥에 떨어졌다. BBC 로고가 박힌 메모지였는데, 그 위에 손글

씨로 이렇게 적혀 있었다.

자기야, 오늘 아침 그냥 지나쳐서 미안. 전화 줘. 이렇게 헤어지고 싶지 않아... 로비

나는 주방으로 가서 위스키를 또 한 잔 마셨다. 루비의 방에서는 다시 모든 게 잠잠해진 듯했다. 하지만 내 머릿속에서는 생각들이 아주 빠른 속도로 켜켜이 쌓여가고 있었다. 내가 본 것을 이해는 고사하고, 차분히 따져볼 수조차 없었다.

자제력을 잃어버린 나는 살금살금 침실로 가서 엠마의 노트북을 열었다. 우리는 늘 서로의 노트북을 스스럼없이 사용했지만 지금처럼 염탐하려는 목적으로는 사용해본 적도, 사용할 일도 없었다. 나는 뭘 찾아봐야 하는지도 알지 못했다. 다만 서서히 밀려드는 불안을 잠재워줄 뭔가를 찾고 싶었다.

엠마의 노트북에는 열네 개의 탭이 열려 있었다. 보통 때와 다를 게 없었다. 대부분 기이한 이름을 가진 십각류의 유전학적 개체군 구조와 연관된 것들이었다. 하지만 세 가지 다른 게 눈에 띄었는데, 이메일과 페이스북 그리고 배송 지연에 대해 이베이와 다투는 내용이었다.

엠마의 이메일까지 열어 볼 엄두는 나지 않았다, 아직은. 그건 휴대폰을 뒤져 보는 것만큼이나 신뢰를 저버리는 행동이다.

페이스북은 팬 페이지가 띄워진 상태였다. '좋아요'가 3천 개 넘게 눌러져 있었다. 이상한 점이 전혀 없어서 그만 노트북을 닫으려는데, 이언 노트라는 사람이 메시지를 보내왔다는 팝업이 떴다. *메시지를 네 개나 보냈는데 답이 없네. 자기가 잘난 줄 아*

는 여자를 TV에서 보는 것도 정말 지겹군. 답장하는 게 그렇게 힘들어?

순간 화가 나서 찍소리도 못하게 뭐라고 해줄 요량으로 해당 메시지를 열었다. 그러다 메시지함을 열고 말았다.

역시 엠마에게 온 메시지를 읽고 싶지 않아 눈길을 돌리려 했으나, 그러지 못했다. 온통 남자들에게서 온 메시지로 꽉 차 있었다.

메시지마다 첫 줄이 보였다.

미키 베일런트: BBC 아이플레이어 앱으로 보고 있어, 깍쟁이. 자기는 정말

에릭 수에노: 당신은 정말 멋져요 나는

찰리 로드: 내 전화번호예요. 제발 전화 줘요. 정말이지 나는

이크발 알 자스미: 안녕 예쁜이

스키니 맥스키니페이스: 걸레 같은 년

로비 로즌: 자기야 안녕. 자기에 대해 생각해봤는데,

나는 화면을 가만히 응시했다.

무엇보다 메시지함에 있는 로비가 아까 본 메모 속의 로비와 같은 사람인지 궁금했다. 모르는 사람이 '자기야 안녕' 하고 인사할 리는 없지 않나? 그는 대체 누구란 말인가?

엠마가 이런 메시지들에 대해 나한테 말하지 않은 이유도 궁금했다. 내가 지난주에 물었을 때, 엠마는 며칠 동안 두 개의 새

메시지를 받았다고 말했다. 하지만 여기 여섯 개가 와 있었다. 여섯 개가, 그것도 오늘 하루 안에.

나는 이 남자들에 대한 분노와 엠마가 내게 이걸 말하지 않았다는 충격 때문에 갈피를 잡을 수가 없었다. 엠마는 왜 말하지 않았을까? 오늘 내가 찾아낸 것들을 왜 혼자만의 비밀로 한 걸까?

현기증이 느껴졌다. 나는 오늘 도착한 그 메시지들을 모두 삭제했다. 하지만 하나를 삭제하면 이전에 도착한 메시지 하나가 그 자리를 차지했다. 나는 삭제하기를 포기하고 노트북을 탁 소리가 나게 닫은 후 씩씩거리며 아래층으로 내려갔다. 그리고 마지막 남은 위스키를 따랐다.

대학 졸업사진부터 변태 같은 이상한 남자들이 보낸 메시지, 찢겨 나간 여권, 숨겨져 있던 서류, BBC의 어떤 녀석이 쓴 메모까지, 온통 이상한 생각이 머릿속을 어지럽히며 수천 가지 시나리오가 펼쳐졌다. 엠마의 페이스북 메시지들처럼, 겨우 해답을 하나 찾았다 싶으면 곧바로 또 하나가 의심스러워졌다. 내 머리로는 도저히 따라갈 수 없었다.

앉아서 술을 마시고 있는데 루비의 방에서 삐걱거리는 소리가 들려왔다.

"아빠? 아빠…."

9

엠마

집으로 오는 길에 질한테 전화를 걸었다. 오늘 같이 저녁을 먹은 걸로 해달라고 하기 위해서였다.

"알았어. 뭐 먹은 걸로 할까?"

질은 입 안에 뭔가를 잔뜩 물고 있는 듯한 목소리였다. 최근 몇 년 동안 질은 꽤 체중이 늘었다. 걱정스러웠지만 내색은 하지 않았다.

"뭐든 지금 네가 먹고 있는 거."

"나 지금 사냥개처럼 먹다 남은 닭 뼈 씹고 있는데."

"완벽하네."

나는 카디건을 여몄다. 6월의 저녁치곤 쌀쌀했다. 햄스테드 빌리지의 오래된 집들 사이로 거센 바람이 훅 불어닥쳤다가 구불구불한 골목을 쓸고 내려갔다.

"킹스크로스에 있는 그 치킨집 갔었다고 하자."

"와플 파는 집?"

"그래, 거기."

"진짜로 거기 같이 가면 안 될까? 우리, 중세 시대에 만나고 계속 못 본 것 같은데."

"뭐? 2주 전에 같이 영화 봤잖아!"

질이 웃음을 터트렸다.

268번 버스가 끼익끽 소리를 내며 히스 스트리트를 천천히 내려가고 있었다. 바람 때문에 차체가 기우뚱거렸다. 나는 핸드백을 꼭 끌어안으며 다음 주에는 진짜 저녁 약속을 잡아야 한다는 사실을 기억해두었다.

"일은 어때?"

질은 지금 심해어업 컨설팅을 맡고 있는데, 상사를 아주 싫어했다.

"여전히 언젠간 그만두겠다고 벼르는 중이지. 뭐, 신경 쓰지마. 넌 괜찮아?"

"난… 아니, 안 괜찮아."

"그 사람 만나러 갔구나?"

"응."

"그래서?"

나는 대답을 망설였다. 오늘 일에 대해서는 아무에게도 말하고 싶지 않았다. 아무리 오랜 친구라도 말이다. 하지만 질은 처음부터 내 편이었다. 머릿속에 얼토당토않은 꿈만 가득할 뿐 지갑에 돈 한 푼도 없던 세인트앤드루스대학 시절부터 질은 나를 지켜줬다. 그리고 늘 그 자리에 있어줬다. 4년 전 내가 노섬벌랜드에서 곤경에 빠졌을 때도 레오와 함께 나를 보호해줬을 뿐만 아니라 차로 왕복 열세 시간 거리를 감수하며 나를 구해줬다. 내가 어떤 수렁에 빠져 있든 언제나 거기서 나를 끄집어내줬다.

"네 예상대로 힘들었어. 아니, 더 안 좋았다고 해야 하나? 어색한 대화 좀 나누다가, 그 사람 아내에 대해 아주 불편한 대화를 나눴지."

휴대폰 너머에서 질이 숨을 삼키는 게 느껴졌다.

"정말? 자기 아내에 대해 뭐라고 했는데?"

"그냥 나한테 꼬치꼬치 캐물었어. 내가 자기 아내한테 연락했다고 생각하더라. 그런 건 생각도 안 해봤다고 말했는데, 내 말을 믿는지는 잘 모르겠어."

나는 떨리는 손을 앞으로 모아 잡았다.

"왜 그렇게 생각해? 그 사람이 화냈어?"

나는 잠시 생각했다. 정확히 말하면 화를 낸 건 아니었다. 하지만 그의 맞은편에 앉아 있으면서 나는 무서움을 느꼈다. 그는 집요했고 제정신이 아니었다. 대화라기보다는 심문에 가까웠다. 너무 두려웠지만, 감히 표현할 수 없었다.

이런 기분을 질한테 말하고 싶었지만 전하기가 쉽지 않았다.

탁, 탁, 탁. 걸을 때마다 차가운 길바닥 위로 부츠 굽 부딪치는 소리가 났다. 초콜릿 포장지 하나가 언덕을 미끄러지듯 굴러 내려가고 있었다. 나는 히스 스트리트에서 벗어나 좁은 골목으로 들어섰다.

"그렇구나." 질이 괴로운 목소리로 말했다. "그보다는 긍정적인 상황을 기대했는데."

나는 한숨을 쉬었다. "내 잘못이야. 만나지 말았어야 했어."

"그렇지만 어떻게 안 만날 수 있었겠어? 너, 걱정돼서 제정신이 아니었잖아. 나였어도 못 참았을 거야."

"고마워. 근데 내가 물어보고 싶었던 건 하나도 못 물어봤어."

"어쨌든 뭐라도 달라지긴 했어?" 질이 재치 있게 잠시 기다렸다가 덧붙였다. "상황이 너한테 좋은 쪽으로 바뀐 게 있냔 말이야."

"아니." 나는 단호하게 말했다. 그런 다음 "어쩌면." 그러고는 "아마도." 그다음엔 "빌어먹을! 나도 모르겠어. 나 미쳤나 봐. 당장 내일 상담 예약 잡아야겠어."

"음, 예약 못 잡으면 나한테 털어놔. 내가 다 들어줄게." 질이 이렇게 나오리라는 걸 나는 알고 있었다. "내일 너희 학교 근처에서 같이 점심 먹을래? 국립도서관에 들를 일이 있거든. 시간이 딱 맞을 것 같아."

"아, 정말 좋은 생각이야. 하지만 안 돼. 12시 30분부터 3시까지 박사과정 학생이랑 약속이 있거든."

"취소해." 내 말이 끝나자마자 질이 대답했다. "이 문제를 처리할 시간이 필요해, 엠마. 그 사람 만난 거, 엄청난 일이라구."

나는 생각해보겠다고 했다. 내게 질과 함께 보내는 시간은 무척 소중했다. 파워 발라드 음악을 크게 틀어놓고 질의 집 소파에서 와인 한 병을 나눠 마시는 것은 내 인생의 가장 큰 활력소였다. 문제는 우리 관계가 내 20대 초반의 파국적인 사건의 잔해 위에 세워졌다는 데 있었다. 질과 함께 있을 때는 아무것도 숨길 게 없었다. 하지만 때로는 그 모든 고통을 수용하기가 싫었다. 그냥 그런 고통이 없었던 것처럼 살고 싶었다.

"오늘 일로 깨달은 건 이제 방법이 없다는 거야. 그 사람은 나하고 어떤 식으로든 타협하지 않겠다는 생각이 확고해 보였어. 나하고 타협하는 건 배신행위라고, 더는 아내를 배신하지 않을 거라고 했어. 그 사람이 원하는 건 내가 자기 아내와 연락했는지, 안 했는지 알아내는 것뿐이었어."

"저런, 엠마."

"내 생각엔 다시 나랑 연락을 끊으려는 것 같아."

"음, 그럴 리가."

"아니, 정말이야. 내 생각에 우린 완전히 끝났어. 무슨 말이냐면, 이제부터 또 아무것도 하지 말아야 한다는 거야. 빌어먹을 생각만 매일같이 하면서 절대 아무 짓도 하면 안 된다는 거야. 하지만 적어도 난 알아, 질. 그래야 내 가족들을 계속 사랑하면서 살 수 있다는 걸."

우리는 곧 통화를 끝냈다.

이런 상태로 집에 갈 수는 없었다. 레오가 질을 어느 정도 좋아하는지 모르겠지만, 최소한 내가 질과 저녁을 먹은 후 울면서 귀가하지는 않는다는 사실만은 알고 있었다.

“갯벌에 사는 유기체들은 극한의 삶을 받아들여야 한다. 타는 듯한 태양과 얼음장 같은 물, 염분 스트레스와 부서지는 파도, 광포한 바닷바람 등은 가장 험난한 자연환경 중 하나지.” 이 말은 첫 세미나에서 지도교수인 테드 박사님이 우리에게 한 말이었다. “사는 게 힘들게 느껴진다면 삿갓조개의 삶을 상상해봐!”

나도, 질도 결코 잊은 적 없는 말이었다. 그래서 몇 분 후 ‘꿋꿋이 버텨, 삿갓조개야!’라고 질이 문자메시지를 보내왔을 때 나는 웃고 말았다. *서로 분리된 두 개의 인생을 살아내는 건 누가 봐도 엄청나게 힘든 일이야. 특히 넌 몇 개월간의 암 치료를 막 끝낸 상태잖아. 하지만 친구야, 넌 너 자신이 생각하는 것보다 훨씬 강한 사람이야.*

우리 집으로 연결되는 골목으로 접어들 무렵 질이 세 번째 문자메시지를 보내왔다. *그리고 언제든 힘들다고 느껴지면 내가 여기 있다는 거 잊지 마.*

나는 이것을 포함해 오늘 저녁 주고받은 메시지를 전부 삭제했다. 더 확실히 하기 위해, 오늘 다시 한번 내 마음을 아프게 한 남자의 연락처 이름을 ‘샐리’로 바꿨다.

골목길로 접어드는데 누가 보였다.

남자였다. 우리 집 앞길에 서서 우리 집을 바라보고 있었다. 이웃집들의 불은 다 꺼졌고, 레오는 언제나처럼 방마다 불을 다 켜 놓은 상태였다. 하지만 그가 불이 켜진 것과는 아무 상관 없이 우리 집 때문에, 아니 나 때문에 거기에 있다는 느낌이 들었다.

나는 골목길 주변을 살피며 핸드백을 꽉 움켜쥐었다. 그는 야구모자를 쓰고 있었다. 모자 뒤쪽으로 꽤 긴 머리카락이 흘러 내려와 있었다. 키가 컸고 경량 점퍼를 입었는데, 옆얼굴만 겨우 보일 뿐 너무 어두워서 자세히는 볼 수 없었다. 아는 사람은 아닌 것 같았다. 내가 아는 사람 가운데 이 늦은 밤에 우리 집을 방문할 만한 사람은 없었다.

나는 뒤로 물러서서 가방 속을 더듬어 휴대폰을 꺼냈다. 레오에게 전화를 걸기 위해서였다. 집에 있는 레오는 안전한 걸까? 루비는? 나는 전화를 걸기 전에 마지막으로 주변을 살폈다. 바로 그때 그 남자가 몸을 돌려 내 옆에 주차된 작은 차에 올라탔다.

그는 차를 몰고 좌회전해 사라졌다.

계속 기다려봤지만, 그는 다시 돌아오지 않았다.

플리머스의 연구실 진입로에서 나를 기다리고 있던 남자가 떠올랐다. 체구도 같았고 푹 눌러쓴 야구모자도 같은 것이었다. 공포가 폐부를 찔렀다.

설마 같은 사람일까?

최근에 페이스북으로 메시지를 보낸 남자들을 머릿속으로 쭉 훑어봤다. 하지만 메시지함을 확인한 게 며칠 전의 일인 데다, 그들의 프로필은 다 가짜였다.

한참 그러고 서 있다가 결국 골목을 벗어나 집을 향해 있는 힘껏 뛰었다.

현관에 거의 다다랐을 때, 옆집 현관에 뭔가 노란 게 묶여 있는 모습이 보였다. 각진 형태의 뭔가가 고정되어 있었다. 나는 멈춰 서서 자세히 들여다봤다. 집을 판다는 매매 표지판이었다. 그럼 그렇지. 집을 내놓을 예정이라는 말을 지난달 이웃집 사람들한테서 들은 기억이 났다.

나는 웃음이 났다. 그 남자는 인터넷에서 본 매물을 확인하러 온 모양이었다. 그뿐이다. 세상에 야구모자를 쓴 사람이 어디 한 둘인가. 플리머스에서 본 그 괴짜는 이 남자와는 아무 상관 없다. 이 남자는 완벽하게 무죄다.

나는 휴대폰을 가방에 넣고 앞뜰로 이어지는 계단 앞에 서서 숨을 골랐다. 한동안 끊임없이 사람들이 옆집을 보러 올 테니 익숙해지는 게 좋겠지.

그런데 그때 (이미 위험 상황을 예견하고 있어서인지, 아니면 평소와 너무 다른 모습이어선지) 다른 방들과 마찬가지로 다이닝룸에도 불이 켜져 있는 게 눈에 들어왔다. 레오가, 거기에 있었다.

대체 왜? 심장이 다시 쿵쾅거리기 시작했다.

자기 물건을 찾는 중인지도 몰라.

루비가 자러 가기 전에 잠깐 들렀거나.

아무리 생각해봐도 레오가 다이닝룸을 가로질러 할머니 물건이 쌓인 곳까지 가서 내가 지난주 숨겨둔 서류들을 찾고 있을 리는 없었다. 그 서류들이 존재한다는 것도 모르는데.

하지만 그것들을 거기에, 아니 집 안에 두지 말았어야 했다는 생각이 뇌리를 스쳤다. 레오의 말처럼 물건을 버리지 않고 쌓아두는 것에 대해 뭔가 방도를 찾아야 한다.

내일 아침 레오와 루비가 아래층으로 내려오기 전에 봉투에 넣어둔 것들을 챙겨 연구실로 가져가야겠다는 생각이 들었다.

이미 몇 년 전에 그랬어야 했다. 빌어먹을 것들, 내 이전 삶의 마지막 순간들을 증명하는 그것들이 지금 내 소중한 전부를 파괴할 수도 있다. 그보다 중요한 게 뭐가 있겠는가?

현관에 들어서자 레오가 루비한테 말을 거는 소리가 들려왔다. 최근 루비는 자다가 깼다며(절대 그럴 리 없었다) 10시에 아래층으로 내려오기 시작했다. 자다 깼다는 핑계를 대며 사랑하는 아빠와 협상을 벌이고 있을 꼬마 아가씨가 눈에 선했다.

루비는 내 우주의 중심이다. 루비를 위해서라면 지금 당장이라도 아무 불만 없이 죽을 수 있다. 하지만 이런 내 마음은 오늘 저녁 내가 어딘가를 다녀온 것, 그리고 되는대로 쌓아둔 할머니 물건들 틈 깊숙이 어떤 서류들을 숨겨둔 것과 맥락상 아무 차이가 없음을 나는 깨달았다.

레오는 여전히 그곳에 있다. 늘 그곳에 있을 것이다. 그리고 내게는 아무런 해결책도 없다. 그가 내 인생의 처음이자 마지막 사랑이므로.

내 또 다른 인생의 사랑. 나는 진저리를 치며 생각했다. 그 사랑은 이제 힘을 잃고 있었다. 내 마음은 그걸 알고 있었다.

10

레오

엠마를 처음 만난 건 팰머스에서 치러진 그녀의 할머니 장례식장에서였다. 복도 건너편에 그녀가 앉아 있었다. 다 같이 찬송가를 부를 때 음정이 하나도 맞지 않던 그녀의 목소리와 그러면서도 전혀 개의치 않는 듯한 태도가 떠오른다. 할머니가 젊고 잘생긴 남자를 특히 좋아하셨다고 말할 때의 웃음소리도. 당시 엠마는 귀 뒤로 넘긴 짧은 곱슬머리에 노란색 펠트 코트를 입고 있었다. 겨울의 어둠이 가득했던 그 교회 안에서, 엠마는 환한 등불 같았다.

할머니의 장례를 마친 후, 엠마는 팔 강 하구를 가로지르는 소형 보트 경주를 보러 갔다. 그곳에는 강한 북동풍이 불어오고 있었다. 머리카락을 흩날리는 바람을 엠마는 미소 띤 얼굴로 한껏 맞았다. 나는 전 여자친구인 제스가 자기 옷장에 양념을 치고 싶다며 샀던 노란 코트가 생각났다. 제스가 자기를 여전히 사랑하냐고 묻기에 그렇다고 대답했다가 결국 새벽 1시에 깨워 사실은 아니라고, 미안하다고 말했던 그 밤도 생각났다.

나는 노란 코트가 완벽하게 어울리는 이 여자를 바라보며 그 미소가 연인 때문은 아니길 바랐다.

순간 죄책감이 들었다. 오늘은 그녀의 할머니 장례식이 아니던가.

문제는, 내가 엠마를 실제로 만나기 전에 이미 그녀에게 빠져버렸다는 데 있었다.

나는 부고 기사라면 어떤 종류든 쓸 수 있지만, 주로 정치인의 부고를 담당한다. 부고팀으로 오기 전 정치부에 한동안 근무했기 때문인데, 그래서 정치판에 관한 내 지식은 나름 튼실하다는 평을 듣는다.

사실 글로리아 비글로의 사망을 우리에게 알린 사람은 장의사였다. 이런 경우는 대개 고인에게 가족이라고 할 만한 사람이 별로 없을 때 있는 일이다. 듣기로는 1950년대에 보기 드문 여성 하원의원이었고 오랫동안 평의원으로서 열변 토하기를 즐겼다고 하는데, 정치계를 떠난 지 너무 오래다 보니 미리 부고 기사 쓸 생각을 아무도 하지 못한 모양이었다.

나는 글로리아에 대해 몇 가지 확인할 게 있어서 손녀인 엠마에게 전화를 걸었다. 두 시간도 넘게 통화가 이어졌다. 통화를 마쳤을 때, 나는 들뜬 기분을 감추기 힘들었다.

그녀는 나를 장례식에 초대했다. 이 또한 자주 있는 일이 아니었다. 그리고 설사 초대받는다고 해도 우리는 언제나 정중히 거절하곤 했다. 게다가 문제의 장례식 장소가 머나먼 콘월일 때는 두말할 필요도 없는 일이었다. 하지만 나는 가겠다고 대답했다. 그녀를 만나야 했으므로. 심지어 밤 9시에 소호까지 가서 심야 이발소를 찾아 머리도 다듬었다.

나는 장례식에 늦게 도착하는 바람에 가까스로 그녀의 할머니가 누워 있는 관 앞에 설 수 있었다. 그래서 그린뱅크 호텔에서 열린 리셉션 전까지는 그녀와 이야기를 나눌 기회가 없었다. 그러다 샌드위치 뷔페 옆에서 겨우 말을 붙였다.

"안녕하세요. 엠마 비글로입니다." 그녀가 내게 손을 내밀며 말했다.

나도 내 소개를 했다. 글로리아라고.

"네?" 그녀의 손이 에그 마요네즈 샌드위치 위에서 잠시 멈췄다. "전 혹시 레오라는 분이 아닐까 생각했는데요."

"아, 이런. 맞아요. 레오입니다."

그녀가 웃음을 터트렸다. "할머니가 죽은 척하고 계시다가 본인 장례식에 변장하고 나타나신 줄 알았네요."

"정말요?"

"그럼요. 할머니한테는 식은 죽 먹기였을걸요."

나는 그녀를 좀 더 잡아두기 위해 레드와인 병을 들어 그녀의 잔을 채웠다.

그녀를 잡아두는 데는 성공했지만 많은 사람이 그녀와 이야기

나누길 원했다. 나는 샌드위치 뷔페 옆에 서서 그녀가 정치인들, 친구들과 이야기하는 모습을 지켜봤다. 그중에는 전 총리도 있었다.

"할머니가 총리님과 관계가 좀 있으셨거든요." 전 총리가 자리를 뜨자 엠마가 말했다. "그분을 아주 싫어하셨고 그분의 정치사상도 싫어하셨지만, 침대에서만큼은 짐승이었대요. 도저히 저항할 수 없었대요."

"믿기 힘든데요. 농담하시는 거죠?"

그녀가 웃으며 말했다. "뭐, 좋을 대로 생각하세요."

잠시 후 수염을 멋지게 기른 남자가 엠마에게 다가와 할머니가 20년 넘게 몸담았던 아마추어 오케스트라 지휘자 시절 이야기를 꺼냈다.

"글로리아는 아주 끔찍했지." 그가 애정 어린 말투로 말했다. "진짜 끊임없이 떠들어댔어. 연습은 절대 안 하면서. 그런데도 연주는 늘 훌륭했단 말이야. 그러니 쫓아내고 싶어도 쫓아낼 수가 있어야지."

엠마가 자랑스러운 표정으로 고개를 끄덕였다. "할머니가 여러모로 끔찍하긴 하셨죠."

나는 두 사람이 나누는 이야기에 귀 기울이며 만일 엠마의 부고 기사를 쓰게 된다면 어떤 형용사를 사용할지 마음속으로 생각했다. 그리고 마침내 골라냈다. '만만찮고 매혹적인'.

중간에 화장실에 들렀다가 거울을 보니 혀가 보라색으로 물들어 있었다. 나는 지워보려고 혀를 문지르면서 거울에 대고 말했다. "엠마, 당신과 다른 데 가서 한잔하고 싶습니다."

물론 말을 내뱉지는 않았다. 하지만 우리는 다른 손님들이 자리를 뜨고 나서도 한참이 지나도록 이야기를 나누었다.

호텔 직원이 저녁 준비를 위해 리셉션 장소를 정리하기 시작했다. 겨울 햇살이 하구의 강물을 붉게 물들이고 있었다.

엠마는 자기 집이 플리머스라고, 하지만 이곳에 한 주 더 있을 예정이라고 말했다. 직업은 해양생태학자이고, 동료가 진행하고 있는 강 하구의 생태 연구를 도와주기로 했다고 했다. 팔 강의 부유 퇴적물과 미립자 물질 화합물도 연구 대상에 포함된다고 했다.

무슨 말인지 알아들을 수는 없었지만, 그녀가 방호복 차림으로 위험한 강에서 시료를 채집해 극저온 저장 용기에 넣는 모습을 상상해보니 멋있었다.

내가 이 말을 하자 그녀는 폭소를 터트리며 자기는 주로 장화와 반장갑을 착용한다고 말했다. "그래도 원하신다면 우주복이라도 한 벌 찾아보죠."

그녀는 지금 나를 유혹하고 있었다.

저녁이 깊어지면서 내가 해안 생태에 큰 관심을 보이자, 엠마는 다음 날 아침에 있을 강 하구 산책에 나를 초대했다. 오래된 부둣가와 '매혹적인 야생동물'이 있는 데보란 근처 마을로 간다고 했다.

어둑한 하늘 아래 사방에서 돛대들이 철커덕거리는 소리가 났다. 그날 밤 런던으로 돌아가는 기차표를 이미 샀고 콘월에는 묵을 곳도 없었지만, 나는 초대에 응했다.

"이곳에서는 유르트에 묵고 있어요." 호텔 직원이 불을 훤히 켜는 바람에 마지못해 밖으로 나오면서 엠마가 말했다. "강아지랑 같이요. 강아지 이름은 프록맨이에요."

나는 그 말이 무슨 의미인지, 아니 의미가 있기는 한지 전혀 알지 못했다.(사실 유르트가 뭔지 몰랐다. 중산층 사람들이 글램핑을 좋아한다는 것도 몰랐고, 중앙아시아에 가본 적도 없었다.)

우리는 호텔에 면해 있는 아담한 선창 끝까지 걸어갔다. 이제 공기는 고통스러울 정도로 차가웠고 물은 속을 알 수 없도록 깊고 어두웠다. 나는 프록맨'잠수부'라는 뜻이라는 이름의 개를 상상해 봤다.

"오늘 즐거웠어요." 엠마가 불쑥 말을 건넸다.

수줍어하는 듯한 그녀 목소리를 들으니 '만만찮다'라는 형용사를 떠올린 게 부당할지도 모른다는 생각이 들었다.

"저도 즐거웠어요." 나는 어깨를 으쓱하며 말했다.

그녀가 웃었다.

나도 웃었다.

엠마가 노란색 펠트 코트를 단단히 여몄다. "내일 아침 열 시에 데보란 부둣가에서 만나요." 그녀는 이 말을 뒤로하고 자리를 떴다.

나는 그린뱅크 호텔에 묵기로 했다. 당시 내 월급 수준으로는 어림도 없는 곳이었다. 나는 침대에 누워 엠마의 일 이야기, 그리고 그녀 할머니 이야기를 다시 떠올렸다.

다음 날, 나는 직장에 전화해 아파서 결근한다고 알린 후 엠마와 약속한 자연 관찰 산책에 나섰다. 다른 사람들은 없었다. 엠마와 나, 그리고 프록맨이라는 이름의 흥분해 날뛰는 테리어 한 마리가 전부였다.

엠마는 긴 치마에 장화를 신은 차림으로 은빛 갯벌을 따라 성큼성큼 걸었다. 축축한 해초의 기포가 발아래서 톡톡 소리를 내며 터지는 가운데 이것저것 설명해주는 그녀의 목소리는 물새들의 울음소리를 배경으로 더욱 아름답게 들렸다. 그녀는 먹어보라고 병풀과 번행초를 뜯어 건네주면서 숨죽여 콧노래를 불렀다. 그리고 갯지렁이와 해삼류의 점성관, 오염물질과 쓰레기, 수초와 물새들에 대해서도 설명해줬다. 그녀는 실험용 플라스크에 수프를 담아 왔는데, 얼마나 다행인지 몰랐다. 나는 점심은 전혀 생각도 못 했다.(나의 이런 면은 지금도 엠마를 짜증나게 만들곤 한다.)

부둣가 위 나무에는 온갖 포스터들이 붙어 있었지만 '자연 관찰 산책' 포스터 같은 건 없었다. 그때까지도 나는 엠마가 이 아침 산책을 위해 모든 걸 꾸몄다고는 생각하지 못했다.

얼마나 자주 이런 산책을 나오는지 물었더니 그녀가 대답했다. "당연히 자연 관찰 산책 같은 건 없어요! 그냥 한 번 더 만나고 싶었어요!" 그러고는 나를 보며 웃더니 한쪽 장갑을 슬며시 벗고 손을 무릎 위에 놓았다.

"제가 속았군요."

나는 팔짱을 낀 채 그녀를 물끄러미 바라봤다.

그녀의 손을 만질 방법은 없었다. 아직은.

그림자가 길어지고 차가운 공기가 따갑게 느껴질 때까지 우리는 말없이 벤치에 앉아 수프를 홀짝거렸다. 그러고 나서 엠마의 유르트로 돌아왔다. 거기에는 헤어드라이어와 고데기, 진과 토닉이 든 냉장고가 있었다.("여기서 정신 수련을 하는 건 아니라서요." 내가 둘러보는 모습을 본 그녀가 말했다.) 소파에서 그녀는 내 옆에 앉아 대학에 들어가기 전 아버지가 돌아가신 일, 햄스테드에서 할머니와 살았던 일을 이야기하면서 종종 내 눈을 똑바로 바라봤다. 아주 가까운 곳에 그녀의 얼굴이 있었다.

그렇게 이야기를 나누다가 결국 더는 참을 수 없는 순간이 오고야 말았다. 나는 손가락으로 엠마의 얼굴선과 목을 쓸어내렸다. 손끝에서 그녀의 피부가 가늘게 떨리는 게 느껴졌다.

완전한 고요 속에서 우리는 서로를 응시했다.

"세상에, 당신 정말 사랑스럽네요." 그녀가 말했다.

"압니다." 나는 맞장구를 쳤다. 조금이라도 늦어졌더라면 쓰러질 뻔했다.

그녀가 고개를 돌렸다. "사실, 저는… 사랑스럽지 않아요."

나는 그 말에 대해 잠시 생각해봤다. "반박하고 싶은데요."

엠마가 나를 잠시 뚫어져라 바라보더니 말했다. "아." 그녀는 믿지 못하겠다는 표정이었다.

"솔직히 말할게요, 엠마. 당신이 아름답다고 생각하지 않았다면 저는 이곳에 없었을 겁니다. 한밤중에 머물 데도 없이 식중독이 맞냐는 직장 상사의 의심까지 받아가면서 말이죠."

"아." 엠마가 또 같은 소리를 냈다. "그렇군요. 반가운 말씀이네요. 하지만 저, 실은….”

“실은… 뭐요?”

그녀가 한숨을 쉬었다. “말씀드릴 게 있어요. 대단한 건 아니고요. 뭐, 조금….”

“혹시 사귀는 사람이 있으신가요?”

“아뇨! 당연히 아니죠!”

나는 유르트 안을 둘러봤다. 책과 식기, 그리고 실험 장비로 보이는 것들이 가득했다. 프록맨이 나를 바라봤다. 어떻게 이토록 영리하고 이토록 재미있고 이토록 아름다운 여자가 있을 수 있지?

“확실해요?”

그녀가 내 손을 잡고 다시 자기 뺨에 갖다 댔다. 그러고는 얼굴을 쓸어내리며 잠시 눈을 감았다. “그럼요. 그냥… 제가… 제가 좀 복잡해서요.”

나는 웃음을 터트렸다. “다행이네요. 전 아주 단순하거든요.”

엠마도 웃음을 터트렸다. “당신이 좋아요.” 그러고는 몸을 기대며 입을 맞췄다.

그 부드러움, 세상이 뒤흔들리는 듯한 느낌 속에서 우리는 침대로 가며 옷을 벗었다. 처음에는 천천히, 그러다가 빠르게, 점점 더 빠르게.

이후 몇 달 동안 때때로 그때의 대화를 떠올리곤 했다. 그토록 솔직하고 사랑을 소망하는 여자가 왜 자신이 복잡한 사람이라고 말했는지 궁금했다. 무슨 말을 하려고 했는지 두어 번 물었지만, 자신에게는 관계를 일부러 파괴해온 오랜 역사가 있다고만 말할 뿐이었다. "하지만 이번에는 그러지 않으려고요." 그녀는 이렇게 말했고, 나는 그 말을 믿었다.

어떻게 믿지 않을 수 있겠는가? 내내 미치도록 나를 사랑한다고 말하는데. 엠마는 나와 더 오래 함께하기 위해 런던으로 이사하고 싶어 했다. 해안에서 일해야 하는 직업이고 플리머스대학에서 강의 중이었지만, 그녀는 어렵사리 유니버시티 칼리지 런던에 자리를 구했다. 대학원생들에게 강어귀와 해안 생태계에 관해 가르치는 일이었다. 플리머스대학 강의를 일주일에 이틀로 줄였고, 기차와 고속도로에 많은 시간을 쏟아부었다. 전부 나를 위해서였다.

엠마는 스테프니그린에 있는 내 집과 플리머스에 있는 자기 집을 팔고 할머니 집에서 같이 살자고 했다. 아이를 갖자는 이야기도 했다. 어느 밤 해링게이의 한 터키 식당에서, 밤새 여는 이웃 가게에서 산 형편없는 와인을 마시며 결혼하자는 말을 꺼낸 것도 엠마였다.

"나랑 결혼해줘." 내가 케밥을 포크로 잔뜩 찍어 입에 막 넣었을 때 엠마가 불쑥 말했다.

나는 음식을 씹다가 얼어붙었다.

"뭐?"

"레오! 결혼해달라는데 뭐냐니!"

나는 씹고 있던 가지를 삼키기 위해 물을 벌컥 들이켰다.

"어떻게 케밥 먹고 있는데 결혼해달란 말을 할 수가 있지?"
"안 될 건 뭐야?"
"안 되니까 안 되지!"
"어쩌나, 벌써 했는데."
우리는 테이블을 사이에 두고 대치했다.
"진심이야?" 마침내 내가 물었다. 늘 먼저 지는 건 나였니까. 지금도 그렇고.
엠마가 웃기 시작했다. "그래. 그냥 빨리 해치우고 싶어."
"그냥, 빨리 해치우고 싶다고?"
엠마가 배를 잡고 웃으며 말했다. "그래. 아, 미안…."
내 입에서도 웃음이 터져 나왔다. 와인을 마시는 게 불가능할 정도였다.
"놀랍네. 지금 이거 실제 상황 맞아?"
"그래, 맞아. 레오, 세상 그 누구보다 자기를 사랑해. 한 번도 결혼하고 싶다고 생각해본 적 없는데, 하고 싶어. 자기를 남편이라고 부르고 싶어서 애가 타. 그러니 제발 하겠다고 말해줘."
둘 다 웃음을 멈췄다. 그리고 서로를 가만히 바라봤다. 처음 같이 보냈던 그날 밤처럼.
"그래, 하자." 나는 조용히 대답했다. 떠오르는 해처럼 기쁨이 서서히 번졌다. "그러자."
엠마가 일어나 내 무릎에 와 앉으며 입을 맞추고 목에 얼굴을 파묻었다.
"미안." 그녀가 속삭였다. "내가 너무 서툴렀어. 하지만 더는 기다릴 수가 없어. 사랑해. 사랑해. 정말 사랑해, 레오."

엠마가 플라스틱 반지를 건넸고 우리는 차갑게 식은 케밥과 미지근해진 와인을 마셨다. 내 인생에서 그때처럼 행복한 적은 처음이었다.

의심할 만한 건 전혀 없었다. 비밀을 감추고 있다거나 일부러 말하지 않는 게 있다는 조짐은 없었다. 엠마에게 처음 '안 좋은 시기'가 닥쳐왔을 때도 우울증 때문에 힘들다는 사실 말고는 의심할 거리도, 의심할 이유도 없었다. 학교를 졸업하기도 전에 부모를 잃은 사람이라면 누구라도 그렇지 않을까?

엠마가 질과 저녁을 먹고 온 지 몇 시간이 흘렀다. 엠마는 빠르게 잠이 들었고, 나는 긴장을 풀지 못한 채 깨어 있었다. 우리가 처음 나눴던 대화를 다시 떠올려봤다. 그녀가 경고 깃발을 흔들고 있는데도 그만 사랑에 눈이 멀어 덥석 그걸 움켜잡았던 그때를. 왜 주의를 기울이지 않았을까? 아니, 하다못해 왜 좀 더 물어보지 않았을까?

이 모든 게 오해이기를 바라는 마음도 조금은 있었다. 어쩌면 과잉 반응일 수도 있었다. 하지만 내 직감은 그 둘 다 아니라고 말하고 있었다. 엠마는 내가 절대 보지 않을 것 같은 장소에 서류를 숨겼고, 최소한 그 내용의 절반은 앞뒤가 맞지 않았으며, 페이스북에서 괴롭히는 남자들이 여럿인데도 나한테 아무 말 하지 않았다. 그 어느 것 하나도 이상하지 않은 게 없었다.

루비가 내려오는 바람에 연초록색 봉투를 다시 볼 기회가 없었다. 그리고 그때 엠마가 집에 왔다.

그 안에 뭐가 더 있을까? 아내에 대해 내가 모르고 있는 게 또 뭘까?

불안감이 폭풍처럼 몰아치는 기분이었다. 엠마의 비밀스러운 구석에 몰래 침입한 걸 자백하든지, 아니면 지켜보면서 폭풍이 다른 방향으로 불어가길 바라는 수밖에 없었다.

어느 경우든 찜찜하긴 마찬가지였다.

11

레오

루비가 사과주스를 묻혀가며 드문드문 새로 난 엄마의 머리카락을 뾰족하게 만들고 있었다.

“엄마를 괴물로 변신시키고 있어요. 아주 위험하고 무서운 나쁜 괴물이요.”

“그렇구나. 엄마한테 정말 잘 어울리네.” 나는 그렇게 맞장구쳐주고 뜬금없이 엠마를 보며 말했다. “세인트앤드루스 졸업생들은 졸업식 때 보라색 휘장을 걸치던데. 파란색이 아니라.”

우리는 루비를 데리고 켄우드 하우스에서 열린 톰 존스의 야외 공연에 가 있었다. 올리 형 가족과 함께였다. 올리 형과 팅크 형수에겐 천방지축인 아들이 둘 있었다. 오스카는 관중석 한가운데 세워진 음향탑을 타고 올라가 엄마가 노르웨이어로 고함지르고 행사 보안팀까지 출동하게 만들었다. 동생인 미켈은 어딘가로 사라져서 형과 내가 이름을 부르며 이리저리 뛰어다녀야 했다.

나는 미켈이 혹시 돌아오지 않았는지 확인하기 위해 돗자리를 깔아둔 곳으로 왔지만, 엠마와 루비 둘이서 파이를 먹으며 〈세서미스트리트〉 주제가를 부르고 있었다.

루비의 손 밑에서 엠마가 얼굴을 찡그리며 되물었다. "응? 세인트앤드루스가 뭐 어쨌다고?"

"세인트앤드루스대학 졸업생들은 보라색 휘장을 걸친다고. 파란색이 아니라."

나는 털썩 주저앉으며 엠마의 얼굴을 살피는 동시에 미켈을 찾아 두리번거렸다.

"무슨 말인지 모르겠네." 엠마가 말했다.

다이닝룸 구석에서 그 '중요한 것들 모음' 폴더 안의 서류들을 발견한 지 사흘이 지났다.

그날 이후 나는 밤마다 침대에 들면서 엠마에게 직접 물어보려고 입을 떼어봤지만, 그때마다 엠마는 내 품을 파고들며 나른한 손길로 살며시 내 허리를 감싸 안았다. 나는 우리의 밤을, 그리고 우리의 관계를 무방비로 깨부수기가 두려웠다.

문제는, 엠마가 무해한 거짓말을 한 것도 아니고 내가 내 눈으로 본 것을 오해한 것도 아니라는 점이었다. 엠마는 자기가 졸업한 대학에 관해 고의로 거짓말을 했다. 대체 왜 그랬을까? 내가 알게 된 게 이것뿐이라면 그냥 잠깐 놀라고 말았을 것이다. 하지만 엠마가 나를 속인 건 대학만이 아니었다. 전부 다 거짓이었다.

루비는 계속해서 끈적거리는 손가락으로 엄마의 머리카락을 뾰족하게 만드느라 애썼다.

엠마가 움찔했다. "그렇게 하면 아파!"

"죄송합니다." 루비가 정중하게 말하고는 다시 하던 일을 계속했다.

엠마가 몸을 돌려 루비를 끌어안고 무릎에 앉혔다. "폭군이 따로 없네. 이제 그만하고 엄마한테 뽀뽀해줘."

엠마가 지금 내 관심을 흐트러트리려는 건가?

저 멀리서 빽빽하게 들어찬 사람들 틈으로 미켈을 끌고 오는 형의 모습이 보였다. 다행히 형은 작은아들을 끌고 음향탑에서 난동을 벌이고 있는 큰아들한테 가는 중이었다.

"당신 졸업사진이 눈에 들어와서 말이야." 나는 다시 말했다. "사진 속 당신은 금색 레이스가 달린 파란색 휘장을 걸치고 있던데, 세인트앤드루스 졸업 가운은 흰색 털로 테를 두른 보라색 휘장이더라구. 어젯밤 알게 됐는데, 아무래도 좀 이상해서."

엠마가 밀폐용기에서 브레드스틱과 뭔지 모를 초록색 소스를 꺼내 루비한테 주며 대답했다. "정말? 글쎄, 내가 졸업할 땐 보라색 아니었는데. 난 그냥 담당자가 주는 대로 입었거든."

루비가 브레드스틱을 조심스럽게 내 귀에 집어넣었다.

"미안한데, 레오. 무슨 말인지 모르겠어. 내 졸업사진이 뭐가 문젠데?"

"왜냐하면 내가… 당신, 세인트앤드루스 언제 졸업했지?"

"졸업 연도는 당연히 알고 있지! 2001년."

오프닝 공연이 끝났다. 무대 옆에 폭포처럼 배치된 스피커에서 펑크 음악이 흘러나오고, 검은 옷차림을 한 남자들이 톰 존스의 무대를 준비하기 시작했다. 올리 형과 형수, 그리고 다행스럽게도 무사히 부모 품으로 돌아온 두 아이가 우리 쪽으로 오고 있었다. 사람들이 떼를 지어 화장실과 매점으로 몰려갔고 뒤에 남은 사람들은 돗자리를 정리하며 일어나 춤출 준비를 하고 있었다.

"실은 졸업 못 할 뻔했어." 엠마가 불쑥 입을 열었다. "2학년 말쯤 부모님 문제로 제정신이 아니어서 공부를 중단할 뻔했거든. 하지만 캠퍼스에서 쫓겨나기 전에 가까스로 수습했지."

엠마의 말을 믿어야 할지, 말아야 할지 고민하는 가운데 침묵이 이어졌다. 그녀 뒤로 연청색과 진분홍색이 줄무늬를 이룬 하늘이 펼쳐져 있었다.

"졸업 가운은, 정말 모르겠어. 그사이에 색이 바뀐 거겠지. 세월이 많이 흘렀잖아."

그녀의 말도 일리가 있었다. 그 '중요한 것들 모음'을 더 들여다볼 시간이 있었더라면 학교로 돌아와 공부를 마치라는 세인트앤드루스대학의 서신을 발견했을지도 모른다. 그리고 졸업 가운은 대학교 행정실에 전화해 색이 바뀌었는지 물어보면 된다. 아니면 질한테 전화해 엠마가 졸업을 무사히 했는지 물어볼 수도 있다.

하지만 불편한 진실은 내가 그러고 싶지 않다는 것이었다. 나를 속였다는 걸 알게 된들 어쩌겠는가? 이제는 엠마에게 바로잡을 기회까지 준 셈이 되었다.

내가 입양아였다는 사실을 알게 된 건 우연이었다. 엠마를 만나고 몇 주 후, 히친에 있는 부모님께 자랑스레 엠마를 데리고 갔을 때였다. 점심 식사 중에 옛날 사진인지 장신구인지를 가지러 위층에 있는 손님방에 갔다. 뭐였는지는 정확히 기억나지 않는다. 부모님 방에 카펫을 새로 까느라 손님방에는 상자들이 잔뜩 들어차 있었다. 여느 때라면 부모님 침대 밑에 있어야 할 것들이었다. 그중에 '레오-아기 때 물건들'이라고 적힌 폴더가 보이길래 열어 봤다. 왜냐하면, 굳이 그러지 말아야 할 이유가 없었으니까. 사진이나 병원 팔찌, 봉투에 든 보드라운 아기 머리카락 같은 게 있겠거니 생각했다.

하지만 내가 발견한 건 출생증명서였다. 엄마 이름은 '애나 윌슨', 아빠 이름은 '미상'이라고 되어 있었다. 내 부모님은 아래층에 앉아 있는 제인 노먼과 배리 노먼인데.

폴더에 들어 있는 나머지 내용물을 확인하던 순간을 나는 결코 잊지 못할 것이다. 입양 서류, 지방정부 당국의 서신들. 그리고 (충격적이게도) 생모가 나와 연락해도 괜찮겠는지를 묻는 입양기관의 편지가 있었는데, 그 위에 누군가가 적은 문구가 있었다.

안 된다고 했음.

내가 자라온 토대를 산산조각 내면서까지 사실을 파헤치고 싶지 않았다. 제인 노먼과 배리 노먼이 나의 어머니와 아버지이기를 바랐다.

그렇지만 나중에 알고 보니 그날 가장 고통스러웠던 건 따로 있었다. 입양 서류를 급히 훑어보는 동안 깨닫고서 가슴이 철렁했던 바로 그것, 그때까지 내가 우리 가족의 온전한 일원이 아닐 수도 있다는 생각은 한 번도 해본 적이 없다는 사실이었다. 여전히 나는 (마음이든, 중추신경이든, 어디든) 그렇게 믿고 있었다.

나는 무너져 내린 기분으로 말없이 엠마를 태우고 고속도로를 달렸다.

"당신은 더 나은 대접을 받아야 마땅해, 레오." 런던에 돌아왔을 때 엠마가 한 말이었다. 그녀는 눈물이 그렁그렁한 눈으로 잔뜩 굳어 있는 내 몸을 끌어안았다. "훨씬 더 나은 대접 말이야."

"톰 존스는 대체 어딨어요?" 오스카가 돗자리에 앉으며 투덜거리듯 물었다. 오스카는 격하게 반항적인 아이였다. 특히 보안팀이 연루될 때는 더 그랬다. "레오 삼촌, 톰 존스 노래 가르쳐주실래요?"

나는 미소를 지어 보인 뒤 엠마에게 말했다. "미안해. 당신 말이 맞아."

엠마가 별일 아니라는 듯 어깨를 으쓱했다.

올리 형이 내 옆으로 와 앉았다. 형은 잔뜩 화가 나 있었다. 나는 말없이 맥주를 건네주고 형 어깨에 팔을 둘렀다.

오스카가 맥주를 향해 달려들었다. 여느 때라면 웃어넘겼을 테지만 형은 맥주를 낚아채며 말했다. "농담 아니야, 오스카. 건

드리지 마라."

엠마와 나는 형과 형수가 방금 일어난 일에 대해 누구 잘못인지 다투는 동안 말없이 어색하게 앉아 있었다.

루비가 내 무릎 위로 기어 올라오며 말했다. "사랑해요, 아빠. 못되게 굴 때는 빼고요."

"나도 우리 딸 사랑해." 나는 웃으며 루비의 머리카락에 입을 맞췄다. "네가 못되게 굴 때는 빼고. 오늘은 오후 내내 아주 착하구나. 고맙다."

"진심으로 하는 말이야?" 형이 몸을 돌리며 톡 쏘듯 내뱉었다.

"진심이냐니, 뭐가?"

"우리 애는 불량한데 네 아이는 얌전하다고 칭찬하는 거야, 또?"

형은 지금 농담하는 게 아니었다. 오스카와 미켈이 부모를 위기로 몰고 가는 건 하루 이틀 일이 아니었다. 형은 결국 화가 폭발한 모양이었다.

나는 조심스럽게 입을 열었다. "형, 루비는 이제 겨우 세 살이야. 여기 와서 두 시간 동안 칭얼거리지도 않고 뛰어다니지도 않았어. 오스카랑 미켈이 세 살이었을 때를 생각해봐. 이건 정말 대단한 거야. 형네 애들한테 빗대서 한 말이 아니라구."

"뭐, 말이야 갖다 붙이기 나름이지."

"갖다 붙이기 나름이라고? 그만 좀 해! 별것도 아닌 일에 왜 그래!"

"화나게 하지 마. 그리고 좀 솔직해져라. 역겹다."

난데없이 엠마가 끼어들었다. "올리, 재수 없게 굴지 마세요." 큰 목소리에 우리 둘 다 돌아봤다. 엠마가 벌겋게 달아오른 얼굴로 형을 노려보고 있었다.

"뭐라고요?" 예상치 못한 상황에 형이 되물었다.

"재수 없게 굴지 마시라고요." 엠마가 아까보다 낮은 목소리로 형을 똑바로 바라보며 대답했다. "레오는 미켈 찾겠다고 여길 절반은 뛰어다녔어요. 사랑하는 조카 찾겠다고요. 레오는 미켈을 한 번도 평가한 적 없어요. 마찬가지로 부모에 대해서도요. 아시잖아요. 괜히 이 사람 탓하지 마세요."

모두가, 심지어 루비까지도 조용히 입을 다물고 있었다. 오스카가 호기심 가득한 눈으로 자기 아빠를 지켜봤다.

무거운 침묵의 시간이 지난 후, 형이 고개를 끄덕였다. "맞는 말이야." 그러고는 나를 보며 말했다. "미안하다. 내가 어떻게 됐었나 봐."

"미안해." 몇 분 후 형과 형수가 아이들을 꾸짖는 동안 엠마가 내게 속삭였다. "당신이 충분히 알아서 할 수 있는데. 당신을 얕봐서 그런 건 아니야."

나는 엠마의 얼굴을 유심히 살펴봤다. "형이 물러서지 않으면 어쩌려고 그랬어? 라이트훅이라도 날리려고?"

엠마가 어깨를 으쓱했다. "필요하다면 그랬겠지. 난 올리든 누구든 당신한테 그런 식으로 굴게 놔두지 않을 거야."

이 말에 나는 웃음을 터트렸다. 늘 엠마는 지나치게 나를 보호하려 들었다. 그래서 때로는 웃겼다. 나는 엠마를 안았다. 그때 줄에 매달린 꼬마전구들에 불이 들어오기 시작하면서 관중들이 톰 존스의 이름을 외치기 시작했다.

"당신 최고야." 나는 아내에게 말했다. 진심이었다.

우리 무릎 위에 가로누워 있던 루비가 이제 잘 시간이라고 말했다.

나는 졸업사진에 대해 엠마가 한 말을 믿기로 했다. 다이닝룸에 서류를 감춰둔 데에는 그럴 만한 이유가 분명 있을 거라고, 그리고 지금 내가 혼란스럽다고 생각하는 것들도 다만 내가 맥락을 보지 못해서 그런 거라고 생각하기로 했다.

아내는 늘 내가 믿고 있는 모습 그대로다. 그녀는 나를 사랑하고, 나도 그녀를 사랑한다. 어두운 구석을 더 헤집는다면 우리가 함께 만들어온 인생의 모든 좋은 것을 저버리는 일이 될 것이다.

12

엠마

"아이스크림 먹을 시간이에요."

트램펄린 아래 머리카락과 먼지 뭉치를 헤집고 다니는 나를 향해 루비가 소리쳤다. 아침 시간을 체조 클럽에서 보내게 하려고 데려왔더니, 루비는 큰 소리로 지시만 할 뿐 이리저리 뛰어다니기 바쁜 건 나였다. 지금은 오리 인형이 트램펄린 스프링 어딘가에 끼어 있었다.

"알았어."

그때 머리 위에서 어떤 거대한 체구의 아빠가 트램펄린 위로 점프했다. 그 바람에 나는 바닥에 납작 엎드렸다가 잽싸게 오리 인형을 끄집어낸 다음 특공대원처럼 몸을 굴렸다.

"그래, 아이스크림 먹으러 가자."

루비가 오리 인형을 와락 움켜잡으며 부드러운 부리에 입을 맞췄다.

루비를 신발장으로 데려가는데, 문득 레오의 말이 떠올랐다. 대학 졸업 가운에 대해 내가 한 이야기를 레오가 믿는지는 확실치 않지만, 너무 갑작스러운 상황이라 그보다 나은 대답을 생각해낼 틈이 없었다.

대체 레오가 어떻게 알았을까?

레오가 다이닝룸에 숨겨둔 내 서류들을 봤을지도 모른다는 끔찍한 생각에, 나는 세인트앤드루스 졸업에 대해 '그럴듯하게 들리지만 사실은 아닌' 핑계를 즉흥적으로 만들어냈다. 하지만 레오는 병적이라 할 만큼 옳지 않은 행동은 하지 않는 사람이니, 설령 서류 뭉치를 발견했더라도 읽지는 않았을 것이다.

루비가 발을 내밀었다. 나는 루비 발에 신발을 신겨줬다. 너무 피곤해서 스스로 신으라고 잔소리할 기운도 없었다.

언젠가는 레오에게 말할 생각이었다. 친구 케이시의 유르트에서 함께 보낸 첫날 밤에도 정말 털어놓고 싶었다. 하지만 잠시 뒤로 미루기로, 몇 주만 미뤄뒀다 이야기하기로 마음먹었다.

그런데 그때 레오가 자신의 입양 사실을 알게 되었다. 그리고 그로부터 며칠 후 레오가 몹시 화난 상태에서 부모님과 통화하던 중 상황이 더 안 좋아졌다. 생모가 실은 심장병으로 2년 전 사망했다는 사실을 어머니가 고백했다. 레오는 친어머니를 만날 기회조차 잃은 것이다.

음울하게 얽히고설킨 상황을 레오와 함께 겪으면서, 과거를 그에게 털어놓을 수 없다는 생각이 분명해졌다. 그는 이미 너무 많은 것과 싸우고 있었다. 차마 나까지 보탤 수는 없었다. 아마 앞으로도 그럴 터였다. 나는 심리치료를 받기 시작했다. 그때 만난 치료사는 질을 제외하고 내 모든 걸 아는 유일한 사람이다. 일단 레오의 삶이 안정된 후 상황을 다시 살펴보라고 말해준 사람도 그녀였다. 우리는 연말이 적기라는 결론을 내렸다.

그로부터 아홉 달 후, 나는 내 남자친구, 아니 이제 약혼자가 된 그를 진심으로 바라봤다. 그리고 아주 분명하게 깨달았다. 절대 그에게 털어놓을 수 없으리라는 것을. 그가 아무리 애쓴다 하더라도 내 과거를 받아들일 수 없으리라는 것을. 고백이 문제가 아니라, 애초에 진실을 숨겼다는 사실이 문제였다. 부모에게 이미 배신감을 느낀 레오에게, 그건 그야말로 최악의 배신이 될 터였다.

나는 2000년 가을학기에 세인트앤드루스대학을 떠났다. 스무 살 때의 일이었고, 스물세 살이 될 때까지 학업을 재개하지 않았다. 차선으로 개방대학을 선택했다. 거기서는 해양생물학을 가르치지 않았지만, 나는 아쉬운 대로 생물학을 배울 수 있다는 데 만족했다. 그 정도면 어디든 석사과정에 들어갈 수 있을 터였다. 처음 대학에 들어갔을 때 좋아했던 일들이 더는 내키지 않았다. 신입생 주간 행사나 대학 기숙사 생활, 구석에서 제프 버클리 노래를 그럴듯하게 부르는 누군가와 늦은 밤까지 열띤 정치 이야기를 하는 것 따위 말이다.

할머니 말고는 어떤 사람도 주위에 두고 싶지 않았다. 나는 국립도서관이나 침대에서 혼자 공부했고, 공부를 마친 후 버밍엄에서 열리는 졸업식을 신청했다영국 개방대학의 졸업식은 다양한 지역과 시간대별로 열린다. 버밍엄을 선택한 것은 할머니가 가본 지 너무 오래됐다며 하룻밤 묵고 싶다고 했기 때문이다. 하지만 할머니가 아파서 결국 나 혼자 졸업식에 참석해야 했다. 나는 학위증을 받아 들고 무대에서 내려오면서 아래 모여 있는 사람들을 찬찬히 훑어봤다. 마치 공항 도착장을 혼자 걸어 나오는 여행자처럼. 인간으로서 우리는 혼자가 아니라는 터무니없는 희망을 품지만, 결국 모든 증거가 그렇지 않다는 걸 말해준다.

아주 잠깐, 아빠를 본 듯한 착각이 들었다. 옆줄에 서 있던, 얼굴에 그늘이 어린 짧은 머리의 남자. 하지만 다른 누군가의 아빠였고, 다른 누군가의 엄마 옆에 앉아 내가 아닌 누군가에게 박수를 쳐주고 있었다.

나는 버밍엄 심포니 홀 로비 꼭대기 층에서 어느 친절한 졸업생 진로 담당자와 축하주를 마셨다. 그녀가 이제 뭘 할 계획이냐고 물었다. 나는 잔을 비운 후 우선 이름부터 바꿀 거라고 대답했다.

그녀가 잔을 들어 올렸다. "좋은 생각이네요!" 그러더니 되물었다. "아니, 뭐라고요?"

"이름부터 바꿀 거라고요." 나는 다시 말해줬다. 정말 오랜만에 마신 술이었다. "이름을 엠마 메리 비글로로 바꿀 거예요. 비글로는 우리 할머니 이름인데, 아주 무시무시한 분이죠. 메리는 음, 이름처럼 좀 더 즐겁게 살고 싶어서요. 예전 이름은 생각도 하고 싶지 않네요. 저, 그럼 안녕히 계세요. 같이 마셔주셔서 감사해요."

그러고 나서 나는 자리를 떴다. 텅 빈 컨벤션 센터를 가로질러 운하로 내려갔다. 그리고 잔잔한 물가를 오랫동안 거닐었다. 불어오는 바람에 은빛 자작나무 이파리들이 길 위를 한없이 가볍게 뒹굴었다.

루비를 데리고 트램펄린 클럽 주차장을 가로지르는데 전화벨이 울렸다.

시어머니였다. 시어머니는 레오가 문자메시지에 빨리 답하지 않으면 종종 나한테 전화를 걸었다. 매번 수요일이었는데, 내가 수요일에는 일하러 가지 않는다는 걸 알기 때문이었다.

"어머니!"

"오, 엠마. 그래, 어떻게 지내니? 그냥 레오 아빠가 결국 감기에 걸렸다는 소식을 전해주려고 걸었다." 그녀는 내 대답은 듣지도 않고 계속 말했다. "아주 제대로 걸렸어. 보통 앓는 게 아니야."

나는 휴대폰을 어깨에 걸친 채 루비한테 안전벨트를 매주면서 소리 없이 입 모양으로 말했다. *그래, 우리 지금 아이스크림 사러 가는 거야.* 머리 위로 잔뜩 흐린 하늘이 보였다. 서늘한 바람은 마치 비가 더 올 것임을 예고하는 듯했다.

통화를 끝내고 운전석에 앉는데, 다시 전화벨이 울렸다.

"맙소사, 어머니." 나는 전화를 받으며 한숨을 쉬었다.

"맙소사, 할머니." 루비가 한숨을 쉬며 따라 말했다.

하지만 전화는 시어머니에게서 온 게 아니었다.

또 만나야겠어. 액정 화면에 뜬 알림 문구였다. 잠시 후 나는 문자메시지 창을 열었다.

두 번째 메시지는 '제발'이었다.

"엄마, 엄마! 아이스크림이요."

나는 허둥거리며 해양생물학 잡지 한 권을 찾아 루비한테 건넸다.

"이거 보고 있어. 붕장어류에 관해 알아두면 좋아."

아이스크림 가게를 향해 차를 몰기 전에 나한테 허락된 시간은 아마 30초 정도일 것이다.

나는 문자를 보냈다. *우리 사이에 더 나눌 얘기 없잖아요. 왜 만나야겠다는 거예요?*

그가 반응을 보이기 시작했다. 나는 기다렸다.

그의 답장이 왔다. *다음 주 노섬벌랜드에 갈 예정이야. 그 헛간에 살펴봐야 할 게 있어. 런던에서 만나는 게 불편하면 거기서 만나.*

나는 눈을 감고 생각했다. 좋아. 안 돼. 좋아. 안 돼.

다음 주에 뉴캐슬에서 열리는 학회 콘퍼런스에 갈 일이 있었다. 어렵지 않은 일이었다. 차로 한 시간도 채 걸리지 않는 거리였다.

하지만 레오는, 루비는, 내 다짐은, 다 어쩐단 말인가.

13

레오

"레오, 잠깐 얘기 좀 할까?"

편집국장 짐 맥기건이 켈빈의 자리에 경쾌하게 와 앉았다. 다른 팀원들은 모두 점심을 먹으러 나간 뒤였다.

"그러시죠."

나는 작성 중이던 기사를 저장했다. 일전에 독자들이 제보한, 냉전 시대의 한 이중간첩에 관한 기사였다. 그는 은퇴 후 자파케이크와 요크셔 티를 수입하며 성공적인 여생을 누리던 중 최근 모스크바에서 사망했다.

"자네가 쓰고 있는 기사 말이야." 짐이 말했다. "재니스 로스차일드."

"네?"

법과 사회면을 담당하고 있는 패트릭이 자판 두드리던 손을 멈췄다. 우리 대화를 엿들으려는 것 같았다.

짐이 통로 건너편 회의실로 들어오라고 손짓했다.

나는 회의실로 따라 들어갔다.

일전에 주말 증보판에 재니스에 관한 짧은 특집 기사를 써달라는 요청을 받았다. 그 기사는 며칠 전 게재되었다. 물론 부고 기사 같은 느낌은 전혀 아니었고, 그저 지금까지의 삶과 일을 들여다보는 정도였다. 재니스는 여전히 뉴스를 장식하고 있었다. 그녀를 봤다는 소식은 들어오지 않았고, 경찰도 아무 성과를 얻지 못한 듯 보였다. 독자들은 재니스의 삶에 관해 더 많은 걸 알고 싶어 했다.

부고팀에는 늘 불만 사항이 접수된다. 슬픔에 빠진 유족들이 사랑하는 고인에 관해 좋게 과장해서 기사를 써주기를 바라기 때문인 경우가 대부분이다. 우리가 칭송 일색의 전기 대신 고인의 범죄나 편견, 성적인 일탈 등을 사실 그대로 밝히면 격노한 유족들의 무시무시한 편지가 날아든다. 하지만 지난주에 내가 쓴 재니스 특집 기사는 명백히 긍정적인 어조였고, 온라인에서의 반응도 괜찮았다. 그래서 누군가 항의를 해왔다는 사실에 나는 놀랐다.

"사실 항의한 사람은 제러미 로스차일드야." 빈 의자를 찾아 앉는 내게 짐이 말했다. "아들 출산 후 재니스가 정신과 병동에서 나온 걸 기사에 쓴 것 때문에 화가 났더군."

나는 얼굴을 찌푸렸다.

짐도 인상을 찌푸렸다. 고위급답게 냉정함은 잃지 않았다.

이 특집 기사를 맡았을 때 제일 먼저 한 일 중 하나는 보관된 기록에서 봤던 것을 다시 찾아보는 것이었다. 아주 짧은 내용이었다. 산모와 아기를 위한 정신과 병동을 나서는 제러미와 재니스의 사진 몇 장, 그리고 간략한 설명이 전부였다. 그 신문이 사진을 공개한 것은 도의적으로 옳지 않지만, 그 사진들은 재니스가 출산 후 겪은 정신적 위기를 충분히 보여줬다.

물론 나는 그 기사를 간략하게 언급했다. 재니스가 흔적도 없이 자취를 감춘 지금, 이전에 정신 건강 문제를 겪은 적이 있다는 사실을 언급하지 않는 것도 부주의한 일이 될 수 있었다. 게다가 그 사진들은 이미 인터넷상에 공개되어 비밀이랄 것도 없었다. 분명 다른 신문사에서도 그걸 보고 기사를 쓴 적이 있을 터였다.

나는 그대로 짐에게 말했다.

그는 이해한다는 듯 고개를 끄덕이면서도 이렇게 덧붙였다. "그 사진 때문에 당시 재니스, 아니 제러미까지 두 사람 모두 큰 충격을 받았다네. 그때처럼 제러미는 이번에도 기자가 몰상식한 작태를 저질렀다고 생각하고 있어."

신문사 편집국장에게서 이런 이야기를 듣고 있다는 사실이 믿기지 않았다.

나는 잠시 후 물었다. "저한테 지금 있는 사실을 감추라고 말씀하시는 겁니까?"

짐이 속으로 갈등하는 듯하더니 고개를 저었다. "아니. 물론 그건 아니지. 솔직히 이번에 나도 자네만큼 놀랐네. 내 생각엔 제러미가 상황이 워낙 안 좋다 보니 그런 것 같아. 이성적으로 판단할 수가 없는 거지. 그래도 좋은 친구야."

물론 그렇겠지. 잘은 모르지만 두 사람은 현대 저널리즘의 최고 권위자들로 이루어진 고급 클럽의 회원일 것이다. 닳고 닳은 내 구두가 눈에 들어왔다. 반면에 짐은 고급 신사화를 신고 있었다.

"제러미한테 솔직하게 말했네. 기사 철회나 사과는 말이 안 된다고. 하지만 만일 재니스가 정말… 사망한 것으로 밝혀진다면, 그땐 부고 기사를 다른 사람이 쓰는 게 좋겠어."

나는 아주 잠깐 미소를 지었다. 부고 기사를 쓰는 기자들은 아마 지구상에서 유일하게 '사망했다' 또는 '사망한'이라는 말 쓰기를 두려워하지 않는 사람들일 것이다. 다른 사람들이 '사망'이나 '죽음' 같은 단어를 가지고 허우적거리는 모습을 지켜보는 건 꽤 흥미진진한 일이기도 했다.

"우린 잘못한 게 없어." 짐이 계속 말했다. "자네도 잘못한 것 없고. 사실을 신문에 내는 게 우리 일이니까. 하지만 제러미는 내 친구고, 아내 때문에 무척 걱정하고 있어. 자네한테 부고 기사를 맡겨서 굳이 아픈 상처에 소금을 뿌리고 싶진 않네. 그게 다야."

"알겠습니다. 하지만 조금 놀랍네요. 우리 신문사는 부고 기사에 작성자 이름을 넣지 않잖아요. 누가 썼는지 제러미가 알 수 없었을 텐데요."

"아, 아마 알았을 거네. 자네의 부고 기사는 독보적으로 훌륭하거든."

긍정적인 피드백이 전혀 없는 분야에서, 이 말은 분명 지금까지 내가 들어본 칭찬 중 가장 후한 찬사였다. 나는 애써 기쁜 티를 감췄다.

"그렇군요. 좋습니다. 쉴라한테 넘기겠습니다."

하지만 이건 옳지 않았다. 저널리즘에 관해서라면 엄격함과 공정함의 상징인 제러미 로스차일드가, 이미 알려진 재니스 삶의 일부를 언급했다는 이유로 우리에게 불만을 토로하다니! 그것도 국민 신문사에!

"좋아. 고맙네." 짐이 말했다.

우리는 일어나 각자의 자리로 돌아갔다.

나는 맥주를 한잔하러 펍에 들렀다. 그곳에는 동료들이 가득했다. 그들은 마치 다른 사람들은 안 보인다는 듯 휴대폰만 들여다보고 있었다. 실마리가 잡히길 기다리며 죽도록 술을 마시다 보면 가끔 궁금했다. 정말 저널리즘이 그렇게 많이 달라진 게 사실인지, 아니 혹시 우리 모두 런던 중심가에 언론사들이 모여 있던 그 시절에 여전히 머물러 있는 건 아닌지.

엠마한테 전화를 걸었지만 받지 않았다. 엠마의 졸업식 문제가 다시 고개를 들면서 갑자기 불안감이 몰려왔다. 하지만 일 생각을 하면서 주의를 돌렸다. 더 깊이 파고들자면 세인트앤드루스대학에 전화해보는 방법도 있고, 정 안 되겠으면 질한테 전화해볼 수도 있다. 하지만 나는 내 아내를 믿기로 했다.

혹시 누군가의 사망 소식을 놓쳤을까 싶어서 빠르게 트위터를 훑었다.

그때 트위터 화면에 엠마의 이름이 떴다.

"나야!" 내가 전화를 받자 엠마가 소리쳤다. "미안해! 루비랑 밀크에 와 있어!"

밀크는 가족 단위로 많이 찾는 우리 동네 카페다. 아마 내가 지구상에서 제일 안 좋아하는 장소일 것이다. 거기서는 이상한 이름의 내용물을 첨가해 중산층 부모들이 스스로 괜찮은 부모라고 느끼게끔 해주는 아이스크림을 판다. 아이들을 위한 놀이용 공구들도 구비하고 있는데, 루비는 부모와 달리 DIY를 정말 좋아한다.

거리를 지나던 관광객 하나가 멈춰 서서 유리창에 적힌 캐스크 에일펍에서 2차 발효를 하는 전통 에일이라는 글자를 사진으로 찍었다. 마치 이곳 로워 벨그레이브 스트리트에서 진짜 16세기 맥줏집을 발견한 듯한 표정이었다.

"별일 없지?" 엠마가 물었다.

"조금. 제러미 로스차일드가 나한테 이의를 제기했어. 재니스에 관해 쓴 기사가 마음에 들지 않는대. 부고 기사는 다른 사람한테 맡기래."

엠마가 아무 말도 하지 않아서 나는 덧붙여 말했다.

"사실 누가 쓰든 난 상관없어. 다만 그 원칙이 문제지. 편집국장이 자기 친구 만족시키겠다고 결과적으로 나를 비난한 셈이잖아. 반갑지 않더라구."

엠마가 루비한테 뭐라고 외치는 소리가 들렸다. "미안, 못 들었어. 누가 뭐라고 했다고?"

"제러미 로스차일드 말이야." 나는 작은 소리로 대답했다.

"미안해, 여보. 누구라고?"

"제러— 아, 됐어. 중요한 거 아니야."

"잠깐만, 혹시 제러미 로스차일드라고 했어?"

"맞아."

"도대체 왜 또?" 엠마는 화가 난 듯했다.

또 시작이군. 내 얼굴에 미소가 번졌다. 나는 한 잔 더 마시기로 했다.

"재니스가 출산 후 정신 건강에 위기가 있었다는 걸 솔직하게 썼거든. 그게 마음에 안 든대. 몰상식하다는 거지."

"젠장, 그걸 말이라고 해?"

"그러게."

한동안 침묵이 이어졌다.

엠마가 입을 열었다. "제러미 로스차일드 그 사람, 완전히 과대망상증 환자네."

나는 맥주를 한 모금 또 마시면서 바지를 매만졌다. 일할 때도 양복을 입지 않는 나로서는 별 맵시 없는 이런 면바지조차 편하지 않았다.

"음, 그나저나 트램펄린은 어땠어?"

"좋았어." 엠마가 대답했다. 이제는 소리 지르지 않았다. 카페가 아까보다는 조용한 듯했다. "저기, 레오. 어머님한테서 전화 왔었어."

"이런. 무슨 일로?"

내가 입양됐다는 사실을 알게 된 지 거의 10년이 흘렀지만, 부모님과의 관계는 여전히 편치 않았다. 처음 몇 달 동안은 말도 하지 않았다. 조금이라도 감정을 회복하려면 얼마간 시간이 필요할 것 같아서 당분간 거리를 두자고 말했다. 영원히 그러자는 건 아니었고, 한두 달 정도였다. 하지만 어머니는 내 말을 존중하지 않았고, 끊임없이 연락해왔다.

어머니는 활기가 넘치는 사람이다. 그때까지만 하더라도 나는 어머니가 꽤 강인하다고 생각했다. 하지만 내 침묵 때문에 어머니는 삶의 의지를 잃었다. 결국 정서적 결핍이 생겼고, 지금까지 계속 진행 중이다.

루비를 위해 나는 부모님과의 불화를 수습하려고 노력했다. 하지만 우리 사이는 여전히 좁혀지지 않았다. 내가 누구인지 알고자 하는 것은 내 권리다. 부모님이 그걸 어떻게 다른 식으로 생각할 수 있는지 이해가 가지 않는다.

"아버님이 감기에 걸려서 전화하셨대. 많이 편찮으신가 봐."

"마음이 안 좋네." 나는 한숨을 쉬었다. "그렇지만 또 나를 시험하려 하신다는 생각을 안 할 수가 없어."

최근 몇 달 동안 어머니는 사소한 일들로 연락을 해오기 시작했다. 내가 어떻게 반응하는지 보기 위해서였다. 지난달에는 연금이 갑자기 중단되었는데 그 이유를 아는 사람이 아무도 없다는 메시지를 엠마를 통해 전해왔다. 나는 정말 화가 났다. 걱정이 돼서 그렇기도 했지만 어머니가 그러는 건 오로지 내가 도와줄지 확인하기 위해서라는 사실을 알기 때문이었다.

"그럴지도 모르지. 하지만 어느 쪽이든, 전화는 드리는 게 좋겠어. 하루 이틀 정도 휙 가서 도와드리고 오면 어떨까? 어머님 말씀으론 일요일에 걸리셨다니까, 다음 주쯤이면 옮을 염려는 없을 거야."

"음…."

"루비한테는 유일한 할머니, 할아버지야. 아무리 잘못했다 하더라도 좋은 분들이고."

"그래, 나도 알아. 좋아, 전화할게. 루비 데려다주고 데려오는 거 할 수 있겠어?"

"잠깐만. 다음 주엔 뉴캐슬대학에서 학회 콘퍼런스가 있어. 미안, 일정 확인해보고 전화 줄게."

우리는 이 문제로 한동안 야단법석을 떨었다. 결국 엠마가 루비를 데리고 뉴캐슬로 가기로 했다. 발표는 월요일 아침과 목요일 점심시간에 하니까, 화요일과 수요일에 루비랑 노섬벌랜드 해안에 갈 수 있다고 했다. 사실 루비는 엄마의 게잡이 해안에 한 번도 가본 적이 없고, 감기 환자가 있는 집으로 내가 데려갈 수도 없는 노릇이었다.

"괜찮겠어? 루비랑 같이 있으면 게를 찾아다니기 어려울 텐데."

"괜찮고말고! 루비도 좋아할 거야!" 엠마의 목소리가 다시 커졌다. 카페 안은 소리 지르는 아기들로 가득 찬 듯했다.

"그래, 그럼. 당연히 좋아하겠지. 여름휴가 때는 다 같이 가자."

"좋은 생각이야! 이따가 나랑 루비 항공편 예약해야겠다."

통화를 마친 후 나는 왓츠앱 채팅창을 열었다. 기분이 나아지게 해줘서 고맙다고 말하고 싶었다.

엠마도 접속해서 나한테 메시지를 보내는 중이었다. 나는 엠마가 먼저 뭐라고 하는지 보려고 일단 기다렸다.

안녕. 레오와 통화 중이었어요. 다음 주에 노섬벌랜드에 갈 예정이에요. 그래요, 우리 만날 수 있어요. 예약 마치면 다시 연락할게요. 그때 약속 정해요.

나는 답을 적기 시작했다. *나한테 보낸 거 맞나 모르겠네!* 하지만 보내기 버튼을 누르기 전에 잠시 멈추고 생각했다. 누구한테 보낸 거지?

뉴캐슬대학 직원 중 한 명인가? 아니면 스코틀랜드에서 학교 다닐 때부터 친구였다는 수시? 지금 타인사이드뉴캐슬 인근 도시 근처에 살고 있지 않나?

그때 휴대폰이 진동했다. *미안! 당신이 아니라 수시한테 보낸 메시지였어!*

나는 다시 신문사로 걸음을 옮겼다.

그날 오후는 작성한 기사의 글자 수와 엠마, 기사 작성 계획과 엠마, 전화 통화와 엠마가 안개처럼 부옇게 뒤섞인 상태에서 흘러갔다. 이중간첩의 부고 기사를 마쳤고, 30년 동안 싱크로나이즈드 스위밍 올림픽 대표팀의 안무를 담당했던 여성의 부고 기사를 쓰기 시작했다. 또 지난주에 기사 작성을 마친 제2차 세계대전 참전 군인이 그때 무공훈장을 받았다고 거짓말한 사실을 알게 되었다. 나는 그의 가족에게 사실을 알릴 만큼의 에너지가 내겐 없다고 결론지었다. 그들은 이미 충분히 억지를 부리고 있었고, 그래서 그 부고 기사를 보류했다.

아까 그 왓츠앱 메시지를 다시 떠올렸다.

그 메시지는 엠마가 옛 친구한테 보낸 거였어. 나는 속으로 되뇌었다. 그게 다야.

하지만 그 문자는 전혀 그렇게 읽히지 않았다.

잠자리에 들려는데 엠마가 급히 화장실로 뛰어가며 속삭였다.

"너무 급해!"

썩 내키지 않았지만 나는 왓츠앱을 확인해봤다. 엠마가 접속 중이었다. 하지만 나한테 메시지를 쓰고 있지는 않았다.

피로감이 심해지면서 덜컥 겁이 났다. 내가 왜 이러고 있지? 나한테 무슨 문제라도 있는 건가? 엠마는 괜찮아! 병도 나아가고. 그런데 엠마가 뉴캐슬에서 누군가와 밀회라도 즐길까 봐 밤 11시에 빌어먹을 왓츠앱이나 염탐하고 있다니. 일하러, 그것도 딸까지 데리고 가는 사람을? 진심이야?

나는 침대에서 뛰쳐나와 쿵쾅거리며 아래층으로 내려갔다. 이 여자는 이제 막 암을 이겨냈다고! 그런 여자를 의심하다니, 그만둬, 한 번이면 족해. 나는 속으로 되뇌었다. 내가 하려는 행동에는 문제가 있었다. 그건 바로 용서받지 못할 비겁함이었다.

다이닝룸 안으로 중간쯤 갔을까, 엠마의 서류가 들어 있던 낡은 연초록색 봉투가 사라지고 없었다. 잘못 봤을 수도 있기 때문에 나는 그 앞의 좁은 공간까지 들어가 봤다. 전에 그 봉투가 놓여 있던 자리에 바닥이 드러나 있었다.

존 키츠가 느릿느릿 다가와 꼬리를 흔들었다. "안녕, 친구!" 나는 인사를 건넸다. 하지만 목소리가 정상이 아니었다. 다른 모든 것들처럼.

"뭐 해?" 엠마가 문 뒤에서 고개를 쑥 내밀며 물었다.

"부고 기사 모아놓은 거 찾고 있었어."

나는 온갖 잡동사니가 혼란스럽게 쌓인 다이닝룸 안을 둘러보는 척했다. 하지만 내가 이곳에 뭔가를 보관해두는 일은 절대 없었다. 엠마도 그 사실을 잘 알고 있었다.

"이런 밤중에 뭘 찾다니 이상하네."

엠마는 화장 솜으로 마스카라를 지우는 중이었다. 다른 한 손으로는 맹장 수술한 자리를 무심히 긁고 있었다.

"알아. 하지만 켈빈이 아주 중요한 부고 모음집을 편집하는 중인데… 난 내가 모아둔 걸 보는 게 더 편하거든."

"그렇구나. 루비랑 뉴캐슬에 갈 비행기 편을 막 예약했어. 루비가 정말 신나할 거야!"

뭔가가 배 속에서 꿈틀거렸다. 물론 그렇겠지. 엠마의 여권. 그건 그 봉투 안에 들어 있었다. 루비의 여권도.

내일이면 그 봉투가 다시 나타날 것이다. 그리고 나도 이런 행동을 그만 멈춰야 한다.

14

엠마

새벽 시간.

나는 이제 더는 자다 깨서 울지 않는다. 하지만 오늘은 미처 대비할 새도 없이 눈물이 나와버렸다. 나는 조용히 울면서 손으로 눈가를 훔쳤다.

그는 여기에 없다. 아니, 언제까지나 없을 것이다. 다시는 그와 함께 아침을 맞지 못할 것이다.

그로 인한 지극한 슬픔, 꿈쩍도 하지 않는 무게감은 오늘 내가 감당할 수 있는 정도를 이미 넘어서 있다.

지난밤 다이닝룸에서 내 서류들을 찾고 있는 모습을 들킨 후, 레오는 몇 시간을 잠 못 자고 뒤척였다. 나는 옆에서 자는 척했지만, 그가 어디까지 봤고 얼마나 알고 있을지 걱정스러웠다.

만일 레오가 나한테 직접 물으면 어떡하지? 뭐라고 대답하지?

때로는 내가 누군지 나도 모르겠다는 생각이 든다. 현실과 갈망, 그 둘을 구분하는 선이 어디에 있는지도. 때로는 남편이 진실을 요구하고 나는 아무 대답도 하지 못하는 상상을 한다. 정말 몰라서 대답하지 못하는 장면을.

레오가 마침내 잠이 들자 나는 루비의 침대 밑에 임시로 숨겨 둔 서류들을 가지러 갔다. 지난주에 다이닝룸에 두지 말았어야 했다. 곧바로 집 밖으로 가지고 나갔어야 했다. 캐비닛을 더 신경 써서 꽁꽁 잠가두었어야 했다. 그랬다면 레오가 다른 곳에서 그것들을 찾아다니는 일은 없었을 것이다.

범인은 늘 이런 식으로 잡힌다. 압박감에 실수를 저지르고 마는 것이다.

루비가 잠들어 있는 동안, 나는 서류를 하나씩 없앴다. 내 학위와 관련된 것, 부모님의 죽음과 관련된 것, 경찰 서류, 그리고 그와 관련된 서류들. 4년 전 질이 써준 '엠마, 넌 네 인생의 문제들을 해결해야 해'라는 내용의 편지도 없앴다. 내가 행방불명되었을 때 노섬벌랜드까지 나를 구하러 차를 몰고 왔다 간 후 나중에 쓴 편지였다. 혹시라도 레오가 나를 사랑스럽고 충실한 아내가 아닌 다른 사람으로 생각하도록 만들 만한 것은 무엇이든 내버렸다. 그리고 진작에 이것들을 다 없애버리지 못한 나약한 나를 저주했다. 이런 서류들을 모아놓는 것은 자질구레한 물건들을 집 안 가득 쌓아두는 것과는 별개의 일이었다. 감상적이고, 미신적이며, 정말 어리석은 짓이었다. 이런 것들을 간직한다고 해서 견디기 힘든 상실로 얼룩진 그 시절로 돌아갈 수 있는 건 아니다. 오히려 지금 곁에 있는 근사한 남자를 잃어버릴 위험에 처하도록 만들 뿐이다.

일하는 중에 모르는 번호로 전화가 왔다. 나는 연안의 지질재해를 공부하는 대학원생들과 템스강 하구의 범람, 만조에 관해 이야기하는 중이었다. 온화한 날씨에 창문은 다 열려 있었다. 폭풍해일이나 침수된 범람원을 상상하기는 어려운 날이었다.

가방 속에서 휴대폰 불빛이 보였지만 그냥 놔뒀다. 하지만 다시 전화가 와서 학생들에게 양해를 구하고 복도로 나갔다.

"여보세요?"

전화는 받자마자 끊어졌다.

나는 부재중전화를 확인했다. 세 통이 와 있었다. 찍힌 시간을 보니 전부 한 시간이 채 되지 않았고, 다 모르는 번호였다.

"젠장, 누군데 자꾸 전화하는 거야."

나는 늘 모르는 번호가 부재중전화에 찍혀 있으면 재수가 없다고 생각한다. 하지만 작년 한 친구의 디너파티에서 이 이야기가 나왔을 때, 이런 생각을 하는 사람이 나뿐임을 알게 되었다. 레오와 다른 친구들 대부분은 모르는 사람이 걸어온 전화를 못 받아도 전혀 개의치 않는다고 했다. 그럴 때 불안을 느끼는 건 나, 그리고 직장 동료 스테프뿐이었다.

어쩌면 숨길 게 있는 사람이 우리 둘뿐이어서인지도 모른다. 스테프도 문제가 한둘이 아니었다.

다시 강의실로 들어가기 전에 광장을 얼핏 내다봤다. 학부생 대부분이 여름을 맞아 집에 간 탓에 눈에 띄게 휑했다. 벤치에 앉아 샌드위치를 먹고 있는 사람 둘과 서성이며 누군가와 통화하는 여학생 하나가 전부였다.

그리고 남자 하나가 보였다. 그는 내가 서 있는 창가를 올려다보고 있는 것 같았다. 아는 사람은 아니었다. 추레한 모습이었다. 학생일 가능성이 컸지만, 어딘지 모르게 마음에 들지 않았다.

그는 야구모자를 쓰고 있었다. 플리머스에서 봤던 남자처럼. 우리 집 밖에 서 있던 남자처럼.

나는 복도를 죽 훑어봤다. 창가에 서 있는 사람은 아무도 없었다. 그 남자가 바라보고 있을 만한 사람은 보이지 않았다.

소름이 돋았다. 가슴에 서늘한 기운이 번지기 시작했다. 나를 보고 있는 건가?

내가 강의실로 돌아갈 무렵 그는 자리를 떴다. 나는 가워 스트리트 쪽으로 걸어가는 그의 뒷모습을 지켜봤다. 그는 다시 오지 않았다.

강의를 마치고 건물을 나오면서 나는 평소보다 바짝 경계했다. 하지만 주위에는 말없이 무리 지어 웨스트민스터를 떠나는 사람들뿐이었다. 다들 휴대폰에 시선을 고정한 채 아무 말도 하지 않았다. 이상하게 느껴졌다.

여기에 있고 싶지 않았다. 바닷가에 있고 싶었다. 이 세상이 아닌 듯 광활한 곳에. 태양이 바다 위로 파도라는 찬란한 주름을 만드는 그곳에.

다음 주, 바로 다음 주면 노섬벌랜드의 거대한 하늘과 행복한 바다를 볼 수 있다. 루비와 함께, 그 바다와 함께, 그리고 어쩌면 그와 더 가까이에 있을 수 있다.

나흘만 기다리면 된다.

15

엠마

월요일, 루비와 함께 공항으로 출발했다. 유치원에서 읽은 책이 너무 인상적이었던 딸은 우리가 인도의 다르질링에 있는 차 농장에 가는 중이라며 상상의 나래를 폈다. 오리 인형을 모슬린 천으로 감싸주며 낮에는 무척 덥고 밤에는 무척 춥다고 주의도 줬다.

나는 휴대폰을 꺼냈다. 겨우 여덟 시 반인데 나는 이미 기진맥진해져 있었다.

그에게 전화를 걸었다.

"엠마?"

"안녕하세요." 나는 억지로 읽고 있던 해양생물학 잡지 표지에 시선을 고정했다. 사진 속에는 작은 실고기 떼가 난파된 배 위를 잔잔히 헤엄치고 있었다.

"안녕." 그의 목소리가 갑자기 작아졌다.

"지금 통화하기 어려워요? 옆에 누구 있어요?"

"아니." 그가 한숨을 쉬었다. "정신없는 하루였거든. 지금은 혼자 있어. 편하게 얘기하는 게 익숙지 않아서 그래."

"그렇군요."

잠시 침묵이 이어졌다.

"지금 바쁜 거 알지만, 내가 보낸 메시지에 답이 없어서. 난 지금 우리가 얘기한 대로 북부로 올라가는 중이에요. 오늘 오후 뉴캐슬에서 콘퍼런스가 있고, 노섬벌랜드에서 이틀 묵을 예정이에요. 아직 앨른머스에 있어요? 우리 만나는 거 맞아요?"

"아직 앨른머스야. 그리고 그래, 정말 만나고 싶어."

"화요일과 수요일에 묵을 작은 집을 한 채 구했어요. 당신 있는 곳에서 1분도 채 걸리지 않아요. 우체국 옆길 알죠? 거기 15번지예요."

"알았어."

"루비가 잠들면 그때 오세요. 여덟 시 이후엔 언제든 괜찮아요." 나는 잡지를 단단히 말아쥐었다. "우린 목요일 오후에 돌아가요."

"좋아." 그가 잠시 후 말했다. "화요일 밤에 갈게. 그런데 엠마, 난…."

나는 기다렸다. 루비는 여전히 다르질링의 차 농장 이야기에 빠져 있었다.

"어, 저기, 만나서 얘기하자. 전화로 말하고 싶진 않으니까."

"그래요? 무슨 일 있어요? 괜찮은 거예요?"

"화요일에 봐." 그는 이렇게만 말하고 전화를 끊었다.

나는 눈을 감고 다 괜찮을 거라고 되뇌었다. 어쨌든, 그와 이렇게 20년을 연락하며 잘 견뎌내지 않았던가.

16

레오

여왕이 서거하면 보좌관들에 의해 '런던 브리지 작전'이라는 전 세계적 대응 조치가 시행되게 되어 있다. 각국 총리와 대통령들이 제일 처음 소식을 접하고, 곧이어 외신 차례다. 우리 신문사는 12일 치 보도자료를 준비해뒀다. BBC에서는 일련의 TV 방송을 이미 녹화했고, 직원들은 비상 상황에 대비해 몇 달에 한 번씩 연습 중이다. 군대도 대비 태세를 갖췄고 지역 라디오 방송국도 준비를 마쳤다.

부고 전문기자들은 이런 수준의 준비를 모든 이들을 위해 갖추고 있어야 한다. 만약 어떤 가수가 투어 콘서트를 취소했다면, 나는 이미 그 이유를 추측하는 기사(혹시 약물중독과의 싸움에서 진 건가?)를 쓰고 있을 게 분명하다. 우리는 정치, 경제, 연극, 영화, 종교 등 모든 분야에 정보원을 두고 있다. 기본적으로, 누군가 문제가 있어 보이면 곧바로 그에 관해 기사를 쓰기 시작한다.

하지만 그 촘촘한 그물도 누군가는 빠져나간다. 우리가 미처 대비하지 못한 인물이다. 오늘은 빌리 롤랜드였다. 1980년대 초 내각의 절반을 쥐고 흔들었던 유명 정치인이다. 한밤중에 심장마비로 사망했고, 아들이 찾아와 시신을 발견하기까지 3일 동안 그대로 방치되어 있었다.

나는 우리가 왜 그녀의 기사를 미리 써놓지 않았는지 알 수 없었다. 내가 알고 있는 건, 그녀가 아찔할 정도로 바쁘고 멋진 삶을 살았다는 것과 우리가 한심할 정도로 늦었다는 사실이 전부였다. 쉴라를 제외하고는 모두 자리에 없었다. 우리는 내일 나갈 부고면을 완전히 개편해야 했다. 나는 인쇄 마감 기한인 오후 4시까지 빌리에 관해 세로로 반 페이지 분량을 채우기 위해 시간을 다퉜다.

따라서 내가 지금 엠마가 진행했던 BBC 프로그램 제작팀을 구글로 검색하고 있다는 건 전혀 말이 안 되는 상황이었다. 그저 빌리에 대한 자료가 있는지 물어보기 위해서라고 되뇌었지만, 실은 '로비'가 대체 누구인지 알고 싶어서였다.

자기야, 오늘 아침 그냥 지나쳐서 미안. 전화 줘. 이렇게 헤어지고 싶지 않아... 로비

이건 베개 위에 애인이 남겨둘 법한 내용은 아니다. 엠마가 자신을 '자기야'라고 부르는 사람과 관계를 맺었을 리는 없다. 하지만 뭔가가 있었다. 이건 내가 알지 못하는 관계였다. 그리고 내가 모르는 이유가 있을 거라는 생각을 하지 않을 수 없었다.

나는 지나가는 사람들이 보지 못하도록 모니터 화면을 돌려놓고 IMDb의 제작진 명단을 띄웠다. 바로 그를 찾을 수 있었다. 로비 로즌, 보조 스태프였다. 30초도 되지 않아 나는 트위터를 통해 그가 지금 글래스고에 있는 BBC 스코틀랜드에서 보조 제작자로 일하고 있다는 사실을 알아냈다. 〈내 고양이, 진과 티〉, 〈'프렌즈'에서 뽑은 농담〉이 그의 프로필에 나와 있었다. 열여섯 살 정도로 보였고, 진하게 화장한 얼굴이었다.

나는 어이가 없어 웃음이 나왔다. 엠마는 분명 이 어린 녀석과 불륜을 저지르지 않았다. 하지만 그가 남긴 메모를 왜 엠마가 보관하고 있는지는 여전히 의문이었다. 아마 간직해뒀다가 언젠가 다시 보고 싶어서일 것이다. 왜일까? 대체 그가 누구길래?

나는 힘겹게 그의 트위터 창을 닫았다. 일단 지금은 빌리 롤런드의 부고 기사를 끝내야 했다.

30분 후, 할 일을 마쳤다. 내 마음은 다시 BBC 스코틀랜드의 로비 로즌에게 향했다.

목요일에 글래스고대학의 임종연구소에서 임종 관련 콘퍼런스가 열릴 예정이었다. 눈에 띄는 발표자가 없어서 신청하지 않았는데, 나중에 디 샘슨이 확정되었다. 그는 말 그대로 전 세계에서 부고 기사를 제일 잘 쓰는 사람이었다. 늦었지만 전화하면 자리를 마련해줄 것이다.

하지만… 굳이 왜? 나 자신에게 물었다. BBC 스코틀랜드에 불쑥 찾아갈 근거를 만들려고? 5년 전 일했던 어떤 프로그램 때문에 그 가련한 아이를 심문하려고?

뉴스룸 층 저편 어딘가에서 환호와 함께 요란한 박수 소리가 들려왔다. 고개를 들어 봤지만 보이지 않았다. 특집 담당 부서 쪽인 것 같았다.

눈에 들어온 건 나를 바라보고 있는 쉴라였다.

"레오." 그녀가 불렀다. "별일 없어?"

"네…?"

쉴라가 시선을 다시 모니터로 돌리는가 싶더니 바로 인스턴트 메시지가 도착했다. *얼굴이 좀 빨개진 것 같아서.*

나는 답장을 보냈다. *날이 너무 더워서요.* 바깥 기온은 30도 가까이 올라 있었다. 런던 날씨는 지금 숨 막힐 정도로 건조하고 무더웠다.

얘기하고 싶으면 언제든 들어줄게. 쉴라의 메시지였다.

나는 다시 고개를 들어 쉴라를 봤다. 그녀가 엠마에 관해 물을 때 그랬던 것처럼 차분한 표정으로 나를 바라보고 있었다. 취재할 때도 이런 식인지 궁금했다. 사람을 굉장히 불편하게 만드는 표정이었다.

한참 바라보고 있던 쉴라가 소리 없이 입 모양으로 말했다. *한잔하러 갈까?*

나는 고개를 저었다. 아직 오전 11시밖에 되지 않았다. 그러자 메시지가 왔다.

진짜? 고민 많잖아.

나는 답했다. *이상하게 내가 무슨 위기라도 겪고 있다고 생각*

하는 것 같은데 혹시 우리 얘기할 게 있나요?

잠시 쉴라는 말이 없었다. 문득 이런 생각이 들었다. 쉴라가 엠마에 대해 뭔가 알고 있어.

나는 다시 쉴라를 쳐다봤다.

뭔데 그래요? 나는 별로 내키지 않았지만, 조용히 입 모양으로 물었다.

쉴라가 자판을 두드리기 시작했다.

아무것도 아니야. 그런데 켈빈이 자네한테 엠마의 부고 기사를 써두라고 했다길래, 혹시 지금 그거 쓰는 중이면 마음이 영 불편할 것 같아서.

그러고는 이렇게 덧붙였다. *미안. 그냥 도와줄까 해서 물어본 거야. 알다시피 내가 이런 거 잘 못하잖아.*

나는 답답했다.

이제 그만해야 한다. 부모님과의 관계나 내 입양 문제는 중요하지 않다. 그건 다 지난 과거다. 하지만 엠마와의 상황은 현재다. 그리고 정상적인 성인으로서 반드시 처리해야 할 문제다. 엠마와 제대로 대화를 나눠야 한다. 그것도 곧.

그리고 쉴라가 하는 말에 의미를 부여하지 말아야 한다. 쉴라는 엠마를 단 두 번 만난 게 전부다. 두 사람은 나를 통해서만 연결되는 사이이고, 공통으로 아는 친구도 없다. 쉴라는 그저 워털루역이라는 뜻하지 않은 장소에서 엠마를 봤을 뿐인데, 주제넘게 나서고 있었다.

나는 걱정할 것 없다고 다시 메시지를 보냈다. 정말 괜찮고, 단지 더워서 그런 거라고. 그러고 나서 물을 마시러 나갔다.

하지만 아직 완전히 포기할 수는 없었다. 복도를 걷는 동안 나는 연초록색 봉투에서 사라진 엠마의 서류에 관해 생각했다. 세인트앤드루스대학에서 보내온 서신을 찾기 위해 집 안을 샅샅이 뒤졌지만, 사라지고 없었다. 엠마의 아버지에 대한 편지도, 로비라는 녀석이 보낸 쪽지도. 엠마의 캐비닛에 얼마 남지 않은 서류들을 휙휙 넘겨봤지만, 내가 찾고 있는 게 뭐고 엠마가 치운 게 뭔지 알 수 없었다. 그리고 뒤지면 뒤질수록 암울한 과거, 그날 부모님 집의 손님방으로 점점 더 깊이 빠져들어갔다.

우리는 엠마와 레오다. 우리는 괜찮은 부부다. 아니, 멋진 한 쌍이다. 너무 멋져서 친구들이 짜증스러워할 정도다. 우린 서로에게 비밀이 많은 그런 관계가 아니다.

아닌가?

그 순간 글래스고로 가야겠다는 결심이 섰다. 가서 로비 로즌과 이야기해볼 작정이었다.

아는 게 힘이라고들 말한다. 하지만 이 말은 거짓말이다. 나는 이미 내 능력 밖의 일에 뛰어들고 있었다.

나는 글래스고대학에 전화를 걸고 비행기 편을 예약했다. BBC 스코틀랜드에 근무하는 대학 친구 클레어에게 목요일 오후에 차 한잔 마시자고 문자메시지를 보냈다. 클레어는 곧바로 답장을 보냈다. *좋아! 신난다! BBC로 올 수 있어? 내가 들여보내줄게!*

나는 글 품팔이를 하던 시절부터 오랫동안 유지해온 이메일 계정에 로그인했다. 이 계정은 내 실명이 아니다. 나는 로비 로즌에게 메일을 보내 목요일에 엠마 비글로에 대해 짧게 이야기 좀 나눌 수 있겠냐고 물었다. 최근 그녀의 건강이 많이 안 좋아서 미리 부고를 작성하고 있는 사람이라고 핑계를 댔다. 40분 후, 그가 가능하다는 답장을 보내왔다.

이렇게 쉬운 일이었다니.

17

엠마

레오가 힘들어하면 내 안의 무엇인가가 부서지는 느낌이 든다. 문제가 뭐든 나는 그게 해결될 때까지 쉬지도 못하고 거의 모든 걸 멈춘다. 하지만 물론 효과는 없다. 그저 그를 더 화나게 할 뿐이다. 레오가 나한테 화를 내는 유일한 때일 것이다.

다행스럽게도 레오는 나와 다르다. 내게 문제가 생기면, 그는 내가 어떻게든 적절히 해결할 거라고 믿는다. 짙은 먹구름이 주위를 맴돌기 시작하는 나의 '안 좋은 시기'(그는 이렇게 불렀다)가 다가올 때마다 내가 왜 앨른머스로 탈출하는지 그는 한 번도 의심하지 않았다. 대신 물러날 줄 알았다. "가서 재충전하고 와." 킹스크로스역에서 나한테 입 맞추며 이렇게 말하곤 했다. "그리고 잊지 마, 내가 당신 사랑하는 거."

하지만 그가 너그러울수록 나는 죄책감에 더 시달렸다. 그는 내가 거기에 갈 때마다 어떤 위험을 감수하는지 전혀 몰랐다. 그냥 내가 마음을 치유하러 간다고 생각했다.

급행열차로 런던에서 세 시간을 달리면 도착하는 앨른머스에서는 앨른 강의 어두운 물줄기가 북해로 흘러든다. 스코틀랜드에 살 때 나는 아버지와 여름마다 이곳 해안에 왔다. 내 기억에 우리의 휴가는 실컷 웃고 자연스럽게 다른 사람들과 어울리는, 내가 갈망했던 일들로 가득했다. 이웃 사람들과 몇 시간 동안 바위 사이의 웅덩이에서 놀면서 모래언덕 기슭에서 소풍 음식을 나눠 먹었던 기억이 떠오른다. 내가 바보처럼 웃으며 노는 데 정신이 팔려 있는 동안 강어귀에서는 빛이 스러지고 바람은 해안 습지의 덤불을 어루만졌다. 황금기였다.

하지만 4년 전 이곳을 다시 찾았을 때는 그런 행복을 찾을 수 없었다. 바람은 머무는 내내 무섭게 불어댔고, 비는 바다 안팎에서 성을 내며 몸부림쳤다. 옷도 제대로 말릴 수 없을 정도였다. 마지막 날, 나는 런던과 레오에게 돌아가고 싶어 못 견딜 정도가 되었다.

바로 그 마지막 날 아침, 나는 주위를 제대로 살피지 못했다. 치명적인 실수였다. 나는 골프장 너머로 드러난 바위들 틈에서 게나 찾아보면서 남은 시간을 보내려고 아무 생각 없이 해변으로 나갔다.

그런데 그때, 갑자기, 바로 거기, 해초들이 널브러진 바위 사이에, 그들이 보였다.

나와 몇 미터 떨어지지 않은 자리에 있었다. 그 둘이.

곧 경찰이 왔다. 나는 런던으로 돌아가는 마지막 기차를 놓쳤다. 질이 나를 데리러 그 먼 거리를 운전해서 왔다. 레오는 이 일에 대해 전혀 알지 못했다.

하지만 오늘 이곳은 평온하고 아름다웠다. 그리고 루비가 물장난을 쳐도 되는지 물을 만큼 따뜻했다. "물론 되고말고." 나는 루비의 신발을 벗겨주며 대답했다. 햇살이 정말 당혹스러울 정도로 강렬하게 내리쬐었다. 내가 세운 24시간의 계획에 이런 햇살은 들어 있지 않았다.

루비는 물결 무늬 모래사장을 즐겁게 뛰어다녔다. 누군가 쌓아놓고 간 작은 모래성도 뛰어넘었다. 조개껍데기로 장식한 린디스판 성과 뱀버러 성이었다. 루비는 두어 번 멈춰 서서 갯지렁이가 꼬불꼬불 만들어놓은 모래 똥을 손끝으로 푹 찔러보더니, 전속력으로 달려 커다란 조수웅덩이로 뛰어들었다. 얼마나 깊은지도 모른 채 바지가 젖든 말든 신경 쓰지 않았다.

나는 챙겨 온 물건들을 모래언덕 기슭에 내버려둔 채 루비를 쫓아다녔다. 루비는 이미 웅덩이에서 벗어나 바다로 내달리는 중이었다. 루비의 머리 위로 파란 하늘 가득 새털구름이 물결쳤고, 대기는 여름휴가 때처럼 따뜻했다.

오늘 밤에는 제러미 로스차일드가 우리 숙소로 올 예정이다.

루비가 소리를 지르며 깡충, 물속으로 뛰어들었다.

그가 전화로 재니스의 실종 소식을 알려왔을 때 나는 워털루역에 있었다. 이미 늦은 터라 나는 풀 항구로 가는 기차를 타기 위해 서두르던 중이었다. 하지만 그 소식을 들은 후 기차역 중앙 홀에서 한 발짝도 움직일 수 없었다. 얼마나 지났을까, 한참을 그렇게 서 있다가 사우스뱅크 쪽으로 걸음을 옮겼다. 그곳에서 템스강의 출렁이는 물결을 바라보며 앉아 있다가, 이게 '시작'일 수 있다는 질의 충고를 듣고 나서야 빨리 집에 가서 서류를 감춰야 한다는 사실을 깨달았다.

무슨 일인지 모르겠어. 제러미는 이 말을 반복했다. *이해가 안 가. 재니스는 아무 문제 없었거든.*

그로부터 며칠 후, 나는 레오에게 질과 저녁 약속이 있다고 말하고 그와 만났다.

우리는 홀로웨이 로드에 있는 물담배 카페에 갔다. 원래 가기로 했던 펍이 재단장한다고 문을 닫아서였다. 우리 둘 다 물담배는 별로였지만(어떻게 피우는지도 몰랐다) 우리의 어두운 분위기를 눈치챈 듯한 친절한 매니저가 하나를 무료로 제공했다. 그가 피우는 방법을 설명해주는 동안 처참한 광경이 이어졌고, 우리는 조용히 앉아 그 모습을 지켜봤다.

우리는 아랍식 커피를 주문하고 많은 부분이 생략된 문장으로 이야기를 나눴다. 대부분 경찰의 재니스 수색에 관한 내용이었다. 그러다 그가 내 눈을 들여다보며 (내가 정말 싫어하는 말투로) 혹시 재니스와 연락한 적이 있는지 물었다.

"물론 없어요."

하지만 그는 내 말을 믿지 않았다. 눈빛으로 알 수 있었다. 그는 내게 묻고 또 물었다.

"이러려고 만나자고 했어요?" 나는 결국 따져 묻고 말았다. "내가 무슨 말이나 행동을 해서 재니스가 사라졌다고 생각하는 군요? 정말 그래요?"

제러미가 물담배 파이프를 집어 들고 잠시 빨았다. 우스꽝스러워 보였다.

"그래." 그가 인정했다. "하지만 그렇게 오만하고 방어적으로 굴기 전에, 내가 왜 그런 걱정을 하는지 스스로 물어보는 게 어때?"

대답할 말이 마땅치 않았다.

"널 만날 필요가 있었어. 직접 물어봐야 하니까. 내 입장이라면 너도 마찬가지였을 거야."

그의 말이 옳았다. 나라도 그랬을 것이다.

곧 헤어져야 할 것 같아서 나는 그에게 청했다. 그리고 애원했다. 내가 늘 애원하던 그것을. 하지만 그는 싫다고 대답했다.

곧 우리는 홀로웨이 로드에서 각자 반대 방향으로 떠났다.

그는 이후 몇 통의 문자메시지와 함께 이곳 앨른머스에서 만나자고 청해왔다. 재니스에 관한 일과 레오의 편집국장에게 불평한 일에 대해서는 말이 없었다. 그 일에 화가 나서 문자메시지를 보냈는데도 그는 철저히 무시했다. 마치 내 남편이 하는 일이 조금도 중요하지 않다는 듯 내 메시지를 끝까지 읽지도 않았다. 그래서 며칠간 그가 정말 미웠다. 그러다 오랜 갈망이 되살아났다. 그래서 나는 그러겠다고, 노섬벌랜드에 가서 만나겠다고 말했다.

조금이라도 그의 감정을 누그러뜨릴 가능성이 있다면 나는 어디로든 갈 수 있었다. 어디든 상관없었다. 나를 쥐고 흔들 힘이 자신에게 있음을 그는 잘 알고 있었다.

바다는 초록색 반짝이를 뿌려놓은 듯 빛났고, 루비는 바닷가에서 소리를 지르며 깡충깡충 뛰었다. 나는 루비가 나를 향해 달려오는 모습을 바라보며 미소를 지었다. 루비가 폴짝 뛰어올라 꽁꽁 언 손으로 내 허리를 끌어안는 바람에 숨이 턱 막혔다.

"엄마!" 루비가 소리쳤다. "너무 추워요!"

내가 비틀비틀 갈지자로 걷자 루비가 매달렸다. 나는 루비의 머리에 입을 맞췄다. 대기 중의 염분 때문에 소금기가 느껴졌다.

루비가 폴짝 뛰어내려 멀리 달려가는 걸 보면서, 문득 내가 늘 제러미에게 휘둘려왔다는 생각이 들었다. 그건 재니스가 사라진 지금도 마찬가지였다. 나는 부스러기라도 받아먹으려고 필사적으로 그를 졸졸 따라다니는 떠돌이 개 같았다.

루비가 선명하게 널려 있는 해초를 살펴보다가 발가락으로 푹 찔렀다. 싫으면서도 좋은 모양이었다. "이게 해초예요?" 루비는 알면서도 물었다.

"맞아. 창자파래인데 창자같이 생긴 해초라는 뜻이야. 루비라고 하는 인간의 배 속에 이런 게 있지."

루비가 비명을 지르며 발가락을 홱 거두었다.

나는 루비가 뛸 때마다 작은 검정 조약돌이 튀는 모습을 바라보면서 루비가 눈치채기 전에 소매로 눈물을 닦았다. 이건 내가 원하는 게 아니야. 나는 화가 났다. 두 인생 사이를 왔다 갔다 하며 살고 싶지 않아. 나는 평범해지고 싶었다. 아까 공원에서 마주쳤던, 캠핑카에서 삽과 바람막이 옷을 내리던 가족들처럼 그렇게 살고 싶었다.

하지만 레오는 지금 내가 루비와 함께 바닷가에서 휴가를 즐기고 있다고 믿으며 런던에서 일하는 중이었다. 그리고 나는 곧 내 딸이 잠들어 있는 집 안으로 제러미 로스차일드를 맞아들일 예정이었다.

물이 차오르면서 잔물결이 점점 더 가까이 다가와 부서졌다. 저 멀리 모래톱에서 북극제비갈매기들이 날카로운 소리로 울며 소금기를 머금은 대기 속으로 날아올랐다.

18

엠마

8시 30분이 조금 지난 시각, 제러미가 문을 두드렸다. 루비는 깊이 잠들었다. 그는 문밖 자갈밭에 서서 내 얼굴을 뚫어지게 바라봤다.

옆으로 비켜서서 그를 안으로 들이는데 속에서 절박한 감정이 휘몰아쳤다. 그가 내 옆을 지나는 순간 그의 재킷이 팔을 스쳤다. 다시는 그럴 일이 없도록 나는 벽으로 몸을 바짝 붙였다.

준비한 말이 있었지만 하나도 기억나지 않았다.

"이리로 가면 돼?" 그가 물었다. 유쾌하다고 해도 좋을 목소리였다.

나는 그의 목소리에 의미를 부여하지 않으려 애쓰며 고개를 끄덕였다. 그가 전하려는 의도는 아주 분명했다. 재니스와 관련된 뭔가를 나하고 상의할 일이 있다는 것. 하지만 나는 그보다 더 많은 걸 원했다.

로스차일드 부부는 중심가에 집을 갖고 있었다. 다른 집들보다 큰 데다 한때 마차가 지나다녔던 아치형 문까지 있었다. 그들은 그 집을 오두막이라고 불렀지만, 그 말을 들을 때마다 나는 웃음이 나곤 했다.

"앉아요." 내가 말했다.

낮은 천장과 아담한 안락의자가 있는 이 임시 거처의 거실에 비해 제러미는 지나치게 컸다. 하지만 그는 우리가 함께한 모든 장소에서 늘 그랬다. 그는 지나치게 컸고, 지나치게 똑똑했으며, 지나치게 기지가 넘쳤다. 그가 아침마다 깎아내리는 정치인들이 그렇듯 나 또한 그를 상대로는 승산이 없었다.

그가 도착하기 전, 나는 거실에 미리 뜨거운 찻주전자를 가져다놨다. 물이 끓어오르기를 기다리느라 주전자 옆에 어색하게 서 있고 싶지 않아서였다. 아버지가 가르쳐준 방법이었다. "일이 잘 안 될 것 같으면 그 뒤를 준비해야 해." 아버지는 이렇게 말하곤 했다. 아버지는 이 말이 재미있다고 생각했다. 나는 아버지의 유머 감각에 확신이 서지 않았지만 해병대원들은 아버지의 농담을 좋아했다. '군목 중에 최고'라고 말한 대원도 있었다. "늘 우릴 위해 존재하시지. 완전 전설이야." 나는 흐뭇한 척 웃어 보였지만 그들이 아버지와 친한 것이 안쓰러웠다.

"어떻게 지냈어요?" 나는 그에게 차를 따라주며 물었다.

올려다보니 그의 눈에 눈물이 그렁그렁했다. 아무 말도 할 수 없는 듯했다. 나는 찻주전자를 내려놓고 그에게 티슈를 건넸다.

그가 숨을 깊이 쉬려 하자 목에서 듣기 싫은 소리가 났다.

순간 그가 손에 얼굴을 묻더니 흐느껴 울기 시작했다.

손목에 찬 피트니스 밴드를 보니 내 심박수가 178bpm까지 비정상적으로 치솟아 있었다.

"미안해." 그가 마침내 입을 열었다. "용서해줘."

나는 그의 앞으로 가 쪼그려 앉았다. "아, 제러미." 그에게 티슈를 더 건넸다. "둘 다 많이 걱정했어요. 얼마나 끔찍할지 상상이 안 돼요."

그는 말이 없었다. 하지만 눈물이 계속 흘러내렸다.

"대체 어떻게 된 일이에요? 재니스가 왜 떠난 거예요?"

"그 답을 알면 여기 안 왔겠지." 그가 눈물을 닦으며 말했다. "걱정해줘서 고마워."

"당연히 걱정스럽죠."

그가 몸을 일으키며 잠깐 나를 보고 미소를 지었다. 나는 내 자리로 돌아가 그의 맞은편에 앉았다. 그와 이렇게까지 가까이 있는 게 편치 않았다.

"재니스는 많이 불안해했었어." 그가 결국 털어놓았다. "지난 가을 찰리가 대학에 들어간 후로 점점 심해졌지. 하지만 그게 이유인지는 확실치 않아."

나는 그가 계속 말하기를 기다렸다.

"재니스하고 연락 안 한 거 확실해?"

"제러미, 이미 끝난 얘기잖아요. 당신 아내한테 전화했다간 모든 걸 잃을지도 모르는데 내가 왜 그러겠어요. 왜 아직도 그걸 물어요?"

그가 한숨을 내쉬었다. "재니스가 너한테 편지를 썼으니까 묻는 거야."

"누가요? 재니스가요?"

그가 고개를 끄덕였다.

"그렇다면— 그렇다면 재니스가 살아 있다는 거예요?"

"그래. 적어도 사흘 전에는. 우리한테 편지를 보냈거든."

"제러미! 정말, 아, 세상에! 다행이네요!"

그가 천천히 고개를 끄덕였다. "분명 재니스가 쓴 거였어. 하지만 상태가 좋아 보이진 않았어. 이상하게 말이 많더군. 있잖아, 왜, 그 지나치게 초연한 느낌? 마치 약을 과다 복용한 사람처럼 말이지."

"뭐라고 썼는데요?"

그가 뜸을 들였다. 나한테 이만큼이라도 털어놓았다는 사실이 놀라웠다. 그는 늘 재니스와 나를 철저하게 떨어트려놓으려고 했다. 4년 전 내가 암 확진을 받은 후 만났을 때는 이름조차 언급을 피할 정도였다.

"살아 있다고. 사라져서 미안하다고. 하지만 지금 당장은 혼자 있고 싶다고."

나는 기다렸다.

"물론 안심은 됐어. 천만다행이다 싶었고. 하지만 자기 인생을 버리고 나가서 2주나 있다가 편지를 썼다는 건, 게다가 먼 친척들 얘기까지 하는 건… 재니스답지 않아. 잘 있는 게 아니야."

“그럼 경찰은 계속 도와준대요? 재니스가 살아 있어도?”

그가 찻잔을 들었다. “그래. 하지만 지금 당장은 이것저것 따져보는 중인 것 같아. 재니스가 약해져 있는 상태라고 말했지만 별 관심 없는 듯하고. 뭐, 이해해. 하지만 받아들이긴 힘드네.”

나는 고개를 끄덕였다. 정말 절망적인 상황이었다. 만일 레오가 미리 경고도 하지 않고 메모 한 장 없이 사라진다면, 나도 내가 무슨 짓을 할지 알 수 없었다.

나는 해줄 말을 떠올려봤다. “저… 그 편지는 어디서 발송된 건데요?”

“몰라.”

“우체국 소인도 없었어요?”

“요즘은 그런 거 없어.”

“그런가요? 몰랐네요.”

“뭐, 이제 알았으니 됐지. 하지만 아까 말했듯이 재니스가 너한테도 편지를 보냈어.”

그가 경고하는 눈빛으로 나를 보며 말을 이어갔다.

“당연히 읽어봤지. 혹시라도 재니스를 추적하는 데 도움이 될 만한 단서가 있을까 해서. 확실히 말해줄 수 있는 건, 네가 바라는 내용은 아니라는 거야.”

그가 뒷주머니에서 편지를 꺼냈다.

나는 말없이 편지를 받아 들었다. 내가 바라는 것에 관해 그가 언급하는 걸 들으니 어색했다. 내 바람 따윈 몇 년 동안 묵살해 온 그가 아니던가.

"두고 갈 테니 읽어봐." 그가 일어서며 말했다.

"잠깐만요." 나는 편지를 탁자 위에 올려놓았다. "가기 전에, 왜 레오의 기사에 불만을 제기했는지 알고 싶어요. 대체 무슨 생각으로 그런 거예요?"

내 말에 그는 놀란 눈치였다. 당황한 듯했다. 잠시 바다에서 불어오는 바람 소리만이 방 안을 채웠다.

"맞아, 그랬지. 문제를 일으키고 싶진 않았어. 하지만 다른 신문사들은 재니스가 겪은 산후 정신질환에 대해 아무도 캐지 않았거든. 너무 겁이 나서 그랬어."

"그건 다른 신문사들이 형편없는 거지, 왜 철두철미하게 일한 레오한테 그래요?"

"미안하게 됐군. 너무 놀라서 네가 우리 일을 레오한테 다 털어놓은 줄 알았어. 그래서 레오가 나한테 메시지를 보낸 거라고 생각했지."

"절대 레오한테 털어놓을 일 없어요. 누구보다 잘 알 텐데요."

레오가 신문 기사를 통해 간접적으로 메시지를 보냈다는 건 터무니없는 망상이었다. 레오는 지금껏 내가 만난 사람 중에서 가장 솔직한 사람이다.

"그래. 아내가 실종되는 바람에 이성을 잃었어. 미안해." 그가 힘없이 말했다.

나는 숨을 깊이 들이마셨다. "다시 얘기해보죠. 이 편지, 난 여기서 같이 읽고 싶어요. 조금만 더 있다 갈래요?"

그가 어깨를 으쓱했다. 지쳐 보였다. "알았어."

그때였다.

"엄마?"

루비가 문간에 서 있었다. 내 사랑스러운 딸, 금발의 포동포동한 꼬마가 불빛에 눈을 찡그렸다.

나는 빛의 속도로 방을 가로질러 갔다.

"안녕, 우리 딸! 왜 일어났어?"

"나, 잠 안 잤어요." 루비가 졸음 가득한 눈을 비비며 대답했다. 그러고는 제러미에게 인사를 건넸다. "안녕하세요."

루비가 내 무릎 위에 앉더니 아이다운 호기심 가득한 눈으로 제러미를 똑바로 바라봤다.

심장이 계속 쿵쾅거렸다. 어떻게 해야 할지 바로 떠오르지 않았다.

제러미는 꼼짝도 하지 않고 루비를 가만히 바라봤다. 한때 정말 잘생겼다고 생각했던 그의 얼굴은 지금 울어서 붓고 못생겨 보였다.

"안녕." 그가 조용히 인사를 건네며 미소를 지었다. "네가 루비구나."

"아저씨 이름은 뭐예요?"

제러미가 흘낏 나를 봤다. 나는 고개를 저었다.

"폴이란다." 그가 루비한테 손을 내밀며 대답했다. "엄마하고 같이 일하는 사람이야. 만나서 반갑다, 루비."

하지만 루비는 그의 손을 맞잡지 않고 물끄러미 보기만 했다.

"제 이름을 어떻게 아세요?"

"루비에 대해선 다 들어서 알지! 엄마가 널 정말 자랑스러워하시더구나."

나는 현기증이 났다. 제러미 로스차일드가 내 딸과 이야기를 나누고 있었다. 그리고 탁자 위에는 재니스에게서 받은 편지가 놓여 있었다.

"내 전체 이름은 루비 세리스 비글로 필버예요." 루비가 말했다. "애칭은 뭔지 알고 싶으세요?"

"그래."

"루비 부비예요!"

루비가 웃음을 터트리자 제러미도 순발력 있게 같이 웃었다.

"그 사람은 누구예요?" 루비가 제러미의 휴대폰을 가리키며 물었다.

그는 방금 전화를 확인하고 내려놓던 참이었다. 여기에 온 뒤로 아마 열 번은 봤을 것이다. 그가 휴대폰을 만질 때마다 늘 같은 화면이 떴다. 사진, 시간, 그리고 열려 있는 채팅창.

"아저씨 아들이야."

루비가 제러미의 휴대폰으로 손을 뻗었다. "봐도 돼요?"

"루비…."

"제발요, 네?" 루비가 졸랐다.

나는 안 된다고 말했지만, 제러미는 이미 집어 들고 있었다.

"괜찮아. 자, 받아."

나는 루비를 안은 채 뒤로 기대앉았다. 우리는 함께 화면 속 남자를 바라봤다. 그는 미국에서 스포츠 경기를 할 때 사람들이 흔들어대는 거대한 손 모양의 발포 장갑을 끼고 있었다. 야구모자를 쓴 그는 환하게 웃고 있었다.

"이름이 뭐예요?" 루비가 물었다.

"찰리야." 제러미는 자랑스러운 눈빛이었다. "전체 이름은 찰리 엘리스 로스차일드고."

"지금 어딨어요?"

내 심장에 있지. 루비가 제러미 로스차일드와 이야기를 나누는 광경을 결코 버텨내지 못할 것 같은 이 심장에.

"이 사진 찍었을 때는 런던에 있었는데… 대개는 보스턴에서 지내. 바다 건너에 있는 큰 도시란다."

"왜 바다 건너에 살아요?"

"거기서 공부를 하고 있거든. 대학교에서."

"대하…." 루비가 말끝을 흐렸다. 그러더니 다시 제러미를 보며 물었다. "아들이 아저씨 보고 싶어 해요?"

"그럴걸!"

"난 바다 건너에서 살기 싫어요. 아들이 아저씨 좋아해요?"

제러미가 크게 웃음을 터트렸다. "그런 것 같아. 전에 화를 조금 내긴 했는데, 여전히 좋아하지."

"왜 화냈는데요?"

나는 루비를 이 방에서 내보낼 수만 있다면, 그리고 제러미를 이 집에서 내보낼 수만 있다면 더 바랄 게 없을 것 같았다. 하지만 제러미의 대답을 듣고 싶었다. 로스차일드 가족의 일이라면 좋건 나쁘건 다 알고 싶었다. 늘 그랬다.

"왜 화냈어요?" 루비가 다시 물었다.

"자기가 싫어하는 일을 엄마가 했거든." 제러미의 목소리가 부드러워졌다.

루비가 공감한다는 듯 고개를 끄덕였다. "저도 가끔 엄마한테 화날 때 있어요."

"그게 부모들의 문제지." 제러미가 미소를 지었다. 그는 지금 노력하고 있었다. 얼마나 안간힘을 쓰고 있는지 눈에 보였다.

나는 그에게서 눈을 뗄 수 없었다. 피로와 슬픔 때문에 그의 눈 밑에는 깊은 주름이 생겨 있었다. 턱 밑에도 주름이 많았다. 나는 그의 라디오 프로그램에 출연하는 손님들이 이 모습을, 이 연약하고 부드러운, 이 인간적인 피부를 자세히 본다면 그래도 그를 두려워할지 궁금했다.

"자, 이제 다시 침대로 가자." 내가 말했다.

루비가 고개를 끄덕이더니 제러미에게 말했다. "우리랑 같이 자고 가요?"

그가 고개를 저었다. "물론 아니지."

"알겠어요. 그럼 안녕."

"그래, 안녕." 그가 대답했다.

나는 소리 없이 입 모양으로 말했다. *제발 가지 마요.* 하지만 그는 나를 보고 있지 않았다.

루비를 재우고 아래층으로 돌아와 보니 그는 가고 없었다. 편지는 내가 앉아 있던 안락의자에 놓여 있었다. 급히 뛰어나갔지만 밖에는 아무도 없었다. 어스름히 남아 있는 빛에 해변에 있는 두 사람과 개의 실루엣이 보였다. 구름은 스코틀랜드 북부를 향해 빠르게 흘러가고 있었다. 어디서도 제러미의 자취는 찾을 수 없었다.

미안해. 그렇게 서 있는데 제러미에게서 문자가 왔다. *루비가 있어서 하는 수 없었어.*

문자가 하나 더 왔다. *네가 알아야 할 내용은 다 말해줬어. 재니스의 편지에서 혹시 우리가 놓친 걸 찾게 되면 바로 연락해줘.*

그런 다음 마지막 문자가 도착했다. *루비는 흠잡을 데 없는 아이더라. 넌 틀림없이 훌륭한 엄마야.*

나는 숙소로 돌아가 재니스의 편지를 뜯었다. 불안했다.

엠마에게,

이 편지가 충격을 안겨주리라는 걸 알지만, 쓰지 않을 수 없었어. 종종 네가 불쑥 떠올랐어.

아주 오래전 우리가 발견한 그 게 말이야. 앨른머스 해변에서, 기억해? 물론 기억하겠지. 네가 진행한 방송을 계속 봤기 때문에, 네가 그 게를 계속 찾아다녔다는 거 알고 있어. 어쨌든, 코컷 섬에 가보면 좋을 거야.

셰익스피어 작품에서, 섬은 마법과도 같지. 그는 자신이 무슨 이야기를 하는지 너무나 잘 알고 있었어.

코컷 섬은 인간의 출입이 철저히 금지된 해안이 있는 유일한 장소야

& 언젠가 어부에게 돈을 주고 새를 보러 거기에 간 적이 있어 물론 배를 댈 수는 없었지만 많은 걸 봤지 그중에는 네가 찾는 게 도 있었어. 확실해… 새를 좋아하는 사람들만 주로 가는 곳이라 아무리 특이한 게가 있어도 아무도 몰라. 다들 바다오리랑 긴꼬리제비갈매기를 보러 가지.

이 정보를 오랫동안 숨겨서 미안해. 몇 년 전에 말해줘야 했는데. 진심으로 미안해.

다시 한번 사과할게, 엠마.

재니스로부터

나는 편지를 들고 주방으로 갔다. 그곳에 앉아 읽고 또 읽었다.

재니스와 이야기해본 지 거의 20년이 흘렀지만, 제러미의 말이 맞았다. 편지는 전혀 재니스가 쓴 것 같지 않았다. 구두점도 그렇고, 미안하다는 말을 반복한 것도 그랬다. 이 편지를 썼다는 것도, 그리고 그녀가 싫어하는 친근한 대화식 표현도 이상했다.

하지만 재니스의 편지가 맞기는 했다. 이것도 제러미의 말이 옳았다. 분명 재니스가 썼다. 나는 그녀의 글씨체를 알고 있었다. 그리고 우리의 끈끈한 관계에 대해 그녀가 누구에게도 말하지 않았다면, 내가 그 게를 발견한 날 그녀가 나와 함께 있었다는 사실은 우리 셋 말고는 아무도 모르는 일이었다.

이 편지 좀 이상하네요. 나는 제러미에게 문자를 보냈다. *당신 말에 동의해요.*

그가 즉시 답장을 보내왔다.

재니스의 정신 상태에 대해 내가 걱정하는 거 이해할 수 있겠지? 혹시 내가 놓친 게 있을까? 재니스가 어디에 있는지 짐작 가는 거 있어?

재니스에 대해 복잡한 심경임에도 불구하고 편지를 다시 읽어 내려가는 동안 죄책감이 드는 건 어쩔 수 없었다. 제러미와 내가 자신의 정신 건강 상태를 얘기하는 것보다 재니스에게 더 섬뜩한 일은 없을 것이다.

눈에 띄는 건 없어요. 노섬벌랜드에 관해 얘기하고 있다는 사실 말고는. 그래서 여기 왔군요, 재니스 찾으려고?

제러미의 답장이 왔다. *맞아. 하지만 여기 있을 것 같진 않아. 우리 별장은 누구라도 경보 시스템을 해제하면 메시지가 발송되게 되어 있는데, 오지 않았어. 게다가 재니스가 여기에 왔다면 누군가는 알아봤을 거야. 앨른머스 사람들 모두에게 물어봤지만, 봤다는 사람이 아무도 없어. 그리고 그냥 확실히 해두려고 확인해봤는데, 재니스가 코컷 섬에 숨어 있을 가능성도 없어. 지금도 왕립조류보호협회 관리자들 말고는 누구도 접근 금지야. 재니스가 정말 여기에 있을 것 같진 않아.*

나는 뭐든 생각나면 연락하겠다고 답장했다.

방 안에 어둠이 차오르는 동안 나는 편지를 반복해서 읽었다. 그리고 휴대폰으로 코컷 섬을 찾아봤다. 재니스 말대로 그 게가 거기에 있을 가능성은 충분했다. 고립된 종이 다른 개체군의 방해 없이 변이를 시작하기에 완벽한 장소니까. 그리고 거기서 죽은 표본 하나가 앨른머스 해안으로 밀려왔을 가능성도 다분했다. 왜 전에는 이 생각을 못 했을까.

재니스가 그 섬에 있을 가능성이 정말 없을까? 제러미는 아니라고 했지만, 혹시 도움을 청하는 게 아닐까? 그 섬에는 오래된 등대가 하나 있었다. 내 생각에는 거기에 재니스가 몰래 들어갔을 것 같았다. 하지만 사라지기를 원하는 여자가 거기까지 갔을 때는 누군가에게 돈을 주고 부탁했을 가능성이 컸다. 그리고 돈 받고 그런 접근이 금지된 섬에 태워다 주는 사람이라면 기자에게 정보를 팔지 않는 믿음직한 유형은 아닐 것 같았다.

제러미의 말처럼 재니스가 거기에 있을 가능성은 없었다.

나는 편지를 세 번, 네 번 반복해서 읽었다. 이토록 오랜 시간이 지난 지금 나한테 편지를 보낸 게 믿어지지 않았다. 너무 이상했다.

토스트라도 좀 먹어보려 했지만 너무 초조해서 삼킬 수가 없었다. 나는 차가운 바다 공기에 마음이 좀 진정되기를 바라며 현관 밖으로 나가 섰다. 오래지 않아 몸이 부들부들 떨려왔다.

시간이 흘렀지만 나는 여전히 잠들지 못한 채 제러미 로스차일드와 내 딸이 같은 공간에 있었던 충격적인 상황을 떠올렸다. 재니스에 대해서도, 그리고 찰리에 대해서도 생각했다. 엄마의 소식을 간절히 기다리며 런던에 머물고 있을 찰리를 생각하니 가슴이 저몄다.

이 가족은 절대 무너지지 않을 것 같았는데, 대체 무슨 일이 일어난 건지 이해할 수 없었다.

마침내 잠이 들었을 때, 야구모자를 쓴 남자가 방 안으로 들어와 내게 말을 걸려고 하는 꿈을 꾸었다. 나는 꼼짝도 할 수 없었다. 방 안의 모습이 속속들이 눈에 들어왔고 밖에서 재갈매기들이 우는 소리도 들렸다. 하지만 나는 아무 말도 할 수 없었고 움직일 수도 없었다. 잠에서 깨어나 보니, 루비가 내 옆에서 별처럼 팔다리를 대자로 뻗고 자고 있었다. 동틀 무렵 몰래 온 게 틀림없었다.

제러미에게서 온 문자는 없었다.

나는 위키피디아의 부고를 들여다봤다. 눈길을 끄는 부고는 없었다.

19

재니스 로스차일드의 일기, 17년 전

2002년 4월 16일

이번 주는 뭐라 표현할 수 없을 정도로 암울했다. 인생이 영원히 바뀌어버렸다. 어떻게 해야 다시 안정감을 느낄 날이 올까?

너무 화가 난다. 엄청나게 화가 난다. 너무 무섭고, 아직도 충격적이다.

지금 침대에서 이 글을 쓰면서, 찰리가 막 태어났을 때 병원에서 우리 셋이 함께 찍은 사진을 보고 있다. 우리를 미워했던 간호사가 등 뒤에서 노려보고 있는데도 J와 나는 정말 행복해 보인다. 하지만 내 눈에, 찰리를 안고 있는 모습에 다 드러나 있다. 이런 일이 일어날까 봐 얼마나 두려워하고 있는지. 그 작은 아기를 품에 안는 기쁨을 누리던 그때조차도.

일주일 전 오늘이 그랬다. 찰리를 공원 놀이터에 데려갔다. 여느 날과 다르지 않았고, C는 즐겁게 놀았다. 그때 벡이 왔다. 그녀와 잠깐 이야기를 나눴다. 그녀가 가져온 쿠키를 거의 다 내가 먹었다. 체중이 늘어나는 게 겁나지 않았다.

그때 C가 없어졌다는 걸 깨달았다.

끔찍했다. 아이를 잃어버려보지 않은 사람은 이런 두려움이 어떤 것인지 모른다.

나는 공원 주위를 뛰어다녔다. 찰리의 이름을 부르다가, 소리치다가, 나중에는 비명을 지르면서 공중화장실과 아이들 놀이터를 뒤졌다.

사람들이 쳐다봤다. '저 여자 왜 소리 지르는 거야?' '애는 어딘가에 있겠지. 진정해요.' '불쌍한 아이네. 저런 미친 여자가 엄마라니!' '어, 저 여자 텔레비전에서 본 것 같은데?'

도와달라고 연신 소리치면서 내가 생각한 건 이런 일이 일어날 줄 알았다는 거였다. 이렇게 될 줄 나는 알고 있었다.

내일 다시 생각해야겠다. 공황발작 때문에 숨이 잘 쉬어지지 않는다. 그 일 때문에 이렇게 되어버렸다. 일기에도 쓸 수 없다.

어떻게 해야 할지 모르겠다. 누가 제발 좀 도와주세요. 제발 도와줘요.

20

레오, 현재

로비 로즌은 7분 30초 늦게 도착했다. 나를 들여보내준 친구 클레어는 한참 전에 자리로 돌아갔다. 나 말고 지금 BBC 구내식당 안에 있는 사람은 텅 빈 뷔페를 치우는 여자뿐이었다.

나는 창밖으로 보이는 글래스고의 스카이라인과 하늘 위로 치솟은 검은 교회 첨탑을 가만히 내다봤다. 내리던 비는 그쳤지만, 통창에는 여전히 작은 물방울들이 흘러내리고 바깥 옥상 테라스에는 빈 플라스틱 탁자 위에 빗물이 고여 있었다. 강을 따라 저 아래쪽에는 고속도로 다리 위에 자동차들이 줄지어 서 있었다.

오늘 아침에 있었던 임종 관련 콘퍼런스에서는 이상할 정도로 마음이 불안했다. 엠마가 환자라는 사실 때문인지, 불현듯 죽음이 가깝게 느껴졌다. 마치 한 사람의 시작과 중간을 마지막과 분리해 생각하는 부고 기자로서의 능력이 사라져버린 듯했다. 콘퍼런스가 끝나자 다행스러웠고, 여느 때와 달리 누구와도 이야기를 나누지 않고 자리를 떴다.

사과같이 생긴 청년 하나가 식당 안으로 들어왔다. 꽉 끼는 청바지를 입고 멋스러운 수염을 기르고 있었지만 어쩐지 썩 어울리지는 않았다. 너무나 젊은, 통통한 분홍빛 얼굴 때문인 듯했다. 그가 나를 보고는 인사의 의미로 눈썹을 치켜올렸다.

그는 엠마가 그리 좋지 않은 상태라는 말을 듣고 정말 속상해했다. 하지만 은밀한 소식통을 통해 엠마가 잘 이겨내고 있다는 말을 들었다고 전하니 진심으로 안도하는 모습이었다. 그제야 나는 내가 엠마의 부고를 미리 쓰고 있으며 그래서 엠마가 〈디스 랜드〉를 진행하던 시절 제작팀에 있었던 사람과 이야기를 나눠보고 싶었다고 말했다. 내가 종일 바로 근처, 그것도 '하필이면 임종 콘퍼런스'에 있었기 때문에 이곳에 들러 직접 물어보는 게 좋겠다는 생각이 들었다는 말도 덧붙였다.

그는 괜찮다고, 전혀 귀찮지 않다고 대답했다. 저 멀리 포크 자국 같은 구름 틈새로 빛줄기가 곧게 뻗어 내려오는 모습이 보였다.

"엠마와 꽤 가깝게 일하신 게 맞죠?" 나는 공책을 꺼내며 그에게 물었다.

"아, 네, 우린 늘 같이 있었습니다." 그가 멋쩍은 듯 엄지손가락으로 턱선을 쓸어내리며 대답했다. 보다 나이 많은 사람에게 어울릴 법한 몸짓이었다. "제가 호텔이든 식당이든 태워다 줬죠. 카메라맨과 감독이 다음 장면을 어떻게 촬영할지 논의하는 동안에는 느긋하게 같이 여유를 즐겼고요. 우린 아주 빠른 속도로 친해졌답니다."

나는 '그럴 줄 알았다!'는 듯이 고개를 끄덕여 보였다.

"솔직히 말해서, 제가 사실상 보조 제작자 역할을 하고 있었거든요. 최소한 조사원 역할이었죠. 잔심부름꾼은 절대 아니었고요. 맞아요, 거의 모든 시간을 엠마와 함께 보냈습니다. 빌어먹을 방송국!" 그는 마치 실세에게 털어놓듯 덧붙여 말했다. "우린 원래 받아야 할 급여 등급보다 적어도 두 단계는 더 낮은 보수를 받았어요."

"그렇다면, 혹시 엠마가 비밀도 털어놓았습니까?"

"그게, 네, 물론입니다." 그가 조심스럽게 대답했다. "하지만 그 은밀한 내용을 말씀드릴 순 없어요!"

"은밀한 내용이라니요?" 그만 불쑥 말이 나오고 말았다. 이 말은 좀처럼 흩어질 줄 모르는 악취처럼 우리 둘 사이에서 맴돌았다. 나는 웃음으로 얼버무리며 말했다. "농담입니다." 하지만 오히려 분위기는 더 안 좋아졌다.

그는 발 빠듯 말을 바꾸었다. "그러니까 제 말은, 잔심부름하다 보면 온갖 걸 다 알게 되잖아요? 그쪽 업계도 그렇겠지만요. 엠마가 저한테 이것저것 털어놓은 건 맞는데, 솔직히 전 그때 있었던 일, 누가 말 안 해줘도 다 알았거든요. 다만 믿음을 깨지 않기 위해 입을 다물 뿐이었죠."

"그러니까 뭐 별다른 가십거리는 없다는 거네요?" 나는 그의 말이 전혀 중요하게 들리지 않는다는 듯 씩 웃으며 되물었다.

"그럼요, 별거 없어요."

하지만 나는 알 수 있었다. 뭔가가 있다는 것을.

지금 캐물었다간 그를 놓칠 수 있었다. 그래서 프로그램을 촬영할 때 있었던 몇 가지 일화를 말해달라고 청했다.

새로운 이야기는 없었다. 그는 데번의 절벽 꼭대기에서 촬영할 때 삼각대에 벼락이 떨어졌던 일과 녹화 중 엠마가 바닷가 바위틈 웅덩이에 빠졌던 일을 늘어놓았다. 둘 사이에 있었던 일을 이야기할 때는 중간중간 피식피식 웃으며 세세한 내용까지 수다스럽게 떠들어댔다. 그러면서 엠마가 '거만한 재수탱이'가 아니었다는 점을 특히 강조했다.("출연자들은 대부분 거만하기 짝이 없거든요.")

"그렇지만 두 번째 시리즈는 엠마가 목소리만 녹음하고 곧바로 빠지는 바람에 신이 나지 않았죠. 다들 실망이 이만저만 아니었습니다. 엠마의 에이전트였던 불쌍한 맥스는 그야말로 불같이 화를 냈죠. 하지만 우리가 어떻게 해볼 수 있는 문제는 아니었어요. 방송위원들도 다 재수탱이거든요."

"그 일로 엠마가 충격을 많이 받았겠군요."

"그랬죠." 그가 기억을 떠올리며 대답했다. "화가 나서 맥스도 해고해버렸으니까요. 맥스는 굉장히 불쾌해했고요."

나는 속기로 이 말을 기록했다. 그러다 펜을 멈추고 다시 읽어봤다.

"실은 그 에이전트가 엠마를 자른 거 아닌가요? 그 반대가 아니라. 그에 대해 읽은 적이 있거든요."

"아니요, 엠마가 맥스를 차버린 게 맞아요. 몇 주 후 왕립텔레비전협회 시상식에서 만났는데, 그때까지도 충격에서 벗어나지 못했더라고요. 솔직히 말하자면, 화도 조금 나 있었어요."

그의 휴대폰이 울렸다. 그가 양해를 구하고 전화를 받았다. 그는 빈 테이블을 간간이 손가락 관절로 두드려가면서 구내식당 안을 어슬렁거리며 통화했다.

엠마는 분명 맥스에게 버림받았다고 말했다. 그러고는 한참을 내 품에 안겨 울었다. 다음 날에는 앨른머스로 게를 찾으러 간다고 떠나서 3주 동안이나 돌아오지 않았다. 주말에 내가 갔을 때, 엠마는 여전히 속상해하고 있었다. 마음만 아픈 게 아니라 자존심이 상한다고 했다.

로비 로즌이 자리로 돌아왔다.

"어디까지 얘기했었죠? 아, 맞다, 엠마가 자기 에이전트 차버린 것까지 얘기했죠. 방송위원들이 재수탱이라는 거랑."

그러고는 뒤로 기대앉았다. 그가 이 인터뷰를 즐기고 있다는 걸 알 수 있었다. 그는 자기 직업이 뭔지 잊은 것 같았다.

"엠마 퇴출 문제에서 최악은 어떤 거물 BBC 진행자가 엠마를 빼라고 고집부려서 그렇게 됐다는 사실이에요. 대체 누가 엠마를 그토록 미워했던 걸까요? 대체 이유가 뭘까요? 그 정도 영향력이면 분명 엄청 유명한 사람일 텐데."

나는 떨리는 손으로 차를 한 모금 마시면서 놀라움을 표했다.

"적이 있다는 얘기는 전혀 못 들었는데요."

"저… 이건 기록하시면 안 돼요. 물론 BBC와도 전혀 관계없는 얘깁니다."

나는 고개를 끄덕였다.

"사실 모두가 엠마를 좋아한 건 아니었거든요."

그때 내 휴대폰이 울리기 시작했다. 엠마였다. 나는 바로 통화 거절 버튼을 눌렀다. 하지만 이미 화면에 엠마의 이름과 얼굴이 뜬 후였다.

로비는 내 이름이 스티브 고윙이며 엠마 비글로와는 일면식도 없는 걸로 알고 있었다. 나는 조심스럽게 그의 얼굴을 살폈지만 별다른 동요를 느낄 수 없었다. 부디 그냥 이대로 넘어가기를 바랐다. 그리고 그런 줄 알았다.

어쨌든 엠마의 전화는 분위기를 깨기에 충분했다. "아, 이런, 가봐야겠네요." 그가 말했다. 오랫동안 글쟁이로 살아온 내 느낌상 그가 겁먹었다는 걸 알 수 있었다. "여기까지 할까요? 이 정도면 충분하죠? 곧 회의가 있어서요."

뻔한 핑계였다.

한 번 더 붙잡아봤지만, 그는 더는 입을 열려고 하지 않았다. 그저 다시 일하러 가봐야 한다며 엠마가 해고된 일에 관한 내용은 절대 공개하지 말아달라는 말만 반복했다. 그러고는 악수를 하고 사라져버렸다.

나는 도시 위로 주름처럼 펼쳐진 구름과 암녹색 용처럼 흘러가는 클라이드 강을 가만히 내다보면서, 오늘 아침 있었던 콘퍼런스에서 지역 추모 공간과 품위 있는 죽음에 관해 나누었던 진지한 이야기들을 생각했다. 그때 나는 로비 로즌과의 이 만남을 상상하며 잘 해결되리라 믿었다. 내 의혹과 불안의 여정은 이곳 BBC 구내식당에서 끝날 것이고, 우리는 이제 암과는 거리가 먼 평온한 인생을 살아 나가면 되리라 기대했다.

하지만 오히려 이 만남으로 인해 불안감이 더 커지고 말았다.

휴대폰이 울렸지만, 이번에는 어머니였다. 이따가 몇 시에 도착하는지 확인하는 전화였다. 오늘 밤 집에 갈 예정이었다. 내일, 집안일도 돕고 감기 환자를 돌봐야 하는 의무에서 어머니를 잠깐이라도 쉬게 해드릴 요량이었다.

이건 전부 우리 가족드라마의 일부였다. 이 각본에서 나는 부모님이 나의 출생에 관해 거짓말한 것을 완전히 용서했다. 그리고 모두가 다시 서로를 사랑했다. 어머니는 감독, 아버지와 나는 지친 배우였다. 하지만 덕분에 우리는 계속 함께하고 있다. 그리고 누가 알겠는가, 10년 후에는 내가 이게 다 사실이었다고 굳게 믿을지?

나는 나가는 길에 접수 담당자에게 방문증을 반납했다. 그리고 빗물이 고인 거대한 웅덩이 앞에 잠깐 멈춰 섰다. 공기는 차가웠고 대기에서는 광천수와 신선한 흙 냄새가 났다. 여기 이 도시 한가운데에서, 마치 스코틀랜드의 트라석스 계곡에 와 있는 듯한 착각이 들었다. 나는 휴대폰을 꺼내 공항까지 갈 방법을 찾아보기 시작했다. 다른 건 생각하고 싶지 않았다.

막 택시를 호출했을 때 로비 로즌이 밖으로 뛰어나왔다. "어, 저기요!" 그가 외쳤다. "묻고 싶은 게…."

나는 그가 들고 나온 점퍼를 입는 동안 기다렸다.

"당신, 엠마 남편 맞죠?" 그가 옷을 다 입고 말했다. 화난 목소리였지만 내심 뿌듯해하는 듯했다. "뭔가 이상하다는 생각은 했어요. 그런데 그때 엠마한테서 전화가 온 거죠! 남편이 부고 전문기자라는 얘기를 들은 기억이 나서 당신에 대해 좀 찾아봤습니다. 이게 무슨 짓입니까? 당신 이름이 스티브랬잖아요."

나는 잠시 기다렸다가 고개를 끄덕였다. "저… 미안하게 됐습니다. 연기는 이제 그만해야겠군요. 내가 왜 그랬는지 나도 잘… 아무튼 미안합니다."

그가 나를 지켜보다 말했다. "무슨 일인지 모르겠지만, 제가 알기로 엠마는 당신을 무척 좋아했어요. 늘 당신 얘기만 했죠. 왜 여기 와서 엠마에 관해 묻는 거죠?"

나는 침을 삼켰다.

"나도 무슨 일인지 모르겠습니다." 나는 비 때문에 만들어진 큼지막한 웅덩이를 말없이 바라봤다. "엠마의 건강 상태는 괜찮아요. 다 완치됐어요. 하지만 당시에 무슨 일이 있었다는 느낌이 듭니다. 엠마가 나한테 말하지 않는, 뭔가 안 좋은 일이요. 그걸 당신이 알지도 모른다고 생각했어요. 그래서 연락한 겁니다. 내가 누군지 속여서 미안해요. 난…" 나는 숨을 크게 쉬고 다시 말을 이었다. "난 걱정이 돼요. 엠마도, 우리도, 그리고 뭔지 모르겠지만 당신이 나한테 말하지 않은 그것도. 어쨌든 몰래 들어와서 거지 같은 신문사에서 나온 거지 같은 기자처럼 군 건 변명의 여지가 없네요."

로비가 넋 빠진 얼굴로 나를 바라봤다. 상황이 이렇게 될 줄은 전혀 예상치 못한 모양이었다.

"왜 여기 와서 나한테 물어요? 엠마한테 묻지 않고요? 당신들 헤어졌어요?"

나는 고개를 저었다. "아닙니다. 그리고 엠마한테는 이미 물어 봤지만 계속 말을 돌려서요. 다 별일 아니라고만 하고."

"그럼 그 말을 그냥 믿으면 되잖아요? 다 별일 아니라고 했다면서요?"

나는 엠마의 부고 기사를 미리 준비하는 과정에서 이해할 수 없는 서류를 몇 가지 발견했다고 털어놓았다. "전부 다 우리가 사귀기 전의 일이더군요. 엠마가 맥스 텐터든을 해고했다는 얘기는 여기서 처음 들었습니다. 우리가 같이 살 때 일어난 일인데, 거짓말이었네요."

"저, 그게, 제가 잘못 안 걸 수도 있어요." 그가 곧 말끝을 흐렸다. "아니, 제가 잘못 아는 게 아니에요. 미안해요. 분명히 엠마가 맥스를 해고했어요."

나는 내가 왔었다는 사실을 엠마에게 알리지 말아달라고 청했다. "어떻게 된 일인지 파악하기 전까지만 부탁드립니다. 난… 난 그저 엠마가 곤경에 처한 게 아니라는 걸 확인하고 싶을 뿐입니다."

그가 걱정스러운 표정을 지었다. "저기요, 왜 엠마의 친한 친구가 아니라 저한테 연락했는지 물어봐도 될까요?"

"엠마와 친한 친구들 사이는 지나치게 가까워서요. 친구들에게 물어봤다간 내가 뒤를 캐고 다닌다고 곧장 엠마한테 말할 겁니다. 그리고 이제 겨우 완치 판정을 받았는데 내가 자기 부고를 쓰고 있다는 걸 알려서 속상하게 만들고 싶지도 않았고요."

그가 잠시 생각에 잠겼다가 물었다. "엠마를 진짜로 걱정하는 거예요?"

나는 고개를 끄덕였다.

"좋습니다." 그가 천천히 말했다. "좋아요. 말할게요. 난 언제나 엠마 편이지만, 예전 일이 걱정되긴 했어요. 만일 엠마가 곤경에 처한 거라면 그 일을 은폐한 나 자신을 절대 용서하지 못할 거예요. 특히 그게 다시 시작되는 거라면요."

특히 뭐가, 다시 시작된다는 거지?

"언젠가 엠마를 찾아온 사람이 있었어요. 두 번째 시리즈를 위해 노섬벌랜드에서 촬영 중일 때였죠. 난 촬영 대본을 복사하느라 꼭두새벽까지 깨어 있었는데, 마지막 날 밤에, 엠마가 호텔 바에서 어떤 남자와 얘기 나누고 있는 모습을 봤어요. 아주 늦은 시간에요. 아마 다들 잠들었다고 생각했겠죠. 그리고 몇 주 후에 런던의 한 카페에서도 두 사람을 봤어요. BBC 본사 건물 근처에서요."

나는 주머니에 손을 찔러 넣었다. 손가락이 떨렸다. "혹시 그 남자, 누군지 압니까?"

오랜 침묵이 이어졌다.

그러다 결국 그가 입을 열었다. "제러미 로스차일드요." 그러고는 조용히 덧붙였다. "알죠? 그 유명한 방송 진행자?"

모든 게 서서히 흐릿해지는가 싶더니 근래의 기억이 엄청난 속도로 재생되었다. 그때 택시 한 대가 길가에 와서 섰다. 휴대폰이 울리기 시작했다.

로비가 잘못 본 게 틀림없다. 엠마는 로스차일드를 만난 적이 없다. 로스차일드에 관해 말할 때마다 엠마의 반응은 〈투데이〉의 다른 진행자인 저스틴 웹이나 미샬 후세인을 언급할 때와 별 다르지 않았다. 그가 정치인들을 꼼짝도 못 하게 밀어붙이는 모습을 좋아할 뿐, 배우인 그의 아내를 평가하는 일도 없었고, 그냥 그게 다였다. 그런데 아니라고? 아니다. 그럴 리 없다.

나는 젖은 아스팔트 바닥을 가만히 내려다보면서 그의 말을 이해해보려 노력했다.

"제가 지금 이 말을 해주는 이유는 하나예요." 그가 말했다. "그 사람이 올 때마다 엠마가 늘 속상해했거든요. 마치 진이 다 빠진 사람처럼요. 밤새 한잠도 못 잔 것처럼 안색도 안 좋았고요. 두 사람이 무슨 얘기를 나눴는지 모르지만, 걱정스러웠어요. 특히 런던에서 두 사람을 목격했을 때요. 그 사람이 엄청 화가 난 듯 보였거든요. 엠마가 막 암 진단을 받았을 때였어요. 할 일은 산더미였고요. 정말 걱정됐죠."

나는 아무 말도 할 수 없었다.

"가끔은 엠마를 퇴출시킨 게 재니스 로스차일드일지도 모른다고 생각했어요. BBC의 영원한 스타 중 하나고, 확실히 영향력이 있잖아요."

그가 안색을 바꾸더니 말을 너무 많이 한 것 같다며 걱정했다.

"저, 이런 얘기 나한테 들었다고 하면 안 돼요." 내가 무슨 말을 하기도 전에 그가 덧붙였다.

"안 할게요. 약속드리겠습니다. 그런데 로비, 궁금한 게 또 있는데, 재니스가 왜 엠마를 퇴출시켰을까요? 엠마와 제러미 로스차일드 사이에 무슨 일이 있었나요?"

그가 또 난감해하며 어깨를 으쓱했다. "그건, 저도 모르겠어요. 두 사람이 만난다는 소문을 들었겠죠, 뭐…."

"알겠습니다."

아니, 나는 알지 못했다. 엠마와 제러미 로스차일드가 한 테이블에 같이 앉아 있는 장면은 애초부터 말이 되지 않았다.

"당시 그 모든 게 너무 걱정스러웠기 때문에 지금 당신한테 말해주는 거예요. 두 사람 관계가 왠지 느낌이 안 좋았어요. 둘 사이에 무슨 일이 있건, 엠마한테는 전혀 좋을 게 없잖아요. 게다가 지금 재니스가 실종된 것도 진짜 마음에 안 들어요. 제러미 로스차일드는 용의자가 아니라고 경찰이 발표한 걸 알지만… 좀 이상하긴 하잖아요?"

내 안에서 한 가닥 불안이 고개를 들기 시작했다. 이건 생각도 못 해본 이야기였다.

"로스차일드는 언젠가 동료 하나를 완전히 재기 불능으로 만든 적도 있잖아요. 몇 년 전 일이긴 하지만. 알고 있었나요?"

"압니다."

그 일이 있었을 때 로비는 아무리 많아야 열 살이었을 것이다.

"당시엔 다들 제러미가 너무 화나서 돌아버렸다는 둥 이러쿵

저러쿵했지만, 상황이 안 좋아졌다고 다들 그런 식으로 몰아붙이면 세상이 어떻게 되겠어요? 그 남자는 좀 무서운 면이 있는 것 같아요."

"생각해볼 문제네요." 내 목소리가 조금 떨렸다. "저, 솔직하게 말해줘서 고마워요. 내가 속인 걸 알고도 그래줘서 더더욱 고맙고요."

로비가 어깨를 으쓱했다. 다시 비가 내리기 시작했다.

"아, 마지막으로 한 가지만 더요. 엠마한테 메모를 썼던데, 작별 인사 할 기회를 놓치고 싶지 않다, 뭐 그런 한 줄짜리 메모요. 엠마가 그걸 굳이 간직해뒀더라고요. 왜 그런 것 같습니까?"

나는 그의 얼굴에서 불편한 가운데 뿌듯함이 빠르게 스치고 지나는 것을 봤다.

"그 시리즈 촬영할 때 엠마는 해결할 문제가 정말 많았거든요." 그가 말했다. "암 투병 중인 데다 불임 치료에 임신, 그리고 뭔지 모르겠지만 제러미 로스차일드와의 문제도 있었고요. 엠마는 내가 바위처럼 든든하다고 했었어요. 아마 당시에 좋았던 뭔가를 간직하고 싶어서 그런 것 같네요."

최소한 이건 이해가 갔다. 엠마는 뭐든 버리길 힘들어한다. 엠마의 물건으로 가득한 우리 집이 그 증거다.

"다른 이유는 없을 겁니다." 그가 다시 말했다. "있다면 제가 말씀드렸겠죠. 있더라도 아마 별일 아닐 거예요." 그러고는 점퍼를 모자처럼 뒤집어썼다. "저, 저는 이만…." 그가 엄지손가락으로 건물 안을 가리켰다.

나는 고개를 끄덕였다. 그리고 그대로 빗속에 서서 어떻게 할지 고민했다.

휴대폰이 다시 울렸다.

잠시 후 택시가 떠나버렸다.

21

레오

몇 년 전 꿈에 어머니가 파리지옥의 모습으로 나타난 적이 있었다. 다음 날 아침 그 이야기를 나누면서 우리는 함께 웃었다. 왜냐하면 그 꿈이 은유하는 게 금이었기 때문이다. 저녁 9시가 다 된 시각, 어머니는 내가 자란 집 문간에 서서 나를 껴안고 있었다. 안고 또 안으며 너무 오랜만이라고, 정말 보고 싶었다고 말했다. "…벌써 열다섯 달은 된 것 같구나. 크리스마스 때도 오지 않았으니까. 그리고…." 불평을 하나 할 때마다 어머니는 원망스러운 듯 더 꼭 껴안았다. 나는 그냥 두었다. 치명적으로 역류하는 생각들을 피할 수만 있다면 아무래도 괜찮았다.

나는 로비 로즌과 헤어지고 나서 글래스고를 떠나 루턴런던 수도권의 6개 공항 중 하나으로 날아왔다. 비행기가 나른한 구름을 뚫고 날아오르는 동안, 나는 엠마의 인생에 제러미 로스차일드가 순수하게 들어갈 만한 자리가 어디인지 찾기 시작했다. 내가 받아들일 수 있는, 그리고 우리의 관계에 해가 되지 않는 그런 자리가 어디인지. 하지만 단 한 구석도 찾을 수 없었다. '결백하다면 절대 숨길 필요가 없지.' 내 저널리스트의 뇌가 속삭였다.

문제는 이 '저널리스트의 뇌'라는 게 반드시 믿을 만하지는 않다는 데 있었다. 나는 너무 자주 다른 사람을 엠마와 연인관계라고 오해했고 지금도 내 상사인 켈빈과 엠마의 주치의인 모루 박사를 의심하고 있다. 물론 어느 쪽도 걱정되지는 않았다. 그런데 또 누가 있었다니.

이게 다 엠마가 〈디스 랜드〉에 출연하면서부터 시작된 일이었다. 엠마 이야기로 도배가 된 온라인 대화방도 본 적이 있었다. 엠마가 화제를 몰고 다니는 건 잘 알고 있었다. 하지만 다른 남자가 엠마에 대해 그런 식으로 이야기하는 걸 전해 듣는 건 다른 문제였다.

이런 이야기를 꺼낼 때면 엠마는 내 '입양 문제'를 끌어들였다. 생모를 잃은 순간부터 버림받는 상황에 대해 공포심을 느끼게 된 탓이라는 것이었다. 그리고 그 두려움을 자신에게 투영하고 있다는 게 엠마 비글로 박사의 의견이었다. "난 절대 당신을 떠나지 않아." 엠마는 그 말을 계속했다. 마치 내가 그런 걱정을 내비치기라도 한 것처럼.

나는 더 이상의 아마추어 정신분석을 원하지 않았다. 그래서 다시는 그런 이야기를 꺼내지 않았다. 요즘은 남자들이 엠마를 바라보고 있어도 그냥 못 본 척한다.

하지만 엠마의 말이 옳았다. 나는 누가 엠마를 보는 게 싫었다. 며칠 전에도 톰 존스 콘서트에 갔다가 돌아오는 길에 야구모자를 쓴 남자가 엠마를 쳐다보고 있었다. 우리는 길을 건너려고 신호를 기다리는 중이었는데, 그는 마치 엠마 옆에 남편과 아이가 없는 것처럼 뚫어지게 바라봤다.

엠마는 도로의 비탈을 내려다보고 있어서 눈치채지 못했지만, 나는 그 남자에게 다가가 발로 거시기를 걷어차고 싶은 충동을 애써 참아야 했다.

하지만 제러미 로스차일드의 경우는, 길거리에서 마주치는 변태와는 다르다. 이건 진짜다. 나는 뭘 어떻게 해야 할지 알 수 없었다. 학위와 맥스 텐터든과의 일, 그리고 폴더 속 말도 안 되는 그 많은 서류에 대해 그토록 쉽게 거짓말을 하는 그녀라면, 아는 사이라고 말한 적도 없는 남자와 불륜을 저질렀을 리 없다고 누가 장담할 수 있겠는가?

나는 미니 와인 세 병을 주문했다. 착륙할 때쯤에는 거의 기절해 있었다.

곧 엠마가 전화를 걸었지만 받지 않았다. 날은 여전히 밝았고 기온은 글래스고보다 따뜻했다. 저가 항공기가 정시에 도착했다는 기적 때문인지, 비행기에서 내리는 사람들은 하나같이 행복해 보였다.

나는 부모님 집이 있는 히친까지 택시를 탔다. 운전기사와는 가정생활에 대해 재미있게 이야기를 나눴다. 룸미러 속에 내가 보였다. 크루넥 점퍼에 최신 유행의 머리모양, 그리고 40대가 된 기념으로 형 부부가 사준 멋진 여행 가방으로 치장한 모습이 꼴사나워 보였다.

택시가 부모님 집이 있는 길로 접어들었을 때 엠마에게서 문자메시지가 왔다. *아침 먹고 나니 해가 사라져서 애니크 성에 다녀왔어. 루비는 기념품 가게를 더 좋아하더라. 비행도 괜찮았고, 지금 막 히스로 공항에 도착했어. 전화 줘!*

다 괜찮을 거라고, 괜찮지 않을 걸 알면서도 나는 그렇게 되뇌었다. 어머니를 따라 아버지를 보러 올라가는데 층계참 창문으로 눈부시게 아름다운 햇살이 들어왔다. 주황색과 선홍색 빛줄기, 그리고 1980년대 디스코 패션을 방불케 하는 분홍색 빛줄기가 지친 잿빛 위로 겹겹이 내려앉았다. 시간을 알리는 교회 종소리가 들려왔다. 어딘가에서 바비큐 파티 냄새가 흘러들어왔다.

방에 들어가니 아버지가 일어나 앉으려 애쓰고 있었다. "오, 레오." 아버지가 낙담, 아니 어쩌면 체념인 듯한 손짓을 하며 말했다. 아버지는 '모르고 싶지 않다'는 이유로 무통 주사를 거부하는 사람이지만, 오늘은 진통제에 둘러싸여 있었고 신경이 날카로워 보였다. "일흔한 살밖에 안 됐는데 백 살은 먹은 기분이구나. 아주 진절머리가 난다."

"그러시군요." 나는 자리에 앉으며 맞장구쳤다. 요즘은 서로 껴안지 않지만 아버지의 살이 빠진 걸 알 수 있었다. 그래도 꽤 살집이 있는 체격이었다. 아버지는 자신이 대식가라는 사실이 무척이나 자랑스러운 척하는 사람이다. 뱃살을 마치 친구처럼 토닥이며 한 끼에 웬만한 가족의 일주일 치 분량을 먹는다고 자랑한다. 엠마는 우리 아버지의 기분이 위장 상태에 좌우되는 것 같다고 말하곤 했다.

어머니가 아버지에게 크럼블이 든 그릇을 건넸다. 아버지는 맛은 보지도 않고 빠르게 먹어 치웠다. "그동안 못 먹은 거 만회해야지." 웃음과 기침을 동시에 터트리며 그렇게 말하고는 이불 위로 불룩 올라온 배를 토닥이며 어머니한테 뭐라고 말했다. 하지만 어머니는 새로 빤 아버지 실내복을 옷걸이에 거느라 듣지 못했다.

아버지는 농담을 좋아하고, 당혹스러운 대화는 피한다. 내가 입양 사실을 알고 나서 입을 닫은 여섯 달 동안, 아버지는 나한테 딱 한 번 편지를 썼다. *우린 그저 입양 기관의 조언에 따랐을 뿐이야. 그 사람들이 네가 모르는 편이 나을 거라고 했어. 지금과는 다른 시절이었다. 이해하리라 믿는다.*

하지만 나는 이해할 수 없었다. 몇 주 후에 궁금한 점을 길게 적어 답장을 보냈지만, 아버지는 답이 없었다. 그런데 요즘, 아버지는 마치 우리가 특별한 이해에 도달하기라도 한 것처럼 전보다 오래 내 어깨를 두드린다.

방 안에 침묵이 내려앉았다. 어머니는 한창 걸음마 할 때 형과 내가 어딘가 겨울 해안에서 찍은 사진을 보고 있었다. 입양되지 않은 올리 형은 어머니 주머니에 손을 넣고 있었고, 나는 조금 떨어져 경계하는 눈빛으로 서 있었다. 내 피부색은 형보다 짙었고, 내 머리카락은 진한 갈색인 데 반해 형은 옅은 금발이었다. 왜 이걸 한 번도 이상하다고 생각하지 않았을까.

부모님은 계단 밑 큰 상자 안에 우리의 어릴 때 사진을 수백 장 보관하고 있었다. 입양 사실을 알게 된 후 처음 집에 온 날, 나는 어릴 때 썼던 침실 바닥에 앉아 그 사진들을 한 장 한 장 들여다봤다. 혼자서, 조용히. 마치 누군가 나의 소외감을 사진으로 기록해뒀다가 건네준 기분이었다. 느꼈지만 이해할 수 없었던 모든 게 그 안에 있었다. 형은 둥근 얼굴에 팔다리가 통통했고, 나는 각진 턱에 왜소한 몸집이었다. 이런데도 어떻게 한 번도 이상하다고 생각하지 않았을까? 외모만 다른 게 아니었다. 많은 사진 속 내 표정은 무리에 속하지 못한 자의 무의식적인 갈망을 무심코 드러내고 있었다.

입양 사실을 알았더라면 왜 내가 다른 식구들과 세포 하나하나까지 다르게 느껴지는지 이해할 수 있었을 겁니다. 나는 부모님께 편지를 썼다. *늦기 전에 상담을 받을 수도 있었을 테고요. 그런 결정을 내릴 기회조차 빼앗으신 겁니다.*

다음 날 내가 이곳에 온 목적을 실행으로 옮겼다. 집을 청소하고, 장을 보고, 빨래를 하고, 소파에 앉아 꼼짝도 못 하게 한다는 어머니의 불평을 들어드렸다.

아버지는 점심 식사 후에 잠이 들었다. 몇 분 후 어머니도 침실로 올라가 아버지 옆에 누웠다. "잠깐 눈 좀 붙이마." 낮 12시 45분, 집 안이 조용해졌다.

나는 모든 걸 잊고 몰두할 만한 긴박한 사건이나 유명인의 사망 소식이 있기를 바라며 쉴라에게 연락을 취했다. 하지만 쉴라는 회사에 아무 일도 없으니 휴가를 즐기라고 말했다.

그래서 나는 부모님 집 거실에 홀로 앉아 엠마가 제러미 로스차일드와 바람을 피우고 있을 가능성을 억지로 그려봤다.

엠마가 늘 재니스 로스차일드를 대수롭지 않은 배우로 여겼다는 사실이 떠올랐다. 게다가 엠마는 떠들썩한 술자리를 좋아하면서도 업계 파티에는 절대 참석하지 않았다. 그 사람을 피하려고 그런 건가?

다음에는 제러미 로스차일드가 내가 쓴 재니스 기사에 불만을 제기하고 부고 기사도 못 쓰게 했던 일을 떠올렸다. 내가 주변에 있는 게 불편해서 그랬을까?

엠마와 제러미 로스차일드가 섹스를 나누는 장면을 상상해봤다. 구역질이 났다. 믿기지 않았다. 아니, 믿을 수 없었다.

내가 사실이라고 믿었던 것들을 이제는 다 믿을 수 없게 되었다. 지금 나는 부모님 집에 앉아 있지만, 그들은 생물학적으로 내 부모가 아니다. 그리고 내 아내는, 죽을 때까지 나만을 사랑하겠다고 맹세한 그 여자는 알고 보니 모든 게 거짓이었다. 우리 관계에는 거짓이 지뢰처럼 사방에 산재해 있었다. 나는 그것들을 어떻게 헤쳐 나가야 할지, 아니 어떻게 뛰어넘어야 할지 알 수 없었다.

오후 2시, 나는 런던으로 출발했다. 무기도 없고 기운도 없이 셔츠 한 장만 달랑 입고 전쟁터에 나가는 기분이었다. 내가 선택해서 꾸린 가정이 이렇게 느껴질 줄은 상상도 못 했다. 이건 새로운 인생을 시작할 때 내가 상상했던 그런 기분이 아니었다.

22

엠마

레오는 부모님 집을 나와 런던행 기차를 탈 때까지도 전화가 없었다. 우리가 마지막으로 대화를 나눈 지 72시간이 지나고 있었다. 이렇게 오랫동안 연락이 되지 않은 건 처음이었다.

"안녕!" 나는 수질 분석 연구소로 뛰어 들어가며 레오에게 인사를 건넸다. 그런데 안에는 대학원생들이 입자 크기 분석기를 둘러싸고 서서 신나는 하우스 파티에라도 와 있는 양 시끄럽게 웃고 떠들고 있었다. 나는 저온저장고 중 하나로 들어가 레오에게 다시 전화를 걸었다.

"안녕." 레오가 한 치의 감정 표현도 허락할 수 없다는 듯 딱딱한 어조로 전화를 받았다.

"당신 괜찮아? 어머니랑 일은 잘 분담했어?" 나는 냉풍기 소음을 차단하기 위해 손가락으로 반대쪽 귓구멍을 막았다.

레오는 잠깐 말이 없었다. "어, 그럼, 괜찮았지. 그건 그렇고, 지금 방금 맥스 텐터든이 생각났어. 당신 예전 에이전트 말이야."

레오는 정말 거짓말에 서투르다. 맥스에 대해 방금 생각났을 리가 없었다.

"아 그래?" 나는 다른 이야기를 들을 수 있길 바라면서 휴대폰을 반대쪽 귀로 옮겼다.

레오가 급히 물었다. "내가 제대로 알고 있는 거지? 맥스가 고객인 당신을 차버린 거, 맞지? 그 반대가 아니라?"

나는 눈을 감았다. 눈에서 불꽃이 일렁였다.

레오, 제발. 그 이야기는 하지 마, 여보.

하지만 그는 이미 하고 있었고, 어떻게든 그 답을 들으려고 할 것이다. 아직 그 질문에 대한 답을 모른다고 쳐도, 최소한 아주 가까이에 와 있다는 뜻이었다. 그리고 맥스에 관한 진실에 가까이 와 있다면, 다른 진실에도 멀지 않았다는 뜻이었다.

나는 지난 몇 년 동안 맥스에 관한 거짓말 때문에 자책해왔다. 용서받을 수 없는 과거를 숨기는 것과 철저히 위장하고 현재형으로 새로운 삶을 사는 건 완전히 다른 문제다. 하지만 달리 무슨 말로 내 히스테릭한 상태를 설명할 수 있을까? 내가 무척이나 좋아했던 맥스를 떠나보낸 것에 대해 어떤 변명거리를 댈 수 있을까?

"맥스가 날 찬 거야." 나는 절망적으로 대답했다. "정말이야."

레오는 한참 동안 말이 없었다. 내가 거짓말하고 있다는 걸 안다는 의미였다. 이 통화는 어쩌면 내게 마지막 기회일 가능성이 컸다.

나는 바지 주머니에 손을 찔러 넣으며 시료 보관 선반에 몸을 기댔다. 처음 만났을 때의 레오 모습이 떠올랐다. 할머니의 장례식 날, 레오는 이렇게 손을 주머니에 찔러 넣은 채 벽에 기대서서 조용히 미소 띤 얼굴로 나를 바라보고 있었다. 그때 나는 그에게 완전히 반해서 조문객들이 건네는 친절한 말들이 하나도 귀에 들어오지 않았다.

"그래." 그가 말했다. "그냥 궁금했어."

"그래. 그럼… 나중에 봐. 응?"

"루비 목욕시킬 시간에 맞춰 들어갈게. 집에 가기 전에 몇 가지 해결해야 할 문제가 있어서."

"알았어."

눈에 눈물이 차올랐다. 사랑한다고 말하고 싶었지만, 참았다.

23

레오

맥스 텐터든의 사무실은 킹스크로스에 새로 조성된 구역에 있었다. 나는 들어가기 전 잠시 수로 옆에 멈춰 서서 잘 차려입은 젊은이들이 느긋하게 의자에 앉아 있는 모습을 바라봤다. 그 뒤로는 아이들이 비명을 지르며 바닥 분수의 물줄기 사이를 뛰어다니고 있었다. 어디선가 라이브음악이 들려왔고, 늦은 점심을 먹으러 나온 직장인들이 소매를 걷어 올린 채 거리의 노점 앞에 줄을 서 있었다. 6월의 금요일 오후 3시 45분, 모두들 즐거운 하루를 보내는 중이었다.

나는 맥스의 사무실이 있는 건물 쪽으로 몸을 돌렸다. 속이 뒤틀렸다.

"시간이 많진 않아요." 맥스가 말했다.

마지막으로 만났을 때보다 그녀는 훨씬 세련되어 보였다. 은빛 머리카락은 짧게 잘랐고, 큼지막한 빨간 안경에 북유럽풍 옷차림이었다.

"앉아요." 그녀가 의자를 가리켰다.

나는 그녀의 싸늘한 대접에 웃음이 터질 뻔했다. BBC에서 열린 〈디스 랜드〉 파티에서 처음 만났을 때, 그녀는 엠마의 일이 잘되어 해외 촬영을 나갈 수도 있으니 귀찮게 굴지 말라고 내게 경고했었다. 나는 불시의 공격에 놀라 입에 잔뜩 물고 있던 진토닉을 삼키지도 못한 채 햄스터처럼 볼이 불룩한 상태로 그냥 서 있기만 했다.

"오래 걸리지 않을 겁니다."

맥스가 나를 바라봤다. 나는 이곳에 올 때 색 바랜 사진과 먼지 쌓인 트로피가 가득한 상투적인 분위기의 사무실을 기대했다. 하지만 마치 디자인 상담실 같은 분위기였다. 밝은색 원목과 철제 인테리어, 희게 칠한 벽과 가느다란 검정 틀에 끼운 인쇄물들이 눈에 들어왔다. 이 여자가 백 명에 가까운 배우와 텔레비전 진행자들을 대리하는 인물임을 드러내는 건 아무것도 없었다.

"엠마와 결별했을 때 그건 엠마의 결정이었습니까, 아니면 당신 결정이었습니까?"

맥스가 의자에 기대앉았다. 무척 놀란 기색이었다. 하지만 빠르게 침착함을 되찾았다.

"물론 엠마의 결정이었죠. 왜 물으시는지 여쭤도 될까요?"

공중에 붕 뜨는 듯한 기분이 다시 찾아왔다. 아직도 마음 한구석에서는 로비 로즌의 말이 거짓이기를 바라는 모양이었다. "좀 복잡합니다." 내가 할 수 있는 대답은 이것뿐이었다.

"제겐 충격이었어요." 맥스가 말했다. "하지만 엠마가 다른 누구와 계약한 건 아니었기 때문에 더는 방송 일을 하지 않겠다고 말했을 때 진심이라고 생각했어요."

나는 말없이 고개를 끄덕였다. 창밖으로 더할 나위 없이 푸른 하늘이 보였다.

제러미와 엠마, 엠마와 제러미. 두 사람이 함께 있는 그림이 선명하게 떠오르기 시작했다. 터무니없게도.

"뭣 때문에 그러세요?" 맥스가 다시 물었다. 그러고는 팔꿈치를 괴고 나를 뚫어지게 바라봤다.

"엠마는 당신이 자기를 버렸다고 했거든요. 그때 아주 크게 상심해서 추스르느라 3주나 바닷가에 다녀왔죠. 당신과 엠마의 말이 왜 다른지 이해할 수가 없군요."

맥스가 얼굴을 찡그렸다. 저 뒤 어느 구석에선가 통화하는 소리와 낄낄거리며 대화하는 소리가 들려왔다. 웹사이트에 맥스의 에이전시가 엔터테인먼트 업계에서 가장 오래되고 가장 큰 에이전시라고 소개되어 있던 게 생각났다.

"제 말이 안 믿기신다면 엠마가 보낸 해고 통지서를 보여드릴 수도 있어요. 전부 다 아주 잘 기억나요. 음성메시지로 다시 생각해보라고 했지만 저와 말도 하지 않으려 했어요. 그래서 이메일도 보내고 편지까지 썼는데, 읽어보지도 않더군요. 그저 다시는 텔레비전에 출연하지 않겠다는 메모만 보내왔죠."

맥스가 팔꿈치를 긁으며 말을 이었다. "하지만 지금도 엠마의 BBC 월드와이드 출연료 중 15퍼센트는 우리 몫이니까, 헛수고만 한 건 아니에요."

엠마는 내 어깨에 기대 흐느끼며 자기가 버림받았다고 말했었다. 맥스의 말이 사실이라면, 엠마는 그때 대체 무엇 때문에 울었던 걸까? 무슨 일이 일어나고 있는 걸까? 나는 이런저런 가능성을 따져보느라 머리가 어지러웠다.

맥스가 나를 조심스러운 눈길로 보고 있었다. "엠마는 힘든 일을 겪었어요. 그걸 잊지 말아요. 그럴 거죠?"

"그럼요." 나는 모호하게 대답했다. 너무 더웠다. 그래서 셔츠 단추를 풀고 맥스의 책상 위쪽에 달린 에어컨을 노골적으로 바라봤다. 전원이 꺼져 있었다. "힘든 일이라는 건, 암 진단받은 걸 말하는 건가요?"

맥스가 펜을 하나 집어 들더니 손가락으로 돌리기 시작했다.

"아니, BBC에서 퇴출당한 거요. 하지만 맞아요, 암 진단받은 것도 정말 끔찍했죠."

"그렇죠. 그런데 그 문제 말인데요, 왜 BBC에서 엠마를 잘랐는지 아십니까? 당시 엠마 말로는 이유가 모호했고 누구도 명확히 설명해주지 않았다고 하던데요. 새로 온 방송위원인가 뭐 그 때문이라고도 했던 것 같은데. 하지만 전혀 모호한 이유가 아니었다는 얘기를 나중에 전해 들었습니다."

맥스가 계속 펜을 돌리며 물었다. "두 사람, 헤어졌어요?"

나는 아니라고 대답했다. 그러고는 잠깐 고민한 끝에 솔직하게 털어놓았다.

“저, 맥스, 먼저 사과드릴게요. 제가 거짓말을 못 해서요. 제가 여기 온 건 엠마가 나한테 너무 많은 거짓말을 했다는 걸 알았기 때문입니다. 엠마와 얘기하기 전에 사실을 알고 싶어요.”

맥스가 잠시 생각에 잠겼다가 입을 열었다. “어려운 문제네요. 하지만 저를 끌어들이는 건 적절치 않아요.” 그러고는 펜을 책상에 내려놓았다가 곧바로 다시 집어 들었다. 당황한 것 같았다.

“적절치 않다는 말에 동의합니다. 그리고 저도 원래는 이런 식으로 처신하지 않아요. 그렇지만 절박해서 그래요. BBC가 왜 엠마를 퇴출시켰는지 그것만이라도 알려주시면 안 될까요? 물론 알고 있다면요.”

“물론 알죠.”

“그렇지만 말해주지 않겠다는 건가요?”

“그래요. 엠마가 털어놓지 않았다면, 나도 말 못 해요.”

굳게 다문 입에서 그녀가 진심으로 하는 말임을 알 수 있었다.

“좋습니다. 그럼, 전 이만 가는 게 좋겠군요.”

“그래요. 다시 만나서 반가웠어요. 안녕히 가세요.”

다른 때였다면 미소를 지었을지 모르지만, 지금은 아니었다. 나는 기운이 쭉 빠진 채 의자에 그대로 앉아서 물었다. “맥스, 제발 도와주면 안 될까요?”

“안 돼요.” 그녀가 시계를 보며 대답했다. “그리고 저, 일해야 해요. 레오, 집으로 돌아가서 엠마하고 얘기해요. 제가 해줄 수 있는 말은 이게 최선이에요.” 그런 뒤 가시 돋친 미소를 던지고는 노트북을 탁 닫았다.

어쩔 수 없었다.

"당신 남편 말입니다." 나는 맥스가 노트북을 들어 옆구리에 끼는 순간 입을 열었다. "우리가 부고를 써둔 게 있어요."

맥스가 동작을 멈췄다. 하지만 아무 말도 하지 않았다. 맥스의 남편은 오랫동안 ITV의 정치부장이었다. 그렇게 존경할 만한 사람은 아니었다.

"아는 친구가 하나 있는데, 남편분에 대해 여러 가지를 말해주더군요. 아무래도 비밀을 털어놓을 사람이 저밖에 없었나 봅니다. 그 얘기들은 아직 부고에 적히지 않았죠."

나는 다리 사이에 손을 끼워 넣었다. 손이 춤추듯 안절부절 어쩔 줄을 몰랐다. 기차 안에서는 좋은 방법이라고 생각했지만, 나는 이 정도로 저질 글쟁이는 아니다. 한 번도 이래본 적이 없었다. 그래서 결국 부고 전문기자가 된 건지도 모른다.

"아닙니다, 잊으세요. 미안합니다. 제가 협박을 했군요."

맥스가 역겹다는 표정으로 나를 봤다. 그러면서 한마디도 하지 않았다.

나는 의자를 집어넣었다. 바닥 긁히는 소리가 났다.

"사람이 절박해지면 끔찍한 짓을 저지르기도 하잖아요? 그냥, 제가 여기 안 온 걸로 하죠."

"젠장." 맥스가 툭 내뱉었다. 그러더니 내던지듯이 노트북을 다시 책상에 올려놓았다. "BBC가 그런 이유는—"

"아니에요." 나는 얼른 말을 끊었다. "남편분에 관해 제가 한 얘기는 다 잊으세요. 저, 그런 사람 아닙니다. 말씀 안 해주셔도 괜찮아요."

그때 맥스가 한 방 날렸다. "내가 엠마를 차버렸다는 소리, 다신 못 하고 다니게 할 거예요. 엄연한 명예훼손입니다. 이 문제에 관해 변호사와 상의해봐야겠어요."

"안 됩니다. 제발 그러지 마세요."

하지만 맥스는 들은 척도 안 했다.

"잘 들어요, 레오." 맥스는 내가 우는 소리를 멈추길 기다렸다가 말했다. "BBC가 엠마를 내보낼 수밖에 없었던 건 누군가 엠마의 범죄 이력을 방송국에 제보했기 때문이에요. 방송국에서 조사해본 결과 사실로 판명되었고요."

나는 앞으로 몸을 숙였다. "미안합니다만, 엠마가 뭘 어쨌다고요?"

"다 들었잖아요."

"하지만, 왜요? 그러니까, 대체 무슨 일로요?"

맥스가 입술을 오므렸다. "스토킹이요."

정신이 아뜩해진 나는 손에 머리를 파묻었다. "누굴요? 누굴 스토킹했다는 거죠?"

맥스가 의자에 기대앉았다. "재니스 로스차일드요." 그녀의 목소리가 아까보다 더 작아져 있었다. 거의 사과하는 말투였다. "듣고 있기 힘들다는 거 알아요."

"아… 네."

"BBC에 정보를 준 사람은 재니스였어요. 엠마는 나까지 곤란

하게 만들고 싶지 않다며 내 고객의 자리에서 물러난 거예요. 재니스는 1990년대 초반에 왕립연극학교를 나온 후로 쭉 우리 에이전시와 일하고 있거든요."

"맙소사."

맥스가 잠시 나를 지켜보다가 말했다.

"레오, 유감스럽지만 난 진짜로 가봐야 해요. 비서한테 배웅해드리라고 할게요."

24

레오

나는 잡풀이 무성하게 자란 집 앞에 서서 루비를 떠올리고 있었다. 루비는 돌아오면 '뱅기'와 잠자리에 들기 전 먹고 싶은 것들(초콜릿 비스킷)에 관해 정신없이 떠들어댈 것이다. 쉽진 않았지만, 엠마와 나누게 될 대화도 그려봤다. 걱정스러웠다.

맥스의 사무실에서 나오는 길에 올리 형한테 전화를 걸었다. 형은 나와 달리 세상살이에 대한 타고난 감각이 있었고 성급히 최악의 결론을 내리는 일이 거의 없었다.

"원래 다들 조용히 간직하지." 형은 가볍게 대답했다. "그래, 나도 팅크한테 다 털어놓진 않거든."

"예를 들자면 어떤 거?"

"비밀 같은 거."

"그냥 내 기분 좋아지라고 방금 지어낸 말이지?"

형은 한참 동안 대답이 없었다. 그러더니 아주 단호하게 말했다. "좋아, 진짜로 팅크든 누구한테든 말한 적 없어. 내 방에서 사만다 폭스1990년대 영국의 섹시 스타 사진 놓고 자위하다가 엄마가 불쑥 들어오는 바람에 들켰어."

나는 오늘 처음으로 웃음을 터트렸다. "멋지네. 하지만 내 얘기는 더 크고 심각한 비밀에 대한 거야, 형. 십대 청소년의 자위 같은 사소한 거 말고."

"내 말 잘 들어, 이 친구야! 엠마가 학위랑 에이전트 관련해서 거짓말을 했다는 건데, 뭐 그 정도 가지고 그래."

"정말? 형은 형수가 학위과정에 대해 없는 사실을 지어내도 괜찮겠어? 스토킹하다 걸려서 퇴출당해놓고는 다 거짓으로 얘기를 꾸며내도? 제러미 로스차일드와 어쩌면 성관계까지 맺었을지도 모를 기묘한 관계를 오랫동안 숨긴 건? 형수가 그랬대도 괜찮아?"

형은 대답 대신 어정쩡하게 화제를 돌렸다. "미켈, 형 좀 가만 놔두지 못하겠니!"

"제일 심각한 건 엠마가 굳이 이 모든 걸 덮으려고 한다는 거야. 캐비닛에 들어 있던 서류를 어딘가에 숨기고는 나더러 피해망상증이래. 얼마 전엔 노섬벌랜드에 있는 누군가랑 문자로 만날 약속을 잡더라구. 옛날 학교 친구인 수시한테 보낸 거라고 변명했지만 난 그 말 안 믿어. 지금도."

그때 형이 식기세척기에 그릇을 넣다 말고 멈췄다. "노섬벌랜드라고 그랬어?"

"어. 왜?"

형이 천천히 숨을 내쉬고는 말했다. "별거 아니긴 한데, 제러미 로스차일드가 거기에 집을 갖고 있어. 동료 하나가 매년 거기로 휴가 가는데, 빌린 집이 그 사람 옆집이야. 애니크라고 했던가? 아니, 앨른머스였나?"

"이런, 빌어먹을!" 나는 탄식했다. "형, 아 진짜!"

나는 슬며시 열쇠로 문을 열고 들어가서 조용히 닫았다.

엠마는 지금쯤 루비를 목욕시키고 있을 것이다. 오리 인형은 욕실 구석에 놓인 빅토리아풍 의자에 앉아 있을 것이다. 루비가 딱 좋아하는 자리다. 욕실에서 어떤 향기가 나고 있을지 선했다. 창문에는 따뜻한 수증기가 서려 물방울이 썩은 창문틀 쪽으로 흘러내리고 있겠지.

보통은 이런 생각을 하면 마음이 날아갈 듯 행복해지지만, 오늘은 오로지 진실을 알고 싶을 뿐이었다. 나는 발끝으로 살금살금 걸어서 주방으로 갔다. 그리고 엠마의 가방에서 휴대폰을 꺼내 문자 수신함을 열었다.

처음에는 일상적인 문자들이 눈에 들어왔다. 직장 동료, 친한 동네 엄마, 친구들과 나눈 것들이었다. 공포에 사로잡혀 있다 보니 내가 지금 하는 짓이 과연 도덕적인지 따져볼 겨를도 없었다. 나는 메시지들을 하나하나 꼼꼼하게 훑어봤다.

목록 여섯 번째에 질한테 오늘 아침에 보낸 문자가 보였다. 나중에 나와 마주할 생각을 하니 긴장이 된다고 엠마는 적었다. *레*

오한테 그냥 털어놓고 싶어. 마음이 정말 안 좋아. 이런 내용도 있었다.

질: *레오한테는 말하면 안 돼. 오래전에 결심했잖아. 그때 생각한 이유 중에 바뀐 건 하나도 없어.*

엠마: *어, 나도 알아... 하지만 더는 못 견디겠어, 질.*

질: *내 생각엔 집에 가서 레오랑 근사한 저녁을 먹는 게 좋겠어. 그리고 레오가 무슨 얘기를 꺼내든 다 아니라고 해. 다 지나갈 거야. 레오는 어설픈 정보 때문에 모든 걸 날려버리기엔 널 정말 많이 사랑해.*

나는 휴대폰 화면을 가만히 바라봤다. 이게 무슨 뜻이지?

그나저나 질은 왜 나한테 거짓말을 하라고 한 거지? 심장에서 분노가 활활 타올랐다. 어떻게 감히 엠마한테 나를 속이라고 부추길 수가 있지? *레오가 무슨 얘기를 꺼내든 다 아니라고 해.* 내가 무슨 환상의 나라에서 헤매고 있는 바보인 줄 아나? 뭐 이런 엿같은 경우가 다 있지?

나는 흥분을 억누르지 못하고 계속 아래로 화면을 내리면서 엠마의 메시지들을 다 훑었다. 남은 시간이 별로 없었다. 엠마가 한 번도 언급한 적 없는 이름을 찾아야 했다. 눈가림용 이름. 가령… 아, 그렇지. 샐리. 여기 있군.

손가락이 저절로 움직였다.

그였다.

2시간 전 보내온 문자가 보였다. 엠마를 생각 중이라는 문자였다. *조만간 다시 만나. 할 얘기가 정말 많아.*

24시간 전에 온 문자도 있었다. *괜찮아?*

그러다 48시간 전, 엠마가 앨른머스에 있을 때는 연달아 세 개의 메시지가 와 있었다. 갑자기 떠나서 미안하다는 내용이었다. *루비가 있어서 하는 수 없었어.*

하는 수 없었다니, 뭘? 나는 속이 부글거리고 구역질이 났다.

엠마는 답장을 쓰던 중이었다. 쓰다 만 채로 채팅창에 남아 있었다. 아직 보내지 않은 상태였다.

제러미, 나한테 재니스와 관련된 메시지 좀 그만 보내요. 정중히 부탁할게요. 당신이 자꾸 재니스의 실종에 나도 어느 정도 책임이 있다고 느끼게 만드는 느낌이에요. 그래서 정말 괴로워요. 이해는 해요. 재니스가 사라지니 겁이 나서 그러는 거. 재니스를 더 잘 보호했더라면 어땠을까 싶고, 혹시 내가 열쇠를 쥐고 있는 게 아닐까 궁금하기도 하겠죠. 어쨌거나, 좋든 싫든, 우린 서로 긴밀하게 묶인 관계고—당신은 내 아이 아버지잖아요, 젠장—당신 나름대로 엉망진창인 이 상황을 타개하려는 거겠지만, 불편한 만남은 우리 문제의 해결책이 될 수 없어요. 내가 뭘 원하는지 당신은 알—

커서가 엠마의 입력을 기다리며 깜빡거리고 있었다.

나는 화면을 올려 앞부분을 다시 읽었다. 끝부분도 다시 읽었다. 그러고 나서 중간 부분을 다섯 번, 여섯 번 반복해서 읽었다. 손가락이 글을 삭제하기라도 할 듯이 화면 위에서 맴돌았다. 손이 떨렸다.

그러다 엠마의 여행 가방에 부딪혔다. 가방이 쓰러졌다.

잠시 후 우당탕, 부스럭거리는 소리가 났다. 존 키츠가 계단을 뛰어 내려오는 소리였다.

"레오? 당신이야?" 엠마가 소리쳤다.

나는 존을 바라봤다. 존은 아빠도 집에 왔겠다, 모든 게 너무 좋아서 빙글빙글 돌고 있었다. 눈물이 차올랐다. 이걸로 끝이다. 사랑하고 또 갈망했던 결혼 생활이 끝났다. 내가 온갖 지저분한 상황과 소문, 이상한 메시지를 보내오는 정체 모를 텔레비전 시청자들에 대해 불평하고 걱정하는 동안, 엠마는 내내 제러미 로스차일드와 바람을 피우고 있었던 것이다.

나는 의자에 털썩 주저앉았다. 그리고 위층에서 목욕하고 있는 루비, 내 콩알, 내 아기에 대해 곰곰이 생각해보기 시작했다. 루비가 지저분한, 뜨거운 불륜 관계의 결과물일지도 모른다는 생각은 엠마가 다른 누군가와 섹스를 나누고 있다는 생각보다 훨씬 끔찍했다. 이 괴로움을 어떻게 할 수가 없어서 나는 자리에서 일어나 주방 안을 맴돌았다. 아무 생각도 떠오르지 않았다.

"아빠?" 꺄 소리와 함께 첨벙거리는 소리가 들려왔다.

존이 촉촉한 코로 내 손을 꾹꾹 누르며 꼬리를 흔들어댔다. 존은 내가 왜 엎치락뒤치락 놀아주지 않는지 이해하지 못했다.

"아빠아아아!" 위층에서 루비가 다시 소리를 질렀다.

나는 차마 루비를 마주 볼 수 없었다. 마음속 어디에선가 울부짖는 소리가 들리는 듯했다. 어떻게 내 딸이 그럴—

그럴 리 없다.

나는 현관문으로 힘겹게 걸음을 옮겼다. 밖으로 나오니 돈 들여 가꾼 정원의 향기와 저녁 요리 냄새가 가득했다. 나는 빠른 걸음으로 햄스테드 그로브와 히스 스트리트 쪽으로 난 길을 따라 걸었다. 눈썹을 두툼하게 그린 부유한 여자들이 차갑게 김이 서린 와인잔을 홀짝이고 있었다.

나는 한 번도 햄스테드에 속해본 적이 없었다. 평생 어디에 속해본 적이 있기는 한지 궁금했다.

결국 벨사이즈 파크 근처의 펍으로 방향을 틀었다. 나는 맥주 한 잔을 주문하고 나서 곧 두 번째 잔을 주문했다. 그리고 마치 친구를 기다리는 척, 두 잔을 다 들고서 한쪽 구석으로 갔다. 그런 뒤 벽을 바라보며 기계적으로 맥주를 마셨다. 이러고 있으면 엠마는 종종 내 팔을 건드리며 장난스럽게 말하곤 했었다. "이봐요, 우리 얘기 좀 나눌까요?"

"엠마는 나를 사랑한다고!" 나는 술집 허공에 대고 소리쳤다. 이 펍은 사랑스러운 빅토리아풍 선술집으로, 오래되어 산화된 거울과 얼룩진 천장, 그리고 마지막 페인트칠 이후 수십 년 동안 구워져온 옛이야기와 노래들이 있는 곳이다. 나는 런던이라는 도시의 익명성에 감사하며 이내 첫 잔을 다 비웠다. 여기라면 눈에 잘 띄는 곳에서 자해를 하더라도 가던 길 멈추고 괜찮냐고 묻는 사람 하나 없을 것이다.

엠마가 루비의 임신을 알게 됐을 때도 우리는 펍에 있었다. 그날 우리는 일과 후 소호에서 만났다. 예정된 임신 검사까지는 아직 사흘이나 남아 있었고, 둘 다 머리를 식히고 싶었다. 엠마가 위층 화장실에 간 동안 나는 마실 걸 주문했다. 그런데 주문한 음료를 받아 들고 밖으로 나와 기댈 만한 창턱을 찾을 때까지도 엠마가 돌아오지 않았다.

괜찮아? 나는 엠마한테 문자를 보냈다.

잠시 후 엠마가 핏기 없는 얼굴로 내 옆에 나타났다.

"이것 좀 봐." 엠마가 나한테 플라스틱 막대를 하나 건넸다. 나는 그 막대를 한참 들여다보고 나서야 그게 뭔지, 두 개의 푸른 선이 뭘 의미하는지 깨달았다.

"오는 길에 샀어. 사흘 후 검사하러 갈 거긴 하지만 이게 핸드백 안에 들어 있으니 해보고 싶어 참을 수가 있어야 말이지."

내가 그 막대를 잡으려는데 엠마가 꽉 붙들고 놓지 않았다.

"손대지 마. 여기에 쉬했단 말이야."

임신테스트기에 두 줄이 나온 걸 같이 본 게 이번이 처음은 아니었다. 이 임신이 겨우 며칠밖에 되지 않았으며 지속되지 않을 수도 있다는 걸 잘 알았다. 하지만 나는 직감적으로 이번엔 될 것 같다는 느낌을 받았다.

눈물이 차올랐다. "와우!"

엠마는 대꾸하지 않았다. 하지만 고개를 들어 나를 보는 엠마의 얼굴에도 눈물이 흐르고 있었다.

엠마가 나를 꽉 껴안으며 셔츠에 얼굴을 묻었다. 그녀의 따뜻한 눈물이 옷을 적시고 가슴까지 적셨다.

그때 집으로 돌아가던 길이 떠올랐다. 지하철을 타고 북쪽으로 향하는 동안, 엠마는 말없이 내 손을 꼭 잡고 있었다. 그리고 집으로 들어가기 직전, 나를 거리에 세워두고 이렇게 말했다.

"정말 사랑해, 레오."

엠마는 정말로 나를 사랑했다. 정말로 나를 사랑한다. 내가 그냥 하는 말이 아니다.

그런데 그때, 내가 부고 전문기자로 일하면서 작성한 부고의 주인공들이 전부 떠올랐다. 행복한 결혼 생활을 영위하면서도 가정부와 오랫동안 불륜 관계를 맺어온 귀족, 도시마다 여자친구를 둔 폭력배, 기혼이면서도 학생들과 부적절한 관계를 맺은 교수, 난잡한 예술가. 이들 중 다수가 생의 마지막에 이르러서는 자신은 배우자를 깊이 사랑했다고, 절대 자신의 불륜 때문에 결혼 생활이 고통스러웠던 적은 없다고 주장했다.

누군가를 사랑하면서 동시에 다른 누군가와 육체관계를 갖는 게 가능한 일일까? 두 사람을 사랑하는 게 가능한 일일까?

나는 루비에 대해 생각하지 않으려고 노력했다. 하지만 루비에 관한 진실이 어느새 폐부를 찌르고 있었다. 제러미와 엠마가 밤늦은 시간에 만났다던 시기는 엠마가 임신한 시기와 거의 맞아떨어졌다. 그리고 그때 우리는 오랫동안 아이를 가지려고 노력하면서 실패를 거듭하던 중이었다.

두 사람이 이번 주에 노섬벌랜드에서 만났다. 서로 문자도 주고받고 있었다. 엠마는 그를 '내 아이 아버지'라고 불렀다.

이 세상에 나와 피를 나눈 가족은 없구나. 마침내 깨달았다. 나는 철저히 혼자였다.

25

엠마

나는 루비를 아래층으로 데려가지 않았다. 존 키츠가 꼬리를 다리 사이에 밀어 넣은 채 욕실로 슬그머니 오는 모습을 보고 무슨 일이 있다는 걸 알았다. 존은 자기가 이해할 수 없는 행동을 인간이 했을 때만 이런 모습을 보이니까.

나는 루비한테 잠옷을 입혀주며 주방 쪽에 귀를 기울였다. 아무 소리도 들리지 않았다. 루비한테 잠자기 전 책을 읽어주는 동안 조용히 가슴속에 두려움이 번졌다. 앞서 맥스에 관해 물은 후로 레오는 내 문자메시지에 전혀 답을 하지 않고 있었다.

아래층으로 내려가 주방을 들여다보다가 숨이 막혔다. 레오의 여행 가방이 거기에 나와 있었고, 내 가방이 뒤집힌 딱정벌레처럼 헤집어져 있었다. 존이 댄스음악을 틀어줄 때 쓰는 무선 스피커에 불안한 듯 코를 갖다 댔다.

"레오?"

대답이 없었다. 구석에 루비가 유치원에서 가져온 화초가 거의 죽어 있는 게 보였다. 물을 너무 많이 준 듯했다.

나는 꼼짝하지 않고 서서 레오에게 무슨 일이 일어난 건지 생각해보려고 애썼다.

존이 숨을 헐떡거렸다. "괜찮아." 나는 개를 달랬다. "괜찮아, 존."

그때 조리대 위에 내 휴대폰이 보였다. 나도 모르게 옅은 탄식이 새어 나왔다.

이건 괜찮지 않았다. 내 휴대폰은 루비를 목욕시키러 갈 때 분명 내 가방 안에 있었다. 그런데 그게 거기에 있었다.

휴대폰을 들여다보니 내가 제러미에게 쓰다 만 메시지가 보였다. 메시지 끝에는 커서가 입력을 기다리며 친절하게 깜빡이고 있었다.

…당신은 내 아이 아버지잖아요, 젠장….

주방 안이 침묵에 잠겼다. 창밖으로 부드러운 분홍빛 구름이 정원의 나무들을 휘감고 있는 게 보였다. 뒷벽 위에서는 고양이 한 마리가 발을 핥고 있었다.

"안 돼." 나는 작은 소리로 되뇌었다. "안 돼."

쓰다 만 메시지를 두 번, 세 번 다시 읽었다. 레오도 그랬겠지. 그가 느꼈을 배신감, 그의 몸이 느꼈을 극한의 고통이 그려졌다.

나는 레오의 전화번호를 눌렀다.

"안녕하세요, 레오 필버의 전화입니다." 그의 목소리가 흘러나왔다, 사랑스러운 목소리가. “죄송하지만 지금은 전화를 받을 수 없으니 메시지를 남겨주세요. 되도록 빨리 돌아오겠습니다.”

‘돌아오겠습니다’라는 말을 놓고 웃었던 기억이 났다. 너무 미국식 표현 같다고 했더니, 그는 요즘 잘나가는 젊은 기자들은 다 그렇게 남긴다고 대답했다. 그 말에 나는 배꼽 빠지게 웃었고, 결국 그도 웃음을 참지 못했다.

나는 생각해보려 애썼다. 혹시 읽지 않았을지도 모르잖아? 하지만 그럴 가능성은 없었다. 게다가 레오가 이런 식으로 내 사생활을 침해했다는 것은 이미 진실에 가까이 와 있다는 의미였다.

휴대폰 화면이 갑자기 밝아지더니 벨이 울리기 시작했다. 안도감에 울음이 터질 것만 같았다. 하지만 레오가 건 게 아니었다. 질이었다. 나는 수신을 거절했다.

나는 레오에게 메시지를 보냈다.

레오, 어디야?

체크 1개. 메시지가 전송되었다.

체크 2개. 메시지가 레오의 앱에 도착했다.

파란색 체크 2개. 레오가 메시지를 읽었다.*

안도감이 밀려들었다. 이유는 알 수 없었다. 이제는 돌이킬 수 없었다.

자기야, 제발 돌아와. 내가 설명할게.

---

* 왓츠앱에서는 체크의 색과 개수로 상대방이 메시지를 읽었는지 확인할 수 있다. 회색 체크 1개는 서버로의 메시지 전달이 성공했다는 뜻이고, 회색 체크 2개는 상대방에게 메시지 전달이 성공했다는 뜻이다. 상대방이 읽었으면 파란색 체크 표시 2개가 뜬다.

파란색 체크 2개가 떴다. 나는 그의 모습을 떠올려봤다. 한 번도 닦지 않아 얼룩지고 찐득거리는 그의 독서용 안경도. 그는 어쩌면 저녁놀 지는 히스 공원에 나가 있는지도 모른다. 아니면 지하철을 타고 어디론가 가는 중일 수도 있다. 어디로 가려고? 아, 레오.

다시 질한테서 전화가 왔다. 나는 거절했다. 잠시 후 다시 휴대폰이 울렸다. 나는 이번에도 거절했다. 질에겐 내일 전화할 것이다.

나는 레오에게 다시 메시지를 보내 상황을 설명하려다가 그만뒀다. 무슨 말을 한단 말인가? 레오가 발견한 메시지에는 루비의 출생보다 훨씬 깊은 내용이 들어 있었다. 그토록 레오에게 진실을 감춘 데에는 중요한 이유가 있었다. 몇 년에 걸쳐 제러미와 내가 고통을 겪으면서도 몰래 공모해온 이유가. 그걸 지금 문자 메시지로 어떻게 다 설명한단 말인가?

레오의 접속이 끊어졌다. 나는 아직 메시지를 보고 있는지 묻는 메시지를 다시 보냈다. 하지만 전송되지 않았다.

그사이 제러미에게서 메시지가 왔다. *괜찮은 거야? 새로운 소식은 없어. 혹시 재니스한테서 연락 온 거 있는지 확인하려고 문자했어.*

나는 제러미의 메시지를 삭제했다. 그리고 가라앉듯 천천히 의자 깊숙이 몸을 묻었다.

질이 또 전화를 걸어왔다. 이번에는 받았다.

"질, 미안한데 지금은 통화할 수 없어. 레오가 내 휴대폰을 보고 사라졌어. 내일 전화해도 될까? 괜찮지?"

"난 괜찮아. 그런데 할 얘기가 있어, 엠마."

"지금은 안 돼. 미안해. 내일 아침에 전화할게."

오늘 밤에 꼭 전화해야 해. 질이 곧장 문자를 보냈다. *중요한 일이야.*

나는 답장을 보냈다. *내일 전화할게. 약속해.*

나는 어둠이 방 안을 집어삼킬 때까지 오랫동안 그대로 앉아 있었다. 비행기들이 둔중한 굉음을 토하며 런던을 가로질러 히스로와 개트윅 공항 위를 선회하는 소리, 여우 한 마리가 쓰레기통을 넘어트리는 소리가 들려왔다. 공기는 시원했지만 내 가슴은 진정될 기미가 보이지 않았다.

새벽 1시 37분, 레오에게 전화했다. 휴대폰이 꺼져 있었다.

새벽 2시 4분, 다시 전화했다.

새벽 2시 30분, 마침내 레오에게서 메시지가 왔다. *창고에서 잘 거야. 나오지 마. 혼자 있고 싶으니까.*

나는 루비가 숨 쉬고 있는지 확인하러 갔다.

26

레오

다음 날 아침, 자리에서 일어나려는데 머리가 지끈거리고 속이 메스꺼웠다. 후회가 밀려왔다. 간밤에 맥주를 얼마나 마신 건지, 그후에 독한 술은 또 얼마나 마셨는지 전혀 기억이 나지 않았다. 담을 타고 넘어 창고로 들어온 건 기억났다. 엠마와 정말로 헤어질지 결정하지 못했기 때문에, 제대로 된 결정을 내리기 전에 다른 곳에서 밤을 지내는 건 옳지 않다고 생각했다. 어쨌든, 루비를 두고 떠나지는 않을 생각이었다.

밖에서는 존 키츠가 연못을 보며 짖고 있었다. 곧 밖으로 나가야 할 테지만, 루비를 보면 어떻게 해야 할지 알 수 없었다. 나도 모르게 딸을 번쩍 안아 들고 현관 밖으로 뛰쳐나가게 될까 봐 두려웠다.

루비는 내 딸이다. 내 딸이어야 한다. 루비가 태어난 첫해에 사람들은 다들 "어머, 아빠를 똑 닮았네요! 정말 예뻐요!" 하고 말하곤 했다. 그러면 나는 뿌듯함에 가슴이 뻐근했다. 처음으로 내 가족이 생겼으니까. 비밀이 없는, 진짜 가족이.

나는 루비의 부드러운 머리카락과 뭉툭한 손톱, 장난기 가득한 웃음을 생각했다. 그런 다음엔 엠마와 제러미 로스차일드를 떠올렸다. 너무 더럽고 부적절하고 어처구니없고 황당해서 사실이라는 게 믿기지 않았다.

하지만 어젯밤 술집에 앉아 있으면서 알코올에 기억력과 판단력이 흐려지기 전에 몇 가지 일이 기억났다. 엠마가 이해할 수 없을 정도로 오랫동안 재니스 로스차일드를 증오했다는 사실이었다. 그리고 제러미 로스차일드가 내 상사에게 내 기사에 관해 불만을 제기했을 때도 엠마는 지나치게 분노했다. 물론 엠마의 '안 좋은 시기'도 기억났다. 몇 년간 끝도 없이 반복됐던 그 '안 좋은 시기'가.

엠마는 태어난 지 하루 이틀 만에 엄마를 잃었다. 아버지는 엠마가 대입 시험을 치르기 직전에 세상을 떠났다. 그녀의 아버지가 근무하던 부대는 당시 자이르라고 불리던 나라에 파견되었다. 그 나라 수도인 킨샤사에서 영국 국민의 탈출을 돕는 임무 때문이었는데, 아버지는 결국 돌아오지 못했다.

엠마의 말에 따르면 그녀의 아버지는 불행한 남자였다. 그리고 대부분 집을 비웠다. 그래도 엠마는 보통 아이들이 그렇듯 아버지를 사랑했다. 엠마 아버지의 사진은 우리 집 층계참에 있는데, 7년 전 이 집으로 이사 올 때 엠마가 어떻게든 벽에 걸고자

한 유일한 액자였다. 부모를 모두 잃었다는 사실은 늘 그녀가 슬픔의 주문에 걸리는 그럴듯한 이유였다.

하지만 어젯밤에는 두려움이 가라앉으면서 그녀가 겪는 그 '안 좋은 시기'도 과연 진짜일까 하는 의심이 들기 시작했다. 노섬벌랜드에서 제러미 로스차일드와 불륜을 저지르기 위한 알리바이에 지나지 않는다면 어떡하지? 루비가 태어났을 때 질을 우리 집 안으로 들인 게 혹시 제러미가 나타나 딸을 내놓으라고 할까 봐 그런 거였나?

침을 삼키기가 힘들었다.

겨우 일어나 창고 문을 열고 나가니 이른 아침의 날카로운 햇살에 순간 눈앞이 깜깜했다. 거미줄이 보석 박힌 접시처럼 땅 위에서 반짝거렸다. 곧 이슬이 사라지고 공기가 뜨거워질 것이다.

나는 토할 것 같아 다시 멈춰 섰다.

연못을 바라보고 있던 존 키츠가 나를 보고는 신이 나서 겅중겅중 뛰어올랐다.

"너, 제러미라고, 혹시 아니?"

존이 꼬리로 바닥을 쳤다.

"존, 제러미가 지금 어디 있는지 알아?"

존은 혼란스러워하면서도 신이 나서 빙글빙글 돌았다.

나는 무릎을 꿇고 존을 바라봤다. "아무래도 못 하겠다. 준비가 안 된 것 같아, 존."

지금 엠마와 내가 나눌 수 있는 대화라고는, 그녀가 저지른 일을 캐묻고 나한테 거짓말하는 사람과는 함께 살 수 없다고 말하는 것뿐이었다. 하지만 나는 그럴 준비가 되어 있지 않았다.

나는 눈물을 삼키며 시간이 더 필요하다는 메시지를 보냈다. 주방에는 아무런 움직임도 보이지 않았다. 엠마는 위층에 있는 모양이었다.

그걸로 끝이었다. 나는 존한테 입을 맞추고 힘겹게 뒷담을 넘어 뒷집과 우리 정원 사이에 난 골목길로 내려갔다. 아무도 다니지 않는 좁은 길이었다. 하루 만에 이 담을 넘는 게 두 번째였다. 다만 이번에는 아무 표시 없는 승합차 뒤에서 소포를 분류하고 있던 배달원에게 들켰다.

"안녕하세요?"

"네, 안녕하세요." 그가 대답했다.

멀리서 존이 짖는 소리가 들려왔다.

27

레오

주말인데도 빈 뉴스룸은 거의 없었다. 오늘 뉴스 데스크는 그야말로 광란의 상태였고 정치부도 정신없이 바빴다. 시위가 폭력 사태로 번졌고 웨스트민스터 전역에서 크고 작은 충돌이 벌어지고 있었다. 외무부 장관이 탄 차량은 노한 군중에 가로막혀 꼼짝도 못 했다. 나는 괜히 휩쓸리기 싫어 분주한 데스크들을 서둘러 지나쳤다.

모퉁이를 도는데 쉴라가 책상 앞에 앉아 있는 게 보였다.

"어!"

"어!" 쉴라가 내 말을 그대로 따라 했다. 그러고는 안경을 벗어 들었다.

그녀가 당황했다는 사실을 깨닫기까지는 시간이 조금 걸렸다. 쉴라의 컴퓨터는 꺼져 있었고, 앞에는 소설책이 놓여 있었다. 토요일 아침 10시 10분이었다. 쉴라가 책을 책상 위에 올려놓고는 의자를 홱 돌려 나를 똑바로 바라봤다.

"얼굴이 왜 그래? 괜찮은 거야?"

나는 고개를 저었다.

"오, 레오." 그녀가 탄식했다.

그제야 나는 쉴라가 모든 걸 다 알고 있음을 깨달았다. 땅이 무너져 내리듯 굴욕감이 찾아왔다.

"어떻게 알았어요?"

"로스차일드 부부하고 오랜 친구잖아." 그녀가 말했다. "특히 제러미하고. 늘 나한테 다 털어놓거든."

나는 잠자코 있었다. 내가 과연 쉴라에게 털어놓을 수 있을지 자신이 없어서였다.

"미안해, 레오. 모른 척하고 있자니 늘 마음이 불편했어."

쉴라의 목소리에서 다정함은 느껴지지 않았다. 나는 절망감이 들었다.

"그래서 엠마가 왜 워털루역에 있었는지 계속 물어본 거였어요? 뭔가 얘기해주려고요?"

"꼭 그런 건 아니고. 누구 인터뷰하러 가던 길에 워털루를 지나고 있었는데, 엠마가 역 한복판에 있는 게 보이더라구. 어쩔 줄 몰라 하면서 말이야. 그래서 무슨 일인지 그냥 궁금했던 거야. 다음 날 재니스가 실종됐다는 소식이 들렸고, 그때 엠마가 제러미한테서 무슨 말을 들은 게 틀림없다 싶었지."

"그래서요?"

"그래서, 자네한테 화가 났지. 그들에 대해 모른다는 게 말이 안 되니까. 자기 인생이 로스차일드 부부와 얼마나 가까이 엮였는지 모른다니." 쉴라가 한숨을 쉬었다. "내가 알려주면 결국 엠마가 자네한테 털어놓을지도 모른다고 생각했어. 하지만 엠마는 그러지 않았고, 나만 쓸데없이 간섭하기 좋아하는 사람이 됐지."

나는 누군가의 의자에 앉았다. 가족과 지역사회 데스크였다. 쉴라와는 여전히 몇 미터 떨어져 있는 상태였다.

"나한테 말해줬어야죠." 내가 할 수 있는 말은 이게 전부였다.

쉴라가 손가락 끝을 뾰족하게 세웠다. "그럴 수 있었으면 그랬겠지. 하지만 양쪽 모두에게 의리를 지켜야 해서 어쩔 수 없었어. 제러미한테 아무에게도 입 뻥긋하지 않겠다고 약속했거든."

누군가의 음성사서함에서 불이 깜빡거리는 게 보였다. 나는 그걸 가만히 바라봤다. 제러미 로스차일드는 당신이 의리를 지킬 가치가 없는 사람이에요, 이렇게 말하고 싶었다. 하지만 쉴라는 나보다 제러미와 더 오랫동안 알고 지낸 사이였다.

"엠마의 부고 기사를 작성하면서 자네가 뭔가 알아냈다는 건 알고 있었어. 엠마의 대학을 검색하는 걸 봤거든. 엠마가 진행했던 TV 시리즈도 검색하던데. 분명 충격적이고 혼란스러웠을 거야. 하나같이 앞뒤가 안 맞으니까."

뉴스룸에 근무하는 누군가가 거대한 텔레비전 화면에 나왔다. 사무실 안이 시끄러워졌다. 나는 일어나 내 자리로 가서 앉았다.

"제러미 로스차일드를 죽여버리고 싶어요."

쉴라가 한숨을 쉬었다. "맙소사. 지금 당장은 제러미가 당연히 밉겠지만, 나쁜 사람 아니야. 엠마를 정말 많이 도와줬어."

"물론 그랬겠죠!"

"제러미는 나쁜 사람 아니라니까."

"알았어요, 쉴라. 알겠다고요. 오랫동안 알고 지낸 사이라 편들고 싶은 거잖아요."

쉴라가 겸연쩍은 미소를 지었다.

"그렇지만 루비는요." 말을 꺼내는 내 목소리가 갈라졌다. "루비한테는 뭐라고 말할까요? 이제 내가 어떻게 그 애 아빠라고 하겠어요?"

쉴라의 얼굴이 굳었다.

"늘 그랬듯 앞으로도 똑같이 루비의 아빠지." 그녀가 말했다. "당연한 소리를. 흠, 자네 여기 있으면 안 되겠다. 우리 집으로 가자. 내가 먹을 거 만들어줄게. 그런 다음 잠을 푹 자는 게 좋겠어. 지금 꼴이 말이 아니야."

쉴라가 어디에 사는지 한 번도 생각해본 적이 없었다. 워낙 개인적인 사람이라, 매일 런던 어디서 출퇴근하는지도 모르고 있었다. 그녀는 그저 '강 북쪽'이라고만 말했고, 나는 어딘가 그럴듯한 곳, 즉 퀸스 파크나 반스버리에 있는 아파트를 상상했다.

하지만 쉴라는 다른 사람들과는 달랐다. 그래서 걸어서 20분이면 갈 수 있다는 말을 들었을 때 나는 별로 놀라지 않았다.

강에서 북쪽으로 5미터쯤 떨어진 체인 워크의 한 타운하우스 앞에 멈춰 섰을 때는 웃음이 나기 시작했다. 그럼 그렇지, 그녀는 강 바로 근처의 웅장한 저택에 살고 있었다.

내부는 우아하게 꾸며져 있었다. 책이 많고 고풍스러운 분위기였다. 엠마와 내가 늘 원했지만 얻지 못한 그런 집이었다. 페르시안 러그와 책장에 조상들이 유럽 여행 중에 수집한 골동품들이 가득했고, 가죽과 꽃, 오래된 벨벳에서 나는 좋은 냄새가 감돌았다.

"와우." 나는 비참한 표정으로 탄성을 질렀다. 다른 인생을 살면서 쉴라의 집에 초대받았다면 얼마나 좋았을까.

"아버지 집이야." 쉴라가 무뚝뚝하게 말했다. "여자 혼자 살기엔 방이 너무 많지. 가끔은 압박감이 들 정도라니까."

쉴라가 외로울 거라는 생각은 해본 적이 없었다. 그녀를 떠올릴 때면 늘 일과 후 많은 인파 속에서 즐기거나 전 세계에서 온 손님들을 대접하고 있는 모습이 그려졌다. 토요일에 이곳에 오니 마치 쉴라의 일기장을 보는 듯한 기분이 들었다.

쉴라가 위층에 있는 방을 하나 보여줬다. 큼지막한 하얀색 침대가 놓여 있었고, 벽에는 목탄화들이 걸려 있었다.

"금방 먹을 것 가져다줄게." 그녀는 이렇게 말한 후 사라졌다.

침대 시트를 더럽히지 않도록 뭔가 깔 만한 걸 찾아봤지만, 나 말고는 아무것도 없었다. 결국 나는 아무것도 결정하지 못한 채 침대 옆에 깔린 두꺼운 러그 위에 앉았다.

몇 분 후 쉴라가 초콜릿 쿠키를 가지고 올라왔을 때, 나는 깊이 잠들어 있었다. 쉴라가 부르는 소리에 잠깐 일어났다가 순순히 침대로 들어가 누웠다. 쉴라가 차분하게 내 머리에 잠시 손을 얹었고, 나는 그대로 다시 잠에 빠져들었다.

깨어나 보니 빛이 어스름히 기울기 시작하고 있었다. 먼지 입자가 대기 중에 떠다니는 게 보였다. 오후 5시였다. 아래층에서 쉴라가 오가는 소리가 들렸다. 그리고 아주 잠깐, 내가 왜 여기에 와 있는지 기억이 나지 않았다.

하지만 이런 상태는 오래가지 않았다. 나는 곧 휴대폰을 확인했다. 속이 뒤집히는 것 같았다. 엠마한테서 문자 아홉 통과 부재중전화 다섯 통이 와 있었다.

제발 전화해줘.

제발 집으로 돌아와.

레오, 사랑해. 제발 얘기 좀 해.

누군가 문을 두드렸다. "안녕." 쉴라가 말했다. 오후에 요가를 한 차림새였다. 요즘은 나 빼고 다들 요가를 하는 것 같긴 했지만, 나는 그 모습에 조금 놀랐다.

"어때, 좀 견딜 만해?"

"죽고 싶어요."

그녀는 잠시 나를 훑어보고 미소를 지었다. "엠마랑 먼저 얘기를 해야 할 것 같네. 전화할 준비는 됐어?"

나는 고개를 저었다.

"자고 가도 괜찮아. 하지만 엠마한테 살아 있다는 얘기는 해. 그리고 내일 만나. 아무리 늦어도 월요일에는 만나야 해. 앞으로 어떻게 할지 두 사람이 같이 결정해야 하잖아. 딸을 데리고 그냥 사라져버리는 건 안 돼."

나는 눈을 감았다. 내 딸.

쉴라가 다가와, 아까 잠에 빠져들 때 그랬던 것처럼 내 머리에 손을 얹었다. 어쩌면 쉴라는 냉혹한 MI5 요원이 아니었을 수도 있다. MI5에서도 그나마 인간적인 부서에서 근무했던 것일지 모른다. 그런 부서가 있기만 하다면 말이다.

"다 잘될 거야." 그녀가 말했다. "레오, 난 자네보다 더 자기 배우자를 사랑하는 사람은 본 적이 없어."

"하지만 그 사랑은 보답을 받을 때만 의미가 있지 않나요?"

쉴라가 방에서 나간 후, 나는 휴대폰을 들고 침대에 앉아 벽에 걸린 목판화들을 유심히 들여다봤다. 속이 텅 비어 여백이 된 느낌이었다.

휴대폰이 울리기 시작했다. 놀랍게도, 질이었다.

질은 누구보다 말을 섞기 싫은 사람이다. 하지만 이 모든 게 오해라고, 내가 2에 2를 더해서 9를 만들었다고 말해줄지도 모른다는 희망이 피어올랐다.

"질?"

"잘 있었어?"

"별일 없지?"

"응. 괜찮아. 엠마랑 연락하려고 애쓰는 중이야. 정말 급해서. 어젯밤에 잠깐 통화했는데, 다시 전화 준다고 해놓고 아직 연락이 없어. 꼭 할 말이 있는데, 도와줄 수 있어?"

"아니. 못 도와줘. 지금 밖이야."

"아직도?"

"그래, 아직도. 엠마가 제러미 로스차일드하고 몇 년 동안 관계를 맺고 있었다는 사실을 알게 됐어. 어젯밤 엠마 휴대폰에서 그 사람이 루비의 아버지라는 메시지도 확인했고. 너도 다 알고 있다는 거 알아. 네 메시지도 봤으니까. 그러니까 괜히 부인해서 시간 낭비하게 하진 말아줘."

질은 쥐 죽은 듯 조용했다.

아주 오랜 침묵 끝에, 질이 아주 간단하게 내뱉었다. "이런."

"엠마와 루비를 생각해서 어젯밤엔 창고에서 잤어. 하지만 아직은 엠마를 마주할 준비가 안 돼서 다시 나온 거야."

"그랬구나. 미안. 그냥 확인차 물어보는 건데, 지금 혹시 엠마랑 헤어지겠다는 말인 거야?"

"아니, 그건 아니고. 하루 이틀 생각할 시간이 필요하다는 거야. 그래서 친구네 집에 와 있어. 됐어?"

"그래." 질이 한숨을 쉬었다. 그리고 통화가 끝났다.

과연 언제고 질을 이해할 날이 올지 의문이 들었다.

나는 엠마한테 문자를 보냈다. 월요일 아침에 일단 루비를 유치원에 데려다준 후 9시 30분에 집에서 보자는 내용이었다. 집을 나온 것에 대해서는 사과했지만, 감정이 잘 추슬러지지 않는다고 털어놓았다. 그리고 마음이 가라앉을 때까지 루비를 만나고 싶지 않다고 말했다.

엠마는 곧바로 답장을 보냈다. 알겠다고, 고맙다고, 사랑한다고. 잠시 후, 또 문자가 왔다. 루비는 잘 있다고.

이렇게 엠마와의 약속이 정해졌다. 이제 겨우 5시 10분이었다. 몸을 다시 일으켜 사실 확인을 재개할 때까지 남은 시간을 어떻게 채울지 고민이 되었다.

아래층으로 내려가니 쉴라가 정원에서 레드와인을 마시고 있었다. 쉴라가 와인 마시는 모습은 처음이었다. 같이 펍에 갈 때마다 쉴라는 유럽산 라거만 마셨고, 간혹 브랜디를 마실 뿐이었다. 게다가 꽃들이 만발한 정원에서 오후 5시 15분에 혼자 술을 마시고 있는 모습은 상상해본 적도 없었다. 모든 게 제자리에서 벗어나 있었다.

쉴라가 말없이 내 잔을 채웠다. 오후가 저녁으로 서서히 넘어가는 동안 우리는 조용히 그렇게 앉아 있었다.

28

엠마

월요일 아침, 나는 아무 일 없다는 듯 〈호키포키〉 동요를 함께 부르면서 루비를 유치원에 데려다줬다. 오늘은 화초를 다시 가져가는 날이어서 루비가 유치원까지 화분이 든 봉투를 들었다. 나는 루비가 아주 열심히 화초를 돌봤다고 말하며 루비의 담임인 델라에게 화분을 건넸다.

"어머!" 그녀가 탄성을 질렀다. "엄청 깜찍해졌네요!" 그러고는 눈을 찡긋했다.

어제 괴로운 시간을 죽이려고 루비를 데리고 이케아에 갔다가 대체품으로 사온 화초였다. 델라는 바보가 아니었다.

나는 잠시 문간에 서서 델라가 화분을 테이블에 올려놓는 모습을 지켜봤다. 델라는 화초가 아주 작아져서 돌아왔다고 동료교사들에게 말했다. 동료 교사들은 내가 있는 것도 모르고 이렇게 대꾸했다. "다 그렇지 뭐. 중산층 부모들 말이야. 뭐든 잘못되는 꼴을 못 본다니까."

이 말에 꾹꾹 눌러놓았던 수치심이 폭발했다. 눈물이 쏟아져 나왔다. 나는 도망치듯 그 자리를 벗어났다.

빠른 속도로 길을 걸어 내려오는데, 차 한 대가 내 옆 길가에 섰다. 무심히 지나치려는데 문이 열리더니 누군가 내 이름을 불렀다.

나는 누군지 보려고 고개를 돌렸다.

29

레오

오전 9시 55분, 엠마가 어디에 있는지 확인하려고 전화를 걸었다. 늘 매사에 늦는 편이긴 해도 이번 약속만은 지킬 거라고 믿었는데.

신호음이 울리다가 끊어졌다.

나는 10시 30분에, 그리고 11시에 다시 전화를 걸었다.

제러미 로스차일드를 만나서 말이라도 맞추고 있는 건가? 이 생각을 하자 찻잔을 벽에 집어 던지고 싶은 충동이 일었지만, 그러지 않았다. 찻잔은 엠마의 할머니가 물려준 귀한 위그노 자기였다. 대신 이케아에서 산 컵을 하나 찾아내 그걸 집어 던졌다. 전에 한 번도 해본 적 없는 행동이었다. 하지만 기분은 조금도 나아지지 않았다.

깨진 조각들을 치우면서 신문사에 전화해 오늘은 집에서 일하겠다고 말했다. 켈빈은 개의치 않았지만 잠시 후 쉴라가 전화를 걸어왔다.

"무슨 일이야?" 쉴라가 자리에서 일어나 밖으로 나가는 소리가 들렸다. "얘기 잘 안 됐어?"

"엠마가 나타나질 않네요. 집에서 9시 30분에 만나기로 했거든요. 그런데 그림자도 보이지 않아요. 전화도 안 받고요."

쉴라가 얼굴을 찌푸리는 소리가 들리는 듯했다.

"이상한 일이네. 설명할 기회를 무척 기다리는 줄 알았는데?"

"그건 맞아요. 문자로 미안하다고, 다 설명하겠다고, 사랑한다고, 그런 말만 했거든요. 그런데 오늘 아침은, 꽝이네요."

"계속 소식 줘. 알았지?"

오전 11시 15분, 나는 유치원으로 전화를 걸었다. 갑자기 엠마가 루비를 데리고 도망쳤을지 모른다는 생각에 극심한 공포가 몰려왔다. 델라가 전화를 받았다. 그녀는 엠마가 8시 45분에 '아주 싱싱해 보이는 화초'와 함께 루비를 데려다주고 갔다고 말했다.

내가 이 소식을 전하자, 쉴라는 어리둥절한 표정의 이모지와 함께 답장을 보내왔다. 쉴라는 평소 이모지로 장난을 치는 사람이 아닌데 말이다.

불안감 때문인지 속이 계속 불편했다. 나는 엠마의 오른팔인 닌에게 연락을 취했다. 유니버시티 칼리지 런던에서 엠마와 제일 친한 동료였다. 하지만 전화를 받지 않았다. 나는 엠마의 전화번호부를 뒤져 다른 번호로 다시 전화했다. 닌은 오늘 아침 엠마한테서 아파서 결근한다는 전화가 왔다고 말했다. "엠마는 괜찮아요?"

"어쩌면요." 나는 어색하게 웃으며 대답하고 전화를 끊었다.

가슴에 다시 큼지막하게 구멍이 뚫리기 시작했다. 뭐라도 해야 했다. 나는 주방 칠판에 메모를 남기고 집 밖으로 나갔다. 우유를 사서 돌아오니 정오였다. 엠마는 여전히 집에 없었다.

내키지 않았지만 존 키츠를 데리고 산책에 나섰다. 나는 육상 트랙을 달리는 사람들을 구경했고 존은 다른 개의 공을 쫓아다녔다.

집으로 돌아왔을 때는 오후 1시 30분이었다. 엠마는 없었다. 샌드위치를 만들었지만 목으로 넘어가지 않았다.

닌에게 다시 확인차 전화를 걸었다. 닌은 엠마가 플리머스의 해양생태학 행사에 갔을 수도 있다고 했지만 확신하지 못하는 눈치였다. 엠마 같은 사람이 거짓으로 병가를 내고 다른 곳에 몰래 갔을 리 없다는 것이었다. 나도 그녀의 말에 동의했다. 하지만 내 아내에 대해 내가 아는 게 있기는 한가?

"저한테도 소식 주시겠어요?" 닌이 물었다. 그제야 나는 진짜로 걱정되기 시작했다. "엠마를 찾으면 저한테도 문자 주실 거죠?"

그러겠다고 약속했다.

나는 자리에 앉아 엠마가 찾아갈 만한 사람을 공책에 하나하나 적어봤다.

질

제러미 로스차일드

심리치료사

플리머스의 해양 콘퍼런스

히스 공원 연못

장모님 친구들 가운데 하나

다른 친구들 가운데 하나

목록을 작성하고 나니 기분이 조금 나아졌다. 확인해볼 사람이 많았다. 한 명씩 차근차근 연락하다 보면 엠마가 돌아와 있을지도 모르는 일이다.

나는 우선 플리머스에서 열린다는 행사를 찾아봤다. 그리고 거기로 전화를 걸었다. 여러 사람과 통화했지만 도움은 되지 않았다. 그러다 마침내 엠마가 플리머스에 있을 때 함께 일했다는 사람이 전화를 받았다. 엠마는 확실히 그곳에 없었다. "엠마가 여기서 계속 일했다면 좋았을 텐데 아쉽습니다!"

엠마의 심리치료사는 엠마에 관한 이야기는 해줄 수 없다고 말했다. 정말 걱정이 된다면 경찰이나 질한테 전화해보라고 했다. 나는 빨리 전화를 끊었다. 이 여자는 나에 대해 불편할 정도로 많이 알고 있을 게 뻔하니까.

전화번호가 남아 있는 장모님 친구 두 명에게도 전화를 걸었다. 엠마는 거기에도 없었다. 그들은 내가 아내를 잃어버렸다는 소식에 초조한 반응을 보였다. 나는 점점 더 많은 이들에게 소식을 알려주겠다는 약속을 하고 있었다. 닌이 문자로 혹시 새로운 소식이 있는지 물어왔다. 나는 이 모든 반응이 엠마가 심각한 우울증을 겪는 중일 수 있음을 암시한다는 걸 깨달았다. 뭔지 몰라도 우리가 익숙해져 있는 그 '안 좋은 시기'보다 훨씬 심각한 일이 일어나고 있었다. 엠마가 빨리 나타나지 않는다면 수색 범위를 확대해야 할 수도 있었다.

나는 질한테 전화를 걸었다. 받지 않았다. 그래서 전화해달라는 메시지를 남겼다.

쉴라에게서 다시 전화가 왔다.

3일 전 루턴 공항에 내린 순간부터 오늘 아침 9시까지 엠마는 나한테 계속 문자를 보냈다. 필사적으로 나와 이야기를 나누려고 했다. 대체 무슨 일이 있었던 걸까? 처음으로 마음속에서 진짜 공포가 꿈틀거리기 시작했다.

질한테 다시 전화했다. 받지 않았다. 나는 루비를 조금 일찍 데려오기로 했다.

내가 데리러 갔을 때 루비는 마치 뭔가 심각한 일이 일어나고 있다는 걸 아는 듯 제멋대로 굴었다. 길에서 춤추는가 하면, 좋아하는 젤라토 가게에서 아이스크림을 사주지 않는다고 난동을 부렸다. 내가 밉다며 발로 차기까지 했다.

나는 소리를 지르고 싶었다. 네 엄마 어딨니? 엄마가 대체 무슨 짓을 한 거야? 하지만 대신에 루비를 꼭 끌어당겨 안았다. 그리고 집까지 가는 내내 루비를 등에 업고 언덕을 올랐다. 그러자 마음이 조금 편안해졌다. 세 살짜리 어린애를 업고 힘겹게 긴 언덕을 오르는 동안에는 다른 생각을 할 틈이 없었다.

집은 여전히 비어 있었다. 존 키츠는 내가 틀어둔 댄스음악을 들으며 자기 잠자리에 들어가 있었다. 존은 나른하게 꼬리로 바닥을 치다가 곧 잠이 들었다. 주방에는 누군가의 손이 닿은 흔적이 전혀 없었다.

루비는 소파에서 기절하듯 잠들었다. 나는 루비를 침대로 데려가 낮잠을 재웠다. 방에서 나오는데 현관에서 소리가 났다. 다행이다! 하느님 감사합니다! 하지만 층계참으로 뛰어 내려온 내 눈에 띈 건 케밥 식당 광고 전단지였다.

나는 루비가 낮잠 자는 동안 다시 엠마한테 전화했다. 휴대폰 진동음이 들려왔다. 오늘 계속 아래층에서만 전화를 걸었다는 사실이 떠올랐다. 당황스럽게도 엠마의 핸드백이 우리 침대 위에 있었다. 그리고 그 안에 휴대폰이 들어 있었다. 가방 안에는 엠마의 지갑과 겉에 아무것도 쓰여 있지 않은 두툼한 봉투도 있었다. 확실하진 않지만, 이 봉투는 금요일 밤 내가 엠마 핸드백에서 휴대폰을 꺼낼 때도 있었던 것 같았다.

봉투 안에는 엠마의 여권과 루비의 여권이 들어 있었다. 이상할 건 없었다. 두 사람은 지난주 함께 비행기를 탔으니까. 아직 짐을 정리하지 않은 것도 엠마에겐 늘 있는 일이었다. 그때, 세인트앤드루스대학에서 보낸 퇴학 통지 서신이 눈에 들어왔다. 그 다음엔 엠마가 해양생물학 석사과정을 공부했던 플리머스대학에서 보낸 수락 통지서와 여러 서류들이 눈에 띄었다. 서류에는 이렇게 적혀 있었다. *해양생물학 학위 소지자만 대학원생으로 받아들이는 것이 일반적이나, 올해 초 귀하가 개방대학에서 취득한 최우수 졸업 성적과 해당 지도교수의 추천서를 검토한 결과, 우리 대학원 연구팀에 입학할 자격이 충분하다는 판단을 내렸습니다.*

하이버리 법원에서 보낸 서신도 있었다. 재니스 테레사 로스차일드에 대해 200미터 이내 접근을 금지한다는 명령이었다. 날짜를 보니 17년 전이었다. 나는 이 서신을 두 번, 세 번 반복해서 읽었다. 잘못 본 게 아니라면, 엠마는 이 경고를 어기는 경우 즉각 구속이었다.

휴대폰이 울리기 시작했을 때, 나는 뒤에서 두 번째 서류를 보고 있었다. 에밀리 루스 필이라는 사람의 출생증명서였다. 한 번도 들어보지 못한 이름인데 내 아내와 생일이 같았다.

마지막 서류를 꺼내는 순간, 나는 그게 뭔지 깨달았다.

서류 맨 위에 개명을 위한 공식 날인 증서라고 적혀 있었다. 에밀리 루스 필이 2006년에 엠마 메리 비글로로 이름을 바꾸었음을 공식 확인해주는 문서였다.

30

레오

루비는 내가 한쪽 구석에 앉혀놓고 휴대폰으로 BBC 어린이 채널을 틀어주기도 전에 경찰서에 매료되었다. 하지만 경찰관은 내 말에 매료되지 않은 듯했다. 책상 앞에 앉아 있던 경찰관은 사람들은 원래 싸우고 나면 혼자만의 시간을 갖는 법이라며, 늘 있는 일이라고 했다.

그러고는 계속 찾아보겠지만 접수는 실종 후 48시간이 지나야만 가능하다는 말을 덧붙였다.

이 모든 게 다른 사람의 삶처럼 낯설었다. 내 삶이 이럴 수는 없었다.

초저녁에 루비를 데리고 집으로 갔을 때도 엠마의 흔적은 어디에도 없었다. 올리 형 부부가 오스카와 미켈을 데리고 막 도착해 있었다. 아이들은 루비의 관심을 딴 데로 돌리기 위해 데려온 것이었다. 조카들이 와 있는 것을 보니 마치 전쟁 직전의 상황처럼 느껴졌다. 내 휴대폰은 엠마를 찾았는지 궁금해하는 친구들의 메시지로 쉴 새 없이 울려댔다. 하지만 답장은커녕 차마 열어볼 수도 없었다.

위층에서 아이들이 꽤 위험한 놀이를 하는 소리가 났지만, 루비가 즐거워하는 것 같아 그냥 놔두었다. 팅크 형수는 수프인가 스튜인가 하는 음식을 만들고 있었고, 올리 형은 주방 테이블에 앉아 일의 자초지종을 세 번째로 듣고 있었다.

"뭐가 제일 두려워?" 형이 불쑥 물었다.

"뭐라고?"

"여기 앉아서 보니까 넌 루비의 친부가 누구냐 하는 문제보다 엠마한테 무슨 일이 생겼을까 봐 더 걱정인 것 같아서."

나는 형의 말을 생각해봤다. "형 말이 맞아. 요즘 엠마가 걱정스러워. 온라인에서 지저분한 메시지 보내는 남자가 한둘이 아닌 데다, 전화가 울리다 그냥 끊기기도 해. 아무 일도 아니겠지만, 일전에 톰 존스 콘서트 보고 나왔을 땐 변태 같은 녀석이 엠마를 쳐다본 적도 있었어. 마치 아는 사람처럼 뚫어지게 보더라구."

어이없게도 형은 기쁜 듯했다. "그래도 네가 결혼 생활을 포기하진 않았나 보네. 그 말을 들으니 다행이다. 온라인에서 그런 짓 하는 남자들은 다 외로워서 그래. 믿기지 않겠지만 실제로 위험하게 구는 일은 없더라. 그리고 전화가 울리다 마는 건 누구한테

나 있는 일이야. 그 모든 걸 설명할 만한 합리적인 이유가 있을 것 같은데."

조리대에서 형수가 돌아봤다. "자기야, 레오는 자기가 루비 아빠가 아니란 사실을 알게 됐어. 엠마 이름이 스물여섯 살 때까지 에밀리 필이었다는 사실도 알게 됐고. 합리적인 이유를 운운하다니, 말도 안 돼."

형이 어깨를 으쓱했다. "난 엠마를 믿어." 그저 이 말뿐이었다.

나는 자리에서 일어나 현관문을 열고 거리를 내려다봤다. 이메일과 페이스북, 직장 이메일 계정까지 확인했지만, 아무것도 없었다. 이런 무력감을 느껴본 적은 처음이었다.

계속해서 같은 생각만 들었다. 엠마는 열쇠만 들고 집을 나섰는데, 이는 곧장 집으로 돌아올 생각이었다는 뜻이다. 중요한 사실은 엠마가 마지막으로 메시지를 보낸 사람이 나였으며, 아침 9시 30분에 만나자는 약속을 확인하는 내용이었다는 것이다.

옆집 플라타너스 위에서 새 한 마리가 높은 소리로 노래하고 있었다. 문득 해야 할 일이 생각났다. 나는 자리에서 일어나며 말했다. "도와줘, 형. 해야 할 일이 있어."

"좋아, 알았어." 형은 할 일이 생겨서 신난 눈치였다. 형수가 우리를 걱정스럽게 지켜봤다. "일단, 경우의 수를 꼼꼼히 적어보자. 스무 번이나 철저히 따져보긴 했지만, 종이에 쓰는 게 도움이 될지도 몰라."

우리는 하나씩 적어 내려가기 시작했다. '질병', 이 경우에는 화학요법 부작용이거나 또는 그럴 일이 없기를 바라지만 암이 재발했을 수 있다. 하지만 화학요법 부작용 때문이라고 보기엔 시기가 너무 많이 지났고, 암 재발 때문이라고 보기엔 시기가 너무 이르다.

아니면 '사고'가 났을 수도 있다. 유치원이 워낙 가까운 거리에 있어 이것도 가능성은 희박하지만, 혹시나 해서 로열 프리 병원과 위팅턴 병원에 전화했다. 하지만 어느 곳에도 엠마는 입원해 있지 않았다.

다음으로 '납치' 가능성을 떠올렸다. 하지만 형은 꽤 합리적인 이유로 일축했다. "여긴 햄스테드 빌리지야. 백만장자도 있는데 굳이 왜 엠마를 납치하겠어?"

아니면 '스토커'일 수도 있다. 형이 엠마의 페이스북 메시지를 보자고 제안했다. 나는 아무 말 없이 엠마의 노트북을 가져왔다. 내가 자리 잡고 앉자 팅크 형수가 형의 어깨 너머로 고개를 들이밀었다.

엠마의 수신함은 내가 마지막으로 본 후에도 계속 새 메시지가 들어오고 있었다. 대부분 좋은 말들이었지만 성희롱과 공격적인 메시지도 적지 않았다. 형수는 잠시 후 아예 고개를 돌려버렸다.

"너무들 하네." 형수가 탄식했다.

형이 엄숙한 표정을 지었다. "이걸 진즉 봤더라면 울리다 마는 전화 얘기를 그렇게 심드렁하니 듣지 않았을 텐데."

우리는 경찰에 신고하는 게 좋겠다는 결론을 내렸다. 하지만 아무리 전화를 걸어도 울리기만 할 뿐 아무도 받지 않았다. 다섯 번, 여섯 번, 일곱 번을 걸어봐도 마찬가지였다.

여덟 번째로 재다이얼 버튼을 누르는 순간, 뭔가 뇌리를 스쳤다. 나는 통화를 취소하고 조리대 위 충전기에 꽂아두었던 엠마의 휴대폰을 집어 들었다. 그리고 제러미와 주고받은 메시지를 다시 확인했다.

"이거 봐." 나는 형한테 휴대폰을 건넸다. "제러미 로스차일드가 엠마한테 얼마나 여러 번 런던에서 만나자고 했는지. 혹시 그 사람이 우리 동네에 왔다가 엠마가 길가에 있는 걸 보고…."

"보고, 뭐? 납치했다고? 훤한 대낮에? 그런 유명 인사가?"

"형, 그 사람 아내가 흔적도 없이 사라졌어. 지금은 엠마가 사라졌고. 그런데 그 사람은 지난 며칠 동안 엠마랑 연락을 주고받았어. 이거 의미심장하지 않아?"

"그러니까 네 말은, 제러미 로스차일드가 엠마와 자기 아내를 죽였다는 말을 나더러 믿으라는 거야? 아니, 난 안 믿어."

하지만 잠시 후 형은 이렇게 덧붙였다. "그래도 전화는 한번 해보는 게 좋겠다. 확인할 겸."

제러미 로스차일드에게 내가 누군지 밝히자 침묵이 길게 이어졌다. 그러다 마침내 그가 말했다. "아, 레오. 전화가 올지도 모른다고 생각했습니다."

"먼저 한마디 하겠습니다. 엿이나 먹어, 이 새끼야. 그리고 한마디 더 하죠. 내 아내랑 같이 있습니까?"

"네?"

"내 아내랑 같이 있냐고요. 쉬운 질문입니다만."

그가 아니라고 대답했다. 하지만 불안한 말투였다.

"그렇다면 더 할 얘기 없겠군요. 끊겠습니다."

"얘기를 좀 나누고 싶은데요." 그가 불쑥 말했다. "오늘 아침 쉴라가 전화를 했더군요. 다 알고 있다는 거 압니다. 이리로 와주실 수 있겠습니까?"

"진심으로 하는 말입니까?"

그는 뭔가를 결심하는 듯 잠시 말이 없었다. "엠마가 지난 며칠 동안 연락을 끊었어요." 그가 털어놓았다. "할 얘기가 있어서 연락했던 건데… 당신한테 대신 말할 수도 있겠다는 생각이 듭니다."

"지금 나한테, 내 아내에게 말을 전해달라는 건가요? 지금 농담합니까?"

"아닙니다. 이봐요, 레오. 최근 상황에 대해 제대로 모르는 것 같군요. 정말 얘기를 나눠야겠습니다. 운전하기 다소 먼 거리인 건 압니다만, 난 재니스가 전화할 수도 있어서 자리를 지켜야 하거든요. 아들도 챙겨야 하고요."

"나도 딸을 돌봐야 합니다만…." 내가 말하려는데 형이 루비는 자기가 돌보면 된다며 제러미 로스차일드에게까지 들릴 정도로 크게 소리 질렀다.

"가." 형이 속삭였다. "얻는 게 있을 거야."

가서 그자를 짓이겨버리고 싶은 마음이 굴뚝 같았지만, 실은 나도 같은 생각이었다.

“어… 음, 젠장. 좋아요, 갈게요. 우선—” 나는 침을 삼켰다. “우선 딸아이부터 재우고요.”

켄티시 타운을 경유해서 오세요. 잠시 후 그가 문자를 보냈다. 마치 친한 친구와 술 약속이라도 정하는 듯한 모양새였다. *아스널 축구 경기 때문에 홀로웨이 로드가 꽉 막혀 있을 겁니다.*

31

레오

한 시간 후 나는 아주 근사한 대저택 앞에 섰다. 제러미 로스차일드가 문을 열어줬다. 나는 강력한 라이트훅을 날리는 대신 주차 요금 낼 돈을 빌려달라고 부탁해야 했다. 집에 지갑을 두고 나왔는데 오늘따라 프로축구 경기 때문에 주차 제한 규정까지 있었다.

잠시 후 우리는 드넓은 주방에서 서로를 바라보며 서 있었다. 와줘서 고맙다는 그의 말에 나는 대답하지 않았다. 무슨 말을 해야 할지 전혀 알 수 없었고, 울음이 터질까 봐 걱정되기도 했다.

"엠마는 내 여잡니다."

나는 가까스로 입을 열었다. 그는 아무 대답도 하지 않았다.

"내 거라고요." 화가 치밀어 눈에 눈물이 차올랐다. "누구든 엠마 근처에 얼쩡거리는 거 싫습니다."

주방 안이 잠시 고요 속에 잠겼다. 밖에는 황혼이 지고 있었고, 공원의 플라타너스가 부드럽게 흔들리고 있었다. 바람 소리가 들리지 않는 걸로 봐서 고급 창이 설치된 듯했다.

그가 마침내 조심스러운 목소리로 말했다. "지난 몇 년 동안, 엠마를 도와주려고 했습니다. 멀리서."

"우린 당신 도움이 필요하지도 않고 원하지도 않습니다."

"압니다. 무슨 말을 들었는지 모르겠지만, 난 엠마를 위해 최선을 다했어요. 나, 나쁜 사람 아닙니다. 엠마가 불쌍할 뿐이에요."

나는 그를 똑바로 보며 말했다. "엠마가 불쌍하다고요? 당신은 자기가 낳은 자식한테도 불쌍하다고 할 겁니까?"

그가 멈칫했다. "자식이라니요? 무슨 소립니까?"

"딱 하나 당신이 알았으면 하는 건 루비를 키운 사람은 나라는 겁니다. 루비는 나를 사랑해요. 근처에 얼씬도 하지 마세요. 그리고 난 당신 같은 사람을 경멸한다는 것도 알아두세요. 아이를 낳아놓고는 자기가 한 짓에 조금도 책임지지 않겠다니, 이 이기적인 쓰레기 같으니라구."

"대체 지금 무슨 소리를 하는 겁니까? 자식이라니요?"

"이러지 마세요. 제발, 이러지 마세요."

그가 숨을 깊이 들이마셨다. 정신을 잃지 않으려고 하는 행동 같았다. 뒷마당을 내다보니 예쁜 꼬마전구들이 켜진 정원에 알리움이 가득 피어 있었다. 나는 당장 나가서 그 우아한 보라색 꽃송이들을 모조리 뽑아버리고 싶은 충동을 느꼈다.

“얘기 다시 시작해볼까요? 방금 내가 루비의 친부라고 말씀하신 겁니까?”

“그냥 말한 게 아니라, 아는 겁니다.”

“어쩌다 그런 생각을 하게 됐는지 모르겠군요. 잘못 알고 있는 겁니다, 레오.”

“난 그렇게 생각하지 않는데요. 엠마를 통해 알게 된 거니까요. 질이라는 친구도 그렇게 말했고, 쉴라도 마찬가지였어요. 그러니 그만 발뺌하시죠.”

그가 손으로 얼굴을 쓸어내렸다.

“지금 진지하게 말하는 거죠? 내가 엠마와 부정을 저질렀다고 생각하는군요. 루비는 내 아이고.”

그가 주방 아일랜드에 손을 짚었다. 그 위에는 립크림과 리버티백화점 자체 제작 다이어리, 여성용 지갑 등 재니스의 물건이 여전히 널브러져 있었다.

“내 말 잘 들어요. 내가 루비의 친부라고 엠마가 말했을 리 없습니다. 사실이 아니니까요. 그리고 쉴라가 그걸 사실이라고 확인해줬다면, 아마 질문의 내용을 이해하지 못해서 그랬을 겁니다.”

“그럼 질은요? 엠마의 친구요.”

그가 잠시 뜸을 들이다 말했다. “그 여자에 대해서는 할 말이 없군요.” 그러고는 재니스의 시계를 집어 들었다. “재니스와 난 25년 동안 부부로 살아왔어요. 부정을 저지른다는 건 한 번도 생각해본 적 없습니다.” 그는 불안한 호흡을 가다듬으며 나를 똑바로 바라보고 말을 이었다. "자, 확실히 해두는 게 좋겠군요. 계속 나를 엠마와 부정을 저지른 사람으로 몰아갈 거라면, 그만 돌아가주시죠."

우리는 잠시 침묵 속에 서 있었다. 나는 논리적으로 생각해보려고 애썼다.

사실 나는 가고 싶지 않았다. 이 남자는 많은 것을 알고 있었다. 나는 이 사람을 믿기로 했다.

"여기로 오시라고 한 건 엠마와 계속 연락을 취할 필요가 있어서입니다. 지금 엠마는 나를 철저히 무시하고 있어요. 그래서 당신한테 지금 상황을 설명해주면 당신이 엠마를 설득할 수 있을지도 모른다고 생각했어요. 하지만 한계가 있군요. 그게 뭐일 것 같습니까?"

내가 아무 말 없자 그는 돌아서서 싱크대로 갔다. 찬물을 틀어 얼굴에 끼얹고는 키친타월로 닦아내고 나를 돌아봤다.

나는 그의 얼굴을 뚫어지게 바라보며 죄책감의 기미를 찾으려 애썼다. 하지만 전혀 찾을 수 없었다.

"당신이 루비의 친부가 아니라고요?"

그가 고개를 저었다. "대체 몇 번을 말해야 합니까?"

"미안하게 됐군요. 내가 원한 건 그저…."

나는 휴대폰을 꺼내 쉴라에게 전화를 걸었다. 벨이 울리자마자 쉴라가 받았다.

"레오, 새로운 소식 있어?"

"아직이요. 경찰에 자세한 내용을 알렸는데, 별로 찾을 생각은 없어 보이네요. 저기, 나 지금 로스차일드 집에 와 있어요."

"아, 그래?"

"이 사람이 루비의 친부가 맞아요?" 나는 제러미가 듣지 못하도록 등을 돌리며 물었다.

잠시 침묵이 흘렀다. 그러다 쉴라가 물었다. "뭐라고?"

나는 같은 질문을 반복했다.

"레오, 대체 무슨 소리야? 물론 아니지. 혹시… 맙소사, 내 말은 그러니까, 아니야, 레오. 절대 아니야."

"그럼 내가 엠마와 제러미에 관해 안다고 말했을 때, 내가 무슨 소리를 한다고 생각했어요?"

쉴라가 잠시 뜸을 들이다 대답했다. "그냥 진실을 어느 정도 알았나 보다 생각했지." 그녀의 말투가 스파이처럼 조심스럽게 바뀌었다. 짜증스러울 정도로 단조로운 어조였다. "지금 제러미 집이라니 둘이 솔직하게 터놓고 대화하는 게 좋겠다. 확실히 짚고 넘어가자면, 루비의 친부가 제러미라고 생각한다면 잘못 짚어도 한참 잘못 짚은 거야."

루비. 아, 다행이다. 나는 눈을 감고 주방 조리대에 몸을 기댔다. 루비가 내 딸이 아니라면 정말 견디기 힘들 것이다. 엠마가 무슨 짓을 저질렀든, 진짜 정체가 뭐든, 나는 딸을 잃고는 살 자신이 없었다.

"알았어요. 고마워요, 쉴라."

쉴라가 자기 방식대로 말없이 전화를 끊었다.

눈을 떠보니 제러미가 나를 바라보고 있었다. 그가 재니스의 시계를 내려놓았다. 그 시계는 마치 슬픈 부적 같았다.

"미안합니다. 엠마 휴대폰에 당신한테 보내는 메시지가 있었어요. 쓰다 만 메시지요. 거기에 당신이 아이 아버지라고 쓰여 있었습니다. 달리 어떻게 해석했어야 할지 모르겠군요."

이런 일이 생길 줄 알았다는 듯 그가 고개를 끄덕였다. "왜 그렇게 생각했는지 이해합니다."

다른 말은 없었지만, 나는 그의 말이 진심임을 느낄 수 있었다.

"내가 알기로 엠마는 확실히 다른 아이를 낳은 적이 없어요." 나는 계속 말했다. "루비가 태어났을 때 나도 그 자리에 있었어요. 상황이 안 좋아지자 의료진이 겸자로 루비를 꺼냈죠. 이런 일은 초산 산모에게 흔한 일이라고 말했던 걸 분명히 기억합니다."

"그렇군요."

"그리고 당신도 잘 알겠지만, 난 재니스가 당신 아들 찰리를 출산한 직후의 사진도 봤어요. 그러니 엠마가 말한 아이가 찰리일 리는 없어요."

제러미는 아무 대답이 없었다. 아직 저녁 8시 30분도 되지 않았는데 이 남자는 무척 피곤해 보였다. 지난 24시간 동안 나는 아내를 찾기 위해 지옥 같은, 모든 게 불확실한 시간을 보냈다. 이 남자는 그걸 어떻게 2주 넘게 견디고 있는지 상상이 가지 않았다.

"대체 어떻게 된 건지 묻지 않을 수 없군요." 말하는 내 목소리가 갈라졌다. "내 아내한테 당신이 어떤 존재인지 모르겠습니다. 왜 당신이 아이 아버지라고 말하는 걸까요? 이름은 왜 바꿨을까요? 그것도 어제서야 알았죠. 모든 게 비현실적이에요."

"엄청난 충격이었겠죠."

나는 그의 말이 이어질 것 같아 기다렸지만, 그걸로 끝이었다. 나는 그가 있는 테이블로 가서 앉았다.

"제발, 얘기해주세요. 왜 엠마를 만나려고 하는 겁니까? 무슨 일로요?"

오랜 침묵 끝에, 그가 반대편 의자에 앉았다.

"우선 엠마가 어디 있는지부터 얘기해보시죠."

"어디 있는지부터 얘기하라니, 무슨 소립니까?"

"엠마가 어디 있냐고요."

그가 혼란스러운 표정을 지었다.

"모른다는 겁니까?"

"그래요! 대체 무슨 일입니까?" 그는 진심으로 걱정스러운 표정이었다. "좀 전에 쉴라한테 경찰 얘기를 한 건 무슨 뜻이죠?"

"사라졌어요." 엄청난 공포가 다시 폭풍처럼 밀려들었다. 여기에 오면 엠마를 찾을 수 있을 줄 알았는데. "사라진 지 24시간이 되어갑니다. 유치원에 루비를 데려다주고 나서 돌아오지 않았어요. 지갑과 휴대폰을 안방 침대에 두고… 그래서 전화한 겁니다. 엠마한테 만나자고 문자 보낸 거 봤어요. 그래서 난… 난…."

"난, 뭐요? 그래서 내가 납치했다고요? 죽였다고요?"

"모르겠습니다. 그저 엠마가 어디에 있는지 알고 싶을 뿐입니다."

잠자코 내 말을 듣고 있던 그가 다시 기운을 차렸다. "그러시겠죠. 아는 건 다 말씀드리겠습니다. 그런데 혹시 경찰에 신고는 하셨나요?"

"네. 별로 신경 쓰는 것 같진 않았지만요."

"지금 엠마가 불안한 상태인 것 같나요?"

"전에 우울증이 좀 있었지만, 최근엔 그리 나쁘지 않았습니다." 나는 그의 얼굴을 살폈다. 이런 대화는 끔찍할 정도로 익숙할 게 뻔했다. "정말 아무것도 모르십니까?"

그가 고개를 저었다. "장담하는데, 엠마가 어디 있는지 정말 몰라요. 전혀요."

"그렇다면, 대체 어떻게 된 겁니까? 당신은 재니스 일로 정신 없고, 이젠 엠마까지 사라지고. 이해할 수가 없군요. 왜 엠마한테 만나자고 한 겁니까? 무슨 일이 일어나고 있는 건가요?"

일어나고 있는 일은 내가 아내를, 나의 엠마를 잃어버렸다는 것이다. 그리고 그 자리에 에밀리 필이라는 낯선 여자를 얻은 것이다. 이젠 그 에밀리 필마저 내 곁에 없다.

어둠이 슬그머니 내려앉았다. 집 건너편 거리의 가로등에 불이 들어왔다.

"좋습니다." 제러미가 대답했다. "아는 걸 말씀드리죠. 하지만 엠마만이 무슨 일이 있었는지 정확히 얘기해줄 수 있을 겁니다. 자기가 한 일의 이유에 대해서도요. 어떤 건 이해가 가기도 하지만, 어떤 건 앞으로도 절대 이해할 수 없을 겁니다. 어쨌든, 아는 대로 말씀드리죠."

2부
에밀리

32

에밀리 루스 필, 20년 전

질은 우리가 만난 그날 밤이 마치 영화 속 한 장면 같았다고 말했다. 하지만 나로서는 아무리 생각해도 철없는 학생들이 술에 절어 지저분하게 보낸 하루일 뿐이었다.

질과 내가 학교 근처의 인도 위에 누워 있는 그를 본 건 저녁 6시쯤이었다. 그를 둘러싸고 친구들이 배꼽 빠질 듯이 웃고 있었다. 그는 마치 친구들 때문에 넘어진 것처럼 "멍청한 새끼들!"이라고 소리치고 있었다. 하지만 그런 것 같지는 않았다. 그는 잔뜩 술에 취해 있었다. 모두 마찬가지였다. 대학원생들 같아 보였다. 그렇다면 우리보다 최소한 열 살은 많을 터였다.

바보들이라고 확신한 우리는 멀찍이 피했다. 다 큰 남자들이 종일 술이나 마시다니. 하지만 그는 내 눈길을 끌었다. 그는 친구들이 안 도와준다며 나한테 일으켜달라고 간청했다. 결국 우리는 그 무리에 끼어 펍으로 갔다. 그리고 펍이 문 닫을 때까지 진탕 마셨다.

9시쯤이었나, 아니 10시였던가. 질이 나를 구석으로 데리고 갔다. "어떻게 하는 거야?" 질이 내 귀에 속삭였다. 술 냄새 나는 축축한 입김이 물씬 풍겼다. "다들 네 말에 꼼짝도 못 하잖아. 네가 뭘 어쩌지도 않는데 말이야. 젠장, 비결이 뭐야!"

"무슨 내 말에 꼼짝도 못 한다는 거야! 말도 안 되는 소리 하지 마!"

질은 좀 배워야겠다고 중얼거리며 화장실로 갔다.

다시 무리가 있는 곳으로 돌아왔을 때, 나는 질이 영 말도 안 되는 소리를 하진 않았음을 알아챘다. 내 옆에 누가 앉을지를 놓고 싸움이 붙었고, 의도적으로 계획하지 않았음에도 내가 대화를 주도했으며 다들 배꼽을 잡고 웃었다.

처음 만난 이들을 사로잡는 능력은 군목의 딸로서 배운 수많은 대처법 중 하나였다. 새 교실(잦은 전학 탓에 새 교실에 들어갈 때가 많았다)에 잘 적응하려면 용감하고 재미있어야 했다. 그러면서도 전혀 그런 것에 신경 쓰지 않는 듯 보여야 했다.

내가 술을 살 차례가 됐을 때 제러미가 나한테 다가왔다. "미안해." 전혀 미안해 보이지 않는 미소를 지으며 그가 말했다. "짐승 떼거리가 따로 없지?" 말은 그랬지만 그는 친구들이 자랑스러운 듯했다. 묘하게도 낯이 익다는 생각이 들었다. 하지만 누군지 떠오르지 않았다.

그곳에는 제러미가 있었고, 두 명의 휴고가 있었다. '뚱뚱한 휴고'와 '멍청한 휴고'의 이름은 브릭스와 데이비드였다. 제러미는 자신들은 10년 전에 졸업했지만 매년 '남자들의 주말'을 즐기러 이곳에 온다고 말해줬다. 그리고 자신은 런던에 있는 BBC에서 일한다고 했다. 매력적이고 확실히 지적이었다. 하지만 친구들과 달리 지성을 뽐내지 않았다. 나는 그가 꽤 마음에 들었다.

질과 나는 그날 밤 폭음을 했다. 질은 음란한 말을 거침없이 내뱉었다. 남자를 유혹하는 질의 방식이었다. 감성적이고 여성스러운 여자들에 맞서는 비밀 무기이기도 했다. 질은 두 휴고 중 한 명과 오랜 시간을 보냈다. 하지만 그가 사냥모자를 쓴 말라깽이한테 말을 걸기 시작하자 질은 쏜살같이 브릭스로 상대를 바꿨다.

이 콧대 높은 남자들은 나한테도 집적거렸지만 나를 쟁취할 수 있는 건 오직 한 사람뿐이었다. 나는 그의 시선이 내게 머무는 걸 느꼈다. 그리고 그가 경쟁자들을 하나씩 물리치는 걸 지켜봤다. 자정 무렵 우리는 서로의 주머니에 손을 넣은 채 감미로운 어둠 속에서 웨스트 샌즈 해변에 앉았다. 보이지 않는 파도가 밀려오고 밀려갔다. 나는 내가 이제부터 그에게 뭘 할 생각인지 말했다. 그 순간의 나는 완전히 다른 사람이었다.

그는 아침 6시 45분에 내 방에서 나갔다. "런던으로 돌아가야 해서." 그가 말했다. "루카스역에서 7시 45분 기차가 있거든. 다른 교통편은 모르겠고."

"휴대폰 있어요?" 나는 가질 형편이 아니었지만, 다른 학생들은 많이들 갖고 있었다.

그런 걸 묻다니 사랑스럽다는 듯 그가 미소를 지었다. 그는 서른 살이었다. 런던에 살고 런던에서 일하고 있으니 당연히 휴대폰도 있었다.

"그럼, 있지. 그런데 지금은 배터리가 다 나갔어. 내 전화번호도 까먹었고. 네 번호를 주면 내가 전화할게."

나는 종이에 일반전화 번호를 갈겨썼다. 하지만 그가 과연 전화를 걸어올지 확신은 들지 않았다.

"그럼 또 봐요! 재밌었어요."

그가 떠나고 잠시 후 질이 내 방으로 왔다. 눈가에는 마스카라가 번져 있었고, 잠옷에는 레드와인 자국이 붉게 얼룩져 있었다.

"안녕. 별일 없었지?"

나는 웃으며 고개를 끄덕였다.

질이 고개를 돌려 창밖을 내려다봤다. "저 남자, 유부남이라서 불안하네." 그가 길 저쪽으로 걸어가는 모습을 지켜보며 질이 말했다.

나는 일어나 앉았다. "뭐라고? 아니야, 그럴 리 없어!"

"아니, 맞아, 유부남이야." 내 침대로 와 앉으며 질이 말했다. "슬쩍 말해줬어야 했는데, 미안."

잠시 후, 나는 질이 농담하고 있는 게 아니라는 걸 깨달았다.

눈을 감았다. "이럴 수가."

"유감이지만, 확실해. 어젯밤 나한테 말했거든."

"나한테 왜 말 안 했어?"

"저 사람한테 안… 물어봤어?"

"뭐라고 물어봐? 결혼했냐고?"

"어, 당연한 거 아냐?"

나는 고개를 세차게 흔들었다. "아니, 난 그냥… 어떤 남자가 나한테 키스하려고 하면 당연히 미혼인가 보다 생각하지 않나?"

질이 웃기 시작했다. "너, 남자에 대해 아는 게 있긴 하니?"

"오, 맙소사. 어떡하지."

질이 측은한 표정으로 고개를 끄덕였다. "너, 섹스도 했구나?"

그렇다. 밤새 했다. "말 좀 해주지 그랬어." 하지만 안달하는 소리로밖에는 들리지 않았다.

"언제, 응? 대체 언제 내가 말해줬으면 됐겠니? 너희 둘이 말도 없이 술집에서 사라져버렸는데! 내가 뭘 어쩌야 했는데?"

저절로 신음이 나왔다. 질의 말이 맞았다.

"콘돔은 썼겠지?"

"물론이지." 나는 비참한 심정으로 대답했다. "아, 맙소사. 처참한 기분이야."

질이 내 옆으로 기어 올라왔다. "이런 경우를 꽝이라고들 하던가. 유감이다, 정말." 그러고는 이불을 우리 위로 끌어당겼다. "일단 한잠 자고 잊자. 그런 다음 나가서 햄버거나 먹어 치우는 거야."

우리는 그 말대로 했다. 하지만 질은 종일 이상해 보였다. 뭔가 기분 안 좋은 일이 있는 사람 같았다.

그는 전화하지 않았다. 나는 안도했다. 몇 시간 동안이었지만 누군가가 나를 원한다는 느낌, 성숙한 연상의 누군가가 기꺼이 나를 선택했다는 것에 흥분을 느꼈다. 하지만 그는 제단 앞에 서서 모든 친구들이 바라보는 가운데 다른 여자에게 혼인 서약을 한 사람이었다.

질이 말해주지 않았다면 나는 결코 그가 유부남이라는 사실을 몰랐을 것이다. 그게 정말 화가 났다. 그 유부남은 자기 걸 내 몸 안에 넣었다. 그러면서 내내 절정에 이를 생각만 했다. 그가, 내가, 다시 그가, 그리고 다시 내가.

시간이 흘러가는 동안 나는 종종 그녀를, 런던에 있는 그의 아내를 생각했다. 전에도 자기 아내를 두고 이런 짓을 했을까? 그녀도 알았을까? 혹 정면으로 맞서 싸웠을까? 아니면 일종의 합의에 이른 걸까?

그러다 마침내 나는 그를 머릿속에서 지워버렸다. 그리고 다시는 그런 멍청한 짓을 하지 않겠다고 다짐했다. 나는 학과 공부에 전념했다. 과제물도 많았고, 현지 조사도 해야 했고, 끊임없이 책을 읽어야 했다. 물론 파티에도 가야 했다. 나는 대학교 2학년생이었고, 평범치 않았던 어린 시절은 하루하루 내게서 멀어져 가고 있었다.

나는 행복했다.

그러다 3월 초의 어느 서늘한 아침, 도서관에 앉아 바다에 사는 자웅동체에 관한 책을 읽는데, 갑자기 오랫동안 생리를 하지 않았다는 사실이 뇌리를 스쳤다.

33

●

괜찮을 거야. 나는 곰팡이 낀 샤워실 가장자리에 앉아 생각했다. 어쨌든 괜찮을 거야.

나는 열아홉 살이었다. 파란 선이 테스트기에 나타났다. 충격으로 인해 몸에서 힘이 빠지면서 소리 없이 마비되는 느낌이었다. 하지만 여전히 해결 방법이 있을 거라고 생각했다. 빈털터리에 고아이긴 해도 교육받은 지식층 여성이었다. 내겐 선택의 여지가 있었다. 운 좋게 이 세상에 태어난 사람에게 주어진 특권이었다.

그렇지 않은가?

질이 문을 두드렸다. "혹시 내가 생각하는 그거 하고 있어?" 그날 아침 우린 함께 시내에 나가서 임신테스트기를 사왔더랬다.

나는 아담한 욕실 문을 열고 고개를 끄덕였다. 바닥 타일은 금이 가고, 거울 위 전등은 안 들어온 지 오래였다. 녹슨 제모 크림 캔 가장자리에 섬뜩한 분홍색 거품이 묻어 있는 게 보였다. 빈 샴푸 병에는 길고 검은 머리카락이 뒤엉켜 있었다.

힘들게 손에 넣은, 내 소중한 대학 생활의 모습이었다.

"에밀리?"

"미안. 그래, 맞아."

침묵이 내려앉았다.

"임신이야?"

"임신이야."

다시 침묵이 찾아왔다.

"그렇구나. 저, 그럼 이제 우리… 일단, 음, 나 들어갈게."

질이 들어와 내 옆에 앉았다.

"콘돔 썼는데, 이해가 안 돼."

"누가 끼웠어? 그 사람이야, 너야?"

"그 사람."

"흠. 그 남자 많이 취했었는데."

겨울 해가 넘어가는 동안 우리는 그러고 앉아 있었다. 그러다 질이 일어나 치즈 토스트를 만들어줬다.

"괜찮을 거야." 질이 말했다. "우린 함께니까."

괜찮지 않았다. 임신 검사를 해야겠다고 생각했을 당시 나는 임신 15주 1일째였다. 중절 수술은 아직 가능했지만, 그로 인해 감수해야 할 점을 읽고 나니 고려조차 할 수 없었다.

하지만 아기를 낳는 일은 달 착륙보다 더 비현실적으로 느껴졌다. 어디로 가지? 도와줄 사람은? 어디에 살아? 비용은 어떻게 감당하고?(감당하지 못할 가능성이 컸다.) 학교는 어떻게 졸업하지?(역시나 졸업하지 못할 가능성이 컸다.)

게다가 친구들은 어쩌지? 소중한 새 친구들. 아빠와 나는 한 곳에 몇 년 이상 머문 적이 없었다. 그마저도 아빠가 해병대를 따라 멀리 가 있을 때는 할머니랑 살아야 했다. 지금 이 학교에서 사귄 친구들은 내가 처음으로 가져본 견고한 무리였다. 그들이 알든 모르든, 그들은 내가 늘 꿈꿨던 인생, 이곳의 신입생으로 시작한 새로운 인생의 가장 중요한 자리를 차지했다.

바람이 불어왔다. 북해의 바닷물은 무심히 광활한 육지 주위를 어슬렁거렸다. 나는 아침마다 수업 들으러 가기 전에 해변을 산책하기 시작했다. 괴로운 생각에서 벗어나기 위해 큰 소리로 노래 부르면서 시시각각 변하는 바다를 지켜봤다. 바다는 내가 도착했을 때는 강철처럼 매끄럽다가도 떠날 때쯤에는 격하게 출렁거렸다. 나는 그 모습을 보며 약간의 위안을 얻었다. 세상에 영원한 건 없었다. 하지만 솟았다 가라앉고 우르릉거리다가도 반짝이며 끊임없이 변하는 바다도 답을 주지는 않았다.

내가 할 수 있을까? 나는 아침마다 자문했지만 답은 없었다.

배 주위에 지방층이 두껍게 자리 잡기 시작했다. 얼굴은 걱정과 호르몬의 영향으로 부어올랐다. 입덧은 없었지만 깊은 물에 잠긴 듯한 피로감이 엄습했고, 머릿속에 기름을 부어놓은 듯 생각이 명료하지 않고 굼떴다. 나는 결국 중절 수술을 상담하러 병원에 갔다. 하지만 차례가 오기도 전에 울면서 나와버렸다.

짧았던 보통의 삶이 끝나버렸다. 나는 스무 살에 엄마가 될 예정이었다.

"아기 키우려면 도움이 필요할 거야." 질이 말했다. "경제적인 문제도 그렇고, 장 보는 일도 그렇고, 해야 할 일이 너무 많잖아. 그 남자한테 연락해야 해."

"어떻게?"

질이 얼굴을 찌푸렸다. "흠, 그 남자 전화번호를 너도 모르고 나도 모르니까, 남은 방법은 하나네."

우리는 그 사람, 제러미 로스차일드를 찾아봤다. 그는 사실 꽤 유명한 사람이었다. 어쩐지 낯이 익더라니, 잘못 본 게 아니었다. 그는 아침마다 수백만 명의 청취자가 귀를 기울이는 라디오 프로그램을 진행하고 있었다. 아빠 집에서 몇 년 동안 그의 목소리를 들었던 기억이 났다.

그 사람 아내는 배우였다. 그 얼굴도 본 기억이 났다.

우리는 편지를 썼다. 봉투에는 어린이 프로그램에서 수백 번은 들었던 BBC 방송국 주소를 적었다. BBC 텔레비전 센터, 우드 레인, 런던, W12 7RJ.

답장이 올 가능성은 희박했다.

3일 후, 질이 갑자기 내 방으로 뛰어 들어오더니 헉헉대며 말했다. "세상에, 제러미 로스차일드가 전화했어."

"뭐라고? 그 사람이 뭐래?"

"지금 전화 연결돼 있어! 아래층에! 망할, 얼른 일어나!"

"에밀리." 그가 상냥하고 평온한 목소리로 말했다. 하지만 나는 그가 편안한 오후를 보내고 있다고는 믿고 싶지 않았다.

"안녕하세요. 음, 연락해서 미안해요."

"미안해하지 마. 지난 몇 주가 지옥 같았겠네."

예상치 못한 반응이었다. 잠시 눈에 눈물이 차올랐다. 질이 쿡 찌르는 바람에 나는 조심스럽게 그렇다고, 쉽지 않았다고 인정했다.

"어떻게 이런 일이." 그가 한숨을 쉬었다. "양쪽 다 복잡한 상황이군. 하지만 확실히 너한테 더 나쁜 상황이긴 해. 어쨌든, 내가 입장을 설명해볼게. 그다음에 뭘 어떻게 할지 고민해보자."

"좋아요."

나는 그렇게 대답하고, 스피커폰을 켠 후 질과 함께 담요를 덮고 앉아 그가 말하는 걸 들었다.

34

●

어머니는 나를 낳다가 세상을 떠났다. 분만후출혈이 심했는데 너무 늦게 발견했다. 아버지는 아이 아빠가 되자마자 홀아비가 되었다. 외할머니가 종종 도와주러 런던에서 왔지만, 하원의원직을 수행하느라 오래 머물 수 없었다.

정물화처럼 남은 어린 시절의 장면이 두 개 있다. 둘 다 도싯잉글랜드 남서부의 주에 있는 우리 집 근처 해변에서 있었던 일이다. 그중 하나는 아빠와 바위틈 물웅덩이에서 놀았던 기억이다. 아빠가 빨강해변말미잘을 보여줘서 내가 무척 좋아했다. 다른 하나는 비가 와서 어느 얕은 동굴의 움푹 팬 곳에 앉았던 기억이다. 해변 자갈밭 사이로 먹이를 찾아다니는 꼬까물떼새를 지켜보면서 아빠는 구조되어 목숨을 구하는 내용의 노래를 불렀다. 아빠의 목소리는 부드러웠고 가슴 저미도록 구슬펐다.

몇 년이 지난 후 할머니는 아빠가 뱃노래를 부르는 거라고 했다. 엄마는 원하던 대로 바다에 묻혔지만, 아빠는 엄마가 혼자 있다는 생각에 힘들어한다고 했다. 그래서 아빠는 엄마 곁에 있어주기 위해 쉬는 날이면 언제나 나를 차에 태우고 해변에 가곤 했다. 슬픔으로 인해 산산이 부서진 아빠와 어린 나는 솟구치는 상실감의 파도에 떠밀려 이리저리 거닐었다.

아빠는 교구 목사였다. 그분이 원한 건 그게 전부였다. 나는 아빠가 참된 소명 의식을 가졌다고 믿었다. 하지만 내가 네 살 때, 아빠는 교구를 떠나 해병대 군목 양성 훈련을 받으러 떠났다. 할머니와 아빠가 언쟁을 벌이던 것이 희미하게 기억난다. 할머니는 아빠를 말리려고 했다. 나중에 들어보니 부대 배치 시 나를 어떻게 키울 건지 전혀 준비되어 있지 않아서였다. 할머니 말로는 아빠가 신경 쓰지 않아서가 아니라, 더는 곧은 사고를 할 수 없어서라고 했다. 하지만 소용없었다. 할머니가 무슨 말을 해도 아빠의 마음을 흔들지 못했다. 어쩌면 바다에 있어야 엄마와 더 가까이 있을 수 있다는 믿음 때문인지도 몰랐다.

훈련이 끝난 후 아빠는 스코틀랜드 애버딘 근처 아브로스에 있는 45코만도 대대의 군목으로 배치되었다. 우리는 엄격하고 간소한 군인 관사로 이사했다. 나는 여섯 살이 되었고 그곳이 마음에 들지 않았지만, 그럭저럭 적응해나갔다. 어쨌든 아빠는 여전히 아빠였다. 학교가 파하면 나를 데리고 해변으로 갔다. 그곳에서 우리는 바위틈을 뒤지거나 차가운 물에 들어가 수영했다. 작은 정원에 감자도 심었고, 그램피언산맥으로 캠핑도 갔다. 아빠는 나한테 노래를 불러줬고 내가 아플 땐 돌봐줬다.

내가 아홉 살이 되었을 때 아빠는 서머싯잉글랜드 남서부의 주에 있는 코만도 부대로 전출되었다. 그리고 열두 살이 되었을 때 아빠는 동료들과 함께 이라크로 갔다. 아빠가 자리를 비운 동안 나는 할머니와 함께 지냈다. 또 새로운 학교에서 새로운 날이 시작되었다. 나는 지쳐버렸다.

아빠는 북쪽으로 튀르키예와 국경을 마주한 쿠르드족 난민들을 보호하는 해병대에 배속되었다. 아빠는 편지에서 그곳 생활이 평화롭다고 했지만, 그 평화는 갑작스럽게 중단되었다. 나중에 안 사실인데, 지역 민병대와 대치하던 중에 한 젊은 여자와 아이가 다쳤다. 그 젊은 여자는 우리 엄마가 그랬듯 아빠의 품 안에서 세상을 떠났다.

그 일이 있은 지 3개월 후 아빠는 군목 생활을 잠시 중단했다. 해군 군종 교구에서 아빠를 보살피고자 그런 조치를 취했던 것인데, 이렇게 격리된 상황(아빠가 그토록 오랫동안 피하고자 했던 바로 그 상황)에 처하면서 아빠는 오히려 심각한 알코올중독에 빠지게 되었다.

극적인 장면은 없었다. 아빠는 운전할 수 있을 정도의 정신만 있으면 나를 데리고 계속 해변에 갔다. 여전히 나를 껴안고 사랑한다고 말했다. 때로는 학교에 가져갈 샌드위치를 만들어주기도 했다. 하지만 음주는 아빠를 빠르게 바닥으로 끌어내렸고, 아빠는 다시 일터로 돌아가지 못했다. 나는 자신이 이렇게 되리라는 걸 아빠가 예상했다고 생각한다. 왜냐하면 내가 열네 살 때 아빠가 플리머스에 아담한 집 한 채를 어떻게든 장만했기 때문이다. 다행이었다. 내가 열다섯 살이 될 때쯤 아빠에겐 술값을 감당할 정도의 경제력밖에 남아 있지 않았다.

해군 군종 교구에서 최선을 다해 도움을 주려 했지만, 아빠는 그들이 내미는 손을 잡지 않았다. 아빠는 점점 더 거리낌 없이 편하게 술을 마셨다. 길 끝에 있는 술 가게는 20킬로미터 떨어진 곳까지 매주 가야 하는 상담 기관보다 훨씬 가깝고 편했다.

아빠는 외롭고 초라한 술꾼이었다. 거실에서 텔레비전을 보거나 술을 마시거나 잠을 자면서 대부분의 시간을 보냈다. 밥도 내가 먹여줘야 겨우 먹었다. 아빠한테 뭐라도 해보려고 할 때마다 음주는 더 심각해졌다. 아빠는 맑은 정신일 때가 없었고, 나는 아빠를 궁지로 몰아넣기가 너무 겁이 났다.

결국 군종 교구에서는 아빠를 해고했다. 회복 지침을 잘 따르면 자이르에 있는 부대에서 근무할 수 있게 해주기로 했지만, 아빠는 상담에 불참하는 일이 잦았고 그들이 보내오는 서신을 무시했다. 아빠의 상태로는 처음부터 불가능한 일이었다.

아빠는 내 대학 입학시험이 시작되기 며칠 전, 알코올성 심장마비로 세상을 떠났다. 군에서 훈련받은 덕에 의식을 잃기 전 구급차를 불렀지만, 병원으로 이송되던 중에 사망했다. 응급구조사들의 말에 따르면 아빠는 아무것도 모른 채 희미한 미소를 띠고 떠났다. 나는 아빠가 그때 엄마를 벌써 만났을지도 모른다는 생각이 들었다.

고등학교를 졸업할 때쯤, 내겐 할머니밖에 남아 있지 않았다. 든든한 분이셨지만 이미 나이가 여든이었다.

오래 기댈 만한 사람은 제러미 로스차일드뿐이었다.

35

"데이비드는 유부남이야." 제러미는 내가 아직 모르는 줄 아는 모양이었다.

"같이 사는 친구가 다음 날 아침에 얘기해줬어요. 알았다면 절대… 절대…." 나는 말을 잇지 못했다.

나는 데이비드가 그날 밤 나한테 추근대던 모습을 다시 떠올려봤다. 우리가 키스하는 모습을 보고 제러미는 나를 어떻게 생각했을까. 내 편지를 받았을 때는 또 어떻고.

제러미는 잠시 말이 없었다. 나는 그가 화가 난 건지, 당황스러운 건지 궁금했다. 아니면 혹시 체념한 걸까? 어쩌면 사촌이 저지른 하룻밤 불장난의 결과를 처리하는 게 처음이 아닐 수도 있었다.

"그래서 당신한테 편지를 썼던 거예요, 데이비드가 아니라."

목소리가 갈라졌다. 질이 응원하듯 미소를 지어 보였다. "그 사람 아내가 편지를 볼 수도 있으니까요. 누군가의 결혼 생활을 깨고 싶진 않았어요."

"정말 생각이 깊구나."

시작이 좋네. 질이 봉투 뒤에 써서 보여줬다. *이 사람 괜찮은 사람 같아.*

"저, 에밀리. 이런 일이 생겨서 정말 유감이야. 일어나선 안 되는 일이었어."

나는 무덤덤한 목소리로 동의했다.

"돈 좀 보내줄까? 그것 때문에 전화한 건 아니지만." 그가 급히 덧붙여 말했다. "하지만 지금 이 상황에서는, 돈이 있으면 도움이 될 것 같은데."

질과 나는 서로 마주 봤다. "그 돈 혹시?" 말이 목구멍에 걸려 나오지 않았다. "설마 그거…."

"돈으로 입을 막으려는 거냐고?" 제러미가 부드러운 어조로 물었다. "맙소사, 아니야, 에밀리. 사실, 내 사촌은 어른이지만 애나 다름없어. 무책임하고 믿을 수 없을 만큼 멍청한데, 불행하게도 사람을 사로잡는 데는 아주 능해. 그렇지만 나쁜 놈은 아니야. 어쨌든 나보다 나쁘진 않아. 내가 전화한 건 도울 방법을 찾기 위해서야."

"알겠어요."

우리는 잠시 화제를 돌렸다. 할머니에 대해서도 간단히 이야기했다. 알고 보니, 그는 기자 생활을 처음 시작했을 때 할머니를 인터뷰한 적이 있었다.

"나를 아주 너덜너덜하게 만드셨지."

그의 웃음소리가 들려왔다. 나도 웃음이 났다. 할머니는 사람들을 갈가리 찢어 날려버리는 데서 큰 기쁨을 느끼곤 했기 때문이다. 특히나 야심 찬 젊은이들에겐 더 심하게 굴었다.

나는 할머니가 아직 내 임신 사실을 모르고 있다고 전했다. 무절제한 삶을 살아온 데다 지금은 노쇠한 상태였다. "담배도 골초셨죠." 그도 알고 있을 터였다. "과로에 과음이 일상이었고, 뭐든 거부하는 법이 없으셨고요. 아직은 건강하시지만 제가 기대면 안 될 것 같아요. 잠깐이면 몰라도요."

잠시 침묵이 이어졌다.

"그건 그래. 그분이 이 얘길 들으면 엄청 화를 내실 것 같아."

"맞아요."

"좋아, 그럼." 그의 목소리가 변했다. "재니스가, 아 미안, 어려운 문제라서. 내가, 아니 우리가 할 얘기가 아니긴 한데. 재니스하고 난… 음, 아이가 없어. 10년 동안 노력했지만 잘 안 됐어. 솔직히, 끔찍한 일이지."

나는 조심스럽게 대꾸했다. "유감이네요."

"얼마 전부터 입양을 준비하기 시작했는데, 지금 두 번째 단계 절반쯤 왔어. 무슨 말이냐면, 두 달만 있으면 자격을 승인받고 입양할 아이를 찾을 수 있다는 거야."

이럴 수가! 질이 소리 없이 입 모양으로 말했다.

"데이비드가 양육비를 대는 걸로 합의할 수도 있을 거야. 물론 그 친구 아내를 보호해야 하니까 나를 통해야겠지만. 다만, 네가 그거면 되겠는지, 아니면 다른 해결책도 고려해볼 마음이 있는지 궁금해."

이럴 수가! 나도 질한테 입을 벙긋했다.

무슨 말이 하고 싶은 건지 분명했지만, 나는 제러미에게 더 이야기해보라고 했다.

"그러니까 내 말은, 넌 인생을 포기하면서까지 아이를 낳아 키울 여자 같지는 않다는 거야. 내 말이 틀렸다면 말해줘."

나는 침묵을 지켰다. 아이 때문에 인생을 포기하지 않을 여자라는 게 무슨 소리지?

"내가 하려는 말은, 그러니까, 쉬운 일은 아니지만, 혹시 재니스와 내가 그 아이를 입양하는 문제를 같이 논의해볼 마음이 있어? 괜찮을 것 같다면 말이야. 거절하면 그만이고."

젠장. 질이 봉투 위에 갈겨썼다.

나는 *젠장* 옆에 체크 표시를 했다.

"에밀리, 지금 당장 대답을 듣자는 게 아니야. 이 얘기는 내가 보낸 편지에 다 썼으니까, 혼자 잘 생각해보고, 어떤 대답을 하게 되든 부담 갖진 마."

나도 그럴 수 있기를 바랐다.

제러미가 잠시 기다렸다. 하지만 내가 계속 말이 없자 다시 말을 이어갔다. "법적으로 그렇게 복잡하진 않을 거야. 데이비드와 난 사촌 간이니까. 물론 제대로 된 시스템을 통해야 하는 건 맞지만, 아까도 말했듯이 우린 이미 절차를 밟고 있거든."

"알겠어요. 그럼, 데이비드하고 이미 얘기한 건가요? 그 사람도 알아요?"

제러미의 목소리가 부드러워졌다. "그래, 맞아."

"그럼 그 사람은… 아이를 원치…."

제러미가 한숨을 쉬었다. "유감스럽지만 그래. 하지만 우리가 입양한다면 데이비드도 기뻐할 거야."

"그렇군요. 알았어요."

얼굴이 화끈거렸다. 나는 귀찮은 존재에 지나지 않았다. 학생 신분에 덜컥 임신해버린 멍청한 여자가 나였다. 그 사람은 내가 없어져버리길 바랄 터였다.

"미안해." 제러미가 말했다. "힘들다는 거 알아."

질이 잠시 내 손을 꼭 잡아줬다. 그러고는 봉투에 다시 끄적였다. *왜 이 아이야?*

"어— 그런데 왜 이 아이죠?" 나는 공손하게 물었다.

"무슨 뜻이지?"

나는 질을 쳐다봤다. 무슨 뜻으로 한 말인지 나도 궁금했다.

사촌의 아이인데 이상하잖아? 질이 갈겨썼다.

"사촌의 아이를 키운다는 게 힘들지 않겠어요? 이상하기도 하고요. 그러니까 내 말은, 데이비드 아내가 알게 되면 어쩌죠? 아이가 크는 모습을 계속 보면서 그 사람은 어떤 기분이겠어요. 마음이 바뀌어서 아이를 자기가 데려다 키우겠다고 하면요?"

제러미는 잠시 아무 말이 없었다. "그 질문엔 아무 말도 할 수가 없군." 그가 마침내 대답했다. "재니스와 난 밤새도록 일이 잘

못될 경우를 논의했어. 데이비드는 우리가 입양해도 상관없다고 할 테지만, 직접 아이를 만났을 때 어떤 기분일지는 아무것도 보장된 게 없긴 해. 잘 물어봤어. 답을 내가 안다고 할 순 없겠어."

질조차 이 말에 대꾸하지 못했다.

"내가 아는 건 이 방법이 지극히 자연스럽다는 거야. 그 아이는 우리 가족이 맞으니까. 그야 네가 동의했을 때의 얘기긴 하지만. 물론 안 된다고 해도 괜찮아… 그러니까 내 말은, 우린 이미 아는 아이를 입양하게 되는 거고, 그게 나중에도 좋을 것 같아."

"당신은 나를 잘 모르잖아요." 나는 유치한 말투로 물었다. 지금 이 상황을 감당하기가 힘들었다.

"물론 모르지! 하지만 그날 밤에 너를 좋게 봤었어. 똑똑하고 아주 친절하다고 생각했지. 아버지 얘기도 조금 나눴잖아."

"정말요?"

"그래. 많이는 아니었지만, 아버지가 술 문제에 빠져 계실 때 아주 잘 돌봐드린 것 같던데. 아주 괜찮은 아가씨와 얘기 나누고 있다는 인상을 받았던 기억이 나."

"이렇게 될 줄은 몰랐어요."

"물론 그랬겠지. 그래서 이제 난 그만 빠지고 혼자 곰곰이 생각해보는 시간을 주려고. 딱 잘라서 거절하는 것만 아니면, 꼭 얘기해줘."

그는 내 대답을 기다렸지만 나는 아무 말도 하지 않았다. 그가 이메일 주소를 불러줬다. 딱 잘라 거절하는 경우 전화로 말하기가 겁나면 이메일로 보내라면서.

"혹시라도 여지가 있다면, 시간 내서 얘기를 나눠보자. 분명 물어보고 싶은 게 많을 거야. 사회복지 사업이나 입양 기관 얘기는 서두를 것 없고."

그들은 이 모든 걸 이미 생각해봤다는 이야기였다. 일이 어떻게 될지, 어떻게 되어야만 하는지 정확히 알고 있었다. 어떻게 내 자궁에 있는 아기를 데려가 자기 아이로 만들 수 있을지를.

"아… 알겠어요." 나는 이렇게 대답한 후 울기 시작했다. 질이 전화를 건네받아 그만 끊어야겠다고 대신 말해줬다.

그는 누군가 다른 사람이 통화 내용을 같이 듣고 있었다는 걸 알고서도 놀라지 않는 내색이었다. "곁에 친구가 있어서 다행이네. 잘 돌봐줘요." 그는 이렇게 말하고 전화를 끊었다.

나는 그 말이 마음에 들었다. 그리고 그가 마음에 들었다. 유명한 사람들은 대부분 자신의 사적인 이야기를 이 사람처럼 솔직하게 털어놓지 않을 것 같았다.

하지만 누군가의 솔직함이 고맙다고 덜컥 그에게 아이를 건네줄 수는 없는 일이었다.

36

해군 군목이 되기 전 교구 목사 시절에 아빠는 에리카라는 여자를 자주 찾아가곤 했다. 혼자 아이를 낳아 키우는 열아홉 살짜리 여자였는데, 세상에 의지할 곳 하나 없이 정부 보조금만으로 살아가고 있었다. 당시 나는 두어 살에 지나지 않았지만, 아빠가 돌아가신 후 일기에서 그녀에 대해 남긴 글을 읽었다.

혼자 아이를 키우는 에리카의 고된 생활에 아빠는 마음이 아팠던 모양이다. 일기 곳곳에서 더 많이 굽어살펴주실 수 없는지 신에게 묻곤 했다. 그녀를 슈퍼마켓에 데려가거나 사비로 전기료를 내준 이야기도 있었고, 가끔 공원에 앉아 있는 그녀를 본 이야기, 그리고 초점 잃은 불행한 눈 이야기도 있었다.

하지만 정말로 내 눈길을 끈 건 그녀의 아기가 종일 울어댔다는 이야기였다. 사랑스러운 아기(사랑스러운 내 아기)가 자기 딸(나는 내 아기가 딸일 거라고 확신했다)을 어떻게 돌봐야 할지 전혀 모르는 엄마와 축축한 단칸 셋방에 갇혀 꼼짝 못 하는 모습을 상상하면 밤에 잠이 오지 않았다. 그렇지 않았다면 그 아기는 로스차일드 부부처럼 제대로 된 어른들의 보살핌을 받으며 따뜻하고 편안한 집에서 살 수도 있었을 것이다.

질은 터무니없는 생각이라고 말했다. 정부 보조금으로 살아가는 젊은 미혼모들은 종일 아기를 돌볼 뿐만 아니라 그런 아기들은 더없이 행복하고 종일 울지도 않는다고, 축축한 단칸 셋방에 살지도 않는다고 했다. 물론 질의 말이 맞을 수도 있었다. 하지만 그녀로서는 그렇게 말할 수밖에 없었다. 우리 아빠의 일기를 읽지도 않았고 기댈 가족도 있었으니까.

질은 만일 내가 아기를 낳아 키운다면 데이비드에게서 정기적으로 양육비를 받을 수 있게 해주겠다는 제러미의 약속을 상기시켰다. 제러미와 재니스는 벌써 나한테 휴대폰을 사서 보냈다. 그들이 진심으로 돕고 싶어 한다는 걸 나는 잘 알았다.

하지만 데이비드가 나한테 양육비를 보내고 싶어 하지 않으면 어떡하지? 그냥 딱 거절한다면? 제러미는 그 사람에게 강요할 수 없을 터였다. 나는 겨우 스무 살이고 기댈 곳도 없었다. 그 사람에게 소송을 건다는 건 태평양을 헤엄쳐 건너는 것만큼이나 말이 되지 않는 처지였다.

로스차일드 부부는 노섬벌랜드에 별장을 갖고 있었다. 몇 가지 더 묻기 위해 전화를 걸었다가 알게 되었다. 어릴 적 아빠랑 살았던 곳 근처, 앨른머스라고 불리는 마을에 있다고 했다. 해안을 따라 몇 킬로미터 올라가면 나오는 비드넬 베이라는 곳에는 아빠가 45코만도 대대에 근무할 때 친했던 동료 하나가 거치형 카라반을 갖고 있었다.

나는 어릴 때의 나처럼 삽과 양동이를 들고 그 넓고 반짝이는 해변을 뛰어다니는 꼬마 여자아이를 머릿속에 그려봤다. 아이의 아빠는 바위틈 웅덩이에서 청베도라치와 새우를 찾는 방법을 알려주고 달리아말미잘과 해면동물, 해초에 대해 가르쳐준다. 아빠가 나한테 그랬던 것처럼.

재니스와 제러미는 웃고, 설명하고, 안내하며 아이가 노는 모습을 지켜본다. 어쩌면 입양한 아이가 또 있어서 따라다니는 보모가 있을 수도 있다. 그들에겐 자동차와 먹을 것이 가득한 냉장고가 있다. 그리고 든든한 통장 잔고가 주는 안정감을 세포 구석구석까지 아이에게 전해줄 것이다.

질은 이런 내 이야기도 대수롭지 않게 여겼다. 그러면서 나 혼자서도 얼마든지 딸을 해변으로 데려갈 수 있다고 말했다. "넌 아주 훌륭한 선생님처럼 설명해줄 수 있을 거야. 네 아빠는 바위틈을 뒤지고 다니는 데 아마추어였지만, 넌 프로가 될 거야!"

질은 자기가 도와줄 수도 있다고 했다. 99펜스짜리 바게트를 사러 나갔던 날 아이를 내주지 말라고 나를 설득하면서 한 말이었다. "비비를 내보내고 그 방에 아기방을 만들면 돼. 강의 듣는 시간을 서로 다르게 하면 네가 세미나에 가 있는 동안 내가 아기를 돌볼 수 있어. 아니면 강의 들으러 갈 때 데려가도 되고!"

결국 나는 질한테 그만하라고 해야 했다. 질은 더 이상 말하지 않았다. 내가 얼마나 두려워하고 있는지 잘 아니까. 이 아기는 나만큼이나 외로운 유년을 보내게 될지도 몰랐다.

마음을 정한 건 재니스의 전화 때문이었다.

어느 화요일 점심시간, 박사과정 선배를 따라 우리 학과 학생 몇 명이 길게 노출된 암석을 관찰하기 위해 물 빠진 돌투성이 해변에 모였다. 우리는 방형구와 휴대용 확대경, 카메라로 무장했다. 친구들에게 둘러싸여 거친 봄바람을 맞고 있으니 평소와 달리 희망이 차올랐다.

조수는 썰물이었고, 북해는 친절했다. 뭉게구름이 피어난 수평선에는 거대한 선박들이 북쪽의 러시아와 캐나다를 향해 느릿느릿 움직이고 있었다. 사방이 축축한 수초로 둘러싸인 바위 위에 서 있을 때, 휴대폰이 울렸다.

"에밀리?" 여자 목소리였다.

나는 누구 목소리인지 단번에 알아차렸다. 며칠 전 질, 비비와 함께 그녀가 출연한 영화 한 편을 빌려왔더랬다. 단역이었지만 그녀의 연기는 일품이었고, 우리 모두 멋지다고 입을 모았다.

"네, 그런데요. 혹시 재니스?"

평소에는 절대 금하는 행동이었지만, 나도 모르게 손으로 배를 감쌌다.

"맞아요." 그녀가 대답했다. "앨런, 꺼져!"

"미안해요." 그녀가 사과했다. "친구네 개를 돌봐주고 있어요.

친구가 수술 때문에 입원했거든요. 실수로 비스킷을 하나 줬더니 날 혼자 놔두질 않네요."

나는 곧바로 그녀가 좋아졌다. 할머니는 늘 개를 키웠고, 늘 비스킷을 줬으며, 늘 저렇게 욕을 했더랬다.

"저기요." 그녀가 말을 이었다. "시간 많이 뺏지 않을게요. 우리가 아직 얘기를 나눠보지 않았다는 게 걸려서요. 내가 하고픈 말은, 제러미가 벌써 수백 번 얘기했다는 거 알지만, 아기를 우리한테 맡기는 것과 관련해서 어떤 부담도 느끼지 않았으면 한다는 거예요. 그 아기는 당신 아기예요. 임신이 얼마나 특별한 경험인지 저도 잘 아니까요."

놀랍게도 나는 웃음이 나왔다. "특별하다는 생각은 아직 안 해봤거든요. 음, 특별한 일인 건 맞아요. 그런데… 무서워요."

재니스도 웃었다. 지금까지 이런 내 상황을 두고 웃은 사람은 없었다. 솔직히 꽤 신선했다.

"좀 혼란스러운 상황이긴 하죠? 데이비드가 언젠가 이런 사고를 칠까 봐 늘 걱정스러웠어요. 죽여버리고 싶네요. 어쨌든 내가 정말 하고픈 말은, 당신이 궁지에 몰린 느낌을 갖지 않았으면 좋겠다는 거예요. 어떤 결정을 하든 당신이 잘 지낼 수 있도록 우린 최선을 다할 겁니다. 직접 이 얘기를 해주고 싶었어요."

우린 최선을 다할 겁니다. 그들은 데이비드 로스차일드를 통제할 수 없었다. 재니스도 그걸 알고 있었다.

같은 강의를 듣는 친구들이 조사하고 논의하고 기록하며, 바위와 웅덩이에 숨어 있는 것들을 샅샅이 뒤지고 있었다. 바다에는 저인망어선 한 척이 항구 쪽으로 어획한 것들을 끌고 가고 있었다.

"고맙습니다. 솔직히, 전혀 부담감 안 느껴요. 제러미가 아주 잘 얘기해줬어요."

"제러미라면 그랬을 거예요." 그녀가 동의했다. "지난 몇 년 동안 믿어지지 않을 정도로 잘해줬죠."

나는 살짝 나온 배를 다시 한번 쓰다듬었다.

"그럼, 이만 끊을게요. 하지만 이제 내 전화번호 아니까, 언제든 전화해요. 제러미한테 해도 되고요. 어떤 결정을 내리든, 우린 당신 편이니까요."

하늘이 잠깐 환해졌다. 바닷바람에 머리카락이 날렸다.

"고마워요. 정말 감사합니다. 조만간 전화할게요."

며칠 전 한 강사가 평생 일부일처로 살아가는 해마 종에 관해 이야기해준 적이 있었다. 물론 다들 매혹되었다. 하지만 내 머릿속에 떠오른 건 어떻게 내 아이의 아버지는 내 침대에서 잠조차 자지 않았을까 하는 생각이었다. 그는 나와 세 번 섹스했다. 그리고 입을 맞춘 후 기차를 타고 런던으로, 아내에게로 떠나버렸다.

제러미는 내가 임신했으며 겁먹고 있다는 사실을 틀림없이 전했을 것이다. 부모도 없고, 돈도 없으며, 어떻게 해야 할지 모른다는 것도 이야기했을 것이다. 데이비드는 재니스가 나한테 휴대폰을 보내준 사실을 알고 있고 아마 전화번호도 알고 있을 터였다. 하지만 지금까지 아무 말이 없었다.

그 사람이 자기 아내를 떠나 나와 가정을 꾸릴지도 모른다는 기대는 전혀 하지 않았다. 설사 그러고 싶다고 해도 내가 원치 않았다. 내게 필요한 건 그저 때때로 이야기를 나눌 사람이었다. 내 곁에 있어줄 사람. 만일 그게 안 된다면(물론 안 되겠지만) 경제적 안정만 돼도 만족스러울 것 같았다.

당장은 재니스와 제러미가 나를 돌봐줄 걸로 보이는 유일한 사람들이었다. 그 외에는 질과 비비, 그리고 몇몇 학과 친구들이 있었다. 하지만 그들이 뭘 할 수 있겠는가? 뭘 알겠는가?

내겐 곁에 있어줄 어른이 필요했다.

나는 잠시 바위 위에 앉아 이 사람들을 내 삶에 제대로 받아들이고 나를 돕게 하면 어떨까 생각했다. 그들은 아기를 사랑해줄 게 분명했다. 필요한 모든 걸 누리게 해주리란 것도 나는 의심치 않았다.

해안을 따라 소나기가 후드득 떨어지기 시작했다. 다들 점퍼에 달린 모자를 뒤집어썼다. 빗물이 목을 타고 흘러내리기 시작했다. 외투를 여미며 지퍼를 올렸다. 하지만 배가 많이 나와 있어서 지퍼가 고장 나버렸다.

그 때문이었을까. 더는 버틸 수 없겠다는 생각에 울음이 터져 나왔다. 플리머스에 있는 아빠 집을 임대해 얻는 쥐꼬리만 한 수입으로는 임부복은커녕 이곳 임대료를 내기도 버거웠다. 내겐 지금 비로부터 이 배를 보호해주고 따뜻하게 해줄 외투조차 없었다. 임부복도 사 입을 수 없는 처지에 아기를 어떻게 키운단 말인가?

친한 친구 둘이 다가와 바싹 몸을 웅크려 비를 막아줬다. 나를 계속 지켜본 모양이었다.

"괜찮을 거야. 넌 정말 대단한 친구야, 에밀리. 너라면 잘 이겨낼 거야!"

좋은 아이들이었다. 하지만 그 애들은 내가 처한 상황을 알지 못했다. 나는 임신 4개월이었고, 혼자였다.

소나기가 우리가 있는 곳을 지나 육지 쪽으로 넘어갔다. 나는 자리에서 일어나며 이제 괜찮다고 말했다.

친구들은 내가 놀랍다는 둥, 똑똑하다는 둥, 인간은 원래 자신이 아는 것보다 더 강하다는 둥 진부하고 의미 없는 말들을 남기고는 관찰 중이던 새우, 청베도라치와 게, 쇠고둥이 있는 곳으로 돌아갔다.

나는 질을 돌아봤다. 저 멀리서 얼음장처럼 차가운 웅덩이에 손을 넣고 있던 질은 어느새 바위를 기어오르고 있었다.

"그 문제, 진지하게 생각 중이야." 나는 질한테 다가가 말했다. "그러라고 할까 봐."

질이 관찰하고 있던 소라를 버리고 자리에서 일어났다.

"아이를 직접 키우겠다면 내가 옆에 있어줄게. 진심이야."

"알아. 고마워. 하지만 그 사람들이 아기를 키워줬으면 좋겠어. 아기가 잘살면 좋겠어, 질. 아기의 행복 말고는 아무것도 원하지 않아. 나하고 살면 아이가 행복하지 않을 것 같아."

"진심이야?" 질이 슬픈 목소리로 물었다. "정말 너랑 살면 아기가 행복할 수 없을 것 같아?"

"그래. 맞아."

오랜 침묵 끝에 질이 차갑고 축축한 손으로 역시나 차갑고 축축한 내 손을 잡았다. 그리고 고개를 끄덕였다.

우리는 그 자리에 서서 구름이 해안에 길게 그림자를 드리우는 걸 지켜봤다. 뺨 위로 눈물이 소리 없이 흘러내리고 있었지만 몇 주 만에 처음으로 희망 같은 게 느껴졌다.

37

로스차일드 부부에게 아기를 입양 보내겠다고 말한 후 나는 필수 과정인 상담과 면접을 받기 시작했다. 서류를 작성했고, 병력도 적었다. 누구에게나 유쾌한 농담을 건넸으며, 할 말이 떨어지면 밖으로 나갔다. 혼란스러운 머릿속이 무감각해지기를 갈망하며 세인트앤드루스 해변을 이리저리 거닐었다.

재니스는 그런 내 상태를 존중해 이후 몇 주 동안 거리를 지켜줬다. 하지만 결국 가끔 안부 전화를 해도 괜찮을지 물어왔다. 나도 원하는 바였다. 제러미와 그녀야말로 사실상 내 임신을 원하는 유일한 사람들이었다. 내가 어떤 일을 겪고 있는지, 어떤 일을 앞두고 있는지 조금이라도 아는 사람은 그들뿐이었다.

재니스는 동네 청과물 가게에 연락해 매주 나한테 과일과 채소를 배달시켰다. 임신에 관한 책도 보내줬고, 배가 나와 외투 지퍼가 고장 난 날 그 자리에 있기라도 했던 것처럼 임부용 외투도 보내줬다. 초콜릿이든 잠옷이든, 나한테 언제 뭐가 필요할지 늘 아는 사람 같았다.

그녀는 내 기분을 좋게 만들어줬고, 내 말에 귀 기울여줬다.

그리고 임산부에게 필요한 물건들을 사러 에든버러에 같이 가자고 했다. 괜찮은 제안이었지만 나는 덜컥 겁이 났다. 알 만한 사람은 다 아는 유명인이지만 내겐 낯선 이 여자, 내 아기의 엄마가 되고 싶어 하는 이 여자와 휴대폰이라는 안전장치 없이 무슨 말을 나누지? 괴롭기만 한 잡담? 아니면 내가 아직은 가늠할 수 없는, 아이를 언제 어떻게 넘겨줄 것인가 같은 일들을 상의하려는 걸까? 그리고 입양 기관에서는 과연 우리가 만나는 걸 찬성할까?

하지만 당시 나는 너무 지친 데다 모든 걸 혼자 감당하는 데 신물이 나 있었다. 해양생태계에 관한 이야기도, 학과에서 누가 누구랑 사귄다는 이야기도 관심 없었다. 그저 태동과 골반 통증, 딸한테 어떤 이름을 지어줘야 좋을지, 그런 이야기를 하고 싶었다.

그래서 그 제안을 받아들였다.

재니스는 나를 데리고 에든버러에 있는 존루이스백화점에 가서 산모용 베개를 사줬다. 마사지 오일과 철분 보충제도 사줬다. 하루가 끝나갈 무렵에는 루카스역으로 가는 기차에 태워주며 나한테 말했다. 엄청나게 용감한 여자라고, 자부심을 가져도 된다고.

"또 오실 거죠?" 나는 기차에 올라타며 애원하듯 말했다.

재니스는 수백 킬로미터를 오가는 게 전혀 힘들지 않다는 듯 미소 지으며 "물론"이라고 대답했다. 그리고 바로 다음 주에 약속을 지켰다. 그다음 주에도.

나는 재니스의 방문을 즐거운 마음으로 기다렸다. 그녀는 친구가 되어가고 있었다.

배 안에서 발로 차고 몸부림치기 시작한 아주 작은 인간 덕분에 내 몸의 현실을 깨닫는 한밤중에도, 나는 내가 옳은 결정을 내렸다고 생각했다. 아기는 로스차일드 부부와 더 나은 삶을 살 것이다. 그들은 착하고 좋은 사람들일 뿐 아니라 아기를 위한 모든 준비가 되어 있었다. 그리고 나는 그렇지 못했다.

할머니는 소용없다는 걸 알면서도 종종 전화로 내 마음을 돌리려고 애썼다. 통화를 마칠 때마다 할머니는 매번 좌절한 목소리였다. 행여 좌절하더라도 절대 티를 내지 않는 여자가.

할머니는 결국 포기했다. 우리는 2학년을 마치는 여름에 할머니 집에서 함께 지내기로 합의했다. 9월 초 런던에서 아기를 낳고 세인트앤드루스대학에 복학할 준비가 될 때까지 할머니 집에서 머물 생각이었다. 할머니는 심지어 나를 위해 연하 애인 중 하나를 시켜 남는 방을 새로 칠했다.

때로는 어떻게든 함께 아이를 키우면 된다는 할머니의 말이 옳았다고 후회할지도 모른다는 생각이 들었다. 우리의 작은 집에서 함께 엎치락뒤치락하며 아이를 키우면 안 되겠냐는 질의 제안이 생각날지도 모른다는 생각도 들었다. 질은 우리와 같이 사는 비비가 밤새도록 한국에 있는 남자친구와 통화한다면서 "밤에는 비비가 아기를 돌봐줄 수 있을 거야. 문제없어!"라고 말했다. 하지만 잠에서 깼을 때 질이 자기 방에서 남자친구와 즐기고 있는 소리가 들려오거나 가끔 할머니와 통화할 때, 할머니가 하는 모든 말에서 나이가 느껴질 때, 그런 삶은 불가능하다는 걸 깨달았다. 질은 겨우 스무 살, 할머니는 무려 여든 살이었다.

부활절 휴일을 맞아 재니스가 푹 쉬라며 노섬벌랜드에 있는 별장으로 나를 초대했다.

그곳이 얼마나 아름다운지 나는 한 번도 잊은 적이 없었다. 드넓은 모래사장과 끝없이 펼쳐진 바위틈 웅덩이, 꿈결처럼 해안가에 높게 솟은 성들. 나는 가겠다고 대답했다.

4월 하순의 어느 맑은 수요일 아침, 앨른머스에 도착했다. 재니스가 언제 도착할지 모른다며 아치형 문에 숨겨둔 열쇠로 문을 열고 들어갔다. 마차가 드나들던 아치형 문이 있는 집이라니! 세상에! 플리머스에 있는 아빠 집은 현관문을 여닫기도 힘든데.

내부도 아름다웠다. 잡지에서나 보던 양털로 짠 거대한 융단과 두툼한 크림색 소파가 보였다. 나는 그날 아침 새로 꾸민 것처럼 반짝거리는 욕실에서 샤워했다.

그러고 나서 조용히 앉아 강어귀 너머 빗물이 뚝뚝 떨어지는 농경지를 내다보며 아기에게 말했다. 여기가 네 휴가용 별장이 될 거야. 넌 여기서 바다를 배우게 될 거야. 바로 그때 아기가 깨어난 듯 골반 오른쪽에서 뭔가가 움직이는 느낌이 났다.

갑자기 눈물이 터져 나왔다. 나중에 이 아이는 삽과 양동이를 가지고 여기에 놀러 오겠지. 내가 어릴 때 그랬듯이. 런던에서 M1 고속도로를 따라 여기로 올라오는 내내 묻겠지. *거의 다 왔어요?* 와서는 아이스크림과 와플과 휴대용 의자를 달라고 조르겠지. 너무 바빠 앉지도 못할 거면서. 저 강어귀 근처에서는 그네를 타고, 길 위쪽에 있는 펍에서는 차를 마시겠지.

"안녕?" 아래층에서 재니스의 목소리가 들려왔다. "에밀리?"

나는 침을 삼켰다. "오셨어요? 저 여깄어요!"

"왔구나!" 재니스가 소리쳤다. "산책하러 나가자! 저 밖은 자연 그대로야! 화창하고 바람도 불고 눈부시게 아름다워! 먹을 것도 가져왔어!"

우리는 비를 피해 양털을 깎는 데 쓰던 낡은 헛간에 들어가 재니스가 사온 음식을 먹었다. 밖에는 폭풍이 해변을 어지럽히고 있었다.

비바람이 낡은 석조 타일을 때리는 동안 우리는 마음 편히 대화를 나누었다. 내 마음속에 희망이 싹텄다.

점심을 먹고 얼마 지나지 않아 우리는 해변 끄트머리에서 껍데기만 남은 게를 발견했다. 크지도 작지도 않은 게 한 마리가 유목과 말라붙은 해초 무더기 틈에 죽어 있었다. 배 부분에는 맛조개의 파편이 붙어 있었고, 움직임 없는 더듬이에는 색 바랜 그물이 어지럽게 엉켜 있었다. 그리고 몸통과 집게발에는 독특하게도 경고등처럼 새빨간 점들이 박혀 있었다.

지쳐 있던 나는 그대로 주저앉아 자세히 들여다보기 시작했다. 등딱지 측면에 난 네 개의 가시가 선명하게 보였다. 집게발은 짧고 뻣뻣한 털로 뒤덮여 있었다.

뜨고도 보지 못하는 게의 눈을 들여다보면서 나는 이 게의 여정이 어디에서부터 시작되었을지 상상해봤다. 게들이 플라스틱 조각이나 해초 뭉치, 심지어 따개비가 덕지덕지 붙어 있는 화물선 등 온갖 것들을 타고 먼 거리를 이동한다는 이야기를 읽은 적이 있었다. 어쩌면 이 생명체는 폴리네시아에서 수천 킬로미터를 견디며 이곳 노섬브리아 해안까지 와서 죽은 건지도 모른다.

사진을 몇 장 찍어야겠다는 생각이 들었다. 교수들이라면 이 게가 어떤 게인지 알 터였다.

그런데 카메라를 꺼내려고 가방에 손을 넣는 순간 갑자기 눈앞이 흔들렸다. 가벼운 현기증이 바다 안개처럼 밀려왔다. 나는 가만히 몸을 웅크린 채 현기증이 사라지기를 기다렸다.

"저혈압 증상이에요." 나는 몸을 일으킬 수 있을 정도가 되자 입을 열었다. "어릴 때부터 이랬어요."

우리는 다시 게 쪽으로 고개를 돌렸다. 나는 손과 무릎을 짚어가며 모든 각도에서 그것을 사진에 담았다.

카메라를 가방에 도로 넣으려는데 다시 현기증이 찾아왔다. 이번에는 파도처럼 밀려왔다 밀려가기를 반복했다. 등에 통증이 몰려들기 시작했고 갈비뼈 근처에서 한층 불쾌하고 강렬한 고통이 느껴졌다. 나는 무릎 사이에 손을 집어넣으며 다시 꿇어앉았다. 현기증이 소용돌이처럼 휘몰아쳤다.

나는 진정하기 위해 열까지 숫자를 셌다. 두려움과 걱정이 뒤섞인 목소리가 머리 위에서 어지럽게 들려왔다. 바람의 방향이 바뀌었다.

마침내 눈을 떠보니 손에 피가 묻어 있었다.

자세히 들여다봤다. 틀림없는 피였다. 신선하고 축축한 피가 내 오른 손바닥 전체를 적시고 있었다.

"괜찮아. 걱정할 것 없어." 나는 스스로 되뇌었다.

엄청난 공포가 파도와 함께 밀려들었다.

나는 무릎 사이에 머리를 얹고 잠시 앉아 있었다. 재니스가 에든버러의 산부인과 병원에 전화를 걸었다.

"네, 지금 앉아 있어요. 아니요, 출혈 같지는 않고… 다리 사이에 손을 넣으면 손에 묻어나는 정도요… 네. 살짝 묻는 정도보다는 심해요… 의식을 잃진 않았고요. 그냥 조금 어지러워서 앉아 있는데 지금은… 잠깐만요. 에밀리, 지금도 피 나?"

"아니요."

"안 난대요. 지금 임신 21주고요. 네… 에밀리, 어디 아프거나 경련 같은 느낌 있었어?"

"네, 등에요…."

재니스의 얼굴이 창백해졌다.

"네, 등이요. 어떻게 할까요? 구급차를 부르는 게 좋을까요?"

나는 바다를 하염없이 바라봤다. 남쪽으로 몇 킬로미터 떨어진 바다 위에 섬 하나가 보였다. 가장 먼 끄트머리에 작고 하얀 것이 깜박였다. 등대 같았다. 나만큼 외로워 보였다. 아무래도 아기를 잃을 것만 같았다.

"아, 지금은 괜찮아요. 하지만 그럴 것 같지는 않… 네… 알겠어요. 거기 전화번호 아세요? 아, 괜찮아요. 거기로 데려갈게요."

재니스가 내 옆에 앉았다.

"겁먹지 말래. 하지만 진찰을 받아보는 게 좋겠대. 에든버러까진 너무 머니까, 애니크에 있는 산부인과에 가보라고 하네. 괜찮지? 여기서 멀지 않아."

바람이 불고 구름이 빠르게 질주하고 있었다. *더 못 하겠어. 안 돼.*

섬의 작은 등대 위로 햇빛이 짧게 지나갔다.

"에든버러로 가고 싶어요. 제가 다니는 곳으로요."

"그래, 그럼. 차로 가면 두 시간까진 안 걸릴 거야. 그런데 괜찮겠어? 출혈이 다시 시작되면 어떡하지?"

공포. 그녀의 목소리에서 공포가 느껴졌다.

"괜찮을 거예요." 나는 이 여자와 더는 같이 있고 싶지 않았다. 이 여자, 내 아기를 이미 자기 아기라고 생각하는 이 여자 근처라면 어디라도 있고 싶지 않았다. "그리고 저 혼자 기차 타고 갈게요. 이제 괜찮아졌어요."

38

●

나는 스코틀랜드로 돌아오는 기차를 탔다. 의자에 수건을 깔고 앉았다. 애니크역에서 재니스가 끈질기게 간청했지만, 나는 꿋꿋하게 버텼다. 그녀와 내 아기를 멀리 떼어놓고 싶었다.

내 아기.

나는 한 번도 그 말을 써본 적이 없었다. 하지만 지금까지 지켜오던 원칙은 이제 끝났다. 나는 스코틀랜드로 돌아오는 내내 배를 쓰다듬었다.

출혈은 다시 시작되지 않았지만, 애니크에서 에든버러로 오는 동안 스무 번도 넘게 확인했다.

"제발 괜찮아야 해." 북쪽을 향해 빠르게 이동하면서 나는 아기에게 속삭였다. "제발 괜찮아야 해."

"걱정은 접어둬요, 에밀리." 분만실에서 조산사가 말했다. 감정을 자제한 목소리였지만, 곧장 개인실로 데려온 걸 보니 상황이 좋지 않은 듯했다.

몇 분 후 우리 동네 조산사인 디가 왔다. "게시판에서 이름 봤어요." 그녀가 말했다. "괜찮아요?"

울음이 터진 건 그때였다. 진료받는 내내 울음이 나왔다. 디가 아기의 심장 상태를 추적, 관찰하는 기계를 나한테 부착했을 때는(출력한 인쇄물을 자세히 들여다보며 그녀는 미소 띤 얼굴로 "괜찮아 보이네요"라고 말했다) 흐느끼다시피 했다. 디가 초음파 영상으로 아기를 보여줬다. 아기는 자그마한 손으로 턱을 받치고서 그 작은 머리를 내 배꼽에 기댄 채 잠들어 있었다. 그걸 확인한 후에야 나는 아기가 무사하다는 걸 믿을 수 있었다.

"다 괜찮아 보여요." 디가 말했다. "의사가 확인해봐야겠지만, 아기는 아주 좋아 보이고 모든 게 정상인 것 같아요." 그러고는 아기의 가슴 쪽을 확대해 보여줬다. "가끔은 이유 없이 이런 일이 생기기도 해요."

나는 내 아기의 심장이 뛰는 모습을 가만히 바라봤다. 또다시 이런 일을 겪을 수는 없었다.

나는 막 자리를 뜨려는 디의 손을 붙잡고 말했다. "도와줘요, 디. 제발."

내 이야기를 다 들은 디가 할머니한테 전화하러 갔다.

"일단, 할머니가 처리하시기로 했어요." 돌아온 디가 웃으며 말했다. “지금 입양 기관에 전화하고 계세요. 그러니 누구에게도 아기를 넘겨주지 않아도 돼요, 에밀리. 계획했던 거 있으면 다 말해줘요. 이 모든 일을 혼자서 감당하고 있었다니 믿어지지 않네요.”

한 시간 후 나는 할머니의 전화를 받았다.

“다 정리됐다.” 할머니는 마치 배관공을 부르기로 했다가 막 취소한 것처럼 말했다.

나는 한숨을 내쉬었다.

“그리고 실례를 무릅쓰고 로스차일드 부부에게도 전화했다. 입양 기관에서 처리하겠지만 내가 직접 싹을 잘라내고 싶어서.”

“그래서 어떻게 됐어요?”

“좋게 얘기했다. 그렇지만 다신 연락하지 말라고 했어. 그 사람들이 더는 어떤 부담감도 너한테 주지 않게 말이야.”

“부담 준 적 없어요. 단 한 번도요. 재니스가 어떻게 받아들이던가요?”

“빌어먹을 재니스.”

“할머니, 얼른요.”

할머니가 한숨을 쉬었다. “엄청 충격을 받은 것 같더라. 하지만 네가 신경 쓸 일은 아니야, 에밀리.”

잠시 침묵이 흘렀다.

“함께 헤쳐 나가면 돼.” 나의 여든 살 먹은 할머니가 말했다. “같이 하면 된다, 에밀리. 혹시 내가 너무 늙었다고 생각한다면,

네가 지금 누구를 상대하고 있는지 잊은 거야."

할머니 나이가 불안하긴 했지만, 나는 2주 후 런던에 있는 할머니 집으로 이사했다. 너무 지쳐서 2학년 시험은 볼 수도 없었다. 다시 학교로 돌아가려면 몇 년이 걸릴지 알 수 없었다. 하지만 별로 신경 쓰이지 않았다.

할머니는 몇 시간에 걸쳐 보조금과 세금 우대 정책을 알아봤다. 그리고 당신의 연금과 내가 아빠 집을 임대해 얻는 얼마간의 수입을 포함해 복잡한 예산을 세웠다. 상황이 안 좋긴 해도 끔찍한 정도는 아니었고, 할머니는 신이 나서 어쩔 줄 몰라 했다.

나는 내 안에서 자라고 있는 아기가 너무나 사랑스러웠다. 아기에 대한 사랑은 서서히 스며들며 내 온몸을 관통했다. 나는 내 아기와 함께 히스 공원을 산책하는 날들을 꿈꾸기 시작했다. 할머니, 아니 어쩌면 질과 함께 산책할 수도 있을 것이다. 질의 부모님도 런던에 있으니까 질이 대학을 졸업하면 여기서 다시 만날 수 있다. 산모들을 위한 수업에서 다른 엄마들을 만나 친구가 되는 상상도 해봤다. 아기 때문에 밤새 한잠도 못 자는 상황도 떠올랐지만 하나도 두렵지 않았다. 아무리 힘들어도 새 친구들과 함께 커피와 케이크를 먹으며 기운을 차릴 수 있을 것이다.

9월의 어느 날 마침내 나의 아기가 태어났다. 하지만 내가 상상하던 것과 달랐다.

완전히 달랐다.

39

생후 4일

화요일 오후. 며칠 동안 통 잠을 자지 못했다. 나는 할머니 집 욕실 창가에 서서 하늘을 내다봤다.

해가 중천에 떠서 이글이글 타오르고 있었다. 해를 둘러싼 하늘은 새까맸다. 집 앞 정원에는 목련과 라일락이 바람에 살랑거렸다. 하지만 하늘만큼은 초상화처럼 멈춰 있었다. 바람도 없고, 구름과 빛이 있어야 할 자리는 온통 까맸다.

나는 더 자세히 보기 위해, 아니 더 잘 이해하기 위해 창문을 밀어 올렸다. 일식이 틀림없었다. 그런데 거기에는 에너지가 있었다. 뭔가 주술적인, 천문 현상이라고만 말하기엔 아쉬운 그런 느낌이 있었다. 게다가 해는 흐려지지 않았다. 둥근 해가 활활 타오르는 모습이 마치 햄스테드 클럽의 검은 천장에 달린 디스코볼 같았다.

그 아래서 춤을 추고 싶었다. 나는 한때 춤을 사랑했고, 꽤 잘 췄다.

파도처럼 밀려드는 깊고 절대적인 사랑과 희열을 느끼며 아래층에 있는 할머니와 어린 딸에게 내려갔다. 우리는 한 시간 전 병원에서 돌아와 있었다. 홀쭉해진 배 맨 아래쪽에 제왕절개수술을 한 자리가 화끈거렸다. 왼팔을 들어 올리려니 뭔가 무거운 게 낚아채는 느낌이 들었고, 가슴에는 폭탄이 얹혀 있는 것 같았다.

하지만 다 감당할 수 있다. 나는 막 아기를 낳았고, 우리는 불속에서 단련된 전사들이다. 우리는 뭐든 극복할 수 있으리라.

주방으로 가니 할머니와 내 딸이 있었다. 더할 나위 없이 완벽한 나의 딸. 오 하느님, 내 딸은 정말 완벽했다. 장신구처럼 예쁘고 자두처럼 싱그러운, 작은 여신이었다. 아직 이름은 지어주지 못했는데, 상황이 정리되는 대로 지어줄 생각이었다. 아기 옷도 사야 했고, 유축기도 필요했다. 그리고 산부인과 병동에 있는 여자들을 돕겠다는 약속도 해놓았다. 그곳 산모 중에는 정말 힘든 상황에 놓인 이들이 많았다.

"엄마가 되기 전엔 두려움이 뭔지 몰랐어요." 어제 A300 병실 바로 옆자리에 입원해 있던 산모가 말했다. "어떻게 해야 할지 정말 모르겠어요."

나는 그녀에게 다 이해한다고, 하지만 겁먹지 않는 게 중요하다고, 특히 여자로서 힘을 발휘해야 하는 지금은 절대 겁먹으면 안 된다고 말해줬다. 나중에 다시 이야기를 나누려 했지만, 잠이 든 그녀는 내가 살짝 건드려도 깨어나지 않았다. 조산사들에게 그녀가 살아 있는 게 맞는지 물었더니, 이번이 네 번째 출산이라 너무 지쳐서 그렇다는 대답이 돌아왔다.

나는 두려워할 필요가 없다는 걸 그녀에게 알려주고 싶었다. 우리는 여자이자 엄마이고 전사니까. 무엇도 우리 길을 막을 수는 없으리라.

할머니는 내 딸을 안고 구석에 놓인 낡은 안락의자에 앉아 있었다. 나는 다가가 아기 앞에 웅크리고 앉았다. 아름다운 생명체였다. 보송보송하고 따뜻하며, 자그마한 손에, 속눈썹은 마치 솜털 같았다. 아기는 두 시간을 내리 잤다. 그러고 나서 깨어나 젖을 먹었다. 사람들이 말해준 대로였다. 아기는 잘 안겨 있었고 거의 울지 않았다. 얼른 데리고 산책 나가고 싶어 참을 수가 없었다. 하지만 할머니는 한동안 기다려야 한다고 말했다. 할머니는 정말 짜증스러울 정도로 조심했다. 당신 딸이 나를 낳은 직후 세상을 떠난 기억이 트라우마로 남아 그런 듯했다. 늘 겁이 없는 분이었는데.

"같이 산책하러 나가요. 이웃들이 아기를 보고 싶어 할 거예요. 그리고 우리 얘기 좀 해요. 할머니는 너무 불안해 보여요. 제가 돕고 싶어요."

"아, 난 괜찮아." 할머니가 대답했다. "하지만 넌 너무 무리하면 안 돼. 지금 안 간다고 히스 공원이 도망갈 것도 아니고, 찰리도 급할 거 하나 없다."

찰리는 할머니의 개였다. 정원에 갇혀 있는 게 틀림없었다. 내가 이곳에 온 이후로 본 적이 없었다. 찰리의 털은 지금 밖의 하늘처럼 까만색이었다.

"할머니, 그런데 하늘이—"

나는 잠시 말을 멈췄다. 몇 분 만에 하늘이 밝아져 있었다.

"하늘 보셨어요?"

뭔가 석연치 않은 느낌이 들었다. 전혀 괜찮지 않았다. 밖은 환했지만, 놋쇠 같은 누런빛이 감돌았다. 마치 저 위에 핵 구름이 있는 것만 같았다.

할머니가 아기를 깨우지 않으려고 애쓰면서 목을 길게 빼고 밖을 둘러봤다. "하늘이 뭐가 어떻길래 그러니? 비가 오려는 건 아니겠지?"

"네. 엄청 깜깜했었는데 지금은…."

나는 말을 멈췄다. 이상한 말을 하기 시작하면 자칫 아기를 빼앗길 수도 있다. 나는 하마터면 딸을 잃을 뻔했다. 호르몬의 장난질 때문에 아기를 빼앗길 수는 없다.

"정말, 바보가 된 기분이에요."

나는 샐러드를 냉장고에 넣었다. 먹을 시간이 없었다.

할머니를 돌아보는데, 알 수 없는 공포가 파도처럼 밀어닥쳤다. 그래도 나는 미소를 지었다. 딸이 태어난 이후 행복감을 느끼고 있었다. 다 가진 듯했고, 영광스러웠다. 하지만 모두가 겪는다는 그 감정의 격동을 맞이할 준비는 되어 있지 않았다.

호르몬. 그냥 호르몬 탓이다. 모든 산모가 산후우울증을 겪지는 않는다. 그리고 이런 감정적 변화를 나한테 경고해준 조산사는 좀 이상한 사람이었다. 종종 내가 모르는 암호 같은 단어를 사용했다. 마치 내가 자신이 속한 사이비 종교 집단의 일원인지 시험해보는 듯했다.

나는 딸 앞에 웅크리고 앉았다가 일어났다. 공황이 다시 시작된 탓에, 뭐라도 붙잡고 일어나야 한다는 걸 깜빡했다. 배에서 느껴지는 통증에 숨이 턱 막혔다.

"드라이브나 다녀올까 해요. 딸아이가 아직 자고 있다면요."

할머니가 얼굴을 찌푸렸다. 할머니 등 뒤로 라디오 소리가 조용히 흘러나왔다. 이국적으로 들리는 목소리였다. 아마 대서양 건너 하와이나 말리부쯤인 것 같았다.

"딸아이가 아직 자고 있다면?" 할머니가 물었다. "이런, 에밀리, 너도 쉬어야 해. 지금 가서 눈 좀 붙이거라. 절대 운전하면 안 돼. 앞으로 5주 반 동안은."

운전이 금지라는 걸 잊고 있었다. 하지만 그건 정말 심각한 산모들에게 적용되는 지침이었다. 수술 부위가 감염되었거나 하는 문제를 가진 산모들 말이다. 나는 건강하고 괜찮았다. 믿을 수 없을 정도로 괜찮았다. 내 몸은 방금 아기를 낳은 몸이 해야 할 모든 일을 지극히 아름답고 정확하게 수행하고 있었다. 정말 근사했다.

누가 문을 두드렸다!

너무 빨리 뛰어나갔는지 수술 부위에서 다시 통증이 느껴졌다. 손님은 조산사였다. 그녀는 마치 1970년대 집배원 같은 이상한 유니폼을 입고 있었다. 나는 그녀를 집 안으로 들였다. 하지만 그녀를 보자 불안해졌다. 그녀는 마치 나를 오랜 친구 대하듯

했다. 하지만 나는 그녀를 만난 적이 없었다.

나는 그녀의 질문에 신중하게 대답했다. 이야기를 나누는 동안 주방에서 할머니와 있을 때 느꼈던 공포가 저 깊은 곳에서 다시 올라왔다. 마치 빙하 틈으로 끌려 들어가는 듯한 느낌이었다. 나는 가까스로 이야기를 이어 나갔다.

조산사가 다소 캐묻는 듯한 질문을 던졌다. 결국 나는 정확히 뭘 하러 온 건지 그녀에게 물어야 했다. 그녀는 생각보다 별로 기분 나빠 하지 않았다. 머릿속이 빠르게 복잡해지기 시작했다. 이 여자는 누구일까? 언제 가지? 난 춤을 추고 싶은데. 유축도 해야 하고.

잠시 후 우리는 함께 나의 어린 딸을 들여다봤다.

"오, 정말 사랑스러운 남자애네요." 그녀가 내 딸의 옷을 벗기며 말했다. "귀여워라!"

"내 아기는 여자애예요." 나는 딱딱한 목소리로 대꾸했다. 이 여자가 마음에 들지 않았다.

조산사가 멈칫하더니 어깨 너머로 나를 돌아봤다. "차 한잔 마실 수 있을까요?"

나는 더없이 기쁜 마음으로 차를 준비했다. 하지만 살의가 느껴졌고 이상하게도 두려웠다. 우리는 가만히 둘러앉았다. 몇 시간이 흐른 듯했다. 이 여자는 내가 얼마나 바쁜지, 자기가 내 시간을 얼마나 많이 잡아먹고 있는지 모르는 모양이었다. 초보 엄마를 실제로 만나본 적이 있기는 한 걸까?

주방 창밖으로 하늘을 확인했다. 할머니와 조산사가 낮은 목소리로 이야기하기 시작했다. 간간이 내 딸의 빽빽 우는 소리가 끼어들었다. 나는 토스트를 만들다가 냄새가 역해서 그냥 버렸다.

고양이 한 마리가 정원으로 폴짝 뛰어 들어와서는 똥 눌 자리를 찾아 화단을 서성이기 시작했다. 나는 고양이를 내쫓으려고 밖으로 뛰어나갔다. 고양이 똥은 아기한테 해로우니까. 하지만 고양이는 이미 사라진 뒤였다.

모든 게 또렷하게 느껴졌다. 하지만 정상적인 게 하나도 없는 듯했다. 하늘은 다시 평상시의 모습으로 돌아왔다. 핵 구름 같은 건 없었다. 행복감이 녹아내리고, 이제 두려움이 피어오르기 시작했다.

할머니가 나와서 정원에 있는 나를 데리고 들어갔다.

나는 딸한테 갔다. 딸은 할머니가 사온 아기 놀이 매트에 누워 있었다. 간지럼을 태우려고 담요를 걷어보니, 아기는 기저귀 말고는 아무것도 걸치고 있지 않았다.

"이렇게 두면 춥잖아요." 나는 그렇게 쏘아붙이고 잠옷을 가지러 갔다. 바보 천치 같으니! 바쁘지만 않아도 조산사를 당국에 신고할 텐데.

할머니가 복도까지 나를 따라 나왔다. "에밀리." 할머니가 하원 의사당에서 썼을 법한 목소리로 나를 불렀다. "얘야, 왜 찰리를 계속 딸이라고 부르는지 물어보고 싶구나."

"네?"

"왜 그 아이를 자꾸 딸이라고 하는 거니?"

나는 위층으로 걸음을 옮겼다. “이럴 시간 없어요.” 할머니가 층계참에 걸어놓은 새 그림에 먼지가 쌓여 청소가 필요해진 지 오래였다.

거실로 돌아와 보니 할머니가 내 딸을 안고 있었다. “에밀리.” 할머니가 또다시 하원의원 같은 목소리로 나를 불렀다. “넌 네 아기가 딸이라고 생각하니?”

“왜 그러시는 거예요?” 나는 감정이 폭발했다. 하지만 두려움이 너무 깊어서 제대로 생각하기가 힘들었다. “왜 그러시는 거냐고요!”

할머니가 나를 오랫동안 바라보고 있다가 아기의 기저귀를 벗기며 말했다. “네 아이는 아들이야. 이름은 찰리고. 이 아이는 남자애야.”

거기, 기저귀 안쪽에 남자애의 자그마한 성기가 보였다.

목이 콱 막혔다. 나는 고통스러워 몸을 웅크렸다. 아기의 기저귀를 다시 채우고 잠옷을 입히기 시작했다. 똑딱단추를 다 채우기 전, 기저귀 속을 한 번 더 들여다봤다. 그 순간, 방 안이 어두워졌다.

“보이세요?” 그렇게 중얼거렸지만 목소리가 제대로 나오지 않았다. “저 하늘 말이에요.”

나는 똑딱단추를 다 채웠다.

아이의 머리가 내 딸 머리하고는 달랐다. 숱도 더 많고, 머리카락 색도 더 짙었다. 내 딸아이의 잠옷을 입고 있었지만 어제, 아니 지난주, 아니 언제였든 아이가 이 세상에 나올 때 그들이 내 자궁에서 꺼낸 그 아이가 아니었다.

눈앞에 반들반들 매끄럽게 반짝이는 푸른색 공포가 펼쳐졌다.

"무슨 짓을 한 거예요?"

방 안에 있는 두 여자가 나를 돌아봤다.

"대체, 빌어먹을, 무슨 짓을 한 거냐고요?" 나는 숨을 죽이고 다시 한번 물었다. 하지만 소용없었다.

남자애가 울기 시작했다. 엄마의 품을 빼앗긴 아기들이 그렇듯이.

"누가 이랬어요? 누가 내 딸을 데려가고 이 아이를 준 거죠? 내 딸은 어딨어요? 어딨냐고요!"

"딸을 낳았다고 생각하는 거, 충분히 이해해요." 조산사가 다리를 꼬고 앉으며 말했다. "하지만 당신은 아들을 낳았어요. 찰리라고 불렀고요. 여기 당신 산모 수첩에 다 적혀 있어요. 하지만 걱정 마세요. 여자들은 산후에 온갖 종류의 호르몬 변화를 겪으니까. 이런 혼동도 아주 드문 경우는 아닙니다. 보니까 그동안 꽤…" 그녀가 내 폴더를 과시하듯 들여다보며 말을 이었다. "꽤 바빴네요. 심란한 상황이었고요. 아들을 가진 후로 쭉 그랬군요. 할머님도 동의하시고요. 잠은 잘 자고 있나요?"

나는 대답했다. 하지만 머릿속에서는 생각이 질주하고 있었다. 누가 이 일에 연루된 걸까? 어떻게 이런 일이 일어났지? 나는 이상한 말을 했던 병원 조산사를 떠올렸다. 정말 조산사이긴 한가? 신분증을 목에 걸고 있었나? 나는 찰리라는 아이를 가만히 바라봤다. 아기는 배고파 보였다.

내 딸을 찾아야 했다.

나는 쿡쿡 쑤시는 몸을 억지로 일으키고 할머니한테 갔다. "할머니. 누군가 내 딸을 훔쳐 갔어요. 저 좀 도와주세요. 병원에 전화해야 해요. 경찰서에도요. 당장요."

그때까지만 해도 나는 할머니가 내 편이라고 생각했다. 하지만 할머니는 내 눈을 똑바로 바라보며 말했다. "에밀리, 혼동은 없었어. 그리고 아무도 네 딸을 데려가지 않았어. 이 아이가 네 아들 찰리야. 네가 금요일에 낳았잖아. 아이가 태어날 때 나도 그 자리에 있었어. 아이는 한 번도 내 시야에서 벗어난 적이 없고. 아무래도 의사를 만나봐야 할 것 같다. 네가 괜찮은지만 확인하려는 거야."

조산사는 복도로 나가 누군가와 통화하는 중이었다. 모든 게 끝장났다. 경고등처럼 새빨간 점이 박히고 집게발이 온통 털로 덮인 그 게가 우리 정원에 들어와 있었다. 그리고 아빠는 조산사와 통화하면서 이 아이는 생물학적으로 내 아이가 아니라고 말하고 있었다.

"할머니…."

"그래, 여기 있다. 말해보렴, 아가."

할머니의 배신은 내가 상상했던 어떤 배신보다 아팠다. 나는 할머니의 눈을 마주 볼 수 없었다.

"할머니는 거짓말쟁이예요." 하지만 할머니는 내 말을 듣지 못한 듯했다. "타고난 거짓말쟁이요."

아기가 울부짖고 있었다. 할머니가 내 이름을 불렀다. 근처에 어떤 남자가 있었다. 내가 어렸을 때 아빠와 나한테 편지를 가져다줬던 그 집배원인 듯했다.

나는 스무 살이었고, 아기를 잃어버렸다. 그리고 내 편은 아무도 없었다.

조산사가 갔다. 나는 마지못해 아기한테 젖을 먹였다. 어떻게 안 먹이겠는가? 아기는 뭔가 잘못된 느낌을 받은 듯했다. 자기 아이를 잃어버린 채 남의 아기한테 젖을 먹여야 하는 내 가슴이 눈물을 뚝뚝 흘렸다.

어쩐 일인지 조산사는 할머니의 벽난로 선반 위 골동품 시계에 감시 카메라를 숨겨놓았다. 문 위에도 하나 있었고, 주방에도 설치되어 있으리라는 의심이 들었다. 내가 집 안을 서성거릴 때마다 수백 개의 비밀 렌즈가 나를 따라 이리저리 고개를 돌렸다.

해가 저물자 하늘이 더욱 어두워졌다. 할머니 집에는 꽃과 달콤한 향기가 나는 아기 턱받이, 니트 양말이 가득했다. 유축기도 있었는데, 오후에 그걸 사러 나갔다 온 기억은 나지 않았다. 할머니는 유축기가 원래 계속 그 자리에 있었다고 말했다.

초저녁에 지역 보건의가 들렀다. 그녀는 지역 정신보건팀에 연락하겠다고 말했다. 나는 999에 전화해 햄스테드 사람들이 내 아기를 빼앗는 걸로도 모자라 이젠 나를 정신병 환자 취급한다고 말했다. 그들이 뭐라고 대답했는지는 기억이 나지 않았다.

하늘에 기다란 적갈색 줄이 생겼다. 에드워드 왕조풍 시계에 설치된 카메라가 나를 감시하고 있었다. 할머니는 찰리한테 젖병을 물리고 있었다. 찰리는 젖병이 거슬리지 않는 모양이었다. 나는 이 음모를 그만 멈추라고 애원했다. 하지만 할머니는 사랑한다는 말만 계속했다. 그러다 결국 둘 다 울고 말았다.

그날 밤 집에 들른 사람들은 내 딸을 데리고 있지 않았다. 이번에는 여자 둘이었다. 사회복지사와 정신과 의사라고 했다. 정신보건법 평가를 수행하기 위해 왔다고 했다. 둘 중 하나한테서 방금 담배를 피운 듯한 냄새가 났다. 나는 화장실에 가야 한다고 말하고 자리를 떴다. 하지만 진짜 계획은 지붕 테라스로 기어 올라가 옆집을 통해 밖으로 나가는 길을 찾으려는 거였다. 옆집은 공사장 비계가 둘러싸고 있었다.

어쩌면 공사장 비계가 없을 수도 있었다. 하지만 딸을 되찾을 수 없다면, 굳이 살고 싶지 않았다. 그냥 지붕에 올라가 어두운 밤의 품속으로 뛰어내리면 그만이다. 그편이 빠를 것이다. 그 사랑스러운 아기 찰리는 자기 엄마의 품으로 돌아가고, 그리고—그리고….

사다리에서 막 발을 떼고 지붕으로 나가려는 순간 누군가가 내 발목을 잡았다. 아래층에서 아기가 울고 있었다.

할머니의 주방처럼 보이는 방 안에 앉아 질문에 답하고 있는데, 깊이를 알 수 없는 어둠이 덮쳐왔다. 나는 아기를 잃어버렸다. 그들 모두 공범이었다.

사람들이 계속 이야기를 나눴다. 누군가가 나한테 와서 정신보건법 어쩌고저쩌고 말했다.

결국 나는 그들이 계속 언급하는, 미친 산모들이 간다는 그 병원에 가겠다고 말했다. 내 아기만 돌려준다면.

그들이 다음 날, 미치광이 같은 구급차를 보내왔다.

나는 할머니한테 절대 용서하지 않을 거라고 소리 질렀다. 할머니는 울고 있었다. 나한테 한 짓을 생각하면 당연했다. 하지만 할머니는 이렇게 읊조렸다. "하나를 또 잃을 순 없다. 또 잃을 순 없어."

말도 안 되는 소리였다. 잃어버린 아기는 내 아기지 할머니의 아기가 아니니까.

40

북런던&
UCLH 정신건강재단 모자병동

나는 병원 침대에 누운 채 문간에 있는 사람들을 관찰했다. 유니폼을 입은 무리가 나를 지켜보고 있었다. 침대 바로 옆 의자에는 신분증을 목에 건 여자가 찰리한테 젖병을 물리고 있었다. 혹시 찰리의 진짜 엄마일까? 이곳은 섬뜩했다. 모든 문이 잠겼는데 내 방문만 열려 있었고 욕실 문에는 잠금장치가 전혀 없었다. 감시 카메라와 울고 있는 아기들뿐이었다.

그때, 병원 입구에서 나를 맞이했던 여자가 들어왔다. 아까에 이어 두 번째로 그녀는 자기 이름이 샤지아라고 소개하며(누가 신경이나 쓴다고!) 신경안정제 이야기를 꺼냈다. 그리고 내가 하룻밤 보호를 받으며 자야 한다고 말했다.

"보호가 필요한 건 이 아기예요. 이 아기는 엄마를 빼앗겼어요. 태어난 지 한 주도 안 됐고요. 내 아기는 누군가 다른 사람이 데리고 있어요. 혹시 경찰이 조사 중인지 아시나요? 몰라요? 아, 어쨌든 난 약에 취해서 잠들고 싶지 않아요. 이해 못 하시겠지만 지난 며칠간 너무 끔찍해서…."

"아주 잘 이해합니다." 그녀가 말했다. 나도 모르게 그녀의 목소리가 좋아졌다. "아주 잘 이해해요, 에밀리. 당신 같은 처지의 여자들을 돌보는 게 제 일이니까요. 두렵다는 거 알고, 화나 있다는 것도 알아요. 그리고 무엇보다 여기에 있고 싶지 않다는 것도요."

내가 약을 거부하자 그녀는 30분 후에 다시 오겠다고 말했다.

나는 잠시 찰리를 껴안았다. 찰리가 너무 사랑스러워서이기도 했고, 이곳이 두려워서이기도 했다. 하지만 내 딸이 간절했다. 내 딸, 그 애 이름이— 그 애 이름이 뭐였더라….

나한테 벌써 약을 먹인 건가?

나는 의자에 앉아 있는 여자에게 할머니는 어디 계시는지 물었다. 그녀는 놀란 듯했다. 내가 분명 아까 할머니한테 얼씬거리지 말라고 말했기 때문이다. 결국 그녀는 할머니한테 내일 아침 오시라고 말하겠다고 했다. "우선 당신을 제대로 살펴볼 필요가 있어요." 이 여자도 목소리가 좋았다. 내 생각에 이들은 이런 목소리로 일단 산모를 안심시킨 다음 아기를 바꿔치기하고 산모를 미친 사람 대하듯 하는 것 같았다.

날이 저물면서 두려움이 찾아왔다. 나는 조금이라도 오래 살아남으려면 의식이 없어야 한다는 걸 깨달았다. 그래서 샤지아가 주는 알약을 받아먹었다.

"푹 쉬어요." 그녀는 머리카락이 마치 검은 비단 같았다. "찰리는 잘 있어요. 오늘 밤 아기방에 있을 거예요. 젖병도 아주 예쁘게 비웠답니다."

나는 잔잔한 물결 위에 둥둥 떠 있는 기분이었다.

그들은 여러 날 동안 나를 흐리멍덩한 상태로 그 공간에 가둬놨으면서, 24시간도 지나지 않았으며 지금은 토요일 점심시간이라고 주장했다. 내가 전날 밤 입원했다는 거였다.

샤지아가 찰리를 나한테 돌려줬다. 찰리를 보는 순간, 내가 찰리를 고통과 거의 구분하기 힘들 정도로 강렬하게 사랑한다는 느낌이 들었다. 하지만 오후 중반에 들어서자 그 검은 하늘이 다시 밀려들었고, 나는 딸을 돌려달라고 울부짖었다.

안정을 찾기까지 얼마나 걸렸는지 모르겠다. 내가 아는 건, 며칠이 지나자 딸 찾기를 그만두고 그들이 하는 말을 진실로 받아들이기 시작했다는 것이다. 분만후정신병, 망상, 조증, 병적 쾌감, 감정 기복 등등. 너무 고통스럽고 혼란스러웠다. 나한테 왜 이런 일이 일어난 건지 아무도 설명해주지 못했다.

온갖 걸 하지만 결국 아무것도 안 하는 상태가 끝났을 때, 나는 병동의 다른 여자들과 이야기를 나누기 시작했다. 모두 여덟 명이었다. 그중 셋은 병실에서 거의 나오지 않았고, 나머지는 우리에게 지금 무슨 일이 일어나고 있는지 이해하려 애쓰며 휴게실에서 거의 모든 시간을 보냈다.

상황은 명료해졌다가도 초점이 흐려지곤 했다. 음식은 늘 고약했다.

옆 병실에 다리야라는 여자가 있었다. 그녀는 자기 딸을 지극히 사랑했지만 살 이유를 찾지 못했다. 하루는 그녀 병실에서 난리가 났다. 사람들이 소리치며 이리저리 뛰어다녔다. 그날 이후 그녀는 종일 간호조무사들의 감시를 받았다. 그녀의 남편이 오면 러시아어로 대화하는 소리가 들렸다. 그는 병실을 나설 때마다 울음을 터트렸다.

샤지아와 이야기를 나누던 중, 내가 임신 중에 아기가 딸이라고 믿었던 게 기억났다. 그게 어느 정도 상황을 설명해줬다. 물론 내 아기는 찰리였다. 구슬처럼 까만 눈, 듬성듬성한 머리카락, 포대기에서 쑥 나와 승리의 펀치를 날리는 주먹을 가진 찰리가 내 아기였다.

나는 찰리를 종일 돌보기 시작했다. 한두 주가 지나자 그들은 밤에도 아기를 돌볼 수 있게 해줬다. 찰리가 울면 나는 아기의 부드러운 몸을 비스듬히 안고 아기가 무사하기를 기도했다. 세상은 위험으로 가득했고, 나는 아기를 어떻게 보호해야 할지 몰랐다.

아, 삿갓조개의 삶이여. 나는 질한테 보내는 편지에 이렇게 썼다. 딱딱한 갯벌 바위에서 껍데기에 둘러싸인 채 아래만 볼 뿐 올려다볼 수는 없는 삶. 삿갓조개가 번식에 기여하는 일이란 유생을 방출하는 것뿐이다. 지도교수님의 말은 틀렸다. 삶이란 삿

갓조개에게만 힘겨운 건 아니다.

"정말 저주하고 싶을 정도로 지독한 병이구나." 나를 찾아온 어느 날, 할머니가 한숨을 쉬며 말했다. 나는 또 한 번의 좌절을 겪은 후 너덜너덜해진 상태였다. "하고많은 사람들을 다 놔두고 어떻게 너한테 이런 일이 벌어지니. 너무 부당해서 어처구니가 없구나."

간호사가 할머니를 한쪽으로 데려가 핀잔을 줬다. 그러자 할머니가 나한테 들릴 만큼 큰 소리로 대꾸했다. "저 애가 무슨 일을 겪었는지 당신은 몰라. 남들 대학 입학시험 칠 때 고아 신세가 됐어. 알기나 해?"

간호사는 아무런 대꾸도 하지 못했다.

할머니가 다시 내 옆으로 와 재니스 로스차일드가 찾아오길 원한다고 전했다.

"물론 꺼지라고 했다. 하지만 너를 계속 어둠 속에 두는 것도 옳지 않다는 생각이 들었어. 어떻게 생각하니?"

나는 어찌해야 좋을지 알 수 없었다. 사람들을 만날 준비가 되었는지 전혀 알 수 없었다. 향수 냄새며 한껏 꾸민 머리모양, 이런저런 참견들. 질마저도 만날 생각을 하면 부담스러웠다. 반면에 재니스는 주위의 모든 사람이 내 삶을 이해하지 못한다고 생각하고 있을 때 내 친구가 되어줬다. 입양 보내기로 한 약속을 철회하겠다는 소식을 듣고도 재니스는 믿을 수 없이 따뜻한 편지를 보내왔다. 사놓은 옷도 동봉했다. 비난 같은 건 없었다.

어쩌면 지금쯤 다른 아이를 입양할 절차를 밟고 있지 않을까? 생각해보니 이미 입양했을지도 모를 일이었다.

나는 와도 좋다고 대답했다.

재니스는 아름다운 실내복을 사왔다. 그녀는 편하게 이야기했고 대화는 명료했다. 잠시 나는 그녀가 사람들한테서 사인 요청을 받는 사람이라는 걸 잊었다. 그녀는 혹시라도 전에 입양 계획을 이야기할 때 조금이라도 부담을 느끼게 했다면 미안하다고, 조금이라도 그 일이 내 정신적 위기에 일조했을까 봐 걱정했다고 말했다.

그리고 아직 꼭 맞는 아이를 찾지 못했지만, 다 잘될 것 같다고 말했다. 그 말을 들으니 조금이나마 기분이 나아졌다.

시간이 지날수록 날이 점점 습하고 서늘해졌다. 나는 아기한테 젖을 먹이고 기저귀를 갈았다. 치료도 받고 공예도 했다. 잠도 잤지만, 이상하게도 항상 잠이 부족했다. 세탁실에서 아기 옷을 빨고 텔레비전을 봤다. 나는 무엇보다 이곳의 다른 여자들처럼 되고 싶었다. 동반자와 남편이 있고 다른 삶을 꿈꿀 수 있는 그들이 부러웠다. 내겐 계획이 없었다. 앞에 펼쳐진 건 겨울 바다처럼 텅 빈 시간뿐이었다. 그게 50년이 될지, 60년이 될지 알 수 없었다.

나는 할머니의 도움을 받아 다니던 학교에 편지를 보냈다. 복학하지 않겠다는 편지였다. 그런데 지도교수님으로부터 감동적인 답장을 받았다. 힘들더라도 학업을 이어 나가라는 것이었다. 나는 할머니한테 부탁해 거절 편지를 보냈다. 복학하라는 권유는 고마웠지만 비현실적이었다.

찰리가 웃기 시작했다. 더디게 흘러가는 가을날에는 내 가슴 위에 엎드려 잠을 잤다. 아기를 위해 질이 열대어 책을 보내줬고, 우리는 함께 책장을 휙휙 넘기며 산호초와 옹달샘돔을 봤다. 찰리는 내 손가락을 꼭 쥐고 따뜻한 잇몸으로 손끝을 꽉 물었다. 배냇머리가 빠지고 그 자리에 부드러운 금발이 자라났다. 찰리에 대한 사랑으로 나는 온몸이 아플 정도였다.

여전히 얇은 안개가 찾아오곤 했지만 오래 머물지는 않았다. 그냥 가끔 찾아오는 방문객이었다.

내가 어쩌면 정말로 회복될지도 모른다고 믿기 시작했다.

그리고 막 숲을 빠져나왔다고 생각한 그때, 그 일이 일어났다.

41

재니스 로스차일드의 일기

2000년 11월 1일

E의 할머니가 방문해도 좋다고 했다. 만사에 화가 나고 스트레스를 받는 듯했다.

산후우울증에 관해 읽고 있다. E가 괜찮아지리라는 걸 나는 안다. 하지만 그게 언제일까? 할머니는 팔순에 가까운데, E의 회복은 더디고 힘겨워 보인다. 에밀리가 걱정되고 찰리도 걱정된다.

아기가 우리에게 왔더라면 상황이 훨씬 나았으리라는 생각을 많이 한다. 하지만 아무에게도 말할 순 없다. 특히 J에겐 더욱. 그이는 내가 E를 찾아가는 게 말도 안 된다고 생각한다.

하지만, 입양 기관으로부터 꽤 가까운 시일 내에 신생아를 입양할 수 있을지도 모른다는 이야기를 들어서인지(원래는 몇 년이 걸릴 수도 있다고 한다! 놀라웠다!) 나를 대하는 태도가 관대하다.

그이의 말이 옳다. E를 보러 가지 않는 편이 나을지도 모른다. 문제는, 내가 E를 좋아한다는 사실이다. 어쩐지 그 나이 때의 나를 생각나게 한다.

아무튼. 물건들 챙겨서 만나러 가야겠다.

2000년 11월 2일

이럴 수가. 이럴 수가, 이럴 수가.

지난 24시간이 머릿속에서 떠나질 않는다.

무서워도 그렇게 무서운 적은 처음이었다.

어제 모자병동으로 에밀리를 찾아갔다가 그녀가 찰리를 질식시키려는 순간을 목격했다.

병원에 도착했을 때 나는 신경이 곤두서 있었다. 출발하기 전에 J와 싸웠는데, J는 내가 실은 입양에 대한 에밀리의 마음을 바꾸려는 게 아닌지 의심했다.(내가 무슨 괴물인가?)

에밀리의 병실 쪽으로 복도를 걸어가는데 웃음소리와 까꿍 놀이를 하는 소리가 들려왔다. 하지만 다른 병실 사람들이 노는 소리였던 모양이다. 왜냐하면 병실 문을 열었을 때, 에밀리가 베개로 찰리를 질식시키려 하고 있었기 때문이다.

나는 비명을 지르며 가까스로 에밀리를 말렸다. 경보가 울렸고, 병실은 난장판이 되었다. 사람들이 나를 병실에서 끌어냈다. 병동을 떠날 때 찰리를 돌려달라고 울며 간청하는 에밀리의 목소리가 들려왔다.

나는 진심으로 에밀리가 호전되고 있다고(그것도 아주 많이 호전

되고 있다고) 생각했는데, 재발한 모양이다. 나는 에밀리가 찰리를 얼마나 사랑하는지 잘 안다. 제정신이라면 찰리한테 해를 가할 생각은 하지 못했을 것이다.

그 베개를 머릿속에서 지워버릴 수만 있다면 뭐든 할 텐데. 자꾸 떠올라 견딜 수가 없다.

J가 옳았다. 나는 거기에 가지 말았어야 했다.

42

에밀리

재니스 로스차일드가 병실에 들어와 "그만해! 에밀리! 멈춰!" 하고 소리 지르기 전까지 아무것도 몰랐다.

나는 얼어붙었다. 사람들이 뛰어 들어왔다.

재니스가 간호사에게 무슨 말인가 하자, 간호사가 찰리를 데려가려 했다. 그래서 나는 꼭 안고 놓지 않았다. 재니스는 병실 밖으로 쫓겨났다. 그녀는 울고 있었다. 한쪽 손으로 입을 막고 있었는데, 토했거나 아니면 생각하기조차 끔찍한 뭔가를 목격한 듯했다. 잠시 후 샤지아가 왔다.

잘은 모르지만 뭔가 나쁜 일이 벌어진 것 같았다. 이틀 전에 약 투여량이 줄었는데, 혹시 내가 무슨 미친 짓이라도 저지른 걸까? 지난 한 시간 동안의 일을 기억해보려 했지만, 떠오르는 건 그저 붉은 공포의 바다뿐이었다. 마치 기억을 방해하려는 듯 귓가에 계속 기타 연주 소리가 들려왔다.

"도와줘요. 샤지아, 이 사람들 뭐 하는 거예요?"

샤지아는 겁먹은 얼굴로 내 침대 옆에 웅크리고 있었다. 샤지아의 그런 모습은 이곳에 온 후 처음이었다. 나는 침대에 앉아 찰리를 꼭 끌어안고 있었다.

"우리 얘기 좀 해요." 그녀가 말했다. "찰리 없는 데서. 찰리를 나한테 줄래요?"

나는 울기 시작했다. "왜요? 내가 뭘 어쨌는데요? 찰리가 왜 여기 있으면 안 돼요? 왜 내가 데리고 있으면 안 되는 건데요?"

샤지아가 내 무릎에 양손을 올리고 물었다. "나 믿죠? 우리가 얘기 나누는 동안 잠깐 내보냈다가 다시 데려올 거예요. 알겠죠?"

나는 자그마한 내 아들을 그녀 품에 안기며 흐느꼈다. 이 문제에서 내겐 선택권이 없다는 걸 묻지 않아도 알 수 있었다.

"에밀리, 무슨 일이에요?" 샤지아가 찰리 없이 돌아와 물었다. "뭐 하고 있었어요? 기억나요?"

나는 모르겠다고 대답했다. 반복해서 그렇게 말했다. 공포에 질려 목소리가 점점 높아졌다. 다들 내가 뭘 어쨌다고 생각하길래 이럴까? 재니스는 왜 나를 보고 소리를 질렀을까?

"찰리한테 무슨 일 있어요? 아파요?"

샤지아가 확인한 결과 찰리는 괜찮은 것 같다고 말했다. 순간 다시 울음이 났다. 내가 무슨 짓을 했든, 심각한 게 분명했다.

잠시 후 샤지아가 내 손을 끌고 어느 진료실로 데려갔다. 그곳에는 아침마다 오는 정신과 의사가 앉아 있었다. 모르는 남자도 하나 있었다. 그는 자신이 사회복지사라고 했다. 그의 커다란 눈에는 물기가 어려 있었다. 그는 애써 미소를 짓고 있었지만, 나는 그 눈을 통해 내가 뭔가 잘못을 저질렀음을 알았다. 저런 미소는 기분이 나쁜 걸 상대에게 감추고 싶은데 친절하게 대할 여유까지는 없을 때 짓게 되는 표정이었다.

샤지아가 나를 앉혔다. 그리고 내가 찰리를 질식시키려는 걸 재니스가 봤다고 말했다.

이해할 수 없는 침묵이 흘렀다. 나는 그들을 빤히 바라봤다. 그들도 나를 바라봤다. 나는 "아니야!" 하고 소리치기 시작했다. 내 침대 위에 찰리가 있고 창백한 푸른색 직사각형이 그 애 얼굴을 덮는 장면이 눈에 선했다. 그 장면을 떠올리고 또 떠올리면서 심장이 멎을 것만 같았다. 하지만 이건 편집된 게 아니었다. 그 푸른색 직사각형의 물건을 움켜쥔 건 분명 내 손이었다.

진료실 안에 있던 세 사람이 나를 주시했다. 배터리가 다 닳은 시계의 분침이 3과 4 사이에서 부질없이 틱-틱 튕기고 있었다.

나는 그 장면을 황급히 다시 떠올려봤다. 찰리가 웃고 있다가 내가 푸른색 직사각형 물건을 얼굴 위로 덮자 시야에서 사라졌다. 쿠션인가? 접어놓은 옷인가?

목에서 이상한 소리가 나면서 기억이 돌아왔다. 그건 내 베개였다.

"재니스가 본 게, 맞을 수도 있겠네요." 나는 믿을 수 없다는 듯 속삭였다. 내 인생이 구겨진 채 발밑에 내팽개쳐졌다. "내 생각엔— 오 맙소사, 아니야."

"아니라니, 뭐가요?" 샤지아가 부추겼다.

나는 눈을 감고 말했다. "재니스가 맞게 본 것 같아요."

"확신해요?" 샤지아가 물었다.

나는 눈을 떴다. "내 말은—"

사회복지사가 훽 눈길을 던졌다가 거뒀다.

"무슨 일이 있었는지 말해봐요. 생각나는 대로요."

나는 그 베개를 다시 떠올렸다. 내가 찰리를 죽이려고 했나? 정말? 그 작은 아기를? 내가 세상에서 가장 사랑하는 그 아이를?

속에서 불이 확 스치는 듯한 날카로운 고통이 느껴졌다. 내가 한 행동은 정확히 내 의도가 그대로 반영된 거였다. 아기의 얼굴을 베개로 덮은 건, 그렇게 하면 아기가 나로부터, 그리고 이 잔인한 세상으로부터 안전할 것 같아서였다.

나는 약을 왜 줄였냐고 그들에게 소리 질렀다. *아직 안 된다고 했잖아요. 내가 말했잖아요!*

샤지아가 가까스로 나를 다시 자리에 앉혔다.

우리는 이 과정을 여러 번 되풀이해야 했다. 그때마다 세부 사항이 새로 추가되었고, 하나같이 견디기 힘들었다. 재니스가 못 봤더라면 저지르고 말았을지도 모른다. 결국 저지르고 말았을 것이다.

"이 병을 앓는 여자들이 자기 아기를 죽이진 않는다면서요. 내가 찰리랑 있어도 안전하다고 했잖아요."

"이런 경우는 지극히 드물어요." 샤지아가 무력하게 대답했다.

"그리고 이런 일이 있긴 했어도 엄마가 고의로 그런 경우는 없었어요…."

"나도 고의가 아니었어요." 나는 소리쳤다. "오 맙소사, 도와주세요. 도와줘요."

나는 병실로 돌려보내졌다. 그리고 찰리도 다시 내 품으로 돌아왔다. 찰리는 잠들어 있었다. 간호조무사 한 명이 병실 안에 머물렀다. 그 자리에서 계속 지키고 있으리라는 것을 나는 묻지 않아도 알 수 있었다.

"미안해, 미안해, 미안해." 나는 잠든 아기한테 말했다. "사랑해. 세상 그 누구보다 사랑해. 사랑해."

나는 죽고 싶었다.

치료 방식이 바뀌었다. 나는 이틀간 잠을 잤다. 깨어났을 때 재니스에게 전화했다.

"입양 진행하고 싶어요."

그들이 말렸다. 회의와 상담이 끝도 없이 이어졌다. 다른 산모들조차 내게 그러지 말라고 말했다. 하지만 결론부터 말하자면, 나는 찰리가 안전하기를 바랐다. 행복한 삶, 심지어 끝내주는 삶을 살길 바랐다. 나와 함께라면 어려운 일이었다.

재니스가 병실에서 나를 목격했던 날 시작된 기타 소리 때문에 밤에도 잠을 이루지 못했다. 그 소리는 마치 비명처럼 끝없이 되풀이되었다. 어떤 약을 먹어도 견딜 수가 없었다. 찰리와 함께 할 수 있는 일이라곤 그저 우는 것, 그리고 미안하다고 말하는 것뿐이었다.

자기혐오로 심장이 화끈거렸다. 심장은 그대로 부식되어 작고 딱딱한 덩어리가 되었다. 입양 담당 직원이 마침내 찰리를 재니스와 제러미 부부에게 입양 보내는 것을 수락하자, 그 덩어리는 산산조각이 나버렸다.

나는 내 심장이 다시는 치유되지 못할 거라고 생각했다. 그 생각은 맞았다.

43

재니스 로스차일드의 일기

2000년 12월 7일

우리 아들이 왔다! 우리 집에!

그 어떤 커튼콜에도 비할 수 없는 이 기분. 사랑과 기쁨과 기대와 공포와 탈진과 흥분으로 미칠 것 같은 심정이다. 오늘 밤 찰리는 잘 자겠지만 나는 절대 잠을 못 이룰 것 같다. 우리에게 아기가 생겼다! 그것도 완벽한 아기가!

물론 데이비드도 이 계획을 무척 마음에 들어 했다. 이미 위탁양육 관련 서류에 서명을 마쳤다. C를 보면 데이비드가 어떻게 반응할지 걱정했지만, 앞서 잠깐 방문했을 때 C를 보고 귀엽다고 생각한 게 분명한데도 단 1초라도 자기 자식이라 생각하거나 결정을 망설이는 모습은 보이지 않았다. 전혀. 그저 샴페인을 마시며 헛소리를 지껄이다 자리를 떴다. 늘 그렇듯이.

그렇지만 세상에나, 아이를 넘겨받는 과정은 그야말로 끔찍했다. E를 만나게 될 줄은 몰랐는데, 그녀가 직접 아이를 건네줬다. 이런 특이한 경우에 관한 규정은 없을 줄 알았는데, 있었다. 참혹했다. E는 숨을 헐떡이며 아이 이마에 계속 뽀뽀하고 머리 냄새를 맡았다. 그러다 흐느끼며 아이와 겨우 헤어졌다. 그냥, 끔찍했다. 엄청난 죄책감이 밀려들었다. E의 간호사인 샤지아는 특히나 우리에게 거지같이 굴었다. 그런 태도는 전혀 도움이 되지 않는데, 왜 그러는지 모르겠다. E가 아기를 데려가달라고 간청해서 이렇게 된 것인데, 우리더러 대체 뭘 어쩌라는 건지?

절차가 끝나기 전에 마음이 바뀌었다며 비명을 질러대면 어떡하나 걱정했지만, 그런 일은 일어나지 않았다. 우리가 잘못 생각했다.

개자식들. J 말로는 찰리 문제는 그리 큰 건이 아니라서 언론에서 떠들지 않을 거라지만, 나는 걱정을 내려놓을 수가 없다. 신문에 사진이 실리는 순간 언론 인터뷰마다 산후에 정신질환을 겪었냐고 지긋지긋하게 물어댈 텐데, 뭐라고 대답해야 하나?

변수가 너무 많다. 죄책감도 심하다. E 생각을 떨칠 수가 없다. 아기를 키우기 힘들어 다른 사람에게 보낸다는 게 어떤 기분일지 상상조차 할 수 없다. 하지만 그 끔찍했던 날을 떠올리면, 그녀는 옳은 선택을 했다. 우리 모두에게 잘된 일이다.

새벽 4시

잠이 안 온다. 너무 겁이 난다. 아기를 돌려달라는 전화가 걸려

올까 봐 계속 휴대폰을 확인하게 된다. 법원 명령이 떨어지기 전까지 법은 그녀의 편인데, 1년 넘게 걸릴 수도 있다.

이 상황을 견딜 수 있을지 모르겠다. 이런 두려움을 안고 어떻게 살아가야 하지.

12월 12일

'기자'라는 여자가 오늘 전화했다. 모자병동을 나서는 내 사진을 갖고 있다며 기사를 실을 예정이라고 했다. 어떻게 나더러 자기랑 이야기하고 싶냐고 물을 수가 있지?

그 순간을 절대 잊지 못할 것이다. 산후 정신 건강 문제를 놓고 여자가 여자를 협박하다니.

J는 오후 내내 기자들을 차단하느라 애쓰고 있다. 하지만 언론사와 개같은 변호사들이 이미 우리를 물어뜯을 준비를 하고 있다. 무슨 일이 있어도 기사를 낼 태세다.

12월 15일

기사 내용은 병동을 나서는 우리 사진과 '이달 초 제러미와 재니스 로스차일드가 정신과 모자병동을 나서는 모습'이라는 표제가 전부였다. 사진이 한 면을 거의 다 차지하고 있었다.

신문기자들이 몰려와 몇 시간 동안 밖에 진을 쳤다. 지금은 다 갔지만 아직도 지독한 개자식 하나가 숨어 있다. 하지만 곧 관심 없어 할 테지. 혐오스러운 인간들.

입양 기관은 사태가 이렇게 됐는데도 별 관심이 없다. 하지만 회의를 진행한 결과 다행히 입양 절차는 '정기적인 평가를 받는다는 조건' 아래 예정대로 진행된다고 전해왔다.

12월 19일

두려워서 밤마다 잠을 잘 수가 없다. 에밀리가 마음을 바꿀까봐 두렵고, 찰리에 대해서도, 나에 대해서도 두렵다. 내내 겁에 질려 있는 상황에도 진절머리가 난다. 에밀리가 머릿속으로 무슨 생각을 하고 있을지 계속 곱씹게 된다. 일이 어떻게 될지도.

찰리를 돌려달라고 하면 어쩌지?

모든 게 그냥 다 무섭다.

44

에밀리, 1년 후, 12월

찰리의 입양 문제가 마침내 법원 절차까지 모두 끝난 날 저녁, 나는 몇 달 만에 처음으로 할머니의 집을 나섰다.

얼마 후 깨닫고 보니 내가 쏟아지는 비를 맞으며 제러미와 재니스의 집 밖에 서 있었다. 하이버리에 자리한 아름다운 4층짜리 조지 왕조풍 건물이었다. 돈을 많이 들였을 것 같은 거대한 현관이 기둥 사이에 자리 잡고 있었고, 우편함 옆에는 '전단지 금지'라는 문구가 새겨져 있었다. 잡역부나 피자 광고가 접근하기엔 너무나 중요하고 유명한 사람들이니까.

창문으로 주방이 똑바로 들여다보였다. 큼직한 대리석 아일랜드가 할머니 집 주방 전체보다 더 컸다. 거기에 제러미가 노트북을 펴고 앉아 뭔가를 읽고 있었다.

나는 빗속에 그대로 서서 잠시 그를 지켜봤다. 컴퓨터 옆에 아무렇게나 놓아둔 넥타이와 와인잔이 보였다. 찰리가 말을 하기 시작하면 이 남자를 아빠라고 부르겠지. 이 집, 이 사람들이 찰리의 삶을 차지하겠지.

큼지막한 식탁 한쪽 끝에 영유아용 의자가 보였다.

마음이 너무 아파 숨을 쉬기가 힘들었다. 나는 힘겹게 숨을 고르며 손바닥을 손톱으로 꾹 눌렀다. 작년에 아이를 입양 보낸 엄마들을 위한 모임에 몇 번 참여했는데, 그중 많은 이들이 고통을 토로하며 그 때문에 숨을 제대로 쉴 수 없다고 말했다.

오후 2시 이후로 내 아기는 더 이상 내 아기가 아니었다. 그리고 그걸 바꾸기 위해 내가 할 수 있는 일은 없었다. 호흡 연습은 치욕이었다.

나는 잠깐 위층에 찰리와 함께 있는 사람이 재니스가 아닌 나라고 상상해봤다. 찰리를 목욕시키고 물을 튀기고 장난감으로 놀아주는 사람이 나라고. 아니, 마룻바닥이 삐걱거리고 창문이 잘 닫히지 않는 할머니 집 작은 욕실에서라도 같이 있을 수만 있다면 얼마나 좋을까.

너무나 고통스러운 나머지, 그대로 비 오는 거리에 누워 공처럼 웅크리고만 싶었다.

비에 젖어 꽁꽁 언 몸으로 그렇게 오랫동안 서 있는데, 갑자기 재니스가 젖병을 들고 주방에 들어오는 게 보였다. 그녀는 젖병을 내려놓기도 전에 곧장 창가로 와서 밖을 내다봤다.

어두워진 지 몇 시간이 지났고 길 반대쪽 나무 옆에 바짝 붙어 서 있었지만, 가로등이 너무 가까이 있다는 사실을 나는 뒤늦게 깨달았다. 재니스가 곧바로 나를 발견했다. 그리고 더 자세히 보기 위해 유리창에 얼굴을 가까이 댔다. 나는 감히 움직일 수 없었다. 외투에 달린 모자를 뒤집어쓰고 있으니 얼굴은 알아보지 못할 거라고 생각했다. 하지만 아니었다. 내가 여기에 있는 걸 본 순간 누군지도 알아봤음을 나는 알 수 있었다. 재니스가 황급히 돌아서며 제러미를 불렀다.

나는 뛰기 시작했다. 아직 회복되지 않은 다리를 재촉해 레저센터를 지나 전철역을 향해 달렸다.

멍청이! 이런 멍청한 짓을 하다니. 대체 뭘 바란 거야?

횡단보도에 막 도착했을 때 제러미에게 따라잡히고 말았다. 팔꿈치에 누군가의 손이 닿는 걸 느꼈을 때 뿌리쳤어야 했다. 아니, 전력으로 도망쳤어야 했다. 하지만 나는 멈춰 서서 뒤를 돌아봤다. 아주 오랫동안 할머니와 지역 보건의 말고 누가 나한테 손을 댄 건 처음이었다.

"에밀리?"

나는 고개를 저었다. "아닌데요."

"에밀리…." 그가 부드럽게 나를 인도 위로 끌어당겼다. 모자 위로 빗방울이 뚝뚝 떨어지는 게 느껴졌다.

"매일 밤 창밖을 확인했나 보군요." 나는 그저 이 말밖에 할 수 없었다.

"맞아."

"왜요? 두 사람 무슨 문제 있어요?"

제러미가 고개를 저었다. "아무 문제 없어. 찰리는 더할 나위 없이 잘 있어. 재니스는 그저… 찰리를 데려온 후로 불안해서 그래. 네가 마음을 바꿀까 봐 많이 두려워하고 있어."

"그래서 늘 창밖을 확인하는 거예요?"

잠시 침묵이 흐른 후 그가 고개를 끄덕였다. "찰리한테는 정말 잘하고 있어. 그러니까 불안해서 찰리한테 소홀할까 봐 걱정하지 않아도 돼. 하지만… 어쨌든, 이제 법적으로도 다 끝났으니까, 재니스도 더는 그러지 않을 거야. 이제야 진짜로 자기가 엄마라고 믿기 시작한 것 같아."

예상치 못한 이야기였다. 내가 머릿속으로 상상했던 장면은 잠든 아기 옆에서 재니스와 제러미가 기뻐하며 웃다가, 아래층으로 내려와 함께 와인을 마시며 그날 찰리가 보인 재롱에 관해 이야기하는 모습이었다. 재니스가 불안에 떨고 있을 줄은 생각지도 못했다. 특히 나 때문에 그럴 줄은… 몇 달 동안 침대에 누워 잠만 자면서 자신의 가장 기본적인 욕구조차 돌보지 못하는 이 에밀리 필 때문에 그럴 줄은 몰랐다.

"지금까지 이런 적 없었어요. 이번이 처음이에요. 그리고 마지막일 거고요."

그가 무슨 말인가를 하려 했지만 내가 가로막았다.

"절대 내가 한 짓을 극복하지 못할 거예요. 그것 때문에 난 인생을 망쳤어요. 하지만 당신이 걱정할 필요는 없어요, 제러미. 나 지금 스토킹하는 거 아니에요. 그냥… 모르겠어요. 돌이킬 수 없이 법원 명령까지 통과되고 보니, 당혹스러워요."

그가 고개를 끄덕였다. "이해해. 하지만 시기가 좋지 않아. 다신 이런 일 없도록 해. 우릴 괴롭히면 재니스가 경찰을 부를지도 몰라. 난 말리지 않을 거고."

나는 잠시 눈을 감고 비를 맞았다.

"미안해요. 무슨 말인지 알았어요. 하지만 나였다는 말은 재니스한테 하지 말아주세요. 불필요한 불안감만 커질 거예요."

"당연하지. 그냥 미친 사람이었다고 할게."

나는 간신히 미소를 지어 보였다. 그도 마찬가지였다.

"그냥… 찰리가 잘 지내고 있다는 말이 듣고 싶어요." 내 안에서 다시 감정이 솟아오르고 있었다. 갈망이었다. 깊은 바다에 갈망의 파도가 넘실거렸다. "잘 있다고, 행복하다고 말해줘요."

"그래, 찰리는 잘 있어." 그가 부드럽게 말했다. "에밀리, 찰리는 아주 행복하게 잘 지내고 있어. 전혀 걱정하지 않아도 돼."

나는 아무 말도 할 수 없었다.

"무슨 일이 있었는지도 절대 비밀로 할 거야." 그가 말했다. 세상에서 가장 친절한 목소리가 되어 있었다. "그냥, 엄마가 너무 어리고 사는 게 힘들었다고, 그래서 키울 수 없었다고, 그렇게만 말할 거야. 그날 일에 대해서는 절대 알 일 없어."

"고마워요."

그가 고개를 끄덕였다. "할머니가 돌봐주시니?"

나는 주머니에 손을 찔러 넣으며 대답했다. "아니요. 무슨 바이러스에 걸리셨대요. 그것 때문에 돌아가실 것 같아요. 얼마나 사실지 모르겠어요, 솔직히."

"유감이구나."

"네. 어쨌든, 미안해요. 진심으로요. 다신 볼 일 없을 거예요."

아무 계획도 없이, 나는 돌아서서 빗속을 걸었다.

내 아기. 내 작고 사랑스러운 아기 찰리는 이제 큰 집에서 부자 부모의 손을 잡고 아장아장 걸을 것이다. 법적으로 내게서 분리된 채.

나는 홀로웨이 로드를 걸으며 생각했다. 만일 내가 인생에서 딱 하나 옳은 일을 한다면, 찰리를 진심으로 생각한다면, 다시는 찰리 근처에도 가지 말아야 한다고.

45

에밀리, 4개월 후, 4월

놀이터는 한산했다.

아기 엄마 둘이 쿠키를 나눠 먹고 있었고, 둘 중 하나의 아이로 보이는 꼬마가 나무 보트 안에서 놀고 있었다. 한쪽에는 교복을 입은 십대 커플이 프라이드치킨을 먹고 있었다.

나는 모래밭 가장자리의 라임 관목 아래 앉아서 내 아들을 바라보는 중이었다. 찰리는 몇 미터 떨어진 빨간 기차 안에서 놀고 있었다. 더 집중하면 바람에 실려 오는 찰리의 보송보송한 피부 냄새를 맡을 수도 있으리라는 생각이 들었다.

"유가 유가 유가." 찰리가 중얼거렸다.

사랑한다, 내 아가.

재니스가 어떤 여자와 함께 웃고 있었다. 세상 누구도 부럽지 않은 표정이었다. 찰리의 머리카락은 하얀 금발에 가까웠고, 볼은 여전히 통통했다. 여기서 벗어나야 했다. 이렇게 가까이 있으면 안 되는 거였다.

하지만 나는 꼼짝하지 않았다.

예고도 없이 찰리가 기차 밖으로 기어 나오더니 똑바로 나를 바라봤다. 잠깐 갸우뚱하더니 미소를 지었다. 내 아들이 나를 보고 웃었다. 마치 다 알고 있다는 듯이. 잊지 않았다는 듯이.

나는 자리에서 일어나 뒤쪽의 나무들 속으로 물러났다. "안녕!" 떠나기 전에 뒤돌아 속삭였다. "안녕, 잘 있어!"

그런데 찰리가 내 뒤를 쫓아왔다. 기차와 모래밭을 뒤로하고.

나무들 틈새로 재니스가 보였다. 여전히 친구와 이야기를 나누고 있었다. 아무것도 모른 채.

나는 자제하고 싶어지기 전에 얼른 찰리한테 뛰어가 아이를 안았다. 두 팔로 그 단단하고 작은 몸을 꼭 안고서 머리 냄새를 맡으며 속삭였다. "사랑해." 기쁨과 고통이 한꺼번에 밀려들었다. "언제나 사랑할 거야."

그러고 나서 자리를 떴다. 동쪽 출입구를 향해 수풀이 우거진 곳을 돌아 나오는데, 소리치다 못해 비명을 지르는 재니스의 목소리가 들렸다. 내가 알기로 찰리는 안전했다. 이 출입구는 닫혀 있고 주 출입구로 가려면 재니스 바로 옆을 지나야 한다. 금방 찰리를 발견하겠지.

재니스의 비명이 점점 작아지다가 다시 커졌다. 내가 막 출입구를 빠져나오는데 재니스가 찰리를 발견한 모양이었다. 요란한 울음소리가 들려왔다. *어디에 있었니. 오 하느님, 진짜 걱정했잖*

아… 아, 다행이야. 내 아기, 찰리….

나는 주의를 끌지 않기 위해 천천히 걸음을 옮겼다. 심장이 뛰었다.

도움이 필요했다.

이번이 다섯 번째였다. 하이버리에서 갑자기 증상이 시작되었다. 그때 상황이 안 좋긴 했다. 내 아들이 로스차일드 부부와 함께 막 새 인생을 시작한 모습을 빤히 지켜봐야 했으니까.

재니스는 지난 몇 주 동안 편안해 보였다. 더는 나를 찾느라 창밖을 내다보지 않았다. 그동안 나는 이탈리안 레스토랑 맞은편 버스 정류장에 앉아 찰리가 창가 테이블에서 스파게티를 서툴게 먹는 모습을 지켜봤고, 극장 맞은편 모퉁이에 있는 매장 안에 있는 모습을 지켜보기도 했다. 공원에서 본 것만도 두 번이었다. 절대 몇 분 넘게 머물지 않았다. 그 정도면 충분히 마음을 진정시키고 비명을 지르고 싶은 불안을 잠재울 수 있었다.

도움이 필요해.

나는 공원을 등진 채 하이버리 플레이스를 향해 걸음을 옮겼다. 한 발 한 발 옮길 때마다 온 신경을 집중했다.

왼발, 오른발, 왼발, 오른발.

도움이 필요해.

46

재니스 로스차일드의 일기, 4월

나는 찰리를 품에 안고 울고, 뽀뽀하고, 소리를 질렀다. 다른 부모들의 못마땅해하는 시선이 느껴졌다. 왜 저래? 애가 돌아다니다 나무들 사이로 들어갈 수도 있지. 지금 그거 가지고 애한테 저 난리인 거야?

휴대폰을 꺼내 들다가 떨어트리는 순간 C를 발견했다. 울음을 멈출 수가 없었다. 가까스로 J한테 전화해 C가 다친 데 없이 괜찮은 것 같다고 했다.

그런데 J가 에밀리 필을 방금 봤다고 말했다. 내 전화를 받고 공원을 가로질러 뛰어오다가 우연히 봤다고 했다.

순간 모든 것이 멈췄다. 믿기지 않았다.

분노가 밀려왔다. 한 번도 느껴본 적 없는 분노였다. 그리고 절망스러웠다.

J는 에밀리를 이즐링턴 경찰서로 데려갔다. 최근 몇 달간 '불쌍한 에밀리'를 입에 달고 살던 그이였지만, 그것도 이제 끝이었다.

에밀리는 법대로 처벌받게 될 거라고, 정치인들도 얼어붙게 만드는 목소리로 J가 말했다. 그리고 언론이 이 문제에 접근하지 못하게 막겠다고 약속했다.

대체 어떻게 하면 에밀리를 우리 인생에서 내보낼 수 있을까? 그녀는 25분 거리에 살고 있다. 그녀가 절대 포기하지 않으리라는 사실을 뼈저리게 느꼈다.

이제야 겨우 우리가 안전하다는 생각이 들기 시작했는데.

2002년 9월 30일

2년간 접근 금지. 그녀가 받은 처분이었다.

2년? 아이를 유괴하려던 여자한테 고작 2년이라고? 논리적으로 생각할 수도, 뭔가를 할 수도 없다. 극심한 공포 때문에 잠도 잘 수 없다. 심리치료사는 트라우마 치료를 권한다. 치료사는 내가 외상후스트레스장애를 겪는 중이라고 생각한다. 한시도 찰리에게서 시선을 뗄 수가 없다.

에밀리는 '그냥 보고 싶었을 뿐'이라는 얼토당토않은 변명으로 치안판사의 동정을 얻어냈다. 에밀리가 우리를 괴롭혀왔다는 사실을 자백했는데도 판사는 그녀가 C를 유괴하려 했다는 증거가 없다고 판정했다.

하이버리 법원 밖에 서서 그녀가 나오기를 기다렸다. J도 나를 말리지 못했다. 말려보려 했지만, 나는 규정 따위를 준수할 기분이 아니었다. 결국 그이는 혼자 집으로 갔다.

영원처럼 긴 시간이 흐른 후에야 그녀가 나왔다. 혼자였다. 많이 야위어 있었다.

나는 말 그대로 그녀를 달리는 버스 앞에 밀어버리고 싶었다.

찰리한테 정상적이고 안정적인 엄마가 되어달라며! 그래놓고 나를 스토킹해? 제정신이야? 우리 동네까지 와서 놀이터에 숨어 있다가 아이도 훔쳐 가려고 했지?

어떻게 감히— 어떻게 네가 감히?

그런 짓거리 때문에 우린 많은 걸 잃었어. 네가 그토록 주고 싶어 했던 안전한 가정을 찰리한테서 빼앗은 셈이라고. 지긋지긋한 미친년, 빌어먹을 정신병자야.

하지만 그러는 대신 나는 침착하고 차분하게 다가가 조용히 말했다. 한 짓에 대한 대가를 치르게 해주겠다고.

그 말은 진심이었다. 시간이 얼마나 걸리든, 그녀가 대가를 치르도록 할 생각이었다.

47

에밀리

유죄 판결을 받은 후, 나는 개방대학에 들어갔다. 그리고 3년 후 졸업과 동시에 이름을 바꿨다. 찰리의 가족을 위협했던 그 여자는 이제 기록에서 사라졌다.

로스차일드 가족 근처에는 절대 가지 않았고, 갈 생각도 없었다. 대신에 그 엄청난 슬픔의 힘을 나만의 게를 찾는 데 쏟아부었다. 공허한 날이면(그때는 그런 날이 많았다) 노섬벌랜드로 갔다. 뭘 발견하지도, 포기하지도 못했다. 그저 계속 찾을 뿐이었다.

플리머스대학에서 석사과정을 마치고 마침내 연구직을 얻었다. 평범함의 기본 조건을 충족하는 삶을 살기 시작했다. 가끔은 과거 생각이 많이 나지 않는다는 것만으로도 기뻤다. 세월이 흘렀고, 엠마는 젊은 시절의 에밀리를 닮아갔다. 사람들은 엠마와 함께 있기를 좋아했다. 엠마와 함께 있을 때 그들은 즐거워했다.

그건 확실했다.

행복했는지는 잘 모르겠다. 하지만 바빴고, 목적의식이 있었으며, 대부분 사람들에게 둘러싸여 있었다. 그거면 충분하다고 생각했다.

그로부터 몇 년 후, 할머니가 세상을 떠났다. 레오라는 남자가 할머니의 부고 기사를 쓰고 싶다며 전화를 걸어왔다. 그의 목소리를 듣는 순간, 나는 그를 만나기도 전에 내게 두 번째 기회가 왔음을 알았다.

그 두 번째 기회는 아름다웠다. 상상했던 것보다 훨씬. 내 몸이 저절로 움직였고, 내 마음이 다시 사랑이라는 감정을 느꼈다.

하지만 해변의 모래사장에도 그림자가 드리워지듯 나쁜 일은 언제나 일어난다. 상실이란 게 그렇다. 무엇을 얻었든, 한 번 잃으면 돌이킬 수가 없다.

3부 엠마

48

레오

제러미가 나를 바라보고 있었다.

온갖 감정이 밀려오는 듯도 했고 아무 감정이 느껴지지 않는 듯도 했다. 각자 자신의 아내가 어디에 있는지 모르는 두 사람이 한자리에 앉아 있었다. 내가 알지 못하는 악몽으로 연결된 채.

"당신이 이 모든 걸 나한테 듣고서야 알았다는 사실이 마음에 걸리는군요." 그가 침묵 끝에 말했다. "그래선 안 되는 일인데. 하지만 엠마가 어디 있는지 파악하는 데 도움이 된다면야…."

나는 당혹감에 눈을 비볐다. 제러미가 이야기한 여자를 나는 알지 못했다. 그가 20년 동안 알고 지냈다는 여자. 나는 그 여자의 사고방식이나 결정 방식에 대해 아는 게 없었다. 나는 그 여자를 사랑하는 걸까? 사랑할 수 있을까? 그녀는 나를 사랑한 적이 있을까? 아니면 그냥 연기였을까?

엠마가 에밀리였다. 그녀는 제러미의 사촌을 만났고, 그의 아기를 임신했다. 그리고 로스차일드 부부에게 그 아기를 입양 보내기로 합의했다. 하지만 마음을 바꿨고, 산후 정신질환을 앓았으며, 자기 아기를 질식시켜 죽이려고 했다. 그러다 결국 입양을 마무리했고, 로스차일드 부부를 괴롭혔으며, 아이를 유괴하려고 했다.

"이건… 이건 악몽이군요." 마침내 내가 말했다.

집 안 어딘가에서 세탁 종료를 알리는 삐 소리가 났다. 나는 잠시 머릿속의 지옥에서 빠져나와 세탁기를 돌리는 제러미 로스차일드를 상상해보려고 했다. 하지만 그럴 수 없었다. 생각할 수가 없었다.

산후 정신질환에 대해서는 아는 게 거의 없었다. 몇 년 전 아기와 함께 다리에서 뛰어내린 불쌍한 여자에 관한 기사를 쓴 적이 있는데, 그 이야기가 아직 뇌리에 남아 있었다. 하지만 엠마는? 엠마는 어떻게 그런 트라우마를 겪고서도 나한테 말하지 않을 수 있었을까? 어떻게 아무에게도 말하지 않을 수 있었을까?

하지만 조용히 진실이 머릿속으로 밀고 들어오면서, 엠마가 누군가에겐 털어놓았으리라는 데 생각이 미쳤다. 바로 질이었다. 그녀는 루비가 태어나기 직전 우리 집에 나타나, 루비가 생후 2주가 되도록 나갈 생각을 하지 않았다. 그리고 엠마를 절대 루비와 단둘이 남겨두지 않았다. 둘이 소파에서 낮잠을 자고 있을 때조차.

질은 다 알고 있었다.

이 생각을 하자 너무 화가 나서 자포자기 심정으로 뛰쳐나갈 뻔했다. 하지만 그러고 나면? 제러미에게 물어봐야 할 게 너무나 많았다.

나는 주방 식탁을 꽉 붙들었다. 그리고 엠마가 가르쳐준 대로 호흡에 집중했다.

에밀리. 에밀리 루스 필, 다 큰 아이와 범죄 기록이 있는 여자.

"그 유괴 건은 어떻게 됐습니까? 실제로 무슨 일이 일어났나요?"

"동네 놀이터 잡목 우거진 곳에 숨어 있었더군요. 찰리가 잠깐 사라졌는데, 아이가 다시 나타났을 때 엠마가 놀이터를 벗어나는 걸 내가 목격했습니다."

나는 양손에 머리를 파묻었다. "그 일이 일어난 건 산후 정신병을 앓고 있을 때가 아니라는 거죠?"

"1년도 넘은 후의 일이었습니다. 상태가 좋진 않았다고 생각해요. 하지만 분명 정신병을 앓고 있진 않았습니다."

나는 루비가 공원에서 사라진 상황을 떠올려봤다. 나와 엠마가 루비의 이름을 외치며 이리저리 뛰어다니는 모습을, 그리고 그 극심한 공포를. 어떻게 그런 짓을 다른 부모에게 저지를 수 있는지 이해할 수 없었다.

"그때 엠마가 뭐라던가요? 뭐라고 변명하던가요?"

제러미가 머뭇거리며 대답했다. "글쎄요. 사실, 엠마는 유괴 혐의를 부인했습니다. 그냥 놀이터 구석에서 바라보기만 했다고 주장했죠. 찰리가 자기를 보고 잠깐 쫓아온 거라고요. 자기는 오라고 부추긴 적이 없다고 했습니다. 치안판사는 그 말을 믿었고요."

순간 안도감이 스쳤다. "아, 저도 그 말을 믿고 싶군요. 엠마는 그저…."

하지만 말을 마치기도 전에 불쑥 의심이 들었다. 엠마는 사소한 거짓말은 못 할지 몰라도 아주 중요한 문제는 속일 수 있었다. 우선, 숨어서 재니스 몰래 찰리가 노는 모습을 지켜보고 있었다는데, 이건 괜찮은 행동이 아니었다. 괜찮은 것과는 거리가 멀었다. 그녀가 아이를 데려갈 생각이 없었다고, 그러려던 게 아니라고 어떻게 장담할 수 있을까?

나는 제러미를 돌아봤다. "당신 생각은 어땠습니까?"

그는 잠시 생각에 빠졌다.

"나도 엠마가 진짜로 찰리를 데려가는 모습을 상상하긴 쉽지 않았습니다. 하지만 드러난 사실은, 찰리가 실제로 몇 분간 사라졌고 재니스가 발견했을 때는 엠마가 나간 바로 그 문 옆에 있었다는 겁니다. 단지 우연이라기엔 너무 이상하죠. 엠마가 찰리와 재니스를 몇 달간 여러 번이나 몰래 지켜봤다는 사실을 인정했으니 더더욱 그렇고요."

"하지만 아이를 유괴하려던 게 아니라는 말을 치안판사가 믿었다면서요. 그런데 접근 금지 명령은 왜?"

"미안하지만, 엠마가 앞서 6개월간 다섯 번이나 우리를 쫓아다녔다고 한 말 못 들으셨습니까?" 그는 이성을 잃고 있었다. "그게 얼마나 괴로운 일인지 알기나 합니까? 유괴를 시도했든, 안

했든 그건 중요하지 않습니다. 엠마는 우리를 괴롭혔어요."

"그렇지만 그냥 아이를 지켜보기만 했다는데, 조금 가혹한 것 같—"

제러미가 불쑥 끼어들었다. "말조심하세요. 레오."

나는 곧바로 사과했다. 하지만 분위기는 싸늘해졌다.

"우린 모든 게 섬뜩했고 극도로 스트레스를 받았습니다." 그의 눈 위쪽이 아주 가까이서 봐야 보일 정도로 미세하게 떨렸다. "더 안 좋은 건 4년 전부터 엠마가 다시 시작했다는 겁니다. 우릴 괴롭히는 일을."

"뭐라고요?"

"엠마가 암 선고를 받았을 때 만났었습니다. 찰리를 잘 알지도 못하는 상태로 죽을까 봐 걱정하더군요. 그렇지만 아무리 심각한 상황이라 해도 난 엠마를 찰리의 인생에 불쑥 끼워줄 수가 없었어요. 아니, 그러고 싶지 않았습니다. 그래서 거절했죠. 그랬더니 어느 날 앨른머스에 나타났어요. 우리 세 식구가 휴가를 보내고 있을 때 말입니다. 당시 찰리는 겨우 열네 살이었어요. 재니스는 거의 이성을 잃었고요."

나는 속이 울렁거렸다. "그러니까— 엠마가 또 찰리를 데려가려 했다는 겁니까?"

"아니요. 찰리는 그때 집에 있었습니다. 얼마나 다행이었는지. 재니스와 둘이 해변으로 산책하러 나가 있었는데, 골프장 근처 바위 뒤에서 엠마가 갑자기 불쑥 나타난 겁니다."

나는 눈을 감았다. 엠마가 노섬벌랜드에 갔다가 예정된 기차를 타지 않았던 그때 일인 듯했다. 휴대폰도 꺼져 있어서 1분 지날 때마다 걱정이 이만저만 아니었다. 그러다 결국 질한테 전화할 생각까지 했고, 질은 엠마가 자기 집에 있다고 했다. 나는 그 말을 의심할 이유가 전혀 없었다. 그저 엠마가 친구와 함께 있다니 안심했던 기억만 떠올랐다.

나는 그날 밤 있었던 일에 대해 털어놓으며 같은 날짜가 맞는지 물었다.

그가 고개를 끄덕였다. "네, 그 일이 있었을 때네요." 그러고는 밤이 내린 정원을 내다봤다. 그러더니 잠시 후 자리에서 일어나 찬장을 열고 감자칩 한 봉을 꺼냈다.

제러미 로스차일드가 감자칩을 먹을 줄은 생각도 못 했다. 이유는 모르겠다. 게다가 우스터소스 맛이었다. 제대로 잘못 짚은 셈이었다. 그는 내게도 먹겠냐고 권했지만 거절했다. 그는 테이블 앞에 자리 잡고 기대앉아 봉지를 뜯었다.

"엠마는 일종의 비공식 해양 탐사를 하러 앨른머스에 왔다는 증거를 충분히 갖고 있었어요. 게를 찾는다고 했었나, 아마 그랬을 겁니다. 하지만 경찰이 호출되었고, 엠마의 친구인 질이 런던에서 그 먼 거리를 차를 몰고 와 집으로 데려갔죠."

거짓말. 다 거짓말이었다.

"그러고 난 다음에는요?"

"다시 우리를 내버려두더군요. 3주 전 재니스가 실종될 때까지 우린 전혀 연락하지 않았습니다. 혹시 재니스한테 무슨 말이라도 했는지 확인하려고 엠마한테 연락했던 건데, 그런 적 없다고 하더군요. 사실, 그 말을 믿어요. 그런데 재니스가 엠마한테 편지를 남겼어요. 그래서 그걸 전해주려고 앨른머스에서 만났던 겁니다."

"우편으로 보내줄 수는 없었나요?"

"다시 만나서 얘기하고 싶었습니다. 직접 만나서 재니스와 연락한 적 있는지 확인하고 싶었죠." 그가 칩을 한 움큼 집어 들고는 입 안에 털어 넣었다. "그리고 엠마는 내가 찰리를 만나게 해줄지도 모른다고 생각했기 때문에 앨른머스까지 그 먼 길을 왔던 거고요."

나는 의자에 등을 기대고 앉았다. 머릿속이 뒤죽박죽 복잡했다. 제러미는 계속 과자를 먹고 있었다.

"하지만… 찰리는 지금 열여덟 살이겠군요. 원한다면 연락해도 괜찮은 거 아닌가요?"

"맞아요. 이젠 찰리와 연락해도 됩니다. 하지만 엠마는 그러지 않을 거예요. 나 없이는."

"왜죠?"

그가 다 먹어 빈 과자 봉지를 사각형으로 접었다. 그리고 그것을 빈 커피잔 밑에 끼워 넣었다.

나보다 내 아내에 대해(그리고 내 인생에 대해) 더 많이 알고 있는 건 어떤 기분일지 궁금했다.

"엠마는 자기 자신과 거래를 한 겁니다. 그 유괴 사건 이후에요. 다시 찰리의 인생에 끼어들지 않기로 다짐한 거죠. 무슨 일이 있어도요. 엠마는 공원 놀이터에서의 그 일이 우리 부부에게, 그리고 찰리한테 얼마나 큰 충격이었는지 알고 있어요. 엠마는 그 일에 대해 무척 후회하고 있습니다. 찰리한테 주고 싶었던 안전한 유년기를 자기가 망쳤다고 걱정하고 있죠. 그래서 찰리를 곤혹스럽게 만들기보다는 우리 중 한 사람을 통해서만 만나겠다고 결심한 겁니다. 하지만 재니스는 절대 동의하지 않을 테니, 항상 나한테 조르는 거고."

나는 얼굴을 찌푸렸다. "그러니까— 엠마가 만나고 싶어 한다는 말을 그 애한테 알리지 않았다는 말입니까? 다 비밀로 하고?"

제러미가 인내심 어린(동정적인) 표정으로 나를 봤다. 나는 또 한 번 쓰라린 굴욕감을 느끼며 그가 내 입양 사실을 알고 있다는 걸 깨달았다. 내 질문은 너무 편파적이었다.

"물론 비밀로 하진 않았습니다. 찰리는 자기가 입양아라는 사실을 알고 있어요." 그가 의자를 고쳐 앉았다. "엠마가 암 선고를 받았을 때 찰리와 대화를 나눴습니다. 생모가 만나고 싶어 한다는 말은 하지 않았지만, 생모에 대해 알고 싶거나 만나고 싶다면 도와주겠다고 했습니다. 찰리는 고맙다고 했고, 그걸로 끝이었어요. 이후로 아무 말도 없었고요. 난 그 문제에 관해 어떤 결정도 강요할 생각이 없습니다."

나는 평생 루비와 떨어져 살아야 하는 삶을 상상해봤다. 공포감이 밀려와 심장이 방망이질 쳤다. 엠마가 겪은 일은 상상조차 하기 힘들었다. 다 커서 성인이 된 지금도 편지조차 보내지 않는 걸 보면 그 아이를 깊이 사랑하는 게 틀림없었다.

우리는 둘 다 오랫동안 말이 없었다. 너무 조용해서, 뒤쪽 주방

아일랜드 위에 동그랗게 말린 채 놓여 있는 재니스의 손목시계 소리가 들릴 정도였다. 낡고 오래된 우리 집은 삐걱거리는 소리와 배관이 꽝꽝 울리는 소리와 라디에이터가 탕탕거리는 소리가 넘치는데, 이 집은 모든 게 너무나 아름답고 최신식이었다. 재니스는 왜 이런 안식처에서 걸어 나가고 싶었으며 왜 돌아오지 않는 걸까?

"찰리는 어디에 있나요?" 열여덟 살 남자애가 함께 산다기엔 집이 너무 깔끔했다. "당신이 아들을 돌보고 있다고 말한 걸로 기억하는데요?"

제러미가 어깨 너머로 돌아보며 대답했다. "자기 방에요. 이런저런 일들로 아이도 많이 힘들어하고 있습니다."

이 말에 나는 잠시 어안이 벙벙해졌다. 엠마의 아들과 같은 지붕 아래 있다니. 당장 위층으로 뛰어 올라가 아이를 확인하고 이 모든 이야기가 사실임을 받아들이고 싶었다. 내 아내에게 정말로 다 큰 아이가 있다는 것을.

"대학생인데 잠깐 집에 와 있습니다. MIT에 다닙니다. 미국이요." 그는 이 말을 하며 흐뭇함을 감추지 못했다. "1학년 생활을 정말 멋지게 보내고 돌아왔는데 재니스가 사라진 겁니다. 방학을 맞아 집에 온 지 며칠 안 돼서요. 찰리는 정말 고통스러워하고 있어요."

마침내 내 생각이 다시 엠마에게로 돌아왔다. 그리고 재니스에게로, 또 그 두 사람이 보낸 혼란스럽고 고통스러운 세월로.

"재니스는 엠마를 용서했나요? 당신도요?"

제러미는 이 질문에 대답을 망설였다.

밖에는 꼬마전구 아래 알리움 꽃송이들이 흔들리고 있었다. 엠마는 그들을 괴롭히고 몰래 접근했다. 그들은 아마 엠마를 용서할 수 없을 것이다. 하지만 엠마는 내 아내다. 그리고 나는 그녀를 아주 깊이 사랑한다. 지금 이 상황을 어떻게 느껴야 할지 알 수 없었다.

"우린 엠마한테 정말 따뜻하게 대했습니다." 마침내 그가 말했다. "임신 중에도 그랬고, 아이를 낳고 힘든 시간을 보낼 때도 그랬죠. 하지만 이후에 엠마가 보인 행동은 변명의 여지가 없어요. 자식이 있는 부모에게, 그 자식을 잃을지도 모른다고 믿게 만드는 건 끔찍한 짓입니다."

"힘드셨겠군요."

"그 일이 재니스를 바꿔놨습니다. 완전히 달라진 것 같아요. 확신도, 자연스러움도, 회복력도 다 잃었습니다. 불안해하고 화가 많아졌죠. 사람들을 믿지 않고요. 점점 사람들도 만나지 않게 됐습니다. 최근엔 외출도 꽤 힘들어했어요."

스크린을 통해 본 재니스 로스차일드의 모습은 전혀 그렇게 보이지 않았지만, 나는 그의 말을 믿었다. 하지만 정말 놀란 점은 엠마는 별로 큰 영향을 받지 않은 것 같다는 사실이었다. 몇 년 동안 몇 번의 '안 좋은 시기'를 겪었고 산후우울증도 앓았지만, 다 오래 지속되지 않았다. 집에 틀어박히지도 않았고 화도 내지 않았다. 확신에 차 있었고 사람을 믿었으며, 무엇보다 늘 활기차고 행복했다. 어떻게 이럴 수 있지?

그러다 또 다른 생각이 떠올랐다.

"저," 나는 느린 어조로 말을 건넸다. "이런 걸 물어서 미안합니다만, 혹시… 재니스가 조금이라도 엠마의 발병과 관련 있을 수 있다는 생각은 안 해보셨나요?"

"그만. 거기까지만 하시죠."

"미안합니다. 하지만 법원 출석 후에 재니스가 엠마를 협박했다고 말씀하셨잖습니까. 몇 년 전 일이긴 하지만, 그래도 어쩌면—"

"그럴 리 없습니다."

"재니스가 엠마한테 뭔가 나쁜 짓이나 해로운 일을 저질렀다는 얘기가 아닙니다. 난 그저—"

"재니스가 지금 얼마나 상처받기 쉬운 상태인지 내가 한 말 못 들었어요? 맨 처음부터 말했던 것 같은데요? 그 모든 공격적인 행동, 위협적인 태도의 배후에 있던 사람은 엠마라고. 재니스는 한 번도 앙갚음한 적이 없어요. 한 번도요. 심지어 용서할 수 없는 일을 당했을 때도요."

"그건 동의합니다. 하지만 난—"

"어젯밤까지 당신은 자기 아내가 에밀리 필이었다는 사실도 몰랐다는 걸 다시 일깨워드릴까요? 남편이 모르는 자식이 따로 있다는 사실도요? 레오, 그 정도도 몰랐으면서 재니스에 대해 어떤 비난도 할 생각 마세요. 재니스가 엠마로 인해 얼마나 고통받았는지는 아무도 모를 겁니다."

깜빡했다. 이 사람이 제러미 로스차일드라는 사실을.

그가 조용히 주방 문 쪽으로 걸어가며 말했다. “그만 가실 시간이군요. 내 아내는 지금 자신을 감당할 수 없어 어딘가로 사라졌어요. 난 지금 너무 걱정돼서 다 포기해버리고 싶은 심정입니다. 그런데 당신은 여기 와서 재니스가 런던으로 돌아와 엠마한테 복수라도 한 것처럼 얘기하다니. 정말 어처구니가 없군요, 레오. 정말 어처구니없고 형편없어요.”

“정말, 사과드립니다. 제 의도는 그게 아니—”

“아, 그만 가세요.” 그가 갑자기 진절머리 난다는 투로 말했다. “꺼져요. 가라고요.”

이건 그가 라디오 프로그램을 끝낼 때와는 다른 방식이었다.

49

레오

나는 하이버리 코너로 나왔다. 슬슬 화가 치밀어 올랐다. 제러미는 행복에 겨워 엠마와 엠마가 겪은 위기, 속임수, 그리고 그녀가 끼친 피해까지 전부 다 무심코 털어놓았다. 하지만 재니스에 관해서는 고작 질문 하나에 완전히 다르게 반응했다.

그러더니 내가 무슨 거짓말쟁이 정치인이라도 되는 듯 가차없이 밀어붙였다. 그런 굴욕까지 겪다니. 그 남자는 내 결혼 생활을 통째로 파쇄기에 처넣었다. 젠장!

"빌어먹을!" 나는 욕을 내뱉으며 어퍼스트리트 쪽으로 속도를 올렸다.(왜 여기로 가고 있지? 이쪽에 사는 것도 아닌데. 나는 반스버리를 가로질러 가기 위해 이즐링턴 파크 스트리트 쪽으로 우회전했다.)

"젠장!" 과속방지턱을 보지 못하고 그만 부딪치고 말았다. "젠장!" 벌컥 화가 났다.

급기야 눈에 눈물이 차오르기 시작했다. 엠마는 사라졌다. 엠마는 애초에 존재하지 않았다.

"망할!" 소리를 지르는 순간 또 과속방지턱에 걸렸다. 이번에는 차 하부가 방지턱에 긁히고 말았다. 지나가던 사람이 돌아봤다. "꺼져버려!" 나는 그에게 소리쳤다. 눈물이 흘러내렸다.

나는 울면서 차를 몰았다. 그러다 그만 과속방지턱을 세 번째로 칠 뻔했다. 그제야 차를 갓길에 세워야겠다는 생각이 들었다. 운전대 위에 엎어져 흐느끼다 소리 지르며 손목을 내리치려는 순간, 아주 찰나의 시간 동안, 아까 그 사람이 돌아서서 뛰어가는 모습이 보였다. 그는 내 차에서 점점 더 멀리 도망치고 있었다.

10분 후, 다시 출발했다. 제러미를 향한 분노는 가라앉아 있었다. 그는 이야기를 전한 것뿐이다. 내가 화를 내야 할 사람은 내 아내다. 내 아내, 애초에 존재하지 않는 여자.

이해해줄 수도 있었는데. 계속 이 생각이 머리를 떠나지 않았다. 제러미가 언급한 이야기 중 어느 것이라도 엠마가 나한테 털어놓았다면 나는 다 받아들였을 것이다. 갑자기 생긴 정신질환에서 헤어나지 못해 일어난 일들인데 어떻게 그녀를 비난할 수 있겠는가? 아이를 잃었다는 고통이 이성을 압도한 나머지 놀이터에서 아이를 지켜봤다는 그녀를 어떻게 심판할 수 있겠는가? 입양 보낸 아이가 어디에 사는지 안다면 누구라도 몰래 보러 가지 않을까? 나라도 그럴 것이다.

하지만 자기 아이를 남에게 줘버렸다는 사실은 결코 말하고 싶지 않았을 것이다. 이해한다. 내가 입양 문제로 얼마나 힘들어 했는지 곁에서 다 봤으니까. 그렇다 하더라도 엠마의 상황을 알았다면 나는 아무 비판 없이 받아들였을 것이다. 그녀를 사랑하고, 또 내 과거는 별개의 일이니까.

(그러지 않았을까?)

그리고 찰리를 질식사시키려 했던 것에 대해 자신을 용서하도록 도와줄 수도 있었을 것이다. 최소한 죄책감의 날이라도 무디게 해줄 수 있었을 것이다. 당신은 그때 아팠잖아. 이런 말을 해주면서. 날마다, 해마다, 그녀가 그 말을 믿을 때까지.

(그러지 않았을까?)

나는 빠른 속도로 펜턴빌 교도소를 지나갔다. 조명이 켜져 있었지만 으스스했다.

추한 진실은, 내가 한편으로는 충격을 받았다는 데 있었다. 한편으로는 겁에 질렸고, 또 한편으로는 루비가 자기 엄마와 있어도 괜찮을지 의심까지 들었다.

이런 이유로 엠마는 나한테 말하지 않았을 것이다. 가장 오래된 친구 말고는 아무에게도 말하지 않은 건 다 이런 이유 때문이었을 것이다. 누구든 사실을 알고 나면 의심할 테니까. 그 여자, 겉보기엔 안 그렇던데 그렇게 폭력적인 사람이었어? 지금도 자기 아이든, 누구든 또 해칠 생각 하는 거 아니야?

나는 주먹으로 운전대를 쳤다. 엠마한테 분노가 치밀었다. 엠마의 예상에서 한 치도 벗어나지 않은 반응을 보인 나 자신에게도 분노를 금할 수 없었다.

아가 그로브를 벗어나 시끄럽고 더러운 밤의 캠던으로 접어들었다. 거리는 웃고 떠들고 술 마시는 젊은이들로 가득 차 있었다.

초크 팜과 벨사이즈 파크를 향해 북쪽으로 조금씩 움직이면서, 엠마가 나한테 한 거짓말로 가득한 공책을 샅샅이 살폈다. 노섬벌랜드로의 여행. 그 빌어먹을 여행을 갈 때마다 그녀가 게를 찾으며 편안한 혼자만의 시간을 보내리라 믿고 배웅했는데, 로스차일드 가족을 스토킹하고 있었다니.

루비가 태어난 날의 기록이 보였다. 엠마의 두 번째 아이인 줄은 꿈에도 모른 채 난생처음 내 자식을 안고 기쁨에 들떠 있는 나를 보며 분만실에서는 얼마나 나를 불쌍하다고 생각했을까.

그리고 우리의 소중한 날들에 대한 기록도 있었다. 우리 결혼은 어떻게 되는 걸까? 만일 엠마가 개명 사실을 담당 공무원에게 말하지 않았다면 합법적인 결혼이라고 할 수 있을까? 시청에 혼인신고를 할 때, 엠마는 이름이 바뀐 것에 대해 아무 말도 하지 않았다. 그로부터 몇 달 후 등기소에서는 내 맞은편에 서서 나, 엠마 메리 비글로는 레오 잭 필버와 혼인해서는 안 될 만한 법적 이유를 알지 못한다고 말했다.

전과 기록은 또 어떤가. 우리가 함께 살고 있을 때도 엠마는 로스차일드 부부를 스토킹했다. 질과 저녁 식사를 한다고 해놓고 무슨 짓을 하고 다녔는지 누가 알겠는가. 업계 파티 참석을 거부한 것도 아마 제러미와 공개적인 자리에서 만나는 걸 피하기 위해서였을 것이다.

하버스톡 힐로 가는 내내 차가 가다 서다를 반복했다. 나도 모르게 손가락이 운전대를 두드리고 다리가 움찔거렸다. 생각하는 것도 힘들어 죽겠는데 몸까지 도로에 갇혀 있으니 견딜 수가 없었다.

집 앞에 차를 세우면서 혹시 몰라 엠마를 찾아 두리번거렸다. 하지만 낯익은 차는 올리 형의 차뿐이었다.

심장이 쿵쾅거렸다. 지칠 대로 지쳤다. 무슨 생각을 해야 할지, 무엇을 해야 할지, 다음에는 어디로 가야 할지, 아무 생각도 나지 않았다. 내 마음이 엠마를 두려워하고 있었다. 그녀를 그토록 오래, 그토록 깊이 사랑했던 내 마음이. 나는 화가 났고, 충격에서 벗어나지 못하고 있었다. 그녀를 믿어도 좋을지 알 수 없었다.

믿음이 없다면, 우리의 관계는 아무것도 아닌 것이나 마찬가지였다.

시동을 끄는데 뒤에서 누가 차 문을 닫는 소리가 들려왔다. 엠마인가 싶어 휙 돌아봤더니, 쉴라가 가로등 불빛을 받으며 우리 집 앞 도로에 서 있었다. 평소에는 꽤 편안한 옷차림인 그녀가 오늘 밤에는 바지 정장을 입고 있었다. 조금만 신경 썼더라면 고위급 첩보원처럼 보이지 않을 수 있었을 텐데.

"쉴라? 여기서 뭐 해요?"

"새로운 소식이 있어." 그녀가 말했다. "엠마에 관한 거야."

50

집 안으로 들어가 보니 올리 형과 팅크 형수가 노트북으로 뭔가를 들여다보고 있었다. 미켈과 오스카는 담요를 덮고 잠들어 있었다.

나는 쉴라를 소개했다.

형이 호기심 어린 눈으로 쉴라를 쳐다보며 물었다. “혹시 전직 스파이셨나요?”

“형!”

“왜? 스파이 만나본 적이 없어서 그래!”

“대답할 수 없겠는데요.” 쉴라가 대답했다. 형은 이런 식의 대꾸를 좋아했다.

나는 서재의 앤 여왕 스타일 안락의자에서 존 키츠를 쫓아내고 쉴라에게 가져다줬다. “개털이 조금….” 하지만 쉴라는 개의

치 않고 털이 듬성듬성 묻어 있는 의자에 그대로 앉았다. 나는 바닥에 자리를 잡았다.

"루비가 다닌다는 유치원에 가서 CCTV를 보여달라고 했어." 쉴라가 말을 시작했다. "엠마 모습이 마지막으로 찍힌 게 거기일 테니까."

"그랬더니, 보여주던가요?"

쉴라가 의외라는 표정으로 고개를 끄덕였다. "물론이지. 아무튼, 그걸 보니 엠마는 유치원에서 말한 바로 그 시간에 그곳을 떠났어. 조금 화가 난 것 같았는데, 이것도 유치원 사람들이 말한 대로야. 그리고 자네 말도 맞아. 핸드백 같은 건 들고 있지 않았어."

서재에 있던 존이 졸린 듯 어슬렁거리며 들어왔다. 한쪽 귀가 머리 위로 접혀 있었다. 존은 곧장 쉴라에게 다가가 가랑이 사이에 코를 찔러 넣었다.

나는 놀랍고 기뻤다. 쉴라가 유치원으로 돌진해서 CCTV 기록을 요구하다니. 늘 내가 상상해왔던 쉴라의 모습이었다.

"그런데 차 한 대가 유치원 밖에 서 있었어. 엠마는 그걸 타고 가버렸어. 흔쾌히. 전혀 머뭇거리지 않더라."

"아는 사람 같았습니까?" 형이 물었다.

"네." 쉴라가 휴대폰을 꺼내 화면을 몇 번 넘겨보고는 말을 이었다. "ZQ16 5LL이네. 은색 푸조. 레오, 뭐 떠오르는 거 없어?"

나는 얼굴을 찌푸리며 대답했다. "아뇨… 생각나는 게 없는데… 아, 하이디라는 엠마 친구가 은색 왜건을 몰아요. 차 지붕에 루프 레일이 있던가요? 뒤에 자전거 거치대도?"

"아니, 그건 소형차였어. 실례를 무릅쓰고 운전면허청에 근무하는 옛 친구한테 물어봤거든."

형과 형수가 서로 눈짓을 주고받았다. 엠마한테 별문제가 없으리라는 걸 안 지금, 두 사람은 쉴라에게 쏙 반한 눈치였다.

쉴라가 다시 휴대폰 화면을 넘기다가 나를 보며 말했다. "차명의자가 질 스털링이라고 되어 있네. 이 여자 알아?"

51

엠마, 그날 오전

“가보면 알아.” 어디로 가는지 묻자 질은 이 말만 계속했다.

질은 이 상황을 즐기는 듯했다. 말은 많이 하지 않았지만, 뭔가를 할 계획으로 기운이 넘치고 있음을 표정과 몸짓으로 알 수 있었다. 라디오가 꺼져 있는데도 질은 노래를 계속 흥얼거렸다. 그리고 운전 강습이라도 하듯 도로 상황을 끊임없이 설명했다.

유치원 앞에서 나를 태운 지 20분이 넘어가고 있었다. 차는 막 런던 외곽의 북순환로에 들어섰다. 눈앞에 왓퍼드와 북부 방면 M1 고속도로 표지판이 보였다.

“저 남자 엉덩이 좀 봐!” 질이 보행자 전용 육교를 건너는 남자를 가리키며 코웃음을 터트렸다. “총체적 난국이네!”

욕은 아니지만, 그래도 좀 심하다는 생각이 들었다.

“정말 레오한테 전화해야겠어. 레오한테 시간이 필요하다는 거, 나도 알아. 하지만 이렇게… 이렇게 연락도 없이 약속을 어기는 건 옳지 않은 것 같아. 휴대폰 좀 빌려줄 수 있어?"

"아니." 질이 대답했다. "말했잖아, 레오한테는 내가 얘기했다고."

질이 느닷없이 루비의 유치원 앞에 나타났을 때, 내가 레오와 만나기 전에 그냥 응원해주려고 온 줄 알았다. 안아주면서 격려의 말을 해주려고. 그런데 질은 우리 집을 그냥 지나쳐 북쪽으로 향했다.

"9시 30분에 레오를 만나기로 했단 말이야! 멈춰! 지금은 너랑 얘기할 시간 없어!"

"이게 훨씬 더 중요해." 질은 평소와 다른 미소를 지으며 대답했다. 표정이 너무 낯설어서 혹시 약을 먹은 게 아닌지 의심스러울 정도였다. 세인트앤드루스대학에 입학한 첫해에, 우리는 환각버섯을 먹어본 적이 있었다. 하지만 질은 그 통제 불능 상태가 견딜 수 없다며 다시는 마약에 손대지 않겠다고 다짐했었다.

"질! 진짜, 나 내려야 해!"

질은 내 말을 못 들은 척했다. 공원 입구 쪽에 횡단보도가 보였다. 나는 안전벨트를 풀고 문을 열려고 했다. 점점 화가 치밀어올랐다. 대체 왜 이러는 거야?

그 순간, 질이 무슨 인질극이라도 벌이듯 차 문을 다 잠갔다. "정신병자처럼 굴지 마! 차 밖으로 뛰어내릴 생각은 하지도 마. 네가 무슨 브루스 윌리스인 줄 알아? 마흔이 다 된 아줌마가!"

"질! 나 지금 농담할 기분 아니야! 내려줘."

하지만 질은 계속 차를 몰았다.

레오와 이야기했다고 했다. 레오가 아직 충격에서 벗어나지 못하고 있으며 이틀 정도 생각할 시간이 필요하다고 했다는 거였다.

질은 내가 결국 조용히 듣고 있을 때까지 이 이야기만 반복해서 하고 또 했다. "그래서 내가 데리러 간 거야. 레오를 만나러 집에 갔는데 아무도 없고 텅 비어 있으면 얼마나 끔찍할까 싶어서."

나는 질의 어깨에 손을 얹고 조용히 말했다. "알았어. 고마워."

우리는 한동안 가다 서다 하면서 상점들이 늘어선 거리를 지났다. 이제 차에서 내리는 건 포기했다. 레오가 나를 만나길 원치 않는다니. 레오가 나를 만날 준비가 되려면 수요일, 어쩌면 목요일은 되어야 할지도 모른다. 그때쯤이면 다시는 나를 믿지 못하리라는 걸 깨달은 후겠지. 결국 나는 그를 잃게 될 것이다. 내 소중한 사람, 내 새로운 삶의 유일한 사랑, 아름다운 나의 레오.

차는 M1 고속도로를 향해 북순환로를 달리고 있었다. 어디로 데려가든 상관없었다.

레오에게 몰래 문자메시지라도 보내고 싶어 네다섯 번 휴대폰을 찾아 뒤적여봤지만, 내 폰은 핸드백 안에 있을 터였다. 우리 집 안방 침대 위에. 내가 얼마나 남편을 사랑하는지 설득하고 싶었던 바로 그 자리에.

도로가 한산해졌다. 질이 차를 더 빠르게 몰기 시작했다.

52

●

우리는 M1 고속도로로 빠지지 않고 북순환로를 따라 웸블리까지 가서야 길을 벗어났다. 그제야 나는 질이 나를 자기 집으로 데려가고 있음을 깨달았다.

그럼 그렇지.

내가 아는 질이라면 분명 기름진 식사를 위한 재료를 한가득 사놨을 것이다. 예전에 함께 봤던 영화들도 준비해놨을 것이다. 핫초코, 끝없이 이어지는 상담과 긍정적인 대화도 준비되어 있으리라. 레오가 나의 전부라는 사실을 질은 잘 안다. 질은 내 기분을 좋게 만들어줄 것이다. 그리고 말해줄 것이다. 레오가 정신 차리고 돌아올 거라고, 그와 나는 함께할 운명이라고, 이 고비를 잘 넘길 거라고.

나는 질이 그렇게 해주기를, 그리고 그와 내가 그렇게 되기를 바랐다.

질은 웸블리의 신축 아파트에 산다. 이곳에는 아름답게 꾸민 정원과 멋진 카페들이 즐비하다. 하나같이 '새로운 자신을 찾으세요', '당신에게 지상의 평화를' 같은 광고 문구를 내건 느낌이다. 보잘것없는 우리 집과는 거리가 멀어도 한참 멀다. 나는 늘 이곳에 오는 게 좋다. 모든 게 완벽하게 제자리에 정돈되어 있다. 질의 냉장고에는 음식을 정리해놓은 지퍼백이 가득하고, 찬장에는 유통기한이 지난 음식이라곤 찾아볼 수 없다. 반면 우리 집은 지난달에 레오가 내 양념 선반에서 17년이나 기한이 지난 파프리카 가루를 발견했을 정도다.

질이 시동을 끄고는 이상할 정도로 오랫동안 백미러를 들여다봤다.

나도 뒤를 돌아봤다. 어린 나무 주위에 울타리를 세우고 있는 관리인 말고는 아무도 없었다.

"누구 찾아?"

"뭐? 아니, 아무도 안 찾아." 질이 대답했다. "자! 들어가서 차 한잔 하자."

뭔가 있었다. 그저 내 기운을 북돋아주려고 데리고 온 게 아니었다.

"저기, 나 정말 레오한테 문자라도 보내야 할 것 같아." 나는 차 앞으로 돌아 나오며 말했다. "폰 좀 빌려줄래?"

"나중에!"

오늘은 바람이 차가웠다. 나는 아무리 잡아당겨도 팔꿈치 바로 아래까지만 내려오는 짜증 나는 점퍼 차림이었다. 질을 따라 주차장을 가로질러 가는 동안 소매를 손목까지 잡아당겨봤지만, 여전히 추웠다.

HA9 지구에 사는 게 얼마나 신나는 일인지 보여주려는 건지, 주차 공간마다 각기 다른 색으로 칠해져 있는 게 눈에 띄었다.

질은 20년이 넘도록 믿고 지내는 친구다. 하지만 질을 따라 엘리베이터를 타러 가는 동안, 왠지 불안하고 서늘한 기운에 등줄기가 오싹했다.

53

레오

나는 런던 북서부를 가로질러 질의 아파트로 가면서 계속 전화를 걸었다. 밤 10시 30분, 바람이 찬데도 거리는 여전히 붐비고 있었다. 임대주택단지를 스쳐 지날 때, 반듯한 사각형 창에 노란색 불빛들이 켜져 있고 빨랫줄에 걸린 옷들이 어둠 속에서 펄럭이는 게 보였다.

질의 휴대폰은 계속 울리다 말고 끊어졌다. 대체 엠마랑 24시간을 같이 있으면서 왜 나한테 전화를 안 하는 건지 이해가 가지 않았다. 두 사람 다 대체 뭘 하고 있는 거야?

질의 집 주소는 쉴라가 아까 우리 집을 나서기 전에 전해준 것이었다. 기껏 알아낸 납치범이 엠마의 오랜 친구라는 사실이 실망스러웠을 텐데도 쉴라는 내색하지 않았다.

"행운을 빌어." 쉴라는 이렇게 말하고 차에 올라탔다.

막 떠나려는 쉴라에게 나는 손을 흔들어 인사했다.

쉴라가 차창을 내렸다.

"이렇게까지 해줘서 고마워요. 진짜 최고예요, 쉴라. 내 인생에 당신이 있어서 정말 다행이에요."

쉴라는 내 말을 듣고 잠시 생각에 잠기는 듯하더니 사무적으로 고개를 끄덕였다. 그러고는 별말 없이 창을 올리고 출발했다.

나는 웸블리 파크 표지판을 보고 북순환로를 빠져나오면서 질한테 다시 전화했다.

이번에는 곧바로 음성사서함으로 넘어갔다.

54

그날 오후

질은 기름기 있는 음식 대신 페이스트리를 샀다. 질이 핫초코를 만들 우유를 데우느라 분주히 움직이는 동안, 나는 화장실에 가서 볼일을 보고 얼굴을 닦았다. 그리고 머릿속으로 레오에게 보낼 메시지를 생각했다. 이틀이 더 필요하다면 그렇게 하라고, 그리고 당신을 정말 많이 사랑하고 있으며 거짓말을 했던 건 다 그만한 이유가 있어서라는 말도 전하고 싶었다.

하지만 물론 내겐 휴대폰이 없었다. 그리고 어쩐 일인지 질은 계속 빌려주기를 거부하며 짜증스럽게 굴고 있었다.

나는 욕실 거울 앞에 서서 내 얼굴을 찬찬히 바라봤다. 지쳐 보였다. 눈가는 축 처져 있고 창백하다 못해 혈관이 비쳐 보였다.

대체 나는 무슨 일을 기대했던 걸까? 정말로 진실을 영원히 묻어둘 수 있을 줄 알았나? 레오는 절대 모를 거라고 믿으면서?

정말로?

"나 좀 봐, 질." 나는 주방으로 들어서며 질을 불렀다. "나를 위해 이렇게 해주는 건 정말 고맙지만, 꼭 레오하고 통화해야 해. 레오가 지금은 나하고 말하고 싶지 않다 해도, 난 루비와 관련해서 풀어야 할 문제가 있어."

질이 가지런히 정리해둔 수납 상자 하나를 열고 코코아를 꺼냈다.

"좋아, 알겠어."

그러더니 마치 내가 옆에 없다는 듯 나지막이 흥얼거리며 코코아에 설탕, 우유를 넣고 뒤섞기 시작했다.

"질."

"알았어! 기다려. 이것 좀 한 다음에—"

나는 복도로 나갔다. 그곳에는 질의 외투와 가방이 걸려 있었다. 주머니에서 휴대폰을 꺼내는데 질이 나왔다. 나는 폰을 건네며 비밀번호를 풀어달라고 했다.

"엠마! 좀 기다릴 수—"

"그냥 풀어줘, 제발. 제발, 질. 더는 못 기다려."

질이 한숨을 쉬며 휴대폰으로 손을 뻗었다. 그 순간 인터폰이 울렸다.

질이 화들짝 놀랐다. 정말 놀란 기색이었다. 그리고 표정이 완전히 바뀌었다.

"엠마…."

"응?"

질이 잠시 침묵하다 말했다. "잘 들어. 그냥 페이스트리나 먹으면서 터놓고 얘기하자고 널 데려온 거 아냐. 저— 네가 알아야 할 중요한 일이 있어."

나는 눈을 감았다. "그게 꼭 지금이어야 해?"

질은 대답하지 않았다. 눈을 떠보니 질이 문 열림 버튼을 누르고 있었다. 그러고는 손을 청바지에 대고 위아래로 문질렀다. 그냥 긴장한 정도가 아니라 겁이 나는 듯했다.

"무슨 일이야? 질, 왜 그래?"

"그냥 잠깐만 기다려." 질이 속삭였다. 그러더니 현관으로 살금살금 다가가 외시경에 눈을 갖다 댔다.

"질…." 이유는 몰랐지만, 나도 소리를 낮췄다.

그 순간 질이 자세를 똑바로 하더니 문을 열었다. 밖에는 어떤 젊은 남자가 서 있었다. 분명 남자인데 얼굴이 나랑 똑같았다.

긴 머리는 안 감은 지 오래된 듯했고, 원래 붉은색이었을 티셔츠는 햇빛에 바래 분홍색이 되어 있었다.

그 남자는 두려움과 호기심 어린 눈으로 문간에 서서 나를 바라봤다.

나는 알아볼 수 있었다. 어디서라도 마찬가지였을 것이다. 얼굴을 본 건 인터넷에서 본 사진이 전부였지만, 나는 알아봤다.

나는 그를 가만히 보고만 있었다. 그도 나를 보고만 있었다.

심장이 세차게 뛰었다. 평생 기다려온 바로 그 순간이었다.

"안녕하세요." 그가 말했다. "엠마, 맞죠?"

나는 고개를 끄덕였다. 눈에 눈물이 차올랐다. 내 아기.

내 눈물을 본 그가 멈칫했다. "어, 죄송합니다— 저는… 저는… 찰리예요. 찰리 로스차일드요."

나는 다시 고개를 끄덕였다. 무슨 말을 해야 할지 자신이 없었다. 슬픔이 폭풍처럼 밀려왔다.

"사실, 계속 연락을 취했었어요. 저는…."

난 네가 태어난 후로 하루도 그리워하지 않은 날이 없단다.

찰리.

질이 부드럽게 내 등에 손을 대더니 주방으로 물러났다.

아들이 내게 와서 말을 걸고 있었다. 밀어닥친 폭풍은 이제 모든 걸 집어삼키고 있었다.

"페이스북으로 연락했었어요. 그런데 제가 누군지 모르시는 것 같더라고요. 아니면 그냥 저랑 얘기하고 싶지 않으셨던 걸 수도 있고. 두 번이나 메시지를 보냈는데 차단하신 걸 보면요. 그래서 말인데… 저, 여기 있어도 괜찮나요?"

반바지 차림에 심하게 닳은 가죽 운동화를 신은 구릿빛 다리가 눈에 띄었다.

내 아들.

결국 눈물이 터져 나왔다. 내 아들이 맞았다. 그런데도 우리는 처음 만났다. 나는 휴지를 찾느라 주머니를 뒤적거렸다. 하지만 없었다. 찰리가 질의 콘솔 테이블에 있던 티슈를 한 장 뽑아다 줬다.

당연히 여기 있어도 된다고, 나는 간신히 말했다. 그리고 그건 네가 상상하는 것보다 훨씬 큰 의미라는 것도.

그런 다음 나는 티슈에 얼굴을 묻고 흐느꼈다. 불쌍한 찰리는 어안이 벙벙한 표정이었다.

그만 그쳐야 한다고 생각하니 더 울음이 났다. 내 아들 앞에서 이런 모습은 보이고 싶지 않은데.

눈물을 멈출 수가 없었다. 내 아들이 복도 한가운데 서서 무력하게 나를 바라보는 동안, 나는 울고 또 울었다.

질은 불안에 휩싸인 얼굴이었다. 이건 계획에 없던 일인 모양이었다.

그만 울어야 해. 나는 단호하게 코를 풀었다. 울음을 멈추려면 이게 제일 좋은 방법이라고 들었다. 실제로 효과가 있었다. 폭풍이 잦아들었다. 충격에 약한 내 몸도 부서지지 않았다.

잠시 후 찰리가 손을 내밀어 젖은 티슈를 받았다. 친절한 행동이었다. 지저분한 손톱과 팔뚝에 난 털이 햇볕에 그을린 것이 눈에 들어왔다.

한 번도 이 아이의 손톱에 대해 잔소리할 기회가 없었다. 루비한테 해준 것처럼 앙증맞은 아기 발톱을 깎아줄 기회도 없었다. 싱크대에서 손을 씻을 수 있게 발 받침대를 사줄 기회도 없었다.

"제가 속상하게 해드렸다면 죄송해요."

"아니, 아니야. 미안하다고 말해야 할 사람은 나야."

찰리는 미소를 지었지만 어딘지 불안해 보였다. "저, 제가 꽤 충격을 드린 것 같네요…" 그러고는 질을 보며 물었다. "말씀 안… 하셨나 봐요."

"엠마는 몰랐어." 질이 대답했다. 목소리는 밝았지만, 왠지 기운이 빠져 보였다.

"내가 보기보다 강하단다." 나는 거짓말을 했다. 늘 이 순간만을 기다려왔는데, 그냥 날려버릴 수는 없었다. "어— 우리 앉을까? 더 있어도 되면 차 한잔 만들어줄 수 있는데."

"내가 만들어 올게." 질이 재빨리 말을 받았다.

나는 다시 울고 싶어졌다. 내가 직접 찰리한테 차를 만들어주고 싶었기 때문이다. 점심 도시락도 만들어주고 싶고 생일 케이크, 피자, 치즈 샌드위치도 만들어주고 싶었다. 물과 주스와 해열제와 생애 첫 맥주도 주고 싶었다.

질이 핫초코를 치우고 차를 만들러 주방으로 간 뒤, 찰리와 나는 응접실로 자리를 옮겼다. 찰리는 안락의자에, 나는 소파에 앉았다. 찰리가 의자의 팔걸이를 손톱으로 긁는 게 보였다. 이곳에, 감정이 고조된 나와 함께 갇힌 상황이 불편한 모양이었다. 그래도 찰리는 계속 그대로 앉아 있었다. 그대로 앉아서 이따금 나를 바라봤다.

"그래서… 어떻게 지내세요? 제가 와서 꽤 충격받으셨죠?"

나는 어떻게든 미소를 짜냈다. "지금까지 받은 충격 중에 최고야. 널 만나서 얼마나 기쁜지 몰라."

찰리가 고개를 끄덕였다. 그 애가 지금 얼마나 격한 감정에 휩싸여 있는지 알 수 있었다. 이 아파트로 걸어 들어오기까지 얼마나 큰 용기가 필요했을까.

"저도요." 아이가 공손하게 말했다. "좀 어색하긴 하지만, 정말 반가워요."

나도 정말 반갑다.

침묵이 이어졌다. 잠시 후 질이 침묵을 깨며 차와 페이스트리를 가지고 들어왔다. 질은 곧바로 자리를 떴다.

우리는 살구 페이스트리를 동시에 집었다가 어색하게 웃으며 내려놓았다. 찰리가 머그잔 손잡이를 잡고 우유와 설탕이 듬뿍 든 차를 꿀꺽꿀꺽 마시는 모습을 보면서, 이곳에 오는 동안 질한테 예민하게 군 게 미안해졌다. 질은 틀림없이 나를 보호할 방법을 레오와 함께 찾고 있었을 것이다. 4년 전 노섬벌랜드에서 내가 로스차일드 부부와 마주쳤을 때 그랬던 것처럼. 특별히 해준 것도 없는 내게 질이 왜 이런 친절을 베푸는 건지 알 수 없었다. 물론 질은 언제나 변함없이 내 편이 되어줬지만.

"그런데…" 나는 머뭇거렸다. 혹시 잘못 물어봤다가 찰리가 놀라 도망칠까 봐 두려웠다. "그런데… 페이스북에서 나한테 연락했었다고? 맞니?"

찰리가 미소를 지으려 애쓰면서 찻잔을 만지작거렸다. "네, 맞아요. 두 번 메시지를 보냈는데 두 번째에 저를 차단하셨어요."

"내가— 뭐? 말도 안 돼! 안 그랬어! 그랬을 리 없어! 네가 연락한 걸 알았다면 정말 기뻤을 거야!"

찰리는 믿지 않는 표정이었다. "아, 뭐 괜찮아요. 제 말은, 너무 깜짝 놀라서 그러셨을 수도…."

혹시 레오가? 순간 레오가 그랬을지도 모른다는 생각이 뇌리를 스쳤다. 레오는 내 비밀에 대한 단서를 찾느라 내 페이스북 메시지에 관심이 많았다.

하지만 왜 굳이 찰리를 차단하려 했을까? 찰리에 대해 알고 있는 건가?

나는 고개를 들었다. "혹시… 메시지에 뭐라고 썼는지 물어봐도 될까?"

"그냥 전화번호 적고 연락해달라고 썼어요." 내 아들 찰리가 공연히 신발 끈을 만지작거리며 대답했다.(운동화 혀가 옆으로 돌아가 있는 걸 보니 끈을 새로 맸다 풀었다 하지 않는 듯했다. 양말도 안 신은 것 같았고, 옷도 다려 입지 않는 듯했다. 지저분하다는 이야기가 아니라, 정확히 말하자면, 그냥… 열여덟 살짜리 남자애 같았다.)

찰리가 갑자기 자세를 바로잡았다. "페이스북에서 제 이름은 찰리 로드예요. 아빠가 엄마 때문이라든가 뭐라든가, 아무튼 진짜 성은 쓰지 않는 게 좋다고 하셔서요. 실명을 썼더라면 어땠을까 궁금하네요."

아마 실수로 차단된 것 같다고, 나는 조심스럽게 대답했다. "몇 년 전 방송에 출연한 적이 있었거든. 최근에 재방송됐는데, 그것 때문에 이상한 사람들이 자꾸 연락을 해와서 남편이 나 대신 차단하곤 하는데, 아마 너도 그들 중 하난 줄 알았나 보다."

찰리가 짐작했다는 듯 고개를 끄덕였다. 하지만 그냥 예의상 그러는 것인지, 아니면 실제로 〈디스 랜드〉를 한 편 찾아본 건지 알 수 없었다.

다시 침묵이 시작되었다. 하지만 고통스럽지는 않았다. 찰리가 왜 이곳에 와 있는지, 왜 이젠 나를 만나도 되겠다고 생각했는지 그 이유를 느낌으로 알 것 같았다.

욕실에서 질의 휴대폰이 울렸다. 분명 "제발, 그냥 가" 하고 중얼거리는 소리를 들었는데, 통화하는 것 같지는 않았다.

"연락할 길이 없어서 질을 추적해봤죠." 찰리가 말했다. "당신 페이스북에 댓글을 많이 남겼더라고요. 그걸 보고 두 분이 친한 친구 사이라는 걸 알았어요. 정말 좋은 분이시더라고요."

나는 이 아이에게 감탄이 솟구쳤다. 잘 알지도 못하는 중년 여자에게 이렇게 친절한 말을 할 수 있는 사람이 열여덟 살 먹은 남자애 중에 몇이나 되겠는가?

"아무튼, 정말 얘기를 나누고 싶다고, 제 전화번호를 전해달라고 부탁했어요. 하지만 질은, 자기가 두 사람을 만나게 해주겠다고…."

"좀 부담스러웠겠구나."

뭔가 아이디어가 떠오르면 질이 어떤 모습이 되는지 나는 너무 잘 안다.

"전혀요. 전 그냥 엄마에 관해 묻고 싶었을 뿐이거든요." 찰리의 목소리가 갑자기 굳었다. "그 때문에 만나보고 싶었던 거예요."

나는 일부러 더 미소를 지었다. 내가 실망했다는 걸 눈치채게 하고 싶지 않았다.

"아빠가 이미 물어봤다는 거 알아요. 그런데 진짜로 엄마한테서 아무 연락 없었어요? 이메일도, 문자메시지도요?"

"편지는 받았어." 나는 조심스럽게 대답했다. "너도 알고 있겠지만. 네 아빠가 전해주더라. 하지만 그것 말고는 없어. 적어도 내가 본 건. 서로 연락한 적도 없고. 네가 궁금한 게 그거라면."

"정말인가요?"

"정말이야."

찰리가 내 얼굴을 찬찬히 뜯어봤다. 그러더니 안락의자에 푹 쓰러지듯 기댔다. "아, 됐어요 그럼. 어쨌든— 꼭 물어보고 싶었어요."

"나한테 연락하진 않을 거야. 별 도움도 안 될 거고. 그 편지는 정말 뜻밖이었어."

나는 거기서 멈췄다. 나와 재니스의 관계를 찰리가 어디까지 아는지 알 수 없으니까.

"그냥 최근에 엄마가 당신한테 연락하려고 한 것 같다는 의심이 들었어요. 그러니까 제 말은, 그 편지 말고요."

나는 혹시 잘못 말할까 봐 조심하며 물었다. "왜? 우리가 오랫동안 서로 연락하지 않은 거 너도 알잖아?"

그때 미세하게 찰리의 태도가 달라졌다. 찰리가 주머니에서 휴대폰을 꺼내더니 확인했다.(실리콘 커버 가장자리가 지저분했다.) 화면에는 아무것도 없었다.

"알죠. 하지만 엄마가 다른 때를 다 놔두고 하필 지금 게 얘기를 편지에 써서 보낸 데는 이유가 있는 게 틀림없어요. 중요한 단서 같아요. 그냥, 혹시 다른 식으로 연락을 시도한 건 아닐지 궁금했어요. 우리가 편지를 전달해주지 않을 경우에 대비해서요."

찰리는 지금 거짓말을 하고 있었다. 분명 뭔가 다른 이유가 있었다.

"원한다면 편지를 보여줄 수도 있어, 찰리. 하지만 벌써 읽어봤을 것 같은데?"

"네, 맞아요." 찰리가 문 쪽으로 시선을 돌렸다.

나는 이제 끝나간다는 걸 깨달았다. 기적이 거의 끝나가고 있었다. 그리고 내가 할 수 있는 건 아무것도 없었다.

"그러니까 따로 연락받은 게 없다는 말씀이시죠? 전혀?"

"그래."

"알겠어요. 그럼 전 그만 가봐야겠어요. 저 위쪽 퀸스 파크에서 여름 동안 아르바이트하는 중이거든요. 거기서 웸블리까지는 금방이에요. 그래도 곧 출발하지 않으면 늦을 것 같아요."

가슴이 뻐근해졌다. 하지만 나는 웃었다. 친절하고 분별 있게. 내가 언제든 편하게 다시 만날 수 있는 그런 사람임을 알려주기 위해. 아장아장 걷는 아기였을 때는 놀이터에서 몰래 데려가려 하더니 다 큰 지금은 만날 때마다 눈물을 쏟는 그런 정신병자가 아님을 보여주기 위해.

"그럼. 얼른 가야지. 도움을 못 줘서 정말 유감이구나."

옆에 있는 콘솔 테이블 위 가죽 상자에 메모지가 가득 든 게 보였다. 나는 내 전화번호를 갈겨썼다. 그리고 주소도 적었다.

"뭐든 필요한 게 있으면 언제든 연락하렴. 아니면, 그냥… 얘기하고 싶을 때도."

찰리가 메모를 받아 들고 자리에서 일어났다. "아, 저 어디 사시는지 알아요. 실은….” 그러고는 말끝을 흐렸다.

나는 얼어붙었다. “너였구나. 그 야구모자.”

찰리가 움찔했다. “맙소사, 저 봤어요?”

나는 눈을 감았다. 세상에. 이럴 수가.

“봤지. 그리고 우리 집 앞에서만 본 게 아니야. 내 일터에서도 봤고. 플리머스에서도, 런던에서도. 그때도 너였니?”

찰리가 당혹스러워하며 기절할 것 같은 표정을 지었다. “이런. 정말 죄송합니다.” 그 애의 귀가 빨개졌다. “너무 죄송해요. 제가 나쁜 뜻으로 그런 건 아니…”

그러고는 청바지에 묻은 얼룩(아마 케첩인 듯했다)을 손가락으로 긁적였다. “몇 주 전에 이름을 겨우 알아냈는데, 그러고 나니까 그게… 정말 죄송합니다. 그냥 확인해보고 싶었어요. 당신 사는 모습을 들여다보고 싶기도 했고… 진짜 죄송합니다. 안 들킨 줄 알았어요.”

나는 걱정하지 말라고 했다. 자기 친엄마를 슬쩍 보려 했던 찰리나 아주 오래전 자식을 몰래 보려 했던 나나, 하나도 다를 게 없었다.

찰리가 다시 사과했다. 그러면서도 문 쪽을 흘끔거렸다.

나는 이제 정말 끝났다는 걸 알았다.

“엄마가 빨리 돌아오시면 좋겠구나.” 나는 절망적으로 말했다. 재니스를 그 애의 ‘엄마’라고 불러야 하는 상황이 정말 견디기 힘들었다. 내가 찰리의 엄마이고 싶었다. “반드시 돌아올 거야. 그때까지 전화하고 싶거나 찾아오고 싶으면 주저 말고 연락하렴. 난 정말 괜찮아. 뭐든 내가 도울 일이 있다면 연락해."

찰리가 미소를 지었다. "고맙습니다. 최소한 엄마가 살아 계신다는 건 알았으니까 괜찮아요. 그래도 걱정이 돼요. 어쨌든, 시간 내주셔서 감사해요. 만나 봬서 반가웠습니다."

찰리는 말을 마치자 바로 방에서 나갔다. 나는 그 애의 팔을 걸어 쓰러트린 다음 못 나가게 문을 잠가버리고 싶었다. 하지만 조용히 그 뒤를 따랐다. 찰리가 뒤돌아보길래 미소도 지어 보였다.

"안녕히 계세요." 이 말을 끝으로 찰리는 가버렸다.

질이 커피를 내렸다. 내 커피에는 브랜디를 조금 섞었다. 조금도 섞지 말라고 했는데. 하지만 잔을 손에 든 순간 그렇게 해줘서 고마웠다. 마음속이 온통 뒤죽박죽이었다. 제대로 처신한 건가? 찰리는 나를 마음에 들어 했을까? 다시 나를 만나러 와줄까?

만나고 싶은 마음은 언제나 간절했지만, 먼저 다가가는 건 내가 아니라 찰리여야 한다는 제러미의 말에 그동안 나는 순순히 따라왔다. 그리고 그렇게 세월이 지나는 동안 나는 만날 희망을 서서히 잃어갔다.

4년 전 앨른머스 해변에서 있었던 일은 정말 사고였다. 나는 늘 학교 방학 기간에는 그곳에 가는 걸 피했다. 로스차일드 가족이 거기에 와 있으리라는 걸 잘 알기 때문이었다. 학기 중에 앨른머스에 가고 싶어지면 오전 6시부터 9시까지 진행되는 라디오4 채널을 틀었다. 제러미가 진행 중이면 로스차일드 가족이 런던에 있으니 가도 괜찮다는 신호였다. 제러미가 방송하고 있지 않으면, 그곳 근처에도 가지 않았다.

그걸 잊은 건 그때 딱 한 번이었다. 머릿속이 암 진단과 BBC에서 해고당한 일로 복잡했다. 게다가 임신 문제도 있었다. 그래서 확인하는 걸 깜빡한 것뿐이었다. 그저 앨른머스에 가고 싶었고, 그 광대한 바닷가와 빠르게 흘러가는 구름, 털다발풀게를 볼 수 있을지 모른다는 희망에서 위로를 얻고 싶었을 뿐이었다.

나는 재니스, 제러미와의 거리가 아주 가까워질 때까지 두 사람을 보지 못하고 있다가 지옥을 맛봤다. 사방에 소리소리 지르며 욕을 퍼부어대던 재니스의 목소리를 나는 절대 잊지 못할 것이다.

마지막 희망은 찰리의 열여덟 번째 생일이었다. 그때부터는 재니스와 제러미가 아무리 내 정체를 숨겨왔다 하더라도 찰리와의 연락이 가능했다. 하지만 아무 일도 일어나지 않았다.

그랬는데, 갑자기, 찰리가 여기에 나타났다. 바람 부는 7월의 어느 날, 이곳 웸블리의 아파트에. 내 DNA가 그 아이 안에 자리 잡고 있었다. 그뿐만 아니라 내 부모, 할머니, 친척, 그리고 아빠한테 물어볼 생각도 안 해본 조상들의 유전자까지. 30분이라는 멋진 시간 동안 그 안락의자에 다 모여 있는 게 보였다.

질은 참을 수 없을 만큼 친절하게 굴었다. 그리고 앞서 무례하게 군 것에 대한 내 사과를 받아줬다. "나라도 그랬을 거야." 질이 말했다. "하지만 무슨 일 때문인지 말했으면 넌 제정신으로 있기 힘들었을 거야. 덕분에 자연스럽게 만날 수 있었잖아. 내가 찰리라면 널 다시 만나고 싶을 것 같아."

욕실 문을 통해 전부 다 들은 모양이었다. 질은 내가 처음에 눈물을 좀 흘리긴 했지만 흠잡을 데 없는 처신이었다고 말했다.

커피에 넣은 브랜디 덕분에 감정 폭발은 없었다. 이제 조금 혼란스러우면서도 행복한 기분이 밀려들면서 피로감이 느껴졌다.

"얼마든지 머물고 싶은 만큼 여기 있어. 오후에 와인 마시면서 끝내주는 영화나 보자. 천천히 취하면서 그렇게 밤을 새우는 거야. 원한다면 자고 가. 지금 집에 가는 건 별로 좋은 생각 같지 않아."

나는 눈을 감았다. 물론 이곳, 성인이 된 아들을 만난 이 아파트에 머물고 싶었다. 가능성과 희망이 있는 곳에.

하지만 내겐 레오와 루비가 있었다.

"레오하고 얘기해야 할 것 같아. 알아, 레오가 아직 나하고 얘기하고 싶어 하지 않는다는 거. 그렇지만 루비 아빠가 자기라는 건 말해줘야지. 오늘 아침에 얼굴 보고 얘기하려 했는데, 이젠 며칠을 더 기다려야 할지 모르겠네. 게다가 여기에 계속 있으려면 루비를 유치원에서 데려와줄 수 있는지 레오한테 확인해야 해. 내일 데려다주는 것도."

질이 고개를 끄덕였다. "알았어. 자기가 루비 아빠라는 건 알아야지, 당연히. 그렇지만 엠마, 매일 루비를 유치원에 데려가는 건 레오 일이야. 네가 아니고! 몇 시간만이라도 제발 마음 가라앉히면서 그냥 있을 순 없어? 전화는 나중에, 두 사람이 집에 돌아왔을 때 하고. 응?"

나는 잠시 질의 말을 생각했다.

질이 휴대폰을 내밀었다. "원한다면 지금 당장 걸어. 너무 일찍 전화하는 걸 막으려고 했던 것뿐이야. 찰리가 오기 전에 엉망이 되면 안 되니까."

질은 피곤해 보였다. 열이 오르고 탈진할 것 같은 모양새였다. 질은 내가 이곳에 온 뒤로 내내 탄수화물과 설탕을 끊임없이 먹어댔다. 내 오랜 친구한테 뭔가 문제가 있었다. 이젠 내가 질을 위해 곁에 있어줘야 할 때였다. 내 미친 짓이 너무 오래, 너무 늦게까지 중앙 무대를 차지했다.

"오늘 넌 정말 엄청난 일을 겪었어. 그러니 두 시간 정도는 긴장 풀고 느긋하게 보내도 되지 않겠어?"

나는 마지못해 고개를 끄덕였다. 레오는 나를 만나고 싶어 하지 않고, 지금 질은 나하고 있고 싶어 한다. 질과 웃으면서 음식과 영화를 즐기다가 루비가 저녁 먹을 시간에 전화하자. 그러고 나서 어떻게 할지 생각해보자. 나는 그렇게 마음먹었다.

질이 미소를 지으며 말했다. "잘 생각했어, 삿갓조개야. 잘 생각했어."

55

현재

엘리베이터를 타고 질의 아파트로 올라가는데, 혹시 질이 정신병 환자가 아닐까 하는 생각이 처음으로 떠올랐다. 깔끔하게 정리된 질의 아담한 주방에서 잔인하게 살해된, 부위별로 지퍼백에 담겨 라벨까지 붙은 아내를 발견하게 되는 건 아닐까.

나는 일부러 웃어보려 했지만 불안했다. 엠마가 왜 주말 내내 나한테 이야기 좀 하자고 졸라놓고는 정작 만나기로 한 그날 아침 질의 아파트로 가서 숨었는지, 그 이유를 도저히 짐작할 수 없었다. 질이 왜 내 전화를 한 번도 받지 않는지도 알 수 없었다. 게다가 엠마를 차에 태워 데려간 지 몇 시간이 지난 지금까지 왜 휴대폰이 꺼져 있는지 그 이유도 궁금했다.

엘리베이터 문이 미끄러지듯 열렸다. 나는 카펫이 깔린 6층 복도를 걸었다. 시계를 보니 밤 10시 41분이었다. 자고 싶었다.

예전처럼 엠마가 어려운 잡지를 읽으며 계속 꼼지락거리는 동안 느긋하게 잠들고 싶었다. 지금 옆방에는 루비가 오리 인형과 함께 잠들어 있고 아래층에는 존 키츠가 아주 작게 틀어놓은 댄스 음악을 들으며 잠들어 있다면 얼마나 좋을까.

문을 열고 나를 본 질의 얼굴은 그야말로 가관이었다. 누군가의 등 뒤에 바싹 붙어서 건물 안으로 들어온 터라 질은 내가 온 걸 전혀 알지 못했다. 손에는 와인잔이 들려 있었다. 지난번 본 후로 살이 좀 빠진 것 같았다. 하지만 연약해 보이기는커녕 오히려 세상과 거리를 두고 사는 사람처럼 더 가까이 다가가기 어려워 보였다.

"어, 안녕." 마치 집 안에 잠든 아기라도 있는 것처럼 작은 목소리였다.

"안녕. 엠마 여기 있어?"

질이 머뭇거렸다. 하지만 표정을 보고 엠마가 있다는 걸 알았다. 나는 곧장 질을 지나쳐 거실로 들어갔다.

엠마가 소파에 앉아 와인과 토스트를 먹고 있었다.

우리는 잠시 서로를 가만히 보고만 있었다. 그러다 엠마가 먼저 입을 열었다. "레오?" 엠마는 깜짝 놀란 듯했다. 내가 열세 시간이나 자기를 찾아 헤매다가 결국 여기까지 온 걸 전혀 짐작하지 못한 눈치였다.

와인병을 보니 반밖에 남아 있지 않았다. 콘솔 테이블 위에 이미 빈 병이 하나 더 있었다.

"지금 뭐 하는 거야? 지금 뭐 하는 거냐고!"

엠마의 시선이 질한테 향했다. "어— 뭐?" 그러더니 갑자기 손바닥으로 가슴을 때리면서 말했다. "맙소사! 루비 저녁 먹을 시간 지나면 전화하려고 했는데. 정말이야. 그런데 휴대폰 배터리가 다 돼서 충전기에 꽂아놓고는… 미안해, 난—"

"루비가 저녁 먹고 나면 전화하려고 했다고? 루비 저녁 시간은 여섯 시야!"

엠마는 술에 취한 게 틀림없었다. 내 말이 외국어처럼 들리는지, 하나도 못 알아듣겠다는 표정으로 나를 바라보고 있었다.

"레오…?"

"아침 아홉 시 삼십 분에 전화하기로 한 건? 우리가 몇 시에 만나기로 했었지? 아니, 열 시에라도 전화했어야지! 언제라도 전화할 수 있었잖아!" 쿠션이 가지런히 놓이고 티끌 하나 없는 이 편안한 방 안에 내 목소리가 쩌렁쩌렁 울렸다. "나한테 조금이라도 신경을 쓰긴 하는 거야? 당신한테 우리 결혼 생활이 의미가 있기는 해?"

질이 세심하게 배치해둔 조명 빛에 엠마의 머리카락이 반짝거렸다. 엠마가 들고 있는 와인을 그 위에 쏟아붓고 싶은 심정이었다. 나와 루비에 대한 존중이나 배려가 전혀 없었다. 엠마는 자기 이중생활을 파헤치게 만든 걸로도 모자라 우리를 소품 취급하며 계속 비밀을 캐고 다니게 내버려뒀다.

"레오." 엠마가 술 취한 티를 내지 않으려고 조심스럽게 말했다. "미안해. 루비 저녁 먹고 나면 전화하려고 했어. 하지만 난…

솔직히 말하면, 내 전화를 받고 싶어 하지 않는다고 생각했어. 나랑 얘기할 준비가 되려면 이틀은 더 필요하다고 말했다고 들었거든. 당신 의사를 존중해주려고 했던 거야. 자기야, 난…."

"내가 뭐가 필요하다고 했다고?"

엠마의 표정이 미세하게 변했다. 머릿속으로 기억을 되돌려보는 듯했다.

그러다 천천히 질한테 고개를 돌렸다.

"질?"

질은 여전히 와인잔을 든 채 주방과 연결된 문간에 서 있었다. 주먹을 꽉 쥐고 있어서 손가락 관절이 하얬다.

"오늘 엠마를 도와줄 일이 좀 있었거든." 질이 말했다. "말해줄 순 없어, 유감스럽지만. 하지만 아주 중요한 일이었어."

나는 자동차 키를 반대쪽 손으로 옮겨 쥐었다. "엠마의 다 큰 아들 말하는 거야? 내가 전혀 모르는 그 아이? 제러미, 재니스와의 관계에 관한 건가? 아니면 괴롭힘 혐의로 BBC에서 해고된 거? 이 정도면 충분히 얘기해줄 수 있을 것 같은데."

정적이 흘렀다.

주방에서 음악이 흘러나오고 있었다. 왠지 엠마나 질과는 어울리지 않는 대중적인 음악이었다. 철로 저편으로 사라져버린 기차에 대해 애절한 목소리로 노래하고 있었다. 그 뒤로 기타가 연주하는 구슬픈 선율이 들려왔다.

엠마가 손으로 입을 틀어막으며 벌떡 일어섰다. "안 돼." 낮은 목소리였다. "레오, 아니야… 아, 이런, 아니야…."

"오늘 저녁 제러미 로스차일드 집에 들렀어. 당신한테 무슨 일이 생겼을까 봐, 빌어먹을, 겁이 나서 갔어. 그 사람이 알고 있는 게 뭔지 알아내려고. 당신하고 계속 만나자는 메시지를 주고받고 있었으니까. 그 사람이 나한테 다 말해줬어."

엠마가 풀썩 주저앉았다. "아니야. 아니야." 그녀는 이 말만 반복했다.

"맞아."

노래가 끝났다. 질이 음악을 끄러 주방으로 사라졌다.

"레오, 그건 당신이 알아낼 일이 아니었어."

나는 차 키를 꽉 움켜쥐었다. "그런 식으로 알아낼 일은 아니었지. 맞아. 당신이 말해줘야 하는 거였어. 10년 전에. 9년 전에. 말 그대로 우리가 만난 후 언제가 됐든. 오늘 밤 제러미 로스차일드를 통해 들을 얘기는 아니었지."

"아니야." 엠마가 다시 중얼거렸다.

"그런데 당신은 나한테 털어놓는 대신 사라져서 와인이나 마시며 시간을 보내고 있었네. 아무 설명도 없이, 내 감정은 전혀 신경도 쓰지 않고 말이야. 엠마, 도대체 무슨 짓이야?"

엠마가 다시 주방 문간으로 나온 질을 바라봤다.

"난 중요한 일을 한 거야." 질이 말했다. 하지만 전혀 확신이 없는 듯한 말투였다. 그러더니 나를 보며 말했다. "내가 엠마와 찰리를 만나게 해줬어."

"뭐라고?"

"내가 엠마와 찰리를 만나게 해줬다고." 질이 같은 말을 반복했다. "그리고… 레오, 그렇게 몰래 일을 저지른 건 미안해. 하지만 기회는 한 번뿐이었고, 그래서 단호하게 결정을 내렸던 거야."

나는 엠마를 돌아보며 물었다. "찰리를 만났다고? 정말이야?"

엠마가 고개를 끄덕였다.

나는 손으로 얼굴을 쓸었다. 이건 내 인생이 아니다. 내가 꿈꿨던, 아내와 아이와 평범하게 살아가는 그런 인생이.

"하지만 레오," 엠마가 입을 열었다. "질한테 이틀 정도 생각할 시간이 필요하다고 말했다며. 아직 대화할 준비가 안 됐다고. 그래서… 여기에 온 거야."

나는 이 상황이 믿기지 않아 웃음이 났다. "이틀 정도 시간이 필요하다고 말하긴 했지. 당신 말이 맞아. 하지만 그 말을 한 건 토요일 아침이었어. 토요일 아침에 시간이 더 필요하다고 말한 거라고. 지금은 월요일 밤이야. 그 이틀은 이미 지나갔고, 우린 오늘 아침에 만나기로 돼 있었고."

우리 둘 다 질한테 눈길을 돌렸고, 질의 얼굴이 시뻘겋게 물들었다.

"미안해, 내가 중간에서 말을 바꿨어." 질이 말했다. "미안해, 진심이야. 하지만 난 엠마와 찰리를 다시 만나게 해주는 게 정말 중요한 일이라고 생각했어."

나는 갑자기 힘이 쭉 빠져서 벽에 몸을 기댔다.

"엠마, 난 당신 실종 신고까지 했어. 병원마다 전화도 해보고. 형하고 형수는 루비를 돌보느라 지금 우리 집에 있어. 쉴라도 도와줬고. 덕분에 당신이 여기 있다는 걸 알게 된 거야."

"오, 이런. 루비도 내가 실종됐다고 생각하는 건 아니지?"

"그래."

"확실해?"

"그래. 내일은 얘기해줘야겠다고 생각하긴 했지만."

엠마는 속이 메스꺼운 듯했다. "질, 그 어린애한테 어떻게 이럴 수 있어?" 그러고는 자리에서 일어났다가 다시 앉았다. 자기가 술을 얼마나 많이 마셨는지 깨달은 모양이었다. "대체 뭔 생각으로 그런 거야?"

전에 엠마가 말하길, 질과 알고 지낸 그 오랜 세월 동안 질이 우는 모습을 본 적은 한 번도 없다고 했다. 그래서 질의 눈에 눈물이 가득 차오르는 걸 보고 우리는 둘 다 충격을 받았다.

"난 그저 네가 찰리를 만나길 바란 것뿐이야." 질의 목소리가 갈라져 나왔다. "그렇게 해주고 싶었어. 그보다 중요한 건 없다고 생각했어."

"그건 네가 결정할 문제가 아니야." 나는 조용히 말했다.

질이 손가락으로 콧날을 짚으며 말했다. "네 말이 맞아. 내가 결정할 일이 아니었지. 하지만 엠마를 돕고 싶었어. 내가 늘 원한 건 그것뿐이야."

엠마와 나의 눈길이 마주쳤다. 이 상황은 도대체 앞뒤가 맞지 않았다.

질이 손목으로 눈을 꾹 눌렀다. 울지 않으려고 결심한 듯했다. "미안." 그녀가 말했다. "미안해, 정말. 널 여기로 데려오려고 거짓말했어. 레오는 종일 패닉 상태로 만들었고. 일이 이렇게까지 될 줄 몰랐어. 미안해, 엠마. 전부 다 미안해."

엠마는 어쩔 줄 몰라 했다. "질, 왜 그래? 무슨 일이야?"

잠시 후, 질이 팔짱을 끼며 되물었다. "너, 바보야?"

엠마가 나를 봤다. 나만큼이나 어리둥절한 모양이었다.

"내가 꽤 바보 같긴 하지. 하지만 이 상황에서 네가 왜 그런 말을 하는지 모르겠다." 엠마의 목소리가 부드러워졌다. "제발 질, 말해봐."

"이 모든 상황은 다 내가 예전에 막을 수 있었어." 마침내 질이 말했다.

"예전에 막을 수 있었다니, 뭘? 이 모든 상황은 또 무슨 뜻이야?"

"데이비드 로스차일드가 유부남인 거, 나 알고 있었어. 친구 하나가 말해줬거든. 그날 밤, 너한테 말해줄 수 있었는데 안 했어. 질투가 나서. 다들 너만 쫓아다니더라. 하나같이 다. 네가 잠깐이라도 멍청하고 초라하게 느끼게 하고 싶었어. 그런데 네가 덜컥 임신을 해버렸고, 네 인생이 결딴나버렸어. 다 내 탓이야. 그래서 그날 이후 내가 도울 수 있는 일은 뭐든 다 해왔어. 하지만 아무리 해도 충분할 것 같지 않아."

질이 손을 뒤로 돌려 티셔츠를 아래로 당겼다.

"너희 둘 다 그만 가는 게 좋겠다. 가서 내 욕 실컷 해. 오늘 내가 얼마나 심했는지, 네 인생을 어떻게 망가트렸는지."

"질." 질과 엠마를 위한 순간이었고 내가 끼어들 자리는 아닌 듯했지만, 지난 열세 시간을 용납할 순 없었다. 나는 심지어 루비를 경찰서까지 데려갔다. 병원마다 전화도 돌렸고. "질, 어떤 이유를 대든 나를 이 일에서 왜 배제했는지 설명이 안 돼. 왜 엠마를 사실상 납치했는지도. 난 오늘 진짜 제정신이 아니었다고. 정말 이해할 수가 없어."

질은 나를 쳐다보지 못했다. "오늘 밤 해명할 생각이었어." 그녀는 엠마한테 말했다. "미안하다고 말하고 싶었어. 난 그저…" 그러고는 주위를 둘러봤다. "난 용기를 북돋아주려고 했던 것뿐이야. 미안해, 레오. 두 사람 모두에게 미안해. 제발, 우리 모두를 위해 그만 가줘."

어느새 질은 현관으로 걸어가 문을 열고 있었다.

"잘 가." 질이 시선을 돌린 채 말했다.

"질…" 엠마가 말했다. "제발, 그만해."

하지만 질은 그냥 현관에 서 있을 뿐이었다.

"질!" 엠마가 말했다. "그만해! 그 사람을 우리 집으로 초대한 건 나였어. 그 사람과 섹스한 사람도 나고, 콘돔에 제대로 신경 쓰지 않았던 사람도 나야. 내 몸이고 내 결정이었어. 네 탓이 아니야. 한 번도 네 탓인 적은 없었어."

하지만 질은 엠마의 말을 듣고 있지 않았다. "미안해." 그 말뿐이었다.

우리가 꼼짝도 하지 않자, 질은 복도를 가로질러 침실로 들어가 쾅 하고 문을 닫아버렸다.

우리는 최대한 서로에게 거리를 둔 채 질의 아파트 건물을 걸어서 내려갔다.

무슨 생각을 해야 할지, 무엇을 해야 할지 알 수 없었다. 엠마도 그런 것 같았다.

주차장은 으스스했다. 바닥에 비 온 흔적이 있었다. 시계를 보니 밤 11시 3분이었다.

나는 이대로 오늘이 끝났으면 하고 바랐다. 하지만 왠지 시작에 불과한 것 같은 느낌이 들었다.

56

●

엠마

우리는 말없이 차를 타고 북런던을 가로질렀다. 환한 복숭아색 가로등 불빛 아래 소용돌이처럼 떨어지는 빗방울이 보였다. 케밥 식당에서는 신나는 음악이 흘러나왔다.

나는 간간이 레오를 바라봤다. 레오가 운전할 때의 모습이 나는 정말 좋았다. 운전 기술이 현란해서가 아니라 오히려 그 반대라서였다. 레오는 아주 찬찬히 차를 몰았다. 그럴 때마다 나는 그의 따뜻한 무릎 위로 기어 올라가고 싶은 충동을 느꼈다. 양팔로 그의 줄무늬 티셔츠를 감싸 안고서 그의 겨드랑이에 얼굴을 파묻고 그대로 잠들고 싶었다.

"레오."

"제발 아무 말도 하지 마." 레오가 말했다. "지금 말할 기분 아니야."

나는 다시 창밖으로 시선을 돌렸다. 빨간 벽돌로 지은 타운하우스들은 밤을 맞아 덧문을 모두 닫았고, 거리에 늘어선 플라타너스들은 마치 노인처럼 고개를 숙인 채 빗물을 뚝뚝 떨구고 있었다.

프로그널 라이즈를 벗어나 우리 집 쪽으로 들어설 때, 꽉 다문 레오의 입이 눈에 들어왔다. 그때 나는 알았다. 그를, 내 사랑을 잃게 되리라는 걸. 찰리를 잃은 것처럼 그렇게. 그리고 탓할 사람은 오직 나 자신뿐이라는 걸.

"난 소파에서 잘게." 내가 말했다.

"아니야… 뭔가 다르다는 걸 루비가 모르게 하고 싶어. 내가 창고에서 잘게. 아침에 집 안으로 들어오다가 루비한테 들켜도 루비는 내가 존의 배변 때문에 나갔다 온 줄 알 거야."

나는 울지 않으려 애쓰며 통로에 서 있었다.

레오가 위층으로 올라가 침낭과 베개를 가지고 내려왔다.

"내가 베갯잇 가져다줄게."

하지만 레오는 필요 없다며 거절했다. 그리고 뒷문 쪽으로 걸음을 옮겼다.

"레오." 나는 작은 소리로 불렀다. 견딜 수가 없었다. 여기 이 집에는 좋은 것들이 다 있었다. 나를 치유해주고 내게 살아갈 이유를 준 것들이.

레오가 돌아봤다. 그 뒤를 따르던 존 키츠도 돌아봤다.

"레오…." 어디서부터 시작해야 할까?

"난 당신이 겪은 일을 견딜 수가 없어." 레오가 말했다. "당신 때문에 슬프고 괴로워. 찰리를 그렇게 잃다니. 그 전후로 겪은 일들도 그렇고. 하지만 엠마, 당신은 나를 믿으려고도 하지 않았어. 아예 시도조차 하지 않았다고."

그러고는 손가락으로 머리카락을 쓸어 넘겼다. 그 사랑스러운 머리카락을.

"난 당신 이름도 몰랐어." 그 역시 눈물을 흘리기 직전이었다. "10년 동안 밤마다 당신을 안았는데, 이름도 몰랐다고."

레오가 뒷문 쪽으로 고개를 돌렸다. 바로 그때, 누군가 조용히 현관문을 두드리는 소리가 났다.

레오가 바닥에 꿇어앉으며 존을 껴안았다. 짖는 걸 멈추게 하려는 것이었다.

"대체 이 시간에 누구야?" 레오가 내 등 뒤로 현관문에 시선을 던지며 속삭이듯 물었다. "당신하고 관계있는 일이야?"

"나하고? 당연히 아니지. 나가볼까?"

"아, 아마 올리 형일 거야. 두고 간 게 있나 보네."

레오는 내가 현관으로 가는 동안 존을 계속 껴안고 있었다.

현관에는 올리 대신 내 아들이 서 있었다.

나는 찰리를 가만히 바라봤다.

"안녕하세요…."

"안녕! 반가워."

찰리 등 뒤, 잡초가 무성한 우리 집 진입로 구석에 서 있는 사람은 제러미였다. 그는 찰리한테서 빌린 게 분명한 파카와 야구 모자 차림이었다. 휘몰아치는 바람에 나무들이 신나게 춤추며 제러미의 모자 위로 빗방울을 떨구고 있었다. 제러미가 손을 반쯤 들어 인사했다.

"죄송해요." 찰리가 말했다. "하지만 찾아뵈어야만 했어요. 할 얘기가 또 있어서요. 중요한 얘기요. 아까 말씀드렸어야 했는데… 음, 오늘 오후에 뭔가 생각났거든요. 아까 뵙고 나서요."

나는 레오를 돌아봤다. 갑자기 심장이 쿵쾅거리기 시작했다.

"레오, 여긴—"

"찰리구나." 레오가 부드러운 목소리로 말을 받았다. 그는 내 첫 번째 아이를 가만히 바라보며 무슨 말을 하려는 듯 입을 벌렸다. 하지만 아무 말도 나오지 않았다. 찰리의 얼굴은 구석구석 나와 똑 닮았다. 그도 알아챘을 게 틀림없었다.

"들어와." 마침내 남편이 말했다.

존이 찰리를 보고 신나서 뛰어오르더니 꼬리를 휘두르며 찰리 주위를 돌았다. 찰리는 무릎을 꿇고 앉아 존과 놀아줬다. 찰리가 웃는 모습을 오늘 처음 봤다. 나도 어느새 바닥에 앉아 있었다. 더 버티고 서 있기가 힘들었다.

57

엠마

모두 주방으로 자리를 옮겼다. 레오가 물을 끓이기 시작했다. 제러미가 레오에게 갔다. 잠시 후 두 사람이 악수하는 모습이 보였다. 제러미가 사과하는 듯했다. 이해가 잘 안 되는 상황이었다.

찰리가 뒷문 옆에 쌓아둔 침낭과 베개를 봤지만 아무 말도 하지 않았다. 그저 학생 식당에서 지나가다 부딪친 사람한테 말하듯 아무렇지 않게 물었다. "괜찮으세요?"

나는 어깨를 으쓱해 보였다. 당연히 꿋꿋이 잘 지내고 있지! 나를 만나러 오길 잘했다고 믿게 해주고 싶었다.

"주차하고 있는데 두 분이 탄 차가 들어오더라고요." 찰리가 호기심 어린 눈으로 레오를 찬찬히 바라봤다. "같이 어디 다녀오셨나 봐요."

"아니." 레오가 짧게 말했다. 퉁명스러운 말투는 아니었다.

"자, 난 여기서 빠지고 차를 준비할게."

나는 머뭇거리며 말했다. "난 당신이 같이 있으면 좋겠어."

레오에게 비밀을 더 감출 수는 없었다.

레오가 차분히 말했다. "난 상관없어."

친절한 레오. 레오는 정말 끝내주게 친절했다.

"자, 그럼." 레오가 자리에 앉으며 말했다.

나는 그가 정말 자랑스러웠다. 누가 지나가다 이곳을 들여다본다면 내 남편이 지금 오늘 아침에야 존재를 알게 된 처음 본 의붓아들과 앉아 있다는 사실을 짐작조차 하기 힘들 것이다.

"네." 찰리가 말을 받았다.

존 키츠는 주방 한가운데에 놓인 러그 위에 자리 잡았다. 존은 늦은 밤 벌어지고 있는 이 우스꽝스러운 상황에 놀란 듯했지만, 자기 꼬리에 코를 묻고 우리를 가만히 바라봤다.

"그러니까… 오늘 오후에 있었던 일은 우리 집 자동응답기에 누가 남긴 메시지 때문에 벌어진 일이에요. 앨른머스에 있는 가게라더군요."

제러미가 끼어들었다. "재니스를 목격하면 전화해달라고 부탁해놨거든요. 오늘 아침 거기에 잠깐 들렀나 봅니다." 그러고는 잠시 말을 멈췄다.

이게 꼭 좋은 소식이 아닐 수도 있다는 걸 나는 깨달았다.

"중요하지 않을 수도 있지만, 그 사람 말로는 파라세타몰을 두 통 사갔대요."

찰리가 두 손으로 얼굴을 문질렀다.

"물론 진통제가 조금 필요해서 그랬을 거라고 생각합니다." 제러미가 말을 이었다. "원래 긴장성 두통이 심하거든요. 하지만—"

"파라세타몰을 다른 데서도 샀을지 모른다는 거죠." 찰리가 불쑥 끼어들었다. 나보다는 자기 아빠한테 하는 말이었다. "지금쯤 엄청난 양을 모았을지도 모르고요."

"아니라고 가정해봅시다." 제러미가 말했다. "평소 우리가 사는 것처럼 파라세타몰을 샀다고 생각해보는 겁니다. 아무도 한 통만 사진 않잖아요? 두 통씩 사지." 그러고는 나를 돌아보며 말했다. "그 가게 주인은 우리랑 몇 년간 알고 지낸 사이야. 신뢰할 만한 사람이지. 그 사람이 말하길, 재니스는 괜찮아 보였대. 그러니 너무 염려할 필요 없다고. 사실 파라세타몰도 내가 재니스가 뭘 샀냐고 물어보는 바람에 대답해준 것뿐이야. 그거 말고도 빵, 치즈, 파스타, 사과 몇 개, 초콜릿 바도 샀대. 오렌지 스쿼시 한 병도. 마지막을 생각했다면 그렇게 장을 봤을 것 같진 않아."

찰리가 휴대폰을 확인했다. 찰리는 파라세타몰에 대해 제러미보다 훨씬 더 걱정하고 있었다.

"어쨌든 최소한 재니스가 거기에 있다는 걸 알았으니까, 내일 아침 일 끝나는 대로 거기로 가볼 생각입니다."

"괜찮은 계획 같네요." 레오가 정중하게 대답했다. 한밤중에 여기 와서 왜 이런 이야기를 하는지 궁금한 기색이었지만, 대놓고 묻지는 않았다.

찰리가 말했다. "저, 우리가 여기 온 이유는— 그러니까, 어…"

그러고는 잠깐 숨을 들이마신 후 말을 이었다. "어, 제일 먼저 드릴 말씀은, 엄마가 왜 사라졌는지 제가 알아요."

나는 고개를 들었다. 놀랐지만 충격이 크진 않았다. 아까 나한테 하지 않은 말이 있으리라는 건 짐작하고 있었다.

"아빠는 몰랐어요. 먼저 아빠한테 말했어야 하지만, 엄마한테 그러지 않겠다고 약속해서…."

제러미가 찰리의 팔을 쓰다듬었다.

"아무에게도 말하지 않겠다고 엄마하고 약속했거든요. 하지만 지금은 너무 걱정돼요. 파라세타몰이 위험한 약은 아니라는 아빠 말이 맞겠지만, 전 마음에 안 들어요."

찰리가 잠시 말을 멈추고 다시 숨을 크게 들이마셨다.

제러미가 우스꽝스러운 야구모자를 벗어 무릎 위에 놓았다. "찰리가 이제 아주 힘든 얘기를 꺼낼 겁니다." 그러고는 소파 깊숙이 등을 기댔다. 두려운 듯 보였다. "아까 말하지 않았다고 화내지 마, 엠마. 찰리 입장에선 그럴 수밖에 없었어."

찰리가 말하려다 입을 다물고 제러미를 바라봤다. 제러미가 격려하듯 고개를 끄덕였다.

내 아들과 양아버지 사이에 신뢰와 사랑이 확고히 자리 잡은 것을 보니 안도감이 들었다.

잠시 후 찰리가 밑에 놔둔 배낭에 손을 뻗어 작은 공책 몇 권을 꺼냈다. 크기가 제각각인 공책들은 하나같이 손때가 묻어 있었다. 일기장인 듯했다. 나는 감탄을 금치 못했다. 일기를 쓰면 좋겠다고 종종 생각했지만, 지난 40년 동안 일기를 쓰려고 공책을 산 적은 없었다.

찰리가 말했다. "이건 엄마의 일기장들이에요. 몇 주 전에 읽기 시작했어요."

"엄마가 지금 어디 있는지 알아내려고?"

복잡한 표정이 찰리의 얼굴을 스쳤다. "그런 셈이죠." 그러고는 일기장들을 다시 배열했다. "실은 엄마가 사라지기 전부터 보기 시작했어요. 엄마가 사라진 이유 중엔 제가 이걸 읽었다는 것도 커요."

"절대 자책하진 마." 제러미가 조용히 말했다.

그때 지독한 냄새가 스멀스멀 방 안에 퍼졌다. 냄새를 퍼트린 장본인인 존이 발 사이에 코를 묻고 우리를 바라봤다.

"전 그냥 엄마가 걱정돼서 읽기 시작한 거예요." 찰리가 말했다. "엄마를 도울 방법을 찾고 싶었어요." 그러고는 자기 손을 내려다보며 말을 이었다. "저를 질식사시키려고 했던 거, 알고 있어요."

나는 시선을 피하지 않으려 애썼다. 하지만 너무 힘이 들었다. 수치심이 밀려와 고개를 돌릴 수밖에 없었다.

"어떻게 사과해야 좋을지 모르겠구나, 찰리." 나는 간신히 입을 열었다. "그걸 읽었다니, 많이 참담하고 괴로웠겠구나."

찰리는 반응을 보이지 않았다. 그저 일기장을 다시 만지작거리며 공연히 가지런히 놓았다가 쌓았다가 했다.

"내가 많이 아팠다는 걸 알아줬으면 좋겠다. 그때 입원하지 않았다면 정신병원에 갇혔을 거야."

"산후 정신병에 대해 잘 알아요. 몇 년 전에 읽은 적이 있어요. 아프셨었다는 사실을 알았을 때요. 엄마와 아빠는 당신이 그냥 저를 해치려는 생각만 잠깐 했던 거라고 말했어요. 실제로 무슨 일이 있었는지는 말씀 안 하시고요."

스멀스멀 피부 위를 뭔가가 기어가는 느낌이 들었다. 내가 뭐라고 말할 수 있겠는가? 미안하다? 그걸로는 어림도 없었다. 웃고 있는 찰리의 얼굴 위로 베개를 눌렀던 기억, 오랜 죄책감에 화상을 입은 것처럼 쓰라렸다. 내게 자기혐오는 일상이었다.

나는 수도 없이 루비의 방으로 뛰어가 확인하곤 했다. 두 번째 아이의 방 한구석에 나쁜 업보가 기다리고 있을까 봐. 그래서 어떻게든 아이의 숨통을 짓누르거나 호흡을 멎게 할까 봐.

"그렇게 생각하면 좀 나을지도 모르겠지만, 난 그 일을 받아들일 수가 없어. 상담, 치료, 모임, 할 수 있는 건 다 했지만, 떨쳐지지가 않아."

찰리가 이마를 손으로 짚었다. 존이 또 방귀를 뀌었다. 제러미가 조용히 자리에서 일어나 존을 정원으로 내보냈다.

"바로 그거 때문에 지금 여기 온 거예요." 찰리가 말했다.

정적이 흘렀다.

찰리가 다시 입을 열었다. "그런 일은 없었어요. 다 엄마가 지어낸 얘기였어요."

잠시 후 나는 눈을 감았다. 찰리는 내가 그런 짓을 했다는 걸 믿고 싶지 않을 터였다.

"유감이지만, 그거 재니스가 지어낸 얘기 아니야. 미안하다,

찰리. 나도 믿고 싶지 않아. 하지만 그건 실제로 일어난 일이야. 내가 다 기억해. 그 끔찍했던 순간들을."

찰리는 반응하지 않았다.

"매일 머릿속에 떠오르고 또 떠올라. 생지옥이 따로 없어. 하지만 그건 실제로 있었던 일이야. 아니라고 말 못 하겠어."

찰리가 슬픈 눈길로 가만히 나를 바라봤다. 그러다 고개를 저었다. "아니에요. 엄마가 지어내셨어요. 여기, 이 일기장에 다 적혀 있어요."

나는 일기장을 흘깃 내려다봤다. 책등이 갈라져 있고 여기저기 한쪽 귀를 접어놓은 흔적이 보였다. 맨 위에 놓인 일기장에는 음료를 엎었던 자국, 빽빽하게 볼펜으로 칠한 자국이 있었다.

찰리가 밑에 깔려 있던 세 번째 일기장을 끄집어내 휘리릭 넘기더니 거의 끝부분에 있는 페이지를 펼쳐 보였다. 자연스럽게 펴지는 걸로 봐서는 수도 없이 펼쳐본 부분 같았다. 찰리가 그걸 나한테 건넸다.

"읽기 좀 힘드실 거예요." 찰리는 이 말만 하고 제러미를 바라봤다.

그는 소파에 푹 기대앉아 생각에 잠겨 있었다.

내가 손을 내밀지 않자 찰리가 일기장을 내 무릎 위에 올려놓았다.

나는 그걸 집어 들고 읽기 시작했다.

58

재니스 로스차일드의 일기, 6개월 전

정식으로 찰리를 입양한 지 정확히 18년이 지났다.

죄책감은 조금도 줄어들지 않았다. 두려움도 전혀 줄어들지 않았다. 밤에 뜬눈으로 누워 있는 시간이 자꾸 늘어난다. 평균 3.5시간 정도 자는 듯하다. 환각 상태에서 사는 느낌이다. 너무 피곤하다.

문제는, 잠이 올 것 같지 않다는 것이다. 에밀리가 찰리를 질식시켜 죽이려 하고 있었다고 스스로 억지를 부리고 있으니, 잠이 올 리 없다.

한때는 나도 믿었다. 에밀리의 병실에 들어섰을 때 C의 얼굴을 덮고 있던 베개를 보고 확신했다. 그들이 내게 물었을 때도 나는 확신에 차서 대답했다. 차를 몰고 집으로 돌아올 때도 확신하고 있었다. J에게 말할 때도, 내 확신에는 흔들림이 없었다. 내가 오해했을 수도 있다는 생각은 전혀 하지 않았다.

그런데 이 확신이 언제부터 흔들렸더라? 내가 목격한 장면에 의문을 품기 시작한 순간이 있었던가? 그랬을 수도 있지만, 기억이 나지 않는다. 내가 아는 건, 처음에 본 대본에 집착할 뿐 다른 가능성은 전혀 생각하지 않았다는 사실이다.

몇 달 전까지는 문제가 없었다. 그런데 에밀리가 진행한 TV 프로그램이 재방송되기 시작했다. 채널을 이리저리 돌리는데 갑자기 에밀리가 나왔다. 그녀는 절벽에 난 오솔길을 따라 걸으며 붉은부리까마귀에 대해 큰 소리로 쉴 새 없이 떠들고 있었다.

텔레비전 화면에서 에밀리의 얼굴을 보니 갑자기 엄청난 두려움이 밀려왔다. 그게 터닝 포인트였다. 더는 속일 수 없었다. 그러니까, 나 자신을 말이다. 나 자신에게 거짓말하는 일을 그만두기로 했다.

에밀리는 찰리를 질식사시키려 한 적이 없다. 그때 그녀의 건강 상태는 아주 좋았다. 그녀는 그냥 까꿍 놀이를 하고 있었을 뿐이다. 병실로 오는 길에 복도에서 까꿍! 하는 소리가 들렸더랬다. 에밀리와 찰리의 목소리라는 걸 알고 미소를 지었던 기억이 난다.

그런데 그때 에밀리가 베개를 찰리의 얼굴로 가져가는 게 보였다. 순간 나는 겁에 질려버렸다. 너무 끔찍했다. 그야말로 충격이었다. 그 일로 인해 몇 달이 지나도록 악몽에 시달렸다.

그 자리에서 잠시만 더 지켜보고 있었더라면, 에밀리가 베개를 휙 빼내며 까꿍! 하는 모습을 보게 되었을까.

그랬다면 찰리는 내 아기가 될 수 없었겠지.

과연 이 일의 끝이 어떻게 될지 모르겠다. 과연 털어놓을 수 있을까? 그럼 이제 사회생활은 끝이겠지. 결혼 생활도 끝날 테고. 감옥에 가게 될까? 아마 그 정도까진 아니겠지. 하지만 에밀리가 나를 고소할 수도 있다. 내가 그녀 입장이라면 나도 그럴 것 같다.

무엇보다 찰리가 힘들겠지. 억지로 자기 인생에서 나를 지워야 하니. 그렇다면 사는 게 무슨 의미가 있을까?

그런데 이런 위험을 감수하고 굳이 왜 밝혀야 하지? 에밀리는 내 말을 완전히 믿었고, 지금도 마찬가지인데. 당시 자신조차 믿지 못하고 있을 때라 그녀는 내 말을 복음처럼 받아들였다. 에밀리의 진술서를 읽어서 안다. 자신을 믿을 수 없으니 찰리를 입양해달라고 간청하는 문자메시지도 보내왔다.

에밀리의 인생은 그후로 엉망이 됐다. 그리고 내가 한 짓에 대한 공포는 날마다 점점 커지고 있다.

《이브닝 스탠더드》와 여자들의 우정에 대한 인터뷰를 하면서 지독한 아이러니라는 생각이 들었다.

항우울제나 항불안제 같은 걸 구할 수 있는지 조용히 알아봐야겠다.

자꾸 화가 치밀어오르고 절망적이다. 18년이 지났는데도 더 나빠지기만 한다. 나는 여전히 괴물이다.

59

엠마

나는 찰리를 쳐다봤다. 찰리도 나를 보고 있었다. 무표정한 얼굴이었다. 캄캄한 정원에서 존 키츠가 나무를 보고 짖고 있었다. 바람이 이리저리 부는 모양이었다. 그럴 때마다 존은 저러곤 한다.

가슴속에 뜨거운 구멍이 더 크게 자리 잡았다.

"더 있니?"

"네, 그리고 아니요. 엄마는 다신 그런 솔직한 일기를 쓰지 않았어요. 사실 지금 거기가 읽어보셨으면 했던 부분이에요."

"이 말을 믿니? 이게 사실이라고 생각해?" 긴장 때문에 목소리가 갈라지다시피 했다.

"사실이에요. 직접 물어봤거든요."

나는 찰리를 가만히 바라봤다. "그러니까, 재니스가 인정했다고?"

찰리가 침을 삼키고 나서 고개를 끄덕였다.

나는 소파에 푹 쓰러졌다. 레오 옆에 있고 싶었다. 쓰러지기 전에 그를 꼭 붙잡고 싶었다. 하지만 레오는 소파 반대쪽 끝에 앉아 있었다. 다시 내 손을 잡아주기나 할까. 알 수 없었다.

제러미는 넋이 빠진 듯했다.

"아빠는 전혀 모르셨어요." 찰리가 내 시선을 쫓으며 말했다.

나는 지금 읽은 내용을 믿고 싶었다.

아니, 믿고 싶지 않았다.

찰리가 뒤로 기대앉았다. "지난 9월 대학에 입학해서 크리스마스 휴가를 맞아 집에 왔는데 엄마가 너무 이상했어요. 감정 기복이 심했고, 무서울 정도로 화를 심하게 냈어요. 아빠 말로는 제가 보스턴으로 떠난 이후 계속 그러셨대요."

존이 뒷문으로 다가와 문을 긁어대기 시작했다. 그 소리 때문에 찰리의 말이 끊겼다. 레오가 자리에서 일어나 존을 집 안으로 들였다.

"부활절 휴가 때는 더 심각했어요. 엄청나게 격해졌고, 자신감도 없었고요. 게다가 왠지 모르겠지만 엄청 화를 내셨어요. 우리한테 그러는 건 어쩔 수 없지만, 다른 사람들한테도요." 찰리가 머리를 긁적거렸다. "혼날 짓이긴 한데, 하루는 밤에 엄마가 침실 화장실 옆에 일기장을 놔두셨더라고요. 그래서 열어봤죠. 엄마의 사생활이니까 절대 읽으면 안 된다는 걸 알지만— 아, 젠장, 너무 걱정되더라고요."

찰리가 잠시 말을 멈췄다가 계속했다. "죄송해요. 엄마랑 아빠는 제가 욕해도 개의치 않으셔서요. 혹시 불편하세요?"

"아니, 괜찮아."

"그래서 몇 장 읽어봤어요. 엄마는 꽤 불안하신 듯했어요. 그러다 다시 제자리에 돌려놓으려는데 뭔가 마음에 안 드는 내용이 눈에 들어오더라고요. 조금 전에 읽으신 내용과 관련 있는 거였죠."

찰리가 긴 한숨을 내쉬었다.

"네다섯 번 정도 읽었을 거예요. 하지만 무슨 다른 의미가 있는 건지 알 수 없었어요. 질식시켜 죽이려 했다는 얘기를 엄마가 지어냈다는 것 같았어요. 믿어지지 않았죠. 그러다 여름학기가 시작돼서 보스턴으로 돌아갔는데, 그 생각이 머리에서 떠나질 않더라고요. 그냥 내가 잘못 생각했나 보다 했죠.

하지만 여름방학을 맞아 집에 와서 다시 엄마 일기장을 뒤지다가 결국 방금 읽으신 그 부분을 발견한 거예요."

나는 다음 말을 기다렸다. 전부 다 현실이 아닌 것 같았다. 이 방도, 이 안에 있는 사람들도, 지금 내가 듣고 있는 이야기도.

"그게 사실이라고 고백하셨어요. 제가 직접 여쭤봤을 때요. 펑펑 우시면서요. 아기를 계속 잃었던 얘기, 그러다 결국 입양이 유일한 희망이 된 얘기, 마침내 나를 찾아낸 얘기… 그리고 당신이 마음을 바꿔 나를 입양 보내지 않기로 한 얘기를 해주셨죠. 제 생각엔 그때 엄마가 무너지신 것 같아요."

밖에서 바람이 불었다.

"그래서 알게 됐어요. 엄마가 그날까지 얼마나 끔찍한 시간을 보냈는지." 찰리가 나를 바라봤다. 그 젊은 얼굴에 슬픔이 보였다. "그렇더라도 엄마가 한 짓을 받아들일 순 없어요. 용서할 방법은 더더욱 모르겠고요."

세상이 시작되고 또 끝나고 있었다. 나는 앞으로 숙여 무릎 위에 팔꿈치를 괴었다.

어떻게 이런 일이 있을 수 있지?

내가 내 아기랑 까꿍 놀이를 하고 있었다고?

다시 고개를 들어 보니 찰리가 나를 기대감에 차서 바라보고 있었다. 레오가 내 어깨를 만졌다.

"응? 왜?"

"늘 당신이 저를 질식시켜 죽이려 했다고 믿고 사셨냐고 물었어요." 찰리가 물었다. "한 번도 의심 안 해보셨어요?"

나는 그날을 돌이켜봤다. 기억의 조각들이 마구 쏟아져 나왔다. 온통 소란스럽고 고통스러운 기억들이었다. 찰리의 얼굴에 베개를 갖다 댔던 그 순간이 생각났다. 정신과 의사와 사회복지사, 담당 간호사와 면담했던 순간도 떠올랐다. 그들이 내게 아기를 질식시켜 죽이려 했는지 물었던 순간도 기억났다. "네, 그런 것 같아요"라고 대답했던 순간도.

내가 뭐라고 했더라?

왜 그런 것 '같다'고 했을까? 조금 더 분명하게 '네, 그랬어요'라고 하지 않고.

나는 까꿍 놀이를 상상했다. 해치려는 게 아니라 놀고 싶은 마음으로.

바로 그거였다. 나는 놀고 있었다. 해치려는 게 아니었다.

뜨거운 기운이 온몸을 휘감았다. 제발, 안 돼요. 이 일 때문에 내 아이를 잃지 않게 해주세요.

"엄마한테 직접 물었을 때 아빠에겐 말하지 말아달라고 간청하셨어요. 책임지고 모든 걸 파악하기 전까지 기다려달라고요. 미안하다고, 해결할 거라고, 알아서 해결하겠다고 말씀하셨어요. 그런데 리허설에 갔다가 돌아오지 않으신 거예요."

몇 시간이 흐른 듯 느껴졌다. 잠시 후 나는 제러미를 돌아보며 물었다. "당신은 전혀 몰랐다는 거죠? 재니스가 전혀 암시를 주지도 않았고요?"

찰리가 누더기 꼴로 앉아 있는 아빠를 바라봤다. "물론 아빠는 모르셨어요. 지금 아빠 상태를 보세요."

견디기 힘든 침묵이 이어졌다. 모든 게 무너져 내리고 있었다. 나 혼자 되뇌었던 그 모든 다짐, 고문 같았던 자기혐오의 순간들이 하나하나 무너져 내리고 있었다. 진실인 줄만 알았던 하나의 이야기가.

"엄마한테서 편지가 왔길래 전 엄마가 그냥 시간이 좀 필요하실 뿐 잘 지내고 계시는 줄 알았어요. 며칠 전 아빠한테 문자메시지를 보내셨을 때도 그리 나빠 보이지 않았거든요." 찰리의 목소리가 흔들렸다. "그런데 제가 엄마를 벼랑 끝으로 몬 것 같아 겁이 나요."

"우리가 여기 온 건 엠마 네가 이 사실을 모른 채 일분일초라도 더 살게 하고 싶지 않아서야." 제러미가 말했다. "곧 우린 갈 거야. 너 혼자 이 모든 걸 충분히 이해할 시간이 필요할 테니까. 그런데 우선 묻고 싶은 게 하나 있어."

레오가 제러미에게 어서 하라고 손짓했다.

"재니스가 몇 달 전 일기에서 특별히 언급한 장소가 있어. '엠마 생각을 안 할 수만 있다면 무너진 내 작은 궁전으로 도망칠 텐데', 뭐 대충 이런 내용이었어. 혹시 짐작 가는 곳이 있어?"

나는 충격이라는 걸쭉한 접착제에서 애써 기억을 떼어냈다. 에든버러에서 재니스가 나를 데리고 점심 먹으러 갔던 곳. 우리가 함께 탐험했던 앨른머스 바닷가의 바위틈 웅덩이. 아이가 유산되는 줄 알았던 그날, 재니스에게 작별 인사를 했던 기차역. 어느 것 하나 그녀가 특별히 언급할 만한 곳은 없었다. 최악의 시기에 도피해 있고 싶을 만한 곳은 더더구나 없었다.

나는 내 생각을 그대로 말했다. 찰리는 더 기운이 없어졌다.

"아무 데도요? 어디라도 생각나는 곳 없어요?"

"미안하구나. 생각이 안 나."

"제발요." 찰리가 재촉했다. "제발 떠올려보세요. 정말 아무 데도 없어요?"

"그러게. 하지만 생각해볼게. 음… 없어. 에든버러에 갔을 때 점심 먹으러 간 거, 앨른머스 바닷가에서 산책했던 거 말고는. 물론 내가 모자병동에 있을 때도 몇 번 오긴 했지만, 거길 특별히 언급했을 것 같진 않고. 미안하구나."

찰리는 지켜보기 힘들 정도로 절박해 보였다.

"자, 그럼." 제러미가 일어서며 입을 뗐다. "그만 가야겠어. 뭐든 기억나는 게 있으면 언제든 전화 줘."

두 사람이 떠날 채비를 했다.

내가 네 엄마가 될 수 있었어. 찰리가 거실 밖으로 나가는 걸 보면서 나는 외치고 싶었다. *네가 바로 여기 이 집에서, 내 아기로 살 수도 있었어.*

하지만 이제 어른이 된 내 아이 찰리는 이미 복도를 지나 현관 밖으로 나가 있었다. 찰리는 속상한 자기 얼굴을 보이지 않으려고 어깨 너머로 인사를 건넸다. 언제 다시 볼 수 있을지, 아니, 볼 수나 있을지 알 수 없었다.

제러미가 문간에 멈춰서서 나를 돌아보며 말했다. "내 미안한 마음을 어떻게 전해야 할지 모르겠군. 앞으로도 불가능할 것 같고. 다만 내가 정말 몰랐다는 건 믿어줘."

나는 아무 말도 하지 않았다. 지금 당장은 누가 무슨 말을 하든 두 번 다시 믿고 싶지 않았다.

"이제야 알겠어." 그가 말을 이었다. "왜 그렇게 편집증 증상을 보였는지, 왜 그렇게 찰리를 뺏길지도 모른다는 망상에 시달렸는지. 그날의 진실을 당신이 기억해낼까 봐 두려웠던 거야."

하지만 당연히 나는 기억하지 못했다. 기억할 수가 없었다. 만일 누가 나더러 은행을 털고 직원들을 다 죽였다고 해도 믿었을 것이다. 스스로 기억을 만들어냈을 것이다. 찰리를 질식사시키려 했다는 기억을 만들어낸 것처럼. 길을 잃고 헤맬 때는 사람들이 하는 말을 그냥 믿고 의지하게 되는 법이니까.

찰리와 제러미가 가고 난 후, 우리는 말없이 앉아 있었다.

세상이 또 한 번 뒤흔들렸다. 성인이 된 이후 내 삶은 하나의 이야기에 불과했다. 심지어 내 이야기도 아니었다.

재니스라고 불리는 어느 여자의 이야기였다. 그 여자는 내 아기가 탐나 내가 내 아기를 질식시켜 죽이려 했다고 속였다. 내가 아기를 찾아다니자 나를 상대로 접근 금지 명령을 신청했다.

그 여자는 할 수만 있었다면 나를 감옥에도 보냈을 것이다. 그 여자는 내게 어떤 금전적 손해가 발생할지 알면서도 내게서 직장을 앗아갔다. 하지만 무엇보다 나쁜 것은, 정말 정말 나쁜 것은, 내 아기를 훔쳐 간 것이었다.

레오가 조용히 내 옆으로 와서 손을 잡았다. 나는 흐느껴 울었다. 가능했음에도 실현되지 못한 그 모든 것들이 안타까워서. 부드러운 금발의 아기, 그저 나를 한없이 믿었던 미소 띤 내 아기 찰리가 그리워서. 엄마 아닌 다른 사람과 살아야 했던 그 아이의 삶이 마음 아파서.

존은 자기 잠자리에서 잠들어 있었다. 레오가 불을 끄고 내 옆에 와 앉았다. 어둠 속에서 억수같이 쏟아지는 빗줄기가 작고 허름한 우리 집을 세차게 두드렸다.

나는 거짓말에 속아서 내 아기를 포기한 거였다.

60

레오

창고에서 잠든 지 몇 분, 아니 몇 시간쯤 지났을까, 엠마가 들어와 소파 옆에 서서 속삭였다. "레오."

나는 자리를 비켜주려고 말없이 몸을 뒤척였다. 창고에서 하룻밤 잔다고 잔뜩 신이 났던 존 키츠는 이불 밑에 잠들어 있었다. 숨은 쉬고 있는 건지 알 수 없었다. 발로 쿡 찔렀더니 으르릉거리며 조금 움직이는 듯했지만 비키려 하지 않았다. 엠마는 소파 가장자리에 걸터앉을 수밖에 없었다.

"레오…." 엠마가 다시 속삭였다. 그 순간 나도 속삭이고 싶었다. "안녕!" 그리고 키스하고 싶었다. 지난번 이곳에서 보낸 시간을, 걱정이라곤 암 치료 결과와 유제품 무첨가 초콜릿의 형편없는 맛뿐이었던 그때를 떠올리며 웃고 싶었다. 함께 옷도 벗고 싶었다. 섹스하고 싶어서가 아니라 따뜻한 엠마의 몸을 밤새 느끼고 싶어서.

“당신한테 말하려고 했었어.” 어둠 속에서 엠마가 말했다.

나는 램프를 켜고 엠마를 바라봤다. 엠마는 여전히 옷을 갈아입지 않은 상태로 위에 드레싱 가운을 걸치고 있었다. 눈가는 잿빛이었고 피부는 창백했다. 화학요법을 받고 있을 때 같은 모습이었다.

“말하려고 했었어.” 엠마가 같은 말을 되뇌었다. “알아줬으면 좋겠어. 당신한테 말하려고 했다는 거. 히친에 당신 부모님 뵈러 갔던 주말에, 그때 런던으로 돌아오면서 말할 생각이었어. 우리가 사귀기 시작한 지 몇 주 됐을 때. 그래야 한다고 느꼈거든.”

“그런데?”

“그런데 당신이 입양 사실을 알게 되는 일이 생겼지. 그걸로 모든 게 산산조각 났고. 당신은 그때 몇 달 동안 제정신 아니었잖아.”

“내가 언제?”

“물론 인정하기 힘들겠지.” 잠시 후 엠마가 말을 이었다. “난 그때 내내 당신을 기다렸어. 당신이 생모와 입양에 대해 하는 얘기, 당신한테 거짓말한 사람들에 대해 하는 얘기도 다 들었어. 만일 내가 그때 털어놓았다면, 이제 막 다시 걷기 시작한 사람의 다리에 폭탄을 던지는 거나 마찬가지였을 거야.”

“하지만, 그 뒤로 10년이나 지났잖아.”

엠마가 말을 끊었다. “그 10년 동안 하루, 단 하루라도 당신을 아프게 하지 않고 내 얘기를 털어놓을 수 있을 것 같은 날이 있었다면 당연히 그렇게 했을 거야."

나는 엠마를 똑바로 바라보며 물었다. "그래서 그게 내 잘못이라는 거야?"

"아니… 난 그냥…." 엠마가 내 손을 잡으려 했다.

하지만 나는 그럴 수 없었다. 이곳에서, 엠마와 손잡고 앉아 있을 수 없었다.

"당연히 당신 잘못 아니야. 하지만 당신이 다른 과거를 가졌더라면 솔직히 다 털어놨을 거야."

내가 반응을 보이지 않자 엠마가 계속 말했다. "내 입장이 되어봐. 당신이 나라고 상상해봐. 과거가 얼마나 끔찍하면 이름을 바꿨겠어. 당신이 나라면 다 털어놓겠어? 아픈 과거를 다시 헤집는 일이 될 텐데? 정말 그럴 수 있겠어?"

"그래." 나는 한 치의 머뭇거림도 없이 대답했다.

엠마가 한숨을 쉬었다. "당신은 지금 여기 앉아 있으니까 쉽게 말할 수 있겠지만, 난 그때 거기에 있었어. 그리고 난 당신이 뭘 감당할 수 있고 뭘 감당할 수 없는지 누구보다 잘 알아."

"정말 그렇게 생각해? 우리, 다시 또 원점인 거야? 당신이 나보다 나에 대해 더 잘 안다고 말하는 거야?"

"그런 뜻으로 하는 말이 아니잖아! 난—"

"엠마, 내 말 잘 들어. 제발 들으라고." 엠마가 나를 쳐다봤다. "난 당신한테 말 안 한 거 하나도 없어. 하나도. 모든 걸 다 말했고, 늘 그래왔어. 왜냐하면 우리가 서로에게 솔직하지 못하면 아무것도 의미가 없으니까."

우리 둘 다 잠시 아무 말이 없었다.

"내가 서류 숨겨놓은 거 알았다는 얘긴 하지 않았잖아." 드디어 엠마가 말했다. "그거 말고 또 뭘 발견했는지, 누구와 얘기했는지, 난 지금도 몰라. 전부 다 당신 혼자 몰래 한 일이라."

나는 몸을 일으켰다. "내가 누구와 얘기했는지 알고 싶어? 우선 로비 로즌을 만났어. 그다음엔 맥스 텐터든을 만났고. 주말엔 쉴라와 함께 있었어. 알고 보니 나보다 우리 결혼 생활에 대해 훨씬 많이 알고 있더라. 그런 다음 저녁에 제러미 로스차일드를 만나러 갔다가 결국 질의 아파트에 가서 당신을 찾아낸 거야."

엠마가 순간 멈칫했다. "로비를 만나러 갔었다고? 오, 맙소사. 그리고 맥스라니, 내가…."

"그런데 우리 결혼 말이야, 합법적인 거 맞아?"

엠마가 눈길을 돌렸다. 그러고는 잠시 후 고개를 저으며 말했다. "아마 아닐 것 같아."

"아마 아닐 것 같다니? 무슨 뜻으로 하는 말이야?"

"확실히는 모른다는 뜻이야. 등기소에 신고할 때 개명 여부를 묻는 체크 상자가 있었는데, 표시하지 않았어."

우리 둘 다 한동안 아무 말도 하지 않았다. 엠마가 때때로 나를 쳐다봤지만, 나는 그녀의 눈을 마주 볼 수 없었다. 그날은 우리의 날이었다. 꽃과 와인과 케이크와 친구들과 춤과 웃음으로 행복하고 아름다웠던 인생 최고의 날.

혼인 증명서에서 엠마의 아버지 이름을 봤을 때 나는 당연히 놀랐다. 성이 '필'이라고 되어 있었기 때문이다. 엠마는 엄마의 기억을 생생하게 간직하기 위해 엄마의 성을 따랐다고 했다. 그래서 나는 그 선택이 슬프지만 완벽하고 아름답다고 생각했다.

엠마는 우리 결혼식 날마저 나한테 거짓말을 한 것이다.

"이기적인 행동이었어." 마침내 엠마가 입을 열었다. "잘못된 행동이었고. 내가 얼마나 겁쟁이였는지 이제 알겠어. 하지만 당신을 사랑했어, 레오. 당신하고 결혼하고 싶었어."

나는 무슨 말을 해야 할지 알 수 없었다.

"당신한테 청혼할 때 나중에 법적인 문제가 생길 줄은 몰랐어. 전혀 생각 못 했어. 내가 아는 건 그저 내가 당신한테 빠졌다는 것뿐이었어. 나한테 온 행운을 믿을 수가 없었지. 난 행복했어. 정말 행복했어. 그저 당신하고 결혼하고 싶다는 생각뿐이었어."

나는 그날 내 결혼식 연설을 떠올렸다. 내가 너무나 잘 안다고 생각했고 너무나 사랑한 이 여자에게 바쳤던 연설을. 미소를 띠고 나를 올려다보던 그 모든 얼굴들과 치켜든 와인잔들, '두 사람의 행복을 위하여!'라고 외쳤던 건배사도.

잠시 후 엠마가 길게 숨을 내쉬며 말했다. "불행한 사고가 있었고 자기혐오의 날들이 이어졌어. 지금도 무슨 말로 표현해야 할지 모를 만큼 너무 외로웠어. 그런데 그때 당신이 왔어. 당신은 내 전부였어. 지금도 마찬가지야."

나는 눈을 감았다. 깊은 충격에 허우적거리느라 엠마가 어떤 일을 겪었는지 잊고 있었다. 우리가 사랑에 빠졌던 시기에 엠마가 어떤 짐을 어깨에 짊어지고 있었는지를.

엠마의 할머니가 세상을 떠났을 때 우리가 나눴던 첫 통화를 돌이켜봤다. 몇 분이, 다음에는 몇 시간이 어떻게 흘러가는지도 몰랐다. 어느새 저녁 6시가 되었고, 동료들이 컴퓨터를 끄고 퇴근 준비를 하며 서로 미소를 나눴다. 나한테 무슨 일이 일어나고 있는지 다들 목격했으니까.

세 시간하고도 반. 우리가 통화한 시간이었다.

엠마가 말했다. "당신을 만나고 인생이 다시 의미 있게 느껴졌어, 레오. 사람들이 왜 살고 싶어 하는지 그때 알았어."

나는 엠마를 힐끗 봤다. 엠마는 나를 보고 있지 않았다. 과거 어딘가를 헤매고 있었다.

나는 루비를 생각했다. 엠마의 가슴 위에 누워 힘껏 우렁차게 울어대던 작고 불그스름한 아기. 그 아찔한 순간이 모든 일의 시작이었다. 경이로운 눈으로 함께 루비를 바라보면서, 엠마는 무슨 생각을 했을까? 그곳에 있기는 했을까?

"그리고 루비를 낳을 때 나한테 왜 두 번째 아이라고 말하지 않았는지 그것도 알고 싶어. 그때 산부인과 의사가 겸자분만은 초산일 경우 흔한 일이라고 했는데, 부탁받고 거짓말을 한 건가?"

엠마가 천천히 고개를 저었다. "아, 레오. 아니야. 그 의사는 내 자연분만이 처음이라는 뜻으로 한 말이었어. 찰리는 제왕절개 수술로 낳았거든."

"하지만 당신한테는 흉터가 없잖아. 당신…." 나는 말을 하다 멈췄다. 엠마에겐 흉터가 있었다.

나는 눈을 감았다. 대학교를 수석 졸업 했고 40대가 된 지금까지 진실을 찾아다니는 일을 해온 내가, 어떻게 그토록 멍청할 수 있었을까? 치골 바로 위에 있는 게 맹장 수술 자국이라는 말을 믿었다니. 그것도 10년간이나.

"그리고, 부탁한 거 맞아. 내가 찰리에 대해선 언급하지 말아 달라고 했어." 엠마가 부드럽게 말했다. "아마 내 기록지나 병실 문 앞이나, 어딘가에 별도의 스티커가 붙어 있었을 거야. 하지만 그 사람들은 아기 엄마를 보호해야 할 의무 때문에 그런 거야. 당신을 속이려고 그런 게 아니라."

나는 마지못해 엠마의 말을 사실로 받아들였다. 엠마가 겪은 일을 당시 그들이 반만 알았더라도 엠마가 부탁하는 건 뭐든 들어줬으리라.

"그렇다면 맥스는?" 내 목소리는 지친 기색이 역력했다. "왜 맥스가 당신을 버린 것처럼 굴었어?"

엠마가 양손으로 얼굴을 비볐다. "내 결정이었다고 말하면, 내가 왜 맥스랑 헤어지려는지 당신이 궁금해할 테니까. 그럼 재니스 때문에 내가 해고됐다고 말하지 않을 수 없을 테니까. 그리고…" 그녀가 한숨을 쉬었다. "그냥 말하지 않는 편이 쉬웠어, 레오. 미안해. 뻔뻔하게 들린다는 거 알아."

"그렇네."

엠마가 창고 안을 둘러보다가 찌그러진 램프 갓을 손가락으로 쿡 찔렀다.

"오늘 밤까지만 해도 난 내가 내 아기를 질식시켜 죽이려 했다고 믿고 있었어. 아기를 돌볼 자신이 없어서 입양 보냈던 거야.

여덟 달밖에 되지 않은 루비를 다른 사람한테 보낸다고 상상해 봐. 그 고통이 어떨지 짐작할 수 있겠어?"

"아니."

그렇다. 짐작할 수 없다. 아예 상상조차 할 수 없는 일이다.

엠마가 길게 숨을 들이마셨다. "레오, 당신은 내 인생을 바꿔 놓았어. 솔직히 다 말하지 않은 이유를 당신이 이해할 날이 올지 알 수 없고 용서도 바라지 않지만, 내 말 좀 들어봐."

엠마가 소파에서 내려와 내 앞에 무릎을 꿇었다. "이건 진짜야, 레오. 당신과 나 사이에 있었던 모든 일은 다 진짜였어."

나는 엠마를 오랫동안 응시했다.

"정말?"

"그래." 엠마가 내 뺨을 어루만졌다. "사랑을 거짓으로 할 수 있는 사람은 아무도 없어. 그렇게 오랫동안은."

나는 잠시 엠마의 손에 얼굴을 묻었다. 추억이 밀려왔다 밀려갔다. 우리 둘 다 식중독에 걸렸던 일, 처음 존 키츠를 만났던 일, 지하철 안에서 잠들었던 일, 택시 안에서 다퉜던 일, 끝 모르고 계속된 저녁 식사, 소파에서의 입맞춤, 그리고 펍에서 보낸 휴가.

좋은 날들이었다.

천천히, 나는 엠마의 손을 얼굴에서 떼어냈다. 혼란스러웠다. 너무 지쳐버렸다.

"당신 아버지," 나는 마침내 물었다. "아버지에 대해서까지 굳이 거짓말한 이유가 뭐야?"

엠마, 아니 에밀리의 눈에 눈물이 차올랐다.

"아, 레오." 엠마가 소매로 눈가를 눌렀다. "난 그냥… 아버지의 죽음을 내 과거의 삶에 묻어두고 싶었어. 도저히 이해할 수 없다는 거 알아. 하지만 내가 막지 못해서 아버지가 돌아가셨다는 얘기를 당신한테 꺼낼 수 없었어. 엄마가 돌아가신 것도 나 때문이었는데, 난 그냥… 더는 말할 수 없었어."

눈물이 엠마의 뺨을 타고 흘러내렸다. 존이 그르렁거리며 몸을 뒤척였다. 엠마가 소파에 앉을 자리가 생겼다.

"하지만 엠마. 제러미 말로는 아버지 사인이 알코올중독이라던데. 그걸 당신이 어떻게 막을 수 있었겠어?"

엠마는 그냥 고개만 저었다. 눈물이 다시 천천히 흘러내렸다.

"당신한테 아버지가 킨샤사에서 돌아가셨다고 말했지만, 실은 그곳에 가지 못하셨어. 군에서 다른 군목을 대신 보냈어. 아버지는 그때 몇 달간 휴직 중이셨거든. 아버지는 집 거실에 있다가 심장마비가 와서 구급차를 타고 가다 돌아가셨어. 몸이 술에 절어 그렇게 될 때까지 전혀 모르셨던 것 같아."

나는 마음이 아팠다.

"엠마…" 나는 엠마의 손을 잡았다. 어떻게 안 잡을 수가 있겠는가? "알코올중독자들이 죽는 건 아무도 못 말리는 일이기 때문이야. 임신한 여자의 출산을 막을 수 없는 거랑 같은 거야. 어느 경우든 당신 잘못이 아니야. 누구라도 막을 수 없는 일이니까."

엠마가 소리 죽여 울었다. 밖에서 오늘의 첫 새소리가 들려왔다.

"당신이 이 모든 얘기를 받아들이려면 시간이 필요하겠지." 엠마가 평정을 되찾고 말했다. "뭘 원하는지도 지금은 알 수 없을 테고."

나는 고개를 끄덕였다. 사실 내가 지금 뭘 원하는지 전혀 알 수 없었다.

"그동안은 내가 창고에서 잘게. 일이 이렇게 되게 만든 사람은 나니까. 여기 밖에서 자야 할 사람은 당신이 아니라 나야."

"난 괜찮아."

"정말이야?"

정말이었다. 창고에서 그냥 나 혼자 괜찮은 척 지내는 편이 나을 것이다.

"그럼 얼마든지 시간을 갖도록 해. 하지만 내가 사랑한다는 것만 알아줘. 언제나 사랑해."

엠마가 다시 이 말을 하기까지 몇 시간이 흐른 느낌이었다. 아마 우리 둘 다 깜빡 잠이 들었던 것 같다. 마치 아무 일 없었던 듯 같이 소파에 누워서. 엠마의 목소리가 마치 먼 곳에서 들려오는 것처럼 느껴졌다.

"말할 게 또 있어. 내 얘기는 아니고, 재니스에 관한 거야. 재니스가 어디에 있는지 알 것 같아."

나는 눈을 번쩍 떴다. "정말이야?"

엠마가 편지를 꺼냈다. 2주 전 재니스가 보내왔다고 했다. 이것도 전혀 모르는 사실이었다. 엠마와 내가 결혼 생활을 다시 시작하려면 몇 달, 아니 몇 년은 걸릴 것 같았다.

엠마가 편지를 건네줬다.

엠마에게,

이 편지가 충격을 안겨주리라는 걸 알지만, 쓰지 않을 수 없었어. 종종 네가 불쑥 떠올랐어.

아주 오래전 우리가 발견한 그 게 말이야. 앨른머스 해변에서, 기억해? 물론 기억하겠지. 네가 진행한 방송을 계속 봤기 때문에, 네가 그 게를 계속 찾아다녔다는 거 알고 있어. 어쨌든, 코컷 섬에 가보면 좋을 거야.

셰익스피어 작품에서, 섬은 마법과도 같지. 그는 자신이 무슨 이야기를 하는지 너무나 잘 알고 있었어.

코컷 섬은 인간의 출입이 철저히 금지된 해안이 있는 유일한 장소야

& 언젠가 어부에게 돈을 주고 새를 보러 거기에 간 적이 있어 물론 배를 댈 수는 없었지만 많은 걸 봤지 그중에는 네가 찾는 게도 있었어. 확실해… 새를 좋아하는 사람들만 주로 가는 곳이라 아무리 특이한 게가 있어도 아무도 몰라. 다들 바다오리랑 긴꼬리제비갈매기를 보러 가지.

이 정보를 오랫동안 숨겨서 미안해. 몇 년 전에 말해줘야 했는데. 진심으로 미안해.

다시 한번 사과할게, 엠마.

재니스로부터

"술에 취해서 쓴 것 같네."

"그래. 아니면 약에 취했거나."

"그럴지도. 하지만 어쨌든 당신은 재니스가 코컷 섬에 있다고 생각하는 거지?"

"아니. 재니스는 헛간에 있어."

나는 눈을 비볐다. "뭐라고?"

엠마가 머리카락을 귀 뒤로 넘겼다. 그러고 보니 최근에 그럴 정도로 머리카락이 긴 적은 처음이었다.

"찰리를 직접 키우겠다고 결심한 날, 사실 난 아이가 유산되는 줄 알았어."

나는 오늘 듣고 어쩔 수 없이 기억하게 된 이야기들을 다시 떠올렸다. "맞아, 기억해."

"재니스가 자기 집에서 머물라고 초대해서 갔었어. 해변으로 산책하러 갔는데, 산책이라기엔 좀 거했지만, 아무튼 빌어먹을, 찰리가 이 사람들 손에 키워진다고 생각하니 정말 안심이 됐어. 난… 음, 그냥 계속 걸었어. 그러다 마침내 깨달았어. 내가 걸음을 멈추지 않으리라는 걸 몸이 눈치챘다는 걸. 그래서 몸이 멈춘 거야. 내가 더 못 걷게 하려고. 피가 나고 등이 아프고 어지러웠어. 결국 병원 신세를 졌지."

루비를 가졌을 때도 등이 아프다고 했던 게 기억났다. 그때 엠마는 겁에 질려 내가 음성사서함을 확인하기도 전에 이미 병원에 가 있었더랬다.

"어쨌든 그전에 비가 오는 바람에 우린 모래언덕 사이에 있는 헛간에 갔거든. 거기서 샌드위치랑 초콜릿을 먹으며 비바람이 해안을 할퀴어대는 모습을 지켜보는데, 정말 좋았어. 아무도 모르는 나만의 비밀 친구와 함께 양의 배설물 더미와 거미줄 틈에 앉아 있는 게.

재니스도 그렇게 느꼈을 거야. 난 알아. 비바람이 멈췄을 때, 희망과 안도감이 차오르는 걸 느꼈어… 잘은 몰라도, 동료애였던 것 같아."

"그래서… 당신 생각엔 재니스가 거기에 있을 것 같다는 거야?"

엠마가 조금 당황했는지 얼굴을 찌푸렸다. "사실, 그래."

나는 엠마의 말을 기다렸지만, 엠마는 더는 말하지 않았다.

"정말?"

"응. 이유는 이래. 편지에서, 재니스는 코컷 섬 얘기를 꺼냈어. 그리고 계속 나한테 얘기해주지 않아서 미안하다고 말해. 몇 년 전에 말해줘야 했다고 하잖아. 게 얘기를 하는 것 같지만, 실은 병실에서 찰리를 질식사시키려 했던 일의 진실을 말해주지 않은 것에 대해 사과하는 것 같아."

존이 불쑥 이불에서 고개를 삐죽 내밀더니 엠마를 쳐다봤다. 엠마를 보고 또 나를 보더니 그르렁거리며 다시 이불 속으로 고개를 넣었다. 우리 목소리가 너무 컸던 모양이다.

우리는 엉겁결에 미소를 지었다. 엠마가 이불 밑에서 씩씩거리고 있는 존을 이불 위로 쓰다듬었다.

"편지를 보면 재니스는 확실히 제정신이 아니야. 술에 취했는지, 약을 너무 많이 먹었는지는 알 수 없지만, 절대 정상이 아니야."

나도 동의했다.

"내 생각에 재니스는 앨른머스에 가 있는 것 같아. 코컷 섬이 보이는 곳에, 자기가 한 짓을 돌이켜보면서."

"그런데 왜 헛간에 있지? 그냥 집에 있지 않고?"

"집에 있으면 제러미가 바로 찾아낼 테니까. 재니스는 시간이 필요하고."

"그렇겠네. 하지만 민박집이나 카라반 같은 것도 있잖아. 그쪽 근방에서는 어디서나 코컷 섬이 보여?"

"내 생각에 앨른머스와 로 헉슬리 사이라면 어디서든 보일 거야. 그래 맞아, 그 구간에 있다면 어디서든 섬이 보일 거야. 10킬로미터 정도 될 텐데. 그런데 아까 잠깐 졸다가 생각난 게 있어."

나는 기다렸다.

"그 헛간에 같이 앉아 있을 때 우리 둘 사이에 흘렀던 따뜻한 감정을 떠올리고 있는데, 순간 떠올랐어. 이거다 싶더라고. 비가 막 그쳐갈 때, 재니스가 이렇게 말했거든. '와서 혼자 조용히 망가져 있기에 완벽한 곳 같지 않아? 그냥 가만히 앉아 바다를 바라보면서 인생도 돌아보고, 와인도 진탕 마시고.'"

"정말이야?"

"응. 그곳을 어떻게 도피처로 만들 수 있을지, 어떻게 필요한 걸 갖출 수 있을지 얘기했던 기억이 나. 내셔널트러스트 소유는 아닌 게 확실하다면서, 토지 등기소를 통해 소유주를 알아볼 계획이라고 했어. 일기에 쓴 내용과도 정확히 일치해."

나는 엠마를 쳐다봤다. "잘 모르겠는데. 당신 말 잘 들었어. 하지만… 글쎄, 좀 생뚱맞은 것 같아. 다른 건 차치하더라도 재니스는 불편한 생활을 즐기는 그런 유형은 아니잖아. 물론 개인적으로 아는 사이는 아니지만, 아주 깔끔한 사람 같던데. 양 배설물로 가득한 추운 헛간은 아닌 것 같아."

엠마가 자리에서 일어나 창고 밖으로 고개를 내밀더니 뭔가에 귀를 기울였다. 이제 바람은 잦아들었고 비도 내리지 않았다. "집 안으로 들어가는 게 좋겠는데? 루비를 혼자 두고 온 게 걸려. 깨어나도 여기선 소리가 들리지 않거든."

엠마는 좋은 엄마다.

내 아내로서의 엠마는 어떨지 몰라도, 엄마로서는 좋은 사람이다. 마땅히 찰리를 기를 자격이 있었다.

집 안으로 들어가자 엠마가 나한테 컴퓨터를 보여줬다. 모니터에 앨른머스 해변의 위성지도가 띄워져 있었다. 나는 그 헛간을 곧바로 알아봤다. 엠마가 그것을 확대했다. 골프장 근처, 해안에서 살짝 떨어진 모래언덕 사이에 뭔가 작은 게 하나 보였다.

"여기서라면 코컷 섬이 아주 잘 보일 거야." 엠마가 말했다. "걸어서 가게에 가기도 편하고. 아주 불편한 생활은 아닌 셈이지."

"하지만 여긴 제러미가 이미 찾아보지 않았을까? 여기저기 다 물어보고 다녔지만 재니스를 본 사람은 없다고 했던 것 같은데."

잠시 후 엠마가 한숨을 쉬었다. "아, 당신 말이 맞아. 이 시시한 헛간 말고 다른 데에 있을 이유는 너무 많지. 실제로 여길 사서 수리했다 치더라도, 혼자 비밀리에 했다기보다는 제러미랑 했을 텐데. 만일 그랬다면 일상적이지 않은 일이니까 온 마을 사람이 다 알았겠지."

엠마가 손에 쥔 편지를 내려다봤다. "하지만 난… 그날 거기에 재니스와 같이 있어봤잖아. 가진 건 희망뿐일 때. 재니스는 그곳을 은밀한 휴식처로 만들겠다고 했고 지금 어딘가로 사라져 혼자 시간을 보내고 있어. 게다가 코컷 섬을 언급했고. 분명 뭔가 중요한 의미가 있는 것 같지 않아?"

나는 그 말에 동의했다.

그리고 냉장고로 가서 햄을 조금 꺼냈다. 엠마가 그런 나를 지켜봤다. 나는 주체할 수 없는 슬픔을 느꼈다. 우리가 언제 다시 채식주의를 놓고 농담을 주고받을 수 있을지 알 수 없었다.

"하지만 중요한 건…" 나는 햄의 포장을 뜯었다. "난 왜 당신이 재니스를 찾고 싶어 하는지 진짜 궁금해. 당신한테 무슨 짓을 했는지 듣고서도 재니스를 걱정하는 마음이 생겨?"

"걱정하는 거 아니야." 엠마가 조용히 말했다. "딱히 그런 건 아니야. 확실히 아직은."

나는 무슨 말을 해야 할지 몰라 망설였다.

"재니스를 용서할 수 있으리란 생각은 하지 않아. 아마 누구라도 그럴 거야. 하지만 이건 찰리에 관한 일이야. 찰리는 지금 재니스가 목숨을 끊을까 봐 두려워하고 있어. 그리고 그게 자기 탓이라고 생각해. 도와줄 수 있다면 도와줘야지."

"좋아. 그럼 찰리한테 문자메시지를 보내는 게 어때? 일어나면 전화하라고."

엠마는 그렇게 했다.

엠마가. 아니, 에밀리가.

시곗바늘이 째깍째깍 움직였다. 나는 햄을 내려놓았다. 엠마가 물을 한 잔 떠왔다.

햄을 다시 냉장고에 넣고 존을 잠자리로 돌려보내려는데, 엠마의 휴대폰이 울렸다. "찰리야." 엠마가 작은 목소리로 말했다.

"찰리니?" 엠마가 전화를 받으며 말했다. "미안하구나. 깨울 생각은 아니었는데…."

엠마는 잠시 듣고만 있었다. *잠을 잘 수가 없대.* 엠마가 입 모양으로 말해줬다.

나는 일어나 주전자에 물을 부었다.

"저기, 미친 소리처럼 들린다는 거 알아." 엠마가 말을 시작했다. "하지만…."

15분 후, 우리는 현관에 나가 있었다.

엠마는 방수 처리된 옷과 비니 차림이었다. 내가 만들어준 차와 감자칩, 사과 두어 개를 먹고 난 뒤였다.

오전 4시 15분, 엠마는 차를 몰고 하이버리 필즈에 가서 찰리를 태우고 여섯 시간을 운전해 앨른머스 해변으로 갈 예정이었다. 제러미는 벌써 출근한 후였다. 아침 6시에 방송을 진행해야 해서.

"루비한테는 뭐라고 말할 거야?" 엠마가 물었다.

"내가 핑곗거리를 찾아볼게. 루비는 괜찮을 거야. 어제저녁엔 오스카랑 미켈이랑 신나게 잘 놀았어. 우리가 당신이 실종된 줄 알고 걱정했던 거, 루비는 전혀 몰라."

"혹시라도 엄마가 자길 버렸다고 느끼지 않아야 할 텐데—"

"안 그럴 거야. 루비는 당신이 자기 하인인 줄 알아."

밖에서 새 한 마리가 망설이듯 노래를 부르고 있었다. 새의 노래는 응답받지 못했다. 그래도 새는 계속 노래를 불렀다.

"용서해달라는 말은 못 하겠어." 잠시 새 소리에 귀 기울이고 있던 엠마가 말했다.

아주 가까이에 서 있어서 엠마의 포근한 피부 냄새를 맡을 수 있었다. 나는 눈을 감고 그녀의 머리카락에 얼굴을 기대면 어떤 느낌일지 상상했다. 그녀가 내가 아는 그 엠마인 척, 그녀를 잘 알고 믿는 척하며 팔로 살며시 안으면 어떤 느낌일지도.

"내가 한 짓을 용서해달라는 말은 못 하겠어. 하지만 찰리를 위해 이건 해야겠어. 이해해주면 좋겠어."

나도 루비를 위해서라면 뭐든 할 것이다. 누구나 자식을 위해서라면 뭐든 하지 않는가.

"엠마, 하나만 부탁할게."

"뭐든."

"아니, 간청할게. 솔직하게 답해줘. 만약 재니스가 실종되지 않았고 내가 모든 증거를 캐내지 않았다면, 그래도 나한테 진실을 털어놨을 것 같아?"

엠마가 가만히 나를 바라봤다.

"아니. 안 그랬을 거야."

"알았어."

엠마가 돌아서며 말했다. "사랑해, 레오."

눈물이 솟구쳤다. 이 슬픔이 엠마 때문인지, 나 때문인지 알 수 없었다. 어쩌면 루비 때문일 수도 있다. 아니면, 우리 셋이 함께 했던 정신없고 따스한 삶 때문일지도 모른다. 내가 아는 건 뭔가 돌이킬 수 없을 정도로 망가진 후에야 우리는 그게 얼마나 아름다웠는지 깨닫는다는 사실뿐이었다.

61

엠마

점심때쯤 찰리와 나는 해변에 도착했다. 근처에서 한 가족이 소형 서핑보드를 차에서 내리고 있었다. 아이들은 서로 싸웠고 부모는 서로 말도 하지 않았지만, 어쨌든 그들에겐 아무 문제가 없었다. 그들은 가족이고, 비밀이 있어도 지극히 하찮은 내용일 것이다.

런던으로 돌아가면 나한테 여전히 가족이라는 게 남아 있을지 알 수 없었다. 그렇지만 지금은 찰리만 생각하기로 했다. 찰리는 어제 반바지를 입고 있었는데, 오늘은 청바지 차림이었다. 찰리의 모든 걸 알고 싶었다. 그 청바지를 어디서 샀는지, 부모님이 사줬는지, 아니면 자기가 쓸 돈은 스스로 벌어서 쓰는지. 퀸스 파크에서 하고 있다는 아르바이트는 뭘까? 어릴 때 루비처럼 엉덩이를 끌고 다녔을까, 아니면 무릎으로 기어 다녔을까?

휴게소에 들렀을 때, 찰리는 내가 열여덟 살짜리 남자애들이 고를 것 같다고 생각한 간식들을 골랐다. 커다란 봉지에 든 초콜릿과 기름기 많은 소시지빵과 감자칩. 찰리는 존 키츠가 사료를 먹을 때처럼 열심히 그것들을 먹어 치웠다. 나는 이 아이한테 온통 마음을 빼앗겨버렸다.

그 헛간에 있으리라는 예상은 말도 안 되는 것이었지만, 지금 우리는 이곳에 와 있었다. 어젯밤, 재니스와 함께 이곳에서 폭풍우를 바라보며 앉아 있을 때 느꼈던 유대감을 떠올리면서, 나는 그녀가 이곳에 있으리라는 확신이 들었다. 잠도 오지 않고 괴이한 기분으로 몇 시간을 보내고 나니, 정신이 어떻게 된 것 같았다. 이 모든 상황이 미친 짓처럼 느껴졌다.

"자, 이제 내릴까요." 찰리가 차에서 내리며 말했다.

나도 차에서 내려 저 아래 펼쳐진 드넓은 해안을 내려다봤다. 연한 금빛 모래와 푸른 바다가 어린아이의 그림처럼 선명하게 펼쳐져 있었다.

우리는 여덟 시간 동안 함께 차를 타고 왔지만 이야기는 많이 하지 않았다. 찰리는 엄마가 이곳 헛간에 있을 거라는 믿음과 없을 거라는 확신 사이에서 갈등했다. 무엇보다 그 애는 재니스가 평생 단 하룻밤도 야영한 경험이 없다며 불안해했다.

"재니스가 불편하게 지내는 걸 싫어하는 편이야?"

"안전하다고 느껴지지 않는대요. 잠들어 있는 동안 누군가 우리 텐트 안으로 들어와 저를 몰래 데려갈지도 모른다는 피해망상이 있었어요."

이 말에 불편한 침묵이 내려앉았다.

재니스 로스차일드를 떠올릴 때면 매번 뭔가가 속을 휘젓는 기분이었다. 다행히 차에 찰리와 같이 타고 있을 때는 그런 기분이 들지 않았다. 하지만 불쑥불쑥 나쁜 생각이 올라왔다. 재니스의 거짓말 때문에 내가 아들을 포기했다는.

찰리가 바람막이 점퍼의 지퍼를 잠그고, 운동화 대신 길이 잘 든 워킹화를 신었다.

찰리한테 기분이 어떤지 물었다.

잠시 생각에 잠기는 듯하더니 찰리가 대답했다. "불안해요."

"우리가 엄마를 못 찾을까 봐?"

"아니요." 찰리가 잠깐 나를 쳐다봤다. 하지만 다시 바다로 눈길을 돌렸다. "찾을까 봐요."

나는 잠시 후에야 그 말뜻을 헤아렸다.

"아, 찰리…."

"엄마가 파라세타몰을 사서 그런 건 아니고요. 엄마 일기 때문에요. 특히 최근에 쓰신 거요. 정말 안 좋아 보였거든요."

이런 상황은 예상치 못했다. 나는 여기에 오지 말았어야 했다. 그냥 제러미와 찰리가 재니스를 찾게 놔뒀어야 했다. 나는 어쩌자고 재니스를 이해한다고 생각했을까? 어쩌자고 나는 20년 전 함께 헛간에서 샌드위치를 나눠 먹었다는 이유만으로 그녀 마음을 안다고 생각했을까?

"잠깐. 헛간으로 가기 전에 부모님 집에 먼저 가보는 게 어떨까? 잠시 쉴 겸."

찰리가 차 트렁크를 닫았다.

"아뇨. 조금도 시간을 낭비하고 싶지 않아요. 얼른 엄마를 찾아서 의사한테 모시고 가고 싶어요."

나는 말없이 기도를 올렸다. 제발 재니스가 무사하게 해주세요. 내 아들을 훔쳐 간 그 여자한테 아무 일 없게 해주세요.

오래지 않아 우리는 그 헛간을 찾아냈다. 내 기억 속 모습 그대로는 아니었다. 헛간은 나름의 기억을 간직하고 있었다. 기억은 이야기를 지어내기 마련이다. 그리고 그 이야기는 마치 사실인 것처럼 단단히 굳어진다. 우리는 무엇이 지어낸 이야기고 무엇이 사실인지 구분하지 못한다.

내 기억 속의 헛간은 훨씬 컸다. 창문도 두 개 있었고, 조잡하지만 굴뚝도 있었으며, 주위에는 담벼락의 잔해가 둥글게 에워싸고 있었다. 한때는 그곳에서 양들이 밤을 보냈을 것이다.

하지만 한때 창문이었던 구멍에는 이제 기다란 덤불이 삐죽삐죽 고개를 내밀었고, 문은 널빤지로 막혔다. 그리고 밖에는 동네 청소년들이 피우고 놀았을 모닥불의 흔적이 남아 있었다. 인기척이라곤 이게 유일했다. 이 작은 건물은 아주 오랫동안 방치된 듯했다.

우리는 걸음을 멈췄다. 그리고 여덟 시간 동안 차를 몰아 찾아온 이 작고 어이없는 건물을 가만히 바라봤다. 재니스는 이곳에 없는 게 확실했다. 바다와 하늘뿐이었다. 바닷새들이 원을 그리며 날고 있는 광대한 하늘은 비밀을 다 알 텐데도 절대 말해주지 않았다.

찰리가 바지 주머니에 손을 넣고 돌아서서는 모래사장에 파도가 밀려와 하얗게 부서지는 모습을 내려다봤다.

재니스는 분명 어디엔가 있다. 하지만 근처에 있다 한들 어떻게 찾을 수 있을까? 수평선을 따라 길게 뻗은 이곳 해안은 몇 시간을 가도 사람 하나 마주치지 않을 가능성이 크다. 바이킹족이 영국 연안 중 이곳에 상륙한 것도 당연하다. 아마 달에 온 기분이 아니었을까.

나는 극도의 피로감에 굽이진 모래언덕 안쪽에 앉았다. 어제 아침 질한테 납치되다시피 한 이후 잠시도 쉬지 못했다. 나는 뉴캐슬 근처에서 산 형편없는 샌드위치를 꺼내 먹기 시작했다.

여기로 오는 동안 질한테 두 번 문자메시지를 보냈지만, 답은 오지 않았다.

오랜 죄책감에 대해서는 나도 잘 안다. 산성 물질이라도 삼킨 듯 속이 타들어가고 아무리 애써도 떨쳐낼 수 없다는 걸. 다만 그토록 오랫동안 질 혼자 되뇌어온 이야기를 해체시켜주고 싶었다. 어쨌든 나는 질한테 진 빚이 있었다.

잠시 후 찰리가 내 옆으로 와 앉았다. 질이 찾아준 찰리가.

나는 질한테 다시 문자를 보냈다. 옆에서는 찰리가 페이스트리를 먹고 있었다.

"마을로 가자. 맥주 한잔 하면서 어딜 더 찾아보면 좋을지 생각해보자."

찰리가 일어나며 먼지를 털었다. "음, 엄마 찾으러 다닐 시간에 술집에 가 있는 게 과연 옳은 선택인지 모르겠네요."

"그렇긴 하네. 찰리… 여기 오자고 해서 미안해. 지금 보니 터무니없는 생각이었어."

찰리가 잠시 생각에 잠긴 채 운동화 끝으로 풀숲을 쿡쿡 찔렀다. "아니요. 생각할수록 여길 택한 게 옳다는 생각이 들어요." 그러고는 바로 아래 해안을 가리켰다. "그러고 보니 우린 항상 여기서 소풍을 즐겼어요. 바닷가에 올 때마다 여기에 수건과 바람막이 점퍼를 펼쳐놓곤 했죠."

"정말?"

"네. 엄마는 이곳을 좋아했어요."

나는 바다 쪽으로 몸을 돌려 헛간을 다시 바라봤다. 그 너머로 해안을 따라 1킬로미터쯤 골프장이 펼쳐져 있었다. 혹시 골프장을 자주 찾는 사람 중에 저녁나절 이곳에 앉아 있거나 산책하는 재니스를 본 사람이 있을 수 있지 않을까. 소리치면 들릴 만한 곳에서 두 사람이 공을 치고 있었다.

"찰리." 나는 말을 하려다 멈칫했다.

찰리가 태어난 후 아무리 서로를 멀리했어도, 재니스 로스차일드와 나 사이에는 묘한 시너지가 존재했다. 4년 전 내가 이곳 해변에서 그녀와 제러미를 마주쳤을 때도, 그녀를 보기 전에 내가 먼저 그녀를 느꼈다.

지금도 나는 그녀를 느끼고 있었다. 재니스는 이곳에 있다. 그것도 아주 가까이에.

나는 고개를 돌려 코컷 섬을 바라봤다. 오랫동안 버려진 등대가 저 멀리 끄트머리에서 햇빛을 받아 순간 반짝했다. 다시 육지로 시선을 돌려 앨른머스 마을을 천천히 훑어봤다.

지금 어디 있어요?

나는 주차장으로 이어지는 길을 지나 골프장을 가로질러 바위들이 솟아 있는 해안 길까지 눈으로 샅샅이 뒤져봤다.

"찰리." 나는 조심스럽게 입을 뗐다. "정말 마을에 가봐야겠어. 가서 다시 물어보자. 그 매장에서 또 재니스를 보면 네 아빠한테 전화하기로 한 거 알지만 카페나 술집, 빵집에 갔을 수도 있잖아. 모든 사람에게 물어봐야 할 것 같아. 그런 다음엔 너희 집에도 가봐야겠어. 앉아서 계획을 짜보자. 재니스를 찾아야 해."

찰리의 마음을 바꾸는 데는 오랜 시간이 걸리지 않았다. 찰리는 지칠 대로 지쳐 있었다.

우리, 나의 아들과 나는 함께 마을 쪽으로 걸음을 옮겼다. 중심가로 이어지는 길목에 접어들었을 때, 나는 찰리가 눈치채지 못하게 신경 쓰면서 뒤를 한 번 더 돌아봤다.

저기야.

그곳에 재니스가 있을 것 같았다. 확실했다. 하지만 찰리를 그곳에 데리고 가도 좋을지 확신이 서지 않았다. 너무 늦게 온 건 아닌지, 그것도 알 수 없었다.

62

엠마

찰리는 먼지 한 톨 묻어 있지 않은 자기 부모의 소파에 앉자마자 곧바로 잠들어버렸다. 나는 찰리한테 제대로 된 베개와 이불을 가져다주고 싶었지만 참았다. 찰리는 이제 어른이고, 나를 엄마라고 부를 일은 절대 없을 것이다.

나는 조금 더 걷다 오겠다는 메모를 남기고, 조용히 집을 빠져나왔다.

바람이 잦아들어 날이 따뜻했다. 이제 해변에는 사람들이 더 많이 있었다. 바닷물에 몸을 담그고 수평선까지 즐겁게 헤엄쳐 가는 사람들도 있었다. 어떤 아이는 연을 날리며 실수를 연발하는 아빠한테 소리를 질러댔다.

아까 눈여겨본 오두막들이 길 위에 나타났다. 최근에 칠을 한 아주 깔끔한 오두막이었다. 밖에는 고급스러운 파라솔과 야외용 안락의자들이 햇빛 아래 줄지어 놓여 있었다. 사람들이 거액의 돈을 지불하고 야영 흉내를 내는 곳으로, 겉모습은 투박함을 가장하고 있지만 내부는 샴페인 잔과 호화로운 거위 털 침구로 채워져 있다.

앨른머스 해변을 좋아하지만 불편하게 지내긴 싫을 때, 혼자만의 시간을 가지러 오기에 딱 좋은 장소다.

재니스는 이곳에 있다. 바닷가 헛간에서 겨우 몇백 미터 떨어진 이곳이 눈에 들어온 순간, 바로 알았다.

두 채는 문이 닫힌 채 우아한 블라인드가 쳐져 있었다. 한 채는 누군가 묵고 있었다. 그 앞의 야외용 의자는 바닷가의 만을 곧바로 가로질러 코켓 섬이 바라보이는 방향으로 놓여 있었다.

문으로 다가가는데, 테이블 위에 죽은 게 한 마리가 보였다. 등딱지 일부가 부서졌고, 몸통을 제외한 나머지 대부분이 사라지고 없었다. 나는 심장이 뛰기 시작했다. 털이 난 집게발 부분이 온전한 게 눈에 들어왔다. 남아 있는 등딱지에는 신호등처럼 빨간 점들과 네 개의 가시가 뚜렷하게 보였다.

이거야.

진짜였다. 재니스가 찾아냈다.

게딱지가 반들반들 윤이 났다. 재니스는 오래전부터 이걸 갖고 있었던 것 같았다. 하지만 이 게, 나의 게가 있는데도 이곳에 대한 느낌은 별로 좋지 않았다. 언제나 재니스가 가까이 있을 때는 그녀의 불안한 기운이 느껴졌고 이즐링턴에서 재니스와 찰리

뒤를 쫓아다닐 때도 그랬는데, 지금은 아무 기운도 느껴지지 않았다.

나는 조심조심 문을 두드렸다.

대답이 없었다.

다시 두드렸다. "재니스?"

아무 소리도 나지 않았다. 나는 잠시 바다 쪽으로 눈길을 돌렸다. 만일 재니스가 이곳에 있지만 살아 있지 않다면 과연 내가 그 상황을 감당할 수 있을지 확신이 서지 않았다.

문을 밀어보니 열려 있었다. 침대에 재니스가 베개를 받치고 반쯤 누운 모습이 보였다. 텔레비전을 보고 있는 듯했다. 하지만 눈이 감겨 있었다.

"재니스."

재니스가 눈을 잠깐 떴다 다시 감았다. 그러더니 완전히 뜨고는 나를 돌아봤다. "에밀리?" 그녀가 천천히 말했다. "엠마?"

"재니스, 괜찮아요?"

재니스가 다시 눈을 감고 말했다. "가줘, 제발."

최신 유행 스타일의 협탁 위에 파라세타몰 다섯 통이 놓여 있었다. 멍하니 넋이 빠진 나는 이곳 주인이 여길 꾸밀 때 저 협탁이 이런 용도로 쓰이리라고 상상이나 했을지 궁금했다. 파라세타몰 다섯 통 외에도 뭔지 모를 한 통이 더 있었는데, 한쪽에 세부 사항이 적혀 있는 걸로 보아 처방받은 약 같았다.

나는 그중 하나를 집어 들었다. 비어 있었다. 다른 것들도 확인했다. 전부 다 빈 통이었다.

“재니스, 이 약을 다 먹었어요?”

재니스는 내 말을 들었으면서도 무시했다. 지금은 붓고 창백하지만 본래 아름다운 얼굴을 지닌 이 여자는 수많은 사람들에게 사랑받는 유명인이다. 연기력과 설득력으로 내 아들도 훔쳐 간 사람이다. 그런 여자가 지금 나를 무시하고 있다.

나는 좀 더 큰 목소리로 말했다. “이 알약 전부 다 먹었냐고요!”

“너도 아니야. 가. 제발.”

나도 아니라고?

나는 휴대폰을 쿡쿡 누르며 오두막에서 나왔다. 999. 하지만 연결이 되지 않았다. 신호가 안 잡혔다.

당혹감에 눈물이 났다. “재니스, 구급차를 불러야겠어요.”

“안 돼.”

“나가서 신호를 잡아야 해요. 그때까지만 견뎌줘요, 제발.”

재니스가 뭔가 중얼거렸다. ‘너도 아니야’라는 말을 또 들은 것 같았다. 하지만 무슨 뜻인지 도무지 알 수가 없었다. 나는 오두막에서 나왔다. 그런데 누군가가 나를 향해 언덕을 뛰어 내려오는 게 보였다.

레오. 레오였다.

“뭐야? 어떻게 이 시간에 여길?”

“일곱 시 십오 분에 출발했거든. 재니스는 괜찮아?”

“응, 괜찮긴 한데—”

“됐네. 좋아. 당신은 여기 밖에 있어. 구급차가 오는 중인데, 누군가의 안내가 필요할 테니까."

"그런데 루비는 어딨어?"

레오가 골프장 옆에 아무렇게나 주차된 차를 손가락으로 가리켰다. 내가 여기에 올 때도 있었는데 모르고 그냥 지나친 모양이었다.

"뒷좌석에 앉자마자 금방 잠들었어." 레오가 말했다. "루비는 아무것도 몰라. 여기 도착한 지는 10분도 채 안 됐고."

나는 여전히 놀랍고 당황스러워 문간에 그대로 서서 남편을 바라봤다.

레오가 안으로 들어가 재니스 옆에 웅크렸다.

"재니스."

레오가 조용히 부르며 팔을 건드리자 재니스가 눈을 떴다.

"너무 피곤해요." 그녀가 말했다. "당신 아내 여기 있어요. 당신보단 목소리가 많이 크던데요."

재니스는 목소리 내기도 힘에 부친 듯했다. 하지만 여전히 내가 기억하는 그 재니스였다.

"맞아요. 이제, 편하게 해드릴게요." 레오가 재니스의 몸을 앞으로 숙이고 등 뒤에 베개 하나를 더 끼워 넣었다.

나는 꼼짝 않고 서서 레오를 지켜봤다.

레오가 작은 의자 하나를 끌어와서 재니스 옆에 앉았다. 그리고 손을 잡으며 말했다. "도와줄 사람들이 오고 있어요."

"도움은 원치 않아요."

"이해해요. 그런 얘기는 응급구조사들과 하면 됩니다. 사람들을 부르지 않을 수 없었어요."

레오가 재니스를 지켜보는 가운데 시간이 흘렀다. 그러다 그가 재니스에게 몸을 기울였다. 호흡을 확인하는 것 같았다. "괜찮네요."

목소리가 너무나 부드러웠다. 이 순간만큼 그에 대한 사랑이 넘친 적은 없었다.

내 생각을 듣기라도 한 듯 레오가 나를 올려다봤다. "밖에서 기다려. 그래야 당신을 보고 찾아오지. 구급차도 그렇고, 루비도 그렇고."

레오는 응급구조사들에게 알약이 들어 있던 통을 보여줬다. 그리고 아는 대로 말해준 뒤 밖에 있는 내 옆으로 왔다.

부드러운 바람에 해변의 풀들이 춤을 추고 바다는 햇빛을 받아 반짝였다. 연을 날리던 아이가 마침내 성공했다. 연이 가라앉다가 따뜻한 공기를 가르며 위로 높이 솟아오르자 아이가 신이 나서 소리 질렀다.

레오가 나를 내려다보며 물었다. "당신, 괜찮아?"

나는 내가 어떤 상태인지 통 알 수 없었다. 그가 옆에 앉았다. 우리 둘 다 아무 말도 하지 않았다.

63

레오

제러미와 찰리는 지금도 병원에 있다. 아직 별다른 소식은 없다. 의사는 재니스가 견뎌낼 수 있을지 판단하려면 이틀 정도는 기다려야 한다고 말해줬다.

엠마와 나는 로스차일드 가족의 별장 밖에 나와 앉아 있다. 하늘이 어둑해지는 가운데 특이한 모양의 구름이 수평선 근처에서 분홍빛으로 빛나고 기온은 아직 견딜 만하다.

여기서는 바다가 많이 보이지 않지만, 루비가 자는 방에서 내려다보이는 바다 경치는 그야말로 일품이다. 루비가 깨어나면 아침부터 바닷가에 가자고 조를 게 뻔하다.

존은 정원을 어슬렁거리며 여기저기 냄새 맡고 오줌 싸느라 바쁘다.

오늘 아침 5시 45분쯤 루비가 와서 팬케이크를 먹고 싶다고 하는 바람에 나는 한 시간 정도밖에 잠을 자지 못했다. 루비는 몇 시간 전 엄마가 말을 걸었다는 건 기억했지만, 다시 게를 탐색하러 떠났다는 걸 알고도 별로 신경 쓰지 않는 듯했다.

우리는 같이 아래층으로 내려갔다. 나는 팬케이크를 반죽하기 시작했다. 그런데 루비가 마음을 바꿨다. "바나나죽이 먹고 싶어요."

결국 루비가 두 번 더 마음을 바꾸고 약간 골을 부린 다음에야 우리는 〈사라 & 덕〉BBC에서 방송된 어린이 애니메이션 시리즈을 보면서 토스트를 먹기로 의견을 모았다. 만일 엠마가 텔레비전 앞에서 루비한테 아침 먹이는 모습을 본다면 가만두지 않을 터였다. 하지만 일곱 시도 되지 않았고 난 거의 밤을 새우다시피 한 상태였으므로 그런 데 신경 쓸 경황이 없었다.

켈빈과 쉴라에게 다시 재택근무를 하겠다고 문자메시지를 보냈다.

곧바로 쉴라의 전화가 왔다. "뭐 새로운 소식 있어?"

나는 루비를 남겨둔 채 주방으로 자리를 옮겨 쉴라와 통화를 계속했다.

"아, 저런." 쉴라가 탄식했다. "끔찍하네. 제러미한테 전화해줘야겠어."

"그러세요. 어젯밤에 정말 안 좋아 보였어요."

"혹시 엠마의 예감이 맞을 가능성은 없어? 그 헛간 말이야."

"글쎄요. 근처에 멋진 자기 별장이 있는데 그런 헛간에서 2주나 지낼 사람이 어디 있겠어요. 뭐, 엠마가 지난 몇 주 동안 보인 행동도 전혀 예측 불가이긴 했지만요."

쉴라는 답이 없었다.

"여보세요?"

"생각 중이야."

나는 귀를 쫑긋 세웠다. 어쩌면 쉴라가 첩보 능력을 또 사용할지도 모른다. MI5 서버에 접속해서 재니스의 이름을 입력하면 위성이 정밀한 위치 정보를 보내줄 것이다.

쉴라가 뭔가를 뒤적거리는 소리가 들려왔다. "구글맵 찾아보는 중이야." 그녀가 말했다. "정확히 말해봐. 그 헛간이 어디에 있다고?"

나는 구글맵을 열고 헛간의 위치가 표시된 작은 사각형으로 그녀를 안내했다.

"알았어." 쉴라가 신중하게 대답했다. "나라면 절대 가지 않을 곳이네."

그러더니 이렇게 물었다. "이 글램핑 오두막은 어때?"

"글램핑 오두막이라니요?"

쉴라가 한숨을 쉬었다. "엠마가 찾으러 간 헛간에서 300미터 떨어진 곳에 있어."

"뭐가 있다고요?"

"지금 구글맵 보고 있는 거 맞아?"

"네! 하지만— 아, 찾았다. 보이네요."

나는 그곳을 클릭했다. 심장이 빨리 뛰기 시작했다. "가능성

있어 보이네요." 나는 수많은 사진들을 하나씩 클릭하면서 거기서 코컷 섬이 보이는지 확인했다. 하지만 쉴라가 한발 빨랐다.

"코컷 섬, 찾았다. 좋아, 재니스가 여기에 묵고 있는지 확인해보자."

"그게 가능해요?" 나는 감탄하며 물었다. "아직도 원격 감시 시스템 같은 것에 접속할 수 있는 거예요?"

쉴라가 갑자기 웃음을 터트렸다. 그러더니 유선전화기로 전화를 거는 소리가 들려왔다. 나는 들뜬 기분으로 그녀가 노섬벌랜드 지부에 있는 현장 요원의 파견을 요청하는 소리가 들려오길 고대했다.

"여보세요." 쉴라의 목소리가 들렸다. "거기 앨른머스 글램핑 캐빈 맞나요? 그렇군요. 저, 묵고 있는 손님 중에 제가 찾는 사람이 있을까 해서요. 재니스 로스차일드라고. 네…."

잠시 후 전화를 끊는 소리가 들렸다.

"자," 쉴라가 말했다. "전화받은 사람은 그 글램핑 오두막 주인이었어. 여름 동안 시칠리아에 가 있대. 그런데— 맞아, 숙박 현황 시스템에 재니스가 2번 오두막에 묵고 있는 걸로 돼 있다네. 엠마한테 전화하는 게 좋겠어. 최대한 빨리 거기로 가라고 해."

그러고는 잠시 말을 멈췄다가 웃음기 없이 품위 있는 말투로 물었다. "내 첩보 능력 어때?"

나는 인터넷에 올라와 있는 그곳 오두막 사진들을 보며, 약통을 뜯기 전에 용기를 내기 위해 한두 잔의 술을 들이켜는 재니스를 상상했다. 속이 뒤틀렸다. 뭘 입을지 결정했을까? 마지막 식사는 했나? 아침에 눈을 뜰 때 자신이 오늘 무슨 짓을 저지를지 알았을까?

바닥에 쓰러져 있는 재니스의 모습을 그려봤다. 그리고 엠마와 찰리가 오두막 안으로 들어갔다가 그녀를 발견하고 형언할 수 없는 공포에 질리는 모습을 떠올렸다.

그러자 모든 게 쉽게 정리되었다.

"루비," 나는 루비를 불렀다. "가서 신발 신으렴. 차 타고 멀리 갈 거야."

엠마가 시신을 발견하게 둘 수는 없었다. 그런 악몽 같은 순간을 또다시 혼자 겪게 할 수는 없었다.

말없이 앉아 있는 나와 엠마한테 존이 다가와서 어슬렁거렸다. 존은 잠시 꼬리를 흔들어대다가 먹을 것을 찾아 집 안으로 들어갔다.

우리 둘 다 한참 동안 말이 없었다. 엠마가 말이 없는 이유가 너무 피곤해서인지, 아니면 너무 불안해서인지 알 수 없었지만, 어쨌든 엠마는 양팔로 무릎을 꽉 안은 채 미동도 없이 잠자코 앉아 있었다.

나는 강어귀를 가로질러 날아가는 새를 눈으로 뒤쫓았다. 전에 엠마가 어떤 종류인지 가르쳐준 새인데, 이름이 기억나지 않았다. 이런 내 모습은 늘 엠마를 화나게 만들곤 했다. 엠마는 내가 자기 말에 귀 기울이지 않는다고 했지만, 그렇지 않다. 정말이다. 아까 밤늦은 시각에 깜빡 잠들었을 때도 나는 엠마가 한 말을 생각했다. 책상 앞에 앉아 부고 기사를 쓰고 있을 때도 엠마의 말을 생각했다. 운전할 때, 걸을 때, 먹을 때도 엠마가 한 말을 떠올렸다. 그 이유는, 내가 오롯이 소통할 수 있는 유일한 사람이 엠마이기 때문이다.

나는 엠마의 왼손을 잡고 손가락에서 결혼반지를 뺐다. 그런 뒤 그걸 내 주머니에 넣었다. 엠마가 자기 손을 말없이 바라봤다. 하지만 내겐 눈길을 주지 않았다.

잠시 후 그녀의 몸에서 힘이 쭉 빠지는 게 느껴졌다.

아까 그 새가 우리 머리 위를 맴돌았다. "우리, 결혼한 거 아니야." 나는 그녀에게 일깨워줬다.

엠마가 고개를 끄덕였다. "그래."

나는 엠마의 손을 다시 제자리로 돌려놓았다. "하지만 나한테 분명한 건, 우리가 결혼해야 한다는 거야."

엠마가 나를 휙 바라봤다가, 곧바로 시선을 돌렸다.

"엠마?"

나는 엠마를 쳐다보며 그녀가 다시 나를 돌아볼 때까지 진득하니 기다렸다. 빠르게 내려앉는 어둠 속에서, 엠마의 눈은 깊디 깊은 바다 같았다. 내가 알지 못하는 바다. 하지만 다시 알아가면 된다. 그리고 내가 헤엄치고 싶은 바다는 그 바다뿐이다.

"믿을게."

엠마가 머뭇거렸다. 새가 바람을 타는지 날개를 쭉 편 채 다시 우리 머리 위를 맴돌았다.

"믿겠다고." 나는 다시 말했다.

엠마가 눈길을 돌리며 물었다. "그렇지만, 정말? 진짜?"

"그래."

"하지만— 정말?"

나는 고개를 끄덕였다.

"난 당신을 잘 알아, 레오." 엠마가 말했다.

"나도 나에 대해 잘 알아. 아마 당신이 생각하는 것보다 잘 알걸."

새가 잉크빛 수평선을 향해 날아갔다. 큰 소리로 울면서.

"난 우리가 결혼하면 좋겠어. 제대로. 귀찮게 하고 관심도 독차지하겠지만 루비도 함께. 굳이 설명하고 싶지 않다면 누구에게도 얘기할 필요 없어. 하지만 난 우리가 결혼했으면 해."

오랜 침묵 끝에 엠마가 팔을 괴었다. 나도 팔을 괴었다.

"여기로 오는 길에, 주말마다 두 집 사이를 오고 가는 루비를 상상해봤어. 친구가 되는 법, 공동육아 하는 법을 배워가는 우리 모습도. 언젠가는 다른 사람을 만날 수도 있겠지. 끔찍할 거야. 난 그러길 원치 않아. 난 우리가 함께이길 원해. 내가 원하는 건 그냥 우리가 함께 있는 거야."

엠마가 보일 듯 말 듯 고개를 끄덕였다.

"당신은?" 엠마가 아무 말 없어서 다시 물었다. "당신도 우리가 함께이길 원해?"

엠마가 내 얼굴을 찬찬히 살폈다. 그러더니 조용히 대답했다.

"그럼. 그 무엇보다도."

엠마의 얼굴이 아주 가까이에 있었다. 엠마의 숨결이 느껴졌다. 떠나기 전 귀 뒤로 넘긴 머리카락은 그대로였다.

엠마는 39년 동안 보통 사람들이 평생 겪을 고통보다 더 많은 고통을 견뎌왔다. 그런데도 여전히 모두에게 사랑받고 파티에서 인기를 독차지한다. 여전히 내가 아는 사람 중 가장 재미있는 사람이며, 내 상사는 심지어 엠마만 허락하면 당장 나를 내쫓고 그 자리에 앉힐 태세다.

정말 엠마는 복잡하다. 가끔은 어둠 속으로 도피한다. 버리지 못하고 쌓아두는 버릇은 점점 심해지고, 루비가 숨을 잘 쉬는지는 강박적으로 확인한다. 문제는 이것 말고도 많다. 그래도 엠마는 여전히 엠마다. 생기 있고, 똑똑하며, 나를 정말 화나게 만드는 여자.

엠마가 그 모든 일을 겪고도 이렇게 자신을 지켰으니, 나도 할 수 있다. 아니, 해야 한다.

지금 우리는 처음 함께한 그날 밤처럼 가까이 있다. 콘월의 유르트에서 표본 저장 용기와 고데기, 반쯤 먹다 남긴 과자와 해양 생물학 잡지에 둘러싸여 있던 그날 밤처럼.

아주 가까이에 엠마가 있다. 이토록 누군가와 간절히 입 맞추고 싶은 적은 처음이다.

이번에는, 내가 먼저 다가갔다. 나는 엠마한테 입을 맞췄다. 다음 이야기는 뒤에 이어진다.

에필로그
엠마, 여섯 달 후

꽃우산해파리 사체는 북서태평양 해안에서 흔하다. 주로 해안선을 따라 흩뿌려진 죽은 해초와 갑오징어 뼈들 사이에 끼어 있다. 아이들은 삽으로 쿡쿡 찌르고 다닌다.

하지만 캄캄한 바닷속에서 이 해파리를 보게 되면 자기 눈을 믿기 힘들지도 모른다. 가는 세로줄 무늬가 있는 종 모양의 몸체는 수선화처럼 금빛으로 빛나고 섬세한 촉수 끝에는 환상적인 핑크빛이 알알이 빛난다. 이 해파리는 이 세상 것이 아닌 듯한 아름다운 빛을 발하며 차가운 물속 세상을 유영한다. 그야말로 반짝반짝 빛나는 경이로운 생명체다.

뭐든 좋으니 지우고 싶은 과거의 기억을 하나 떠올려보라.

아무리 어려도 하나쯤은 있을 것이다. 만일 당신이 그런 걸 숨기는 데 능한 사람이라면, 그 기억은 당신의 이야기가 펼쳐진 당신만의 해변에 존재할 것이다. 눈에 띄지 않게 모래로 위장한 채, 무엇을 찾아야 하는지 아는 사람 눈에만 보이는 상태로.

나는 내 기억을 아주 잘 숨겼다. 20년 동안, 나만의 해변에 놔두었다. 그런데 레오가 나타났다. 그는 작대기로 그걸 콕콕 찔렀다. 찌르고 쑤시고 밀치고 제쳤다. 결국 버려져 있던 내 수치스러운 과거 덩어리는 바다로 돌려보내졌다. 그리고 다시 한번 밝혀질 기회를 얻었다. 이제, 깊은 물속에서 빛을 발하며 유영하고 있다. 기쁨으로 반짝반짝, 눈에 띄어 도저히 숨을 수 없는 상태로.

중요한 건, 레오에겐 내 과거가 실은 이 꽃우산해파리만큼 아름답다는 사실이다. 충격에서 벗어나 명확히 볼 수 있게 되자, 그는 나를 처음으로 명확히 볼 수 있게 되었고, 전보다 더 많이 사랑하게 되었다.

우리가 믿었던 것들, 우리가 숨겼던 것들.

나는 더 이상 뒤돌아보지 않는다. 나는 여기에 있다. 나의 모든 것이.

아침 6시 45분, 레오는 베개에 얼굴을 파묻은 채 아직 잠들어 있다. 그는 요즘 자기가 나이 들어 보이는 것 같다고 불평한다. 나는 다시는 거짓말을 하지 않기로 다짐한 탓에, 적어도 석 달은 온천욕을 해야 할 것 같다는 그의 말을 부인할 수 없다. 하지만 내게 레오는 완벽하다. 모든 걸 털어놓은 후 치른 그와의 두 번째 결혼은 더없이 멋졌다.

그는 내 생의 처음이자 마지막 사랑이다.

옆방에서는 우리 딸이 잠들어 있다. 루비는 여전히 오리 인형과 함께 잠자리에 들지만, 이제 밤새 껴안고 자지는 않는다. 아이는 정말 빠른 속도로 자란다. 오리 인형의 날들이 얼마 남지 않은 것 같다. 하지만 이런 슬프면서도 아름다운 변화를 보는 일이 내겐 너무나 소중하다. 찰리의 변화는 전혀 보지 못했으니까. 잘 때 무슨 장난감을 움켜쥐고 잤는지, 가장 친한 친구는 누구였는지, 용돈은 얼마나 받았고 어떻게 썼는지, 전혀 알지 못한다. 찰리에 대해서는 아직도 알아가야 할 게 많다. 하지만 루비와는 모든 걸 실시간으로 보고 겪는다. 이건 특권이다. 특권 말고는 달리 뭐라고 생각해야 할지 모르겠다.

루비는 내 인생의 소중한 사랑이다.

내 아들은 지금 대서양 건너편에서 크리스마스 파티 중이다. 이걸 아는 이유는 아들이 문자메시지를 보내왔기 때문이다. 아침에 눈 뜨고 나서 그 메시지를 삼십 번은 넘게 들여다봤을 것이다. 그 아이가 문자를 보내오다니! 그것도 술에 취해서!

내일 아침 8시에 집으로 가는 비행기를 탈 예정이에요. 지금 파티 중인데, 공항에 가려면 새벽 4시에 일어나야 해요. 아마 그냥 계속 마실 것 같아요. 아무튼 멋없는 조언은 듣지 않을래요. 언제 같이 히스 공원에 가서 산책할까요?

찰리는 결코 나를 엄마라고 부르지 않을 것이다. 하지만 9월에 보스턴으로 돌아간 후 노력하는 모습이 보인다. 재니스의 상태가 여전히 좋지 않은데도 그 아이는 나와 연락하고 지내는 걸 선택했다.

찰리의 유년기를 함께 보내지 못한 걸 받아들일 날은 아마 내 생에 오지 않을 것이다. 찰리가 학교 성탄극에서 펭귄을 연기하는 모습을 보면서 울 기회를 놓친 게 아무렇지 않게 느껴지는 날은 결코 없을 것이다. 하지만 지금 나는 충분히 가졌다. 가끔 만나 함께 산책하는 것 이상은 누릴 수 없겠지만, 내 인생에 찰리와 함께 보내는 시간이 약간은 생길 것이다. 그거면 충분하다. 20년 가까이 찰리 없이 살았으니까.

찰리는 내 인생의 소중한 사랑이다.

"레오, 그만 일어나! 키스해줘!" 더는 기다릴 수 없어 그에게 속삭인다.

동쪽 하늘이 호박빛으로 물들며 동트는 가운데, 레오가 몸을 뒤척이기 시작한다.

우리는 서로의 몸으로 파고든다. 나는 레오에게 찰리가 문자 메시지를 보내온 이야기를 한다. "오, 놀라운데?" 그가 말한다. "멋지네…." 그는 아직 잠이 덜 깼다.

나는 레오의 따뜻한 가슴팍에 손을 얹고 몇 번이고 그에게 키스한다. 내가 얼마나 사랑하는지 이 남자에게 오롯이 전할 방법은 없어 보이지만, 노력하는 중이다.

잠시 후, 우리는 그의 휴대폰으로 위키피디아의 부고를 확인한다. 하지만 죽은 사람은 없다.

잠시 후, 나는 방귀를 뀐다. "모터 자전거 지나간다!" 외치고 어깨를 으쓱한다.

레오가 웃는다. 세월이 그렇게 흘렀어도 그는 여전히 웃는다. 그리고 말한다. "더러워 죽겠어, 엠마."

지금 이게 내 인생이다. 반쪽짜리가 아닌 온전한 인생. 엠마와 레오, 레오와 엠마가 함께하는 인생.

결혼한 지 3주, 함께한 지 11년. 이제 그는 나의 모든 걸 안다.

"갯벌에 사는 유기체들은
극한의 삶을 받아들여야 한다."
—세상의 모든 샷갓조개들에게 보내는 위로

잉글랜드 최북단, 스코틀랜드와 맞닿은 곳에 노섬벌랜드라는 지역이 있다. 고성古城과 고지대 황야를 간직한 곳, 잉글랜드에서 가장 춥고 인구밀도가 가장 낮은 이곳의 바닷가는 조수가 물러나면 끝없는 모래톱을 드러낸다. 청회색의 북해를 품은 거친 해안선, 광활하게 펼쳐진 그곳에 엠마와 재니스가 비와 바람을 맞으며 서 있다. 각자의 비밀을 간직한 채.

『나는 그녀를 모른다』는 바로 이 두 여자를 중심으로 벌어지는 거짓과 진실, 사랑과 용서에 관한 이야기로, 로지 월쉬가 자신의 이름으로 발표한 두 번째 장편소설이다.(그녀는 루시 로빈슨이라는 필명으로 네 권의 로맨틱 코미디를 쓴 바 있다.)

첫 장편소설 『전화하지 않는 남자 사랑에 빠진 여자』가 무려 35개국에서 번역 출간되면서 일약 세계적인 베스트셀러 작가의 반열에 오른 월쉬는, 이 두 번째 작품도 《뉴욕타임스》 베스트셀러 목록에 이름을 올렸다. 독일에서도 몇 주간 10위 안에 머문 이 작품은 여러 언어로 번역 출간되며 인기몰이를 이어가는 중이다. 대체 그녀의 작품이 이렇게 전 세계적으로 사랑받으며 열광적인 독자층을 확보할 수 있었던 이유는 무엇일까?

독자들이 꼽는 로지 월쉬 소설의 매력은 무엇보다 장편임에도 불구하고 중간에 책을 내려놓기 힘들 만큼 흡입력과 중독성이 강하다는 점이다. 월쉬는 인물들의 심리를 한 사람도 소홀하지 않게 그려내면서 복선과 암시, 반전의 고리를 치밀하게 연결하는 데 탁월한 재능이 있다. 처음부터 결말에 이르기까지 한 치의 예측도 허용하지 않는 플롯과 다채로운 캐릭터, 치밀한 복선은 장마다 계속해서 새로운 궁금증을 불러일으키며 한 편의 영화처럼 독자를 사로잡는다. 게다가 장르를 초월한 소재의 차용으로 미스터리와 스릴러, 로맨스를 넘나들며 다양한 감정의 전이를 선사한다.

그 감정의 전이를 독자가 온전히 느낄 수 있도록 하는 것이 역자의 몫일 터, 다와다 요코는 소설 『글자를 옮기는 사람』에서 번역가인 주인공 '나'의 입을 빌려 작품 속의 어떤 역할도 맡고 싶지 않다고 말하지만, 이 말은 옮기는 사람은 책 속의 그 어떤 역할로부터도 도망칠 수 없다는 역설이기도 하다. 역자는 책을 옮겨 쓰는 동안 그 안에 등장하는 모든 인물이 된다. 그래서 넝쿨처럼 얽히고설킨 엠마와 레오, 재니스와 제러미가 되는 일은 때로 고통스럽고 불안과 절망, 초조함에 몸을 담금질하는 과정이었다. 하지만 이런 몰입은 역자가 누릴 수 있는 행운이기도 해서, 독자들에게도 이 놀라운 경험을 전할 수 있기만을 바랐다.

소설을 관통하는 배경인 조간대는 주인공 엠마의 연구 대상이자 엠마의 삶 그 자체다. 밀물 때는 물에 잠기고 썰물 때는 모습을 드러내는, 지구상에서 가장 경이로운 이 세계에서 엠마는 작은 삿갓조개가 되어 그 타는 듯한 태양과 얼음장 같은 물, 짠 염분과 광포한 바닷바람을 온몸으로 맞는다. 웅크린 껍데기 아래 거짓과 상처를 비밀로 간직한 채, 새로운 삶을 꿈꾸며.

푸르른 날의 에메랄드빛 바다가 아닌 비바람 몰아치는 잿빛 바다를 품은 이 소설이 진한 여운을 남기는 이유는 비단 그런 삶이 엠마의 것만은 아니기 때문일 것이다. 심해 깊은 곳에서 반짝반짝 빛을 내며 유영하는 꽃우산해파리 같은 이야기, 비밀처럼 간직하고 있지만 언젠가는 누군가에게 털어놓고 이해받고 싶은 이야기가 우리에게도 있지 않은가.

소설은 소설일 뿐이라고 말할 수 있다. 현실에 레오 같은 사랑은 없다고 말할 수도 있다. 하지만 어쩌면 우리에게 필요한 건 진실을 드러낼 용기뿐일지도 모른다.

웅크린 삿갓조개들의 이야기가 궁금하다. 그들이 꿈꾸는 새로운 삶이 궁금하다. 바닷가 물웅덩이 어느 한구석의 잔물결이 이 책을 읽는 이들에게 전해지기를, 그래서 누군가는 그 반짝이는 물별에서 위로와 용기를 얻기를 바란다.

2023년 여름

신혜연

나는 그녀를 모른다

1판 1쇄 인쇄 2023년 7월 28일
1판 1쇄 발행 2023년 8월 10일

지은이 로지 월쉬
옮긴이 신혜연

펴낸이 임지현
펴낸곳 (주)문학사상
주소 경기도 파주시 회동길 363-8, 201호 (10881)
등록 1973년 3월 21일 제1-137호

전화 031)946-8503
팩스 031)955-9912
홈페이지 www.munsa.co.kr
이메일 munsa@munsa.co.kr

ISBN 978-89-7012-572-5 (03840)